────── 阅读之前 没有真相

午夜文库

杰夫里·迪弗
林肯·莱姆系列

杰夫里·迪弗　Jeffery Deaver（1950－　）

  杰夫里·迪弗，一九五〇年出生于芝加哥，十一岁时写出了第一本小说，从此笔耕不辍。迪弗毕业于密苏里大学新闻系，后进入福德汉姆法学院研修法律，在法律界实践了一段时间后，在华尔街一家大律师事务所开始了律师生涯。他兴趣广泛，曾自己写歌、唱歌，进行巡演，也曾当过杂志社记者。与此同时，他开始发展自己真正的兴趣：写悬疑小说。一九九〇年起，迪弗成为一名全职作家。

  迄今为止，迪弗共获得六次MWA（美国推理小说作家协会）的爱伦·坡奖提名、一次尼禄·沃尔夫奖、一次安东尼奖和三次埃勒里·奎因最佳短篇小说读者奖。迪弗的小说被翻译成三十五种语言，多次登上世界各地的畅销书排行榜。包括名作《人骨拼图》在内，他有三部作品被搬上银幕，同时也为享誉世界的詹姆斯·邦德系列创作了最新官方小说《自由裁决》。

  迪弗的作品素以悬念重重、不断反转的情节著称，常常在小说的结尾推翻或多次推翻之前的结论，犹如过山车般的阅读体验佐以极为丰富专业的刑侦学知识，令读者大呼过瘾。其最著名的林肯·莱姆系列便是个中翘楚，另外两个以非刑侦专业人员为主角的少女鲁伊系列和采景师约翰·佩勒姆系列也各有特色，同样继承了迪弗小说布局精细、节奏紧张的特点，惊悚悬疑的气氛保持到最后一页仍回味悠长。

  除了犯罪侦探小说，作为美食家的他还有意大利美食方面的书行世。

杰夫里·迪弗 重要作品年表

少女鲁伊系列
1990 Death of a Blue Movie Star《蓝调艳星之死》
1991 Hard News《重要新闻》
1988 Manhattan Is My Beat《心跳曼哈顿》

采景师约翰·佩勒姆系列
1992 Shallow Graves《法外行走》
1993 Bloody River Blues《血河变奏》
2001 Hell's Kitchen《地狱厨房》

林肯·莱姆系列
1997 The Bone Collector《人骨拼图》
1998 The Coffin Dancer《棺材舞者》
2000 The Empty Chair《空椅子》
2002 The Stone Monkey《石猴子》
2003 The Vanished Man《消失的人》
2005 The Twelfth Card《第十二张牌》
2006 The Cold Moon《冷月》
2008 The Broken Window《碎窗》
2010 The Burning Wire《燃烧的电缆》
2013 The Kill Room《杀戮房间》
2014 The Skin Collector《人皮拼图》
2016 The Steel Kiss《钢吻》
2017 The Burial Hour《安葬时刻》
2018 The Cutting Edge《快乐至死》

凯瑟琳·丹斯系列
2007 The Sleeping Doll《睡偶》
2009 Roadside Crosses《路边的十字架》
2012 XO《唱片》
2015 Solitude Creek《孤独的小溪》

詹姆斯·邦德系列
2011 Carte Blanche《全权委托》

科尔特·肖系列
2019 The Never Game《游戏中毒》

杰夫里·迪弗 重要作品年表

非系列作品

1992 Mistress of Justice《正义的情妇》
1993 The lesson of Her Death《她死去的那一夜》
1994 Praying for Sleep《祈祷安息》
1995 A Maiden's Grave《少女的坟墓》
1999 The Devil's Teardrop《恶魔的泪珠》
2000 Speaking in Tongues《银舌恶魔》
2001 The Blue Nowhere《蓝色骇客》
2004 Garden of Beasts《野兽花园》
2008 The Bodies Left Behind《弃尸》
2010 Edge《边界》
2013 The October List《十月名单》

第十二张牌
The Twelfth Card

[美]杰夫里·迪弗 著
梅辛 译

新 星 出 版 社　NEW STAR PRESS

纪念克里斯托弗·里夫[1]
一堂勇气的课程,一个希望的象征。

---

[1] 克里斯托弗·里夫(Christopher Reeve,1952—2004),扮演超人的美国演员。

"有些人是亲戚,另一些人则是祖先,你选择那些你想要的祖先。通过这些标准,你创造出你的自我。"

——拉尔夫·埃利森[①]

[①]拉尔夫·埃利森(Ralph Ellison, 1913—1994),非洲裔美国作家,主要作品有《看不见的人》等。

目录

1	第一部 五分之三个人
95	第二部 涂鸦王
251	第三部 绞架山
357	第四部 死囚之路
471	第五部 自由人的秘密

第一部 五分之三个人

(十月九日，星期二)

1

　　这个男人的脸上满是泪水和汗水,他不仅是为了自由奔跑,更是为了生命狂奔。

　　"在那儿!他往那儿跑了!"

　　曾经身为奴隶的他不能确定声音从何处来。是身后吗?是右边或左边?还是来自上方某一幢沿着污秽的鹅卵石街道而建的破旧房舍?

　　七月的空气炎热而黏稠,像一团液体石蜡。这名健壮的男子纵身一跃,跳过了一堆马粪。清道夫们从不到城市的这个角落。查尔斯·辛格尔顿在一个叠放许多木桶的货架旁停了下来,想喘口气。

　　砰的一声枪响,没打中,偏离目标很远。但那刺耳的枪声立刻将他的记忆拉回到了战争中:在那些令人难以忍受的、疯狂的日子里,他穿着满是尘土的蓝色制服[①],坚守岗位,牢牢地抓着那支沉重的毛瑟枪,面对那些穿着同样满是尘土的灰色军服[②]、用手中武器瞄准自己的男人。

　　他跑得更快了。又有人开了一枪,但仍然没打中。

　　"拦住他!谁能抓住他,赏五块金币!"

　　但是在天刚蒙蒙亮的清晨,街上空荡荡的,只有几个衣衫褴褛的爱尔兰拾荒者和一些肩上扛着十字镐或煤锹的工人,他们无

[①]美国南北战争时期北方军队制服的颜色。
[②]美国南北战争时期南方军队制服的颜色。

意去阻挡这名眼神疯狂、肌肉壮硕、毅力惊人的黑人。更何况大喊悬赏的人是一名城市巡警,这意味着这项允诺的背后并没有金钱的支持。

在二十三街那块路面有油漆的地方,查尔斯转身向西。光滑的鹅卵石让他滑了一下,摔得很重。一名骑着马的警察此时绕过街角,举起了手上的警棍,准备突袭这名摔倒的男子。就在此时——

然后呢?女孩想着。

后来呢?

后来他到底发生什么事了?

十六岁的吉纳瓦·塞特尔不断地拧着缩微胶片阅读机的旋钮,但它却一动不动,已经到了这卷缩微胶片的最后一页。她拿起装着一八六八年七月二十三日《有色人种每周画报》上主要文章的胶片的金属框,接着在满是灰尘的盒子中翻找着,担心这篇文章的其余部分已经不见了,如果真的这样,她就永远都无法知道她的祖先查尔斯·辛格尔顿后来到底怎么样了。她早就听说过,关于黑人的历史文件档案,不是被放错地方,就是残缺不全。

到底这个故事的其余部分在哪里?

啊……她终于找到了。她小心翼翼地将这卷缩微胶片装在已经严重磨损的灰色读片机上,急切地转动着旋钮,希望能找到查尔斯逃亡故事的连载报道。

吉纳瓦丰富的想象力,加上多年沉浸于书本,使她能够将杂志上刊载的这段一百四十年前发生在纽约燠热而肮脏的街道上的追捕前奴隶的故事变得栩栩如生。她觉得自己仿佛回到了当年的现场,而不是身处位于曼哈顿第五大道上的非洲裔美国人文化及历史博物馆大楼空荡荡的图书馆内。

她转动着旋钮,一页一页的内容如流水般滑过粗糙的屏幕。吉纳瓦发现了这篇文章的剩余部分,它的标题是这样的:

耻辱
一个自由人的罪行
合众国老兵查尔斯·辛格尔顿
在有损名誉的事件中背叛同胞的事业

与文章一起登出的一张照片上,是穿着南北战争时期军服的、二十八岁的查尔斯·辛格尔顿。他身材很高,双手宽大,紧绷在胸膛和手臂上的制服显露出他强壮的肌肉。他长着宽阔的嘴唇、高高的颧骨和圆圆的脑袋,皮肤很黑。

注视着那张严肃的脸庞,那双冷静、锐利的眼睛,女孩相信他们之间有颇为相似之处——她和她祖先一样,有着圆圆的脑袋和面孔,皮肤也是饱满的黑色。但是,她的体型却完全不像辛格尔顿。就像住在德拉诺贫民住宅区那些喜欢品头论足的女孩说的一样,吉纳瓦·塞特尔瘦得像个小男孩。

她从头开始重读一遍,但这时却有一个声音引起了她的注意。

房间传来咔嗒一声响,是门被闩上了吗?接着她听到一阵脚步声,然后停下来,接着又走了一步,最后是一片寂静。她往后匆匆看了一眼,什么人也没有。

她感觉到一阵寒意,但她告诉自己不要惊慌。引起她惊慌的通常是一些不愉快的回忆:那些德拉诺住宅区的女孩在兰斯顿·休斯高中后面的校园里围堵她;还有那一次,托娅·布朗和她那些来自圣尼古拉斯住宅区的爪牙,把她拖进一条小巷狠狠揍了一顿，打断了她的一颗后牙，现在还没有补上。男孩们会偷偷摸摸，男孩们会打打闹闹，男孩们会羞辱你，但只有女孩们会让你流血。

按倒她，戳她，戳这个母狗……

又是一阵脚步声，然后停了下来。

寂静。

这里的幽暗、寂静和霉味让气氛更加阴森恐怖。而在星期二早晨八点十五分，这里更是空无一人。虽然图书馆八点开门，但此时博物馆尚未开放——观光客不是还在梦乡，就是正在享用早餐。不过当管理员开门时，吉纳瓦已经等在门前了，因为她急着想要读这篇文章。现在她坐在一个大型展示厅顶端的一个阅览室里。这里有穿着十九世纪服装的无脸人形模特，墙上挂满绘画作品，上面尽是些戴着奇怪帽子的男人和女人，还有四肢怪异的老瘦马。

脚步声又响了起来，然后，又停了下来。

她应该走吗？应该去和图书管理员巴里博士待在一起，直到这个可怕的家伙离开吗？

就在此时，那名访客笑了起来。

不是那种怪异的笑，而是一种很愉悦的笑声。

接着，他说："好吧，我稍后再打给你。"

"啪"的一声，是手机合上的声音。原来他是在听手机另一端的人说话，而这就是他走走停停的原因。

告诉你不用担心，姑娘。人们在笑的时候是不会有危险的。当他们在电话中谈一些愉快的事时，也不会有危险。他走得很慢，是因为人们在说话时都是这样——虽说，怎么能这么没礼貌地在图书馆里打电话呢？吉纳瓦转身回到缩微胶片的屏幕上，她想要知道：查尔斯，你逃脱了吗？天哪，我希望你逃走了。

然而，他没有像一个勇敢的男子汉一样坦然面对自己的困境，反而重新爬了起来，继续他懦夫式的逃亡。

这样的报道还真客观！她生气地想。

有一阵子，他躲过了追捕者，但脱逃只是暂时的。门廊下的一个黑人商人看到了这名自由人，于是以正义之名恳求他停下脚步，他声称自己已经听说了辛格尔顿先生的罪行，并且指责辛格尔顿让全国的有色人种蒙羞。这位公民，沃克·洛克斯先生，向辛格尔顿先生扔了一块砖头，想击倒他。但——

查尔斯蹲下来躲过了这一块砖头，转向他吼道："我是无辜的，我并没有干警察说的那些事！"

在报道内容的激发下，吉纳瓦的想象力开始自由驰骋，着手重写这个故事。

但是洛克斯完全不理会这名自由人的抗议，他跑到街上，打电话给警察，告诉他们有一名逃犯正向码头方向跑去。

辛格尔顿的心碎了，脑子里不断出现维奥利特和他们的儿子乔舒亚的形象，这名前奴隶继续为自由而奔跑着。

拼命跑，拼命跑……

他的身后来了一名快马飞奔的骑警。在他前面的路上，也出现了其他的骑警，由一名戴着头盔，手中挥舞着手枪的警察领队。"站住，不许动，查尔斯·辛格尔顿！我是威廉·西姆斯探长，我找了你整整两天了。"

自由人服从了命令。他宽阔的肩膀颓然地耷拉着，强壮的臂膀垂在两侧，他呼吸着哈得孙河边潮湿且带着酸臭味的空气，胸膛随之起伏。附近就是管理拖船的办公室，他看到河上有着以百计、朝天竖立的帆船桅杆来来往往，似乎正以它们的自由在嘲弄他。他靠在"迅捷快运公司"的大型招牌上,大口喘着粗气。查尔斯看着逐渐靠近的警察,后者胯下的马踏在鹅卵石上发出响亮的"嘚、嘚"的马蹄声。

"查尔斯·辛格尔顿,你因为盗窃罪被捕。你必须向我们投降,不然我们就要强行逮捕你。不管用哪种方式,你都得戴上手铐脚镣。选择第一种,你可以不用受苦;选择第二种,你的下场会充满血腥味。总之,由你选择。"

"我没有犯你们说的罪!"

"我再次重申:投降,或者死亡。这是你仅有的选择。"

"不,长官,我还有另一种选择!"查尔斯大叫。他又开始跑,朝着码头狂奔而去。

"站住,否则我们就开枪了!"西姆斯探长喊道。

然而,就像一匹马在冲锋时越过木桩一样,那名自由人纵身一跃,跳过了码头边的栏杆。他似乎在空中停顿了一下,嘴里念了几个字,也许是向耶稣恳求宽恕,也许是向他的妻儿表达爱意;不过,无论是什么,追捕者都没有听见。然后,他翻滚了三十英尺,投入哈得孙河暗沉的河水里。

四十一岁的汤普森·博伊德站在离吉纳瓦·塞特尔五十英尺外的地方,他慢慢走向这个正在读缩微胶片的女孩。

他将套在头上的毛线帽拉下来,盖在脸上,调整好眼睛开孔的位置,然后将手枪的弹夹打开,确定它没有卡住。虽然他之前早就检查过了,不过,这种事还是别太自以为是的好。他把手枪放进口袋,同时从他黑色雨衣内侧的一个暗袋里掏出了警棍。

他站在服装展示厅的书架之间,这些书架将他和阅读缩微胶片的桌子隔离开来。他用戴了乳胶手套的手指压了压双眼，今天早晨眼睛真是刺痛得厉害。他眨了眨眼，挤掉因为疼痛而溢出的几滴眼泪。

他再度向四周查看，以确定这个房间真的没有其他人。

这里没有警卫，楼下也没有；没有安全监视器或签到簿。一切都很好。只有一些后勤上的问题。这个大房间实在是太安静了，汤普森无法掩饰自己接近女孩时发出的脚步声，她应该早已觉察到有人在房里了，也许此时正感到焦虑不安和警觉。

当他踏进图书馆这一翼，并且将身后的门锁上时，轻声笑了出来，而汤普森·博伊德已经有好几年不曾笑过了。尽管如此，他却深谙幽默的力量，并且能够在工作中很有技巧地使用它。一声笑声——再配上一句愉快的道别语，以及合上手机的声音——他猜想，应该就能让她放下心来。

这个方法似乎很有效。他快速地审视四周一长排的架子，并且看到了那个女孩，她正专心地看着缩微胶片阅读机的屏幕。她放在两侧的双手，似乎因为她正在阅读的内容紧张得一紧一松。

他开始向前走去，然后停住脚步。那个女孩推开椅子站起来，他听到椅子滑过塑料地板的声音。她正朝别处走去。要离开了吗？没有。他听到了饮水机处传来女孩的喝水声；接着，传来她从架子上抽出几本书并堆放在桌子上的声音；又一阵停顿，然后，她再次回到桌子旁，堆放更多的书。她放这些书时发出砰的一声。最后，他终于又听到拖椅子发出的刺耳声响，她又坐下来了。接着，是一片寂静。

汤普森又探头看去，见她又回到椅子上，从堆在面前的十几本书中抽出一本阅读。

左手提着一个装有安全套、剃刀，以及水管胶带的袋子，右

9

手执着警棍，他开始向她走去。

现在，他已经来到她的后方，二十英尺、十五英尺，他屏住呼吸。

十英尺。就算现在她忽然逃跑，他也可以向前冲，一把抓住她——可以打断她的膝盖，或者用拳头敲击她的头。

八英尺、五英尺……

他停下来，轻轻地将强奸用品袋放在架子上。双手握着警棍，他又前进了一步，举起了这根涂着亮光漆的橡木棍子。

她依然沉迷于字里行间，专注阅读，对身后仅一臂之遥的攻击者的存在浑然不觉。汤普森用尽全力把警棍往下挥，向女孩戴着毛线帽的后脑击去。

砰……

当警棍击中她的头时，发出一阵空洞的碎裂声，同时，他的双手感到一阵痛苦的震动。

但似乎不对劲。这个声音的感觉不对，怎么回事？

汤普森·博伊德向后一跃，被击中的躯体倒向地板，"啪"的一声在地上摔成了碎片。

人形模特的躯干朝一个方向跌去，而它的头却摔向另一个方向。汤普森呆呆地凝视了一会儿。然后他往旁边看去，只见身旁有一件晚礼服覆盖着那个模特的下半部分身体——这是南北战争后的"重建美国"时期妇女服饰展的展品之一。

不……

不知怎么，她察觉到他是个威胁。于是，她从架子上搬了几本书，以掩饰她站起身来并拆开人形模特的动作。她还替人形模特的上半身穿上自己的运动衣、头上戴上自己的毛线帽，然后把它放在椅子上。

但她又在哪里呢?

一阵急促的跑步声回答了这个问题,汤普森·博伊德听到她奔向逃生门的声音。于是这个男人匆匆将警棍放进外套,掏出手枪,开始追她。

2

吉纳瓦·塞特尔在奔跑。

为了逃生而奔跑,就像她的祖先查尔斯·辛格尔顿。

她喘着气,和辛格尔顿一样。

但是她知道,自己根本没有一百四十年前她的祖先在逃亡中表现出的尊严。她一面啜泣,一面呼叫求救,而且在惊慌中重重绊了一下,撞上一面墙,手背都擦伤了。

她在那儿,她在那儿,那个皮包骨的假小子……抓住她!

经电梯逃命的想法让她感到恐惧,觉得自己有可能会被困在里面,于是选择了逃生楼梯。她用力撞开门,力量大得把自己都吓了一大跳。一片黄色的光跃入眼帘,她继续往前,从楼梯平台向下一跃,跳到四楼,伸手去转门把。但这是安全门,从楼梯间无法打开。她只能从一楼的大门逃走。

她气喘吁吁,继续沿着楼梯往下冲。她很想知道:为什么?他在追什么?

皮包骨的小黑母狗,没时间理会我们这样的女孩……

那把枪……就是让她起疑心的地方。吉纳瓦·塞特尔并不是什么帮派不良少女,但是作为一名哈莱姆[①]中心地带兰斯

[①]哈莱姆区,Harlem,纽约市的一个黑人居住区。

顿·休斯高中的学生,从小到大至少也见过几把枪。当她听到清楚的咔嗒声时——与合上手机的咔嗒声完全不一样——她本以为这个发出笑声的男子只是来随便逛逛,有机会的话就找点麻烦。于是,她故作轻松地起身去喝水,准备逃跑。但是当她从书架间偷看时,看到了他的滑雪面罩。她马上就明白,除非把他的注意力引到桌子上,否则她不可能经过他身边溜到门口。于是她故意弄出很大的声响,将几本书堆起来,偷偷将附近一个模特的衣服脱掉,给它穿戴上她自己的帽子和运动衣,再将它放在缩微胶片阅读机前。然后就等着他慢慢接近,他一走上前,她便从他身旁溜走,冲向逃生门。

抓住她,抓住这个母狗……

吉纳瓦跌跌撞撞地朝下一层楼逃去。

上面传来脚步声。天哪,他追来了!他跟着她一起进了楼梯间,现在离她只有一段楼梯的距离。他的脚步声越来越接近,她护着擦伤的手,跌跌撞撞地冲下楼梯。快到一楼时,她一步跳下四级台阶,落到水泥地上。她的双腿已经失去了力气,而且还撞上了粗糙的墙面。听着他的脚步声,看到他投射在墙上的影子,这个十几岁的少女忍痛站起身来。

吉纳瓦看着逃生门,倒抽了一口气,门把手上居然缠了一条铁链。

不,不,不……那条铁链不应该在那里,但是,这并不表示管理这座博物馆的人不会用它来阻挡窃贼入侵;或者,也许是这个家伙想到她可以从这里逃脱,于是自己在门把上缠了铁链,将她困在这个幽暗的水泥陷阱里。但是,门真的被锁住了吗?

只有一个方法可以知道答案。冲吧,姑娘!

吉纳瓦从楼梯处往前冲,一头撞上门把手。

大门啪地打开了。

哦,谢天谢地——

忽然间,一阵巨大的噪声充斥双耳,疼痛烧灼着她的灵魂,她放声尖叫。难道是她的脑袋被枪击中了吗?但她很快就明白这只是大门警报发出的尖锐声音,就像基莎小堂弟的哭声一样刺耳。接着,身后的大门砰的一声关上,她便置身于外面的小巷里了。现在必须要找出最佳逃跑路线,是向右,还是向左?

按倒她,戳她,戳这个母狗……

她选择了向右,跌跌撞撞地走到了五十五街,一头冲进上班的人流里。她的模样引起了路人关怀而谨慎的注视,不过大部分人都对这个神情慌乱的女孩视而不见。攻击者推开了大门,她身后的火警铃声越发响亮了。他会逃走吗?还是会追上来?

吉纳瓦一路直奔基莎所在的街道。这时基莎正站在路边,手里边拿着希腊熟食店的咖啡纸杯,一边在风中点烟。基莎是她的同班同学,有着像摩卡咖啡般的皮肤,她化着精致的紫色妆容,戴一顶瀑布般的金色假发。但和吉纳瓦同龄的她比吉纳瓦高出一个头,也丰满得多,身材凹凸有致,穿着打扮就像一名推销员。这个女孩就这样站在街边等着,她对于博物馆或任何建筑物都没有兴趣,因为那里都是禁烟的。

"吉恩[①]!"她的朋友一把将咖啡杯扔到街上,冲上前来,"怎么回事?有人找麻烦?"

"那个人……"吉纳瓦上气不接下气,觉得胃里在翻腾,"里面有个男人,他攻击我。"

"哦,妈的!"拉基莎[②]向四周看看,"他在哪儿?"

[①]吉恩,吉纳瓦的昵称。
[②]基莎,拉基莎的昵称。

"我不知道,刚才还在我后面。"

"镇定一点,姑娘,你不会有事的。我们快离开这里。快,一起跑!"这个身材高大的女孩开始慢跑起来。她在学校里,每一节体育课都逃课,而且烟龄长达两年。此刻她气喘吁吁、手臂在身体两侧摆动着,全力奔跑。

但吉纳瓦跑了半个街区就慢了下来。接着她停下来,说:"等一等,基莎。"

"吉恩,你要干什么?"

惊恐已经烟消云散,取而代之的是另一种感觉。

"快点,姑娘,"拉基莎喘着气说,"快跟上来。"

吉纳瓦·塞特尔下定了决心,愤怒取代了恐惧。她想:绝不能放过这个混蛋。她转过身,上上下下看着街道。最后她看到了她要找的东西,就在她刚刚逃离的那个巷口。她往那个方向冲了回去。

在离非洲裔美国人博物馆一个街区的地方,汤普森·博伊德在拥挤的高峰人流中停下小跑的脚步。无论从什么角度看,汤普森都是一个普普通通的男人——中等长度的棕色头发、中等体重、普通的面貌、中等体格(在狱中人称"凡人乔"),人们常常会忽略他的存在。

不过除非是赶公共汽车、出租车或火车,否则一个男人在中城区奔跑还是会引人注意的;所以他放慢脚步,做出一副悠闲的样子。很快,他的身影就在人群中消失了,没有人注意到他。

在第六大道和第五十三大道交会口等红绿灯时,他想了一下,然后做出了决定。他脱下雨衣,将它搭在手臂上,确保自己可以随时掏出武器。接着他转过身,开始向博物馆走去。

汤普森是个一切都按照书本行事的手艺人,他现在的举动——回到刚才攻击未遂的现场——并不是一个聪明的做法;毫无疑问,警察会很快赶来,而且数量应该不少。

不过他经历过这样的场面:当到处都是警察时,人们会因为放松警惕而导致疏忽。这时你可以比任何时候都更加接近他们。这个中等个子的男人不紧不慢地穿过人群,朝博物馆方向走去,现在他只是一个普通的行人。"凡人乔"要开始工作了。

简直是一个奇迹。

在头脑中或身体某处,当一个刺激产生时,不论是心智还是身体上的刺激——我想要拿起玻璃杯、我必须扔掉烫手的热锅——都会造成一个神经脉冲,沿着全身的神经细胞膜传导。与大多数人想象的不同,这种神经脉冲不是电流,而是神经细胞的表面迅速从正极转变为负极时产生的波动。神经脉冲没有强度的变化,只有存在或不存在,而且速度很快,每小时二百五十英里。

神经脉冲到达目的地——肌肉、腺体及器官——之后,那里产生回应,于是我们的心脏跳动、肺叶充气,我们的身体可以跳舞,双手可以种花、写情书以及驾驶飞船。

一个奇迹。

除非,某个地方出了差错。比如说,你是犯罪现场鉴定小组的组长,在地铁的一处建筑工地勘查凶案现场时,一根橡木横梁从上方掉落,砸在你的脖子上,并压碎了第四节颈椎——从头盖骨底部往下数的第四块骨头,就如同林肯·莱姆儿年前所经历的一样。

如果发生了这种事，那么一切就都完了。

即使重击没有当场砸断脊髓，流经的血液造成的压力也会将它们压碎，或使它们得不到所需的养分。而毁灭性原因是，当神经细胞基于某些不明原因死亡时，会释放出一种有毒的氨基酸，杀死更多的神经细胞。最后，即使病人活了下来，结疤的组织也会充满神经周围的空间；用一个形象的比喻来说，就是像坟墓中的泥土一样。因为脑部与脊髓的神经细胞和身体其他部位的神经细胞不同，它们是无法再生的。一旦死亡，就永远麻木了。

根据医学界的谨慎说法，经历过这样一次"灾难性的意外"后，一些被称为"幸运儿"的病人会发现，控制着心肺等主要器官的神经细胞会继续发挥功能，因而他们也就活了下来。

也许他们是"不幸儿"。

因为有的人宁愿心脏早已停止跳动，让自己免受感染、褥疮、挛缩和痉挛之苦，免于自主神经异常反射的攻击以及由此造成的中风，也使他们免于恐惧，免于连阿司匹林和吗啡都无法消除的、让人捉摸不透却又毛骨悚然的痛苦幻觉。

更不用说他们生活上发生的重大改变：理疗师、护理人员、人工呼吸机、各式各样的导管、成人纸尿布，以及对他人的依赖……当然，还有沮丧。

在这样的情形下，有的人选择放弃，一心求死。自杀永远是一个可能的选择，只不过并不容易（设想一下在只能转动脑袋的情况下杀死自己）。

但是有的人会反击。

"够了吗？"向莱姆发问的年轻人身材修长，穿着便裤和白衬衫，打着一条酒红色的花领带。

"不,"他的老板由于运动而上气不接下气,"我要继续。"位于西中央公园大道西侧一幢房子二楼的备用卧室里,莱姆被固定在一台复杂的健身自行车上。

"我认为已经够了,"他的助理托马斯说,"你已经运动了一个多小时,心率已经相当快了。"

"这就像骑自行车登上马特洪峰[①],"莱姆喘着气,说:"而我是兰斯·阿姆斯特朗。"

"马特洪峰可不在环法自行车大赛的路程内。它是一座山,你可以去登山,但你不能骑自行车上去。"

"谢谢你来自ESPN[②]的内幕消息,托马斯,我可不喜欢咬文嚼字。我骑了多远了?"

"二十二英里。"

"再骑十八英里。"

"不行,五英里。"

"八英里。"莱姆讨价还价。

那位英俊的年轻助理无奈地抬起一边的眉毛。"好吧。"

莱姆原本就想骑八英里,但他兴高采烈,他是为了赢而活的。

自行车在继续转动。是的,他的肌肉驱动着自行车,但是这和你在金吉姆健身中心[③]看到的那些固定的健身自行车有很大不同。刺激沿着神经细胞传导着脉冲,只是它并非来自莱姆的大脑,而是来自一台用电极连接到他腿部肌肉的电脑。这套设备被称为FES肌力测量[④]自行车。FES指功能性电刺激疗法,即用电

---

① 马特洪峰,Matterhorn,阿尔卑斯山的山峰之一,在意大利和瑞士边境,海拔四千四百七十八米,由于地势极为陡峭险峻,被许多登山家视为高难度挑战。
② ESPN:一家二十四小时专门播放体育节目的美国有线电视联播网。
③ 金吉姆健身中心,Gold's Gym,著名的健身中心,在世界各地设有连锁店。
④ FES肌力测量,一种测量肌肉状态的装置,亦称测力计。

脑、电线及电极装置模拟神经系统，将微弱的电流传送到肌肉，让它们像受大脑控制一样地产生反应。

功能性电刺激疗法与走路或使用器械不同，不是每天都进行的治疗方式。它真正的好处是可以改善那些严重残疾病人的健康状况。

莱姆开始进行这项运动是受一位他非常崇拜的人的激励，即演员克里斯托弗·里夫，他在一次骑马时意外受伤，伤势比莱姆还要严重。让传统医学界人士大为震惊的是，由于顽强的意志力和坚持不懈的体能训练，里夫恢复了一些行动能力，也恢复了一些已经丧失的感觉。几年来，大家一直在讨论是否该在莱姆的脊髓上进行高风险的实验性外科手术，但莱姆最后选择了和里夫类似的锻炼方式。

这位演员的最终去世反而让莱姆投入更多的精力来进行锻炼计划，而托马斯也找到了东岸最好的脊髓损伤科医生之一：罗伯特·谢尔曼。这位医生为他拟订了一个计划，包括肌力测量计、水疗及运动自行车——这是一个体积庞大的奇妙机械装置，配有机械脚踏，由电脑控制。实际上，这套系统能让莱姆"走路"。

这些治疗产生了效果。他的心肺功能增强了，骨质强度也与同龄的正常男子相当。肌肉也增加了，他的体格和在纽约市警察局工作时已相差无几，当时他负责侦查资源组，领导犯罪现场鉴定小组。那时他每天都要走好几英里路，有时甚至亲自进行现场鉴定——这对一位队长来说是极罕见的；并且还走遍了全市的街道，收集岩石、土壤、混凝土、煤灰，分门别类后作为他刑事鉴定工作的资料库。

随着谢尔曼计划的进行，莱姆由于长时间卧床和久坐在椅子上而产生的褥疮越来越少，肠道和膀胱功能得到改善，尿路感染的出现次数也比以前少多了。而且自从开始进行这项康复计划后，他只经历过一次自主神经的异常反射。

当然，另一个问题依然存在：几个月令人筋疲力尽的训练，真的能够治疗他的病症，而不是仅仅加强肌肉和骨骼而已吗？一个简单的运动和感觉功能测试会马上告诉他结果。但这必须要莱姆亲自去一趟医院，而他始终找不到时间来做这件事。

"你难道不能抽出一小时吗？"托马斯会这么问。

"一小时？一小时？在你的记忆中，最近什么时候去医院只要花一小时？托马斯，这么特别的医院会在哪里？梦幻岛还是翡翠城？①"

但谢尔曼医生最终还是迫使莱姆同意去进行这项测试。半个小时后，他和托马斯就要动身前往纽约医院，听取有关他病情进展情况的最终结果。

尽管如此，此时的林肯·莱姆却没有在想这件事，而把心思放在目前正在参加的自行车大赛上——这是在马特洪峰上举行的自行车大赛，对，没错，他刚刚才打败了兰斯·阿姆斯特朗。

结束后，托马斯将他从自行车上抱下来，替他洗澡，再给他穿上白色衬衫及黑色便裤。一个坐式转移装置将莱姆送进了轮椅，驶向小电梯。他来到楼下，红发的阿米莉亚·萨克斯正坐在实验室里给一桩案子的证物进行登记，这件纽约市警察局侦办的案子是由莱姆担任顾问的。

莱姆用放在触控板上唯一还能动的手指——左手无名指——灵巧地操纵着红色"暴风箭"轮椅穿过实验室，来到她身旁。她靠过来，亲吻他的嘴；他也回吻她，嘴唇紧紧压着她的唇。他

---

① 梦幻岛（Neverland）是小飞侠彼得·潘的家，翡翠城（The Emerand City）是《绿野仙踪》里奥兹王居住的城堡，都是童话中美好的虚幻之地。

们就这样吻了好一会儿,莱姆享受着与她亲近时带来的体温和甜美感觉,以及她身上的花香肥皂味和她的头发磨蹭在脸颊上的瘙痒。

"今天你的成绩如何?"她问道。

"如果不是被拦着,我现在已经到北韦切斯特医院了。"他不怀好意地瞥了托马斯一眼。这位助理完全不为所动,只对萨克斯眨了眨眼。

身材高挑的萨克斯穿着一条海军蓝的裤子,上身是一件自从她晋升为警探后就常穿的黑色衬衫(有时是蓝色,因为一本警察战术手册上写着:穿色彩反差明显的上衣或衬衫,会使胸部成为一个比较明显的目标),这身装束既保守又方便,不过与她当警察前的工作着装要求可大为不同——萨克斯曾当过几年的服装模特。她的外套在臀部稍稍突起一块,那下面放着她的格洛克自动手枪。她穿的裤子是男式的,后面的口袋是她觉得唯一可以自如地收藏那把非法但很有用的弹簧刀的地方。与平时一样,萨克斯穿着舒适合脚、底部加垫的鞋子。由于关节炎的缘故,走路对阿米莉亚·萨克斯来说是一种痛苦。

"我们何时动身?"她问莱姆。

"去医院?哦,你真的不需要来。你最好留在这里登记证据。"

"我快弄好了。不是需不需要去的问题,我想去。"

他闷闷不乐。"马戏团,我早就知道会变成一个马戏团。"他想对托马斯投以充满责备的目光,可是助理却不在眼前。

门铃响了。托马斯走到门厅,过了一会儿才回来,后面跟着朗·塞利托。"嘿,大家好。"这位矮胖的警官一如既往地穿着皱巴巴的衣服,高兴地和每个人点头打招呼。莱姆很想知道是什么使他的心情这么好。也许和最近的逮捕行动有关，也可能是因为纽约市警察局新进警察的人员预算，或者可能只是因为他减了几磅。这名副队长的体重就像悠悠球一样上上下下，他自己也总是抱怨不已。但在目前的情况下，林肯·莱姆对任何人因自己身体上的不完美所发的牢骚，比如肚子太大或头发太少，都没有什么耐心。

但是今天这名警探的兴高采烈似乎和工作有关。他挥舞着手中的一些文件，"他们判他有罪了！"

"哦，"莱姆说，"是那件鞋子的案子吗？"

"是的。"

虽然并不意外，但莱姆还是很高兴。为什么不呢？是他整理了案子的大部分材料来指控凶手，这个官司是不可能输的。

这是一桩很有意思的案件：两名来自巴尔干半岛的外交官在罗斯福岛——位于东河住宅区一片古怪的狭长地带——被人谋杀，而他们右脚的鞋子都被偷了。面对这件毫无头绪的案子，纽约市警察局和往常一样雇请莱姆担任刑事鉴定科学顾问，在调查过程中提供协助。

阿米莉亚·萨克斯负责进行犯罪现场的证据收集和分析。但是得到的线索无法导向任何明确的侦查方向，警方束手无策，只能认为凶手可能是受到欧洲政治局势的刺激。这件案子虽并未结案，但是沉寂了一段时间，直到纽约市警察局得到了一份联邦调查局的备忘录，内容是关于一个被丢弃在肯尼迪机场的皮箱。那个箱子里装有全球定位系统、二十多组的电子电路，以及一只右脚男鞋。这只鞋的鞋跟已被挖空，里面是一片电脑晶片。莱姆想知道，这只鞋是否就是罗斯福岛上失踪的鞋子中的一只。当然没错，它就是。箱子里的其他线索也指向谋杀现场。

似乎是间谍事件……颇有罗伯特·勒德拉姆①的味道。各种说法传得沸沸扬扬，而联邦调查局和国务院也参与进来。还有一位来自兰格利②的男士也出面了，莱姆记得这是自他工作以来，中情局第一次对他经手的案子表示关心。

而在找到鞋子一周后，当那些刑事侦查专家还在嘲笑那些喜欢玩弄全球阴谋却大失所望的联邦探员时，阿米莉亚·萨克斯领导的一个战术小组逮捕了新泽西州帕拉姆斯的一个生意人。这个粗人对外交政策的了解，最多也只有《今日美国》的水平。

经过对鞋跟的材质进行湿度及化学分析，莱姆证明了鞋跟是在被害人被杀数周后才被挖空的。他还发现这片电脑晶片是从"PC大卖场"购得，而全球定位系统中的资讯不仅不是秘密，甚至可以从一个已经过期一两年的网站上下载到。

莱姆的结论是：这是一个故意安排的犯罪现场。通过检验皮箱里的尘土，他追踪到新泽西一家制造厨具的公司。扫了一眼业主的电话记录及信用卡账单后，他就发现这名男子的妻子和一名外交官有染。她丈夫发现了奸情，于是找了一个在材料场为他工作、盲目崇拜托尼·瑟普拉诺③的家伙合谋，在罗斯福岛杀死了这个情人及其倒霉的同事，然后再安排现场，让这起谋杀看起来含有政治动机。

"是有关系，但不是外交上的，"莱姆在法庭做证时，以戏剧性的结语说道，"确实是有秘密活动没错，但并非间谍活动。"

"抗议！"疲惫的辩方律师说道。

"有效。"可是法官已经忍不住笑了出来。

---

①罗伯特·勒德拉姆（Robert Ludlum, 1927—2001），著名间谍小说作家。
②兰格利（Langley），美国中央情报局总部所在地。
③电视剧《黑道家族》中的黑帮头子。

陪审团花了四十二分钟就将被告定罪。当然,律师按照惯例,提出上诉,但结果就如同塞利托刚刚宣布的,上诉法庭维持原判。

托马斯说:"啊,为了庆祝胜利,不如大家一同前往医院。你准备好了吗?"

"不要太过分。"莱姆咕哝着说。

就在这时,塞利托的呼叫器响了起来。他看看屏幕,皱起眉头,然后从他的腰带上拿出手机,打了一个电话。

"我是塞利托。怎么了?……"大个子慢慢地点头,他的手不自觉地揉搓他那圆滚滚的肚皮。他最近在尝试阿特金斯式饮食法①,吃了一大堆牛排和鸡蛋,显然没什么效果。"她还好吗?……那嫌疑犯呢?……是啊……那不太妙。等一等,别挂电话。"他往上看,"一〇二四② 刚才打电话来。第五大道第五街的那个非洲裔美国人博物馆。受害人是一名年轻女孩,青少年。强奸未遂。"

阿米莉亚·萨克斯听到这个消息,脸上肌肉不由得抽搐了一下,满怀同情。莱姆却有不同的反应,他的脑海里立刻反应过来:那里有几处犯罪现场?那名嫌疑犯追踪她了吗?他有没有可能掉落了一些证物?他们是否有过扭打,是否交换了可追踪的微型证据?他是否搭乘公共运输工具到达或离开犯罪现场?或者,是否有汽车涉案?

另一个念头也闪过他的脑袋,但无论如何,他不愿意说出来。

---

①阿特金斯式饮肥法,又称"食肉减肥法",由于这种减肥法是由美国医生阿特金斯(Dr. Robert Atkins)于二十世纪七十年代倡导的减肥饮食法,所以又称"阿特金斯医生饮食法"。主张不要摄取米饭、面食、面包等含淀粉量高的食物,与此同时,增加摄取高蛋白食物,以达到快速减肥的效果。
②一〇二四,指警察之间用于通信的无线电代号。

"受伤了吗?"萨克斯问道。

"只是擦伤了手。她逃脱了,并在附近找到了一个穿制服的巡逻警察。他检查了现场,但那个畜生跑了……所以,你们可不可以负责犯罪现场?"

整个纽约市警察局最近乱成一团。联邦调查局接到几份有关该地区以色列人聚居地可能遭受炸弹攻击的匿名报告,许多警察都被调离平常的勤务岗位,去参加反恐工作(这一重新部署让莱姆想起萨克斯曾经讲过的关于她外祖父所说的战前德国生活的故事。萨克斯爷爷的岳父曾经是柏林的一位刑事警察,每当有什么危机发生时,他的人手总是被国家政府调走)。由于资源调配的缘故,莱姆比过去几个月更忙了。他和萨克斯——他坚持与之合作的犯罪现场鉴定警探——目前正在处理两件白领犯罪欺诈调查、一件武装抢劫,以及一件三年前发生的"悬案"。

"是啊,真是忙。"莱姆继续道。

"不是下小雨,就是下大雨,"但是塞利托蹙着眉说,"其实我不太了解这句谚语的意思。"

"应该是'不下则已,一下倾盆'①吧!这是一个讽刺的说法。"莱姆直着脖子说,"我真的很想帮忙。但是我们手上已经有这些案子在处理了。而且,注意一下时间,我现在就有一个预约,是在医院里。"

"求求你了,林肯,"塞利托说,"你现在手上的案子中没有一件和这件有相像之处——被害人是一个孩子。那是一个坏蛋,跟踪十几岁的少女。如果能把他从街上清除,天知道会有多少女孩子将因此得救。不管怎么样,你了解这个城市。有禽兽开

---

①英文谚语(Never rains but it pours.),比喻要么不出事,一出事就接二连三。

始跟踪孩子,只要能逮住他,上头会提供你所需的一切支援。"

莱姆烦躁地说:"但是这样就有五件案子了。"然后他便沉默不语,房间里显得更加寂静。接着他做出一副很不情愿的样子,问道:"她多大?"

"十六岁,看在上帝的分上,答应吧,林肯。"

一声叹息。他终于说道:"哦!好吧,我接下了。"

塞利托惊讶地问道:"你同意了?"

"每个人都认为我很难相处,"莱姆翻了翻眼睛,自嘲地说,"每个人都认为我是个专泼冷水的家伙——朗,这是你的另一个陈腐论调。我必须指出,我们要考虑优先顺序。但我想你是对的,这件事更重要。"

这时,助理发话了:"你乐于助人的天性会影响你去医院的行程吗?"

"当然不会,我根本连想都没想到这件事。但是,现在你既然提了,我想我们最好取消预约。托马斯,这是个好主意。"

"这不是我的主意,是你设计的。"

说对了,他心想。但是,他却故意愤愤不平地说:"我?听起来好像是我在攻击中城区的人一样。"

"你知道我的意思,"托马斯说,"在阿米莉亚完成犯罪现场调查前,你就可以做完测试并且回到这里。"

"在医院里也许会耽误时间。为什么我要用'也许'二字?一定会的。"

萨克斯说:"我会打电话给谢尔曼医生,重新预约。"

"当然得取消,但是不必另约时间。我们根本不知道这件案子要花多久。那名嫌疑犯也许是个聪明的罪犯。谁知道我们会找到什么?"

"我会另外预约。"她说。

"那就排到两三个星期之后。"

"我得看他什么时候有空。"萨克斯坚持道。

但是林肯·莱姆可以和他的搭档一样固执。"我们以后再考虑这个问题。现在,有一名强奸犯四处出没。谁知道他此刻在干什么?也许在对另一个目标下手。托马斯,打电话给梅尔·库柏,让他来这里。开始行动!我们每耽搁一分钟,就是给嫌疑犯的一个礼物。喂,朗,这种说法听来怎么样?说你是个专门发表陈词滥调的天才,没说错吧!"

3

直觉。

每天按固定路线巡逻的警察会产生一种第六感,知道谁身上藏着一把枪。有经验的老巡警会告诉你,这也没什么秘诀,就是看嫌疑犯携带枪械的样子——重要的不在于枪的重量,而是有武器接近你时产生的一种压迫感,也就是那把枪能够对你造成的压力。

冒着被逮捕的风险是一种压力。带着一把非法枪械在纽约游荡能让你抽中"杰克爆米花①"里的奖:进监狱去蹲上几天。你藏了武器在身上,就得花点时间。事情就是这么简单。

阿米莉亚无法明确地说出原因,但她就是知道,在非洲裔美国人文化及历史博物馆边的街道上,那个倚墙站着的男人身上有武器。他抱着双臂,嘴里叼着一根烟,眼睛盯着警戒线、警示灯

---

① 杰克爆米花:一种爆米花的品牌,包装盒里藏有各种游戏或玩具奖项。

和警察们看。

就在接近犯罪现场时,萨克斯碰到纽约市警察局一个穿制服的警察——金发小伙子,这么年轻,一定是新手。他说:"你好,我是第一个到现场的警察。我——"

萨克斯微笑着低声说道:"不要看着我,眼睛盯着街上那堆垃圾。"

新手盯着她,眨了眨眼。"什么?"

"看垃圾,"她再次以一种严厉的口气小声重复,"不要看我。"

"抱歉,警探。"这位年轻人说。他一头修饰整洁的头发,看来很有精神,胸前名牌上的名字是 R．普拉斯基。光鲜的名牌上没有一点污渍和刮痕。

萨克斯指着垃圾。"耸耸肩。"

他依言耸肩。

"跟着我,一直看着它。"

"嗯——?"

"笑。"

"我——"

"换一个灯泡要多少警察才办得到?"萨克斯问道。

"我不知道,"他说,"要多少?"

"我也不知道。这不是一个笑话,但你要像听到一个很好笑的笑话一样笑。"

他笑了起来。有点紧张,但的确是在笑。

"继续看。"

"那些垃圾?"

萨克斯将外套的扣子解开。"现在不用笑了。我们在关心这些垃圾。"

"为什么——?"

"看前面。"

"好。我现在没笑,我正盯着垃圾。"

"很好。"

那名带枪的男子依然懒散地靠在墙上。他四十岁出头,身材很结实,头发是用剃刀刮的。她看到他屁股上鼓起来一块,知道那是一把长手枪,可能是左轮,因为它有弹膛,所以才会这样隆起。"情况是这样,"她用轻柔的声音对那个新手说,"两点钟方向的那个男人,他带着枪。"

上帝保佑这个新手——小男孩似的粗硬头发,像焦糖一样闪着浅褐色的光泽——他继续盯着垃圾,"是嫌疑犯?你觉得他就是那个嫌疑犯吗?"

"不知道。不要管,我注意的是他带着枪这件事。"

"我们要怎么做?"

"继续走。我们经过他身边,看着这些垃圾,装作没有兴趣的样子,掉头朝犯罪现场走。经过时,你放慢步子,问我要不要咖啡。我说好的,然后你绕到他的右边。他会盯着我。"

"他为什么会盯着你?"

真是天真无邪。"他就是会。你往回走,靠近他,再弄出一点声音,比如清清嗓子什么的。他会转身,这时我从他身后上去。"

"好,我知道了……我应不应该,你知道,先拔枪出来对着他?"

"不。只要让他知道你在那里,并且会站在他后面。"

"如果他拔枪呢?"

"那你再拔枪对着他。"

"如果他开枪呢？"

"我不认为他会这么做。"

"但如果他这么做了呢？"

"那你就开枪。你叫什么？"

"罗兰德，可以叫我罗。"

"执勤多久了？"

"三个星期。"

"你会干得不错的。我们走吧。"

于是他们走到垃圾堆旁，察看了一番，认为这不是个麻烦，然后便折返。普拉斯基忽然停下脚步。"嘿，要不要来杯咖啡，警探？"

戏太过了，他永远当不了"演员工作室①"的来宾，但在目前的情况下，还算是不错的表演，"当然好，谢谢。"

他加快脚步，然后又停下来，问道："你要什么样的？"

"嗯……要加糖。"她说。

"几块？"

天哪……她说："一块。"

"知道了。嘿，要来块丹麦饼干吗？"

好，冷静，她的眼睛这样告诉他。"只要咖啡。"然后她开始走向犯罪现场，觉察到那个带枪的男人注视着她梳成马尾的红色长发。他先盯着她的胸部，然后是臀部。

他为什么会盯着你？

他就是会。

萨克斯继续走向博物馆。她看了一眼街对面的一扇窗户，注

---

①演员工作室（Inside the Actor's Studio）是布拉沃有线电视频道主办的系列节目。主持人詹姆斯·立普顿在节目中采访好莱坞的著名演员，讨论他们当演员的心得体会。

意到那里面的影子。当那个吸烟的人注意普拉斯基时，萨克斯迅速转身上前，像枪手一样将外套下摆推向一侧，以便在必要的时候可以迅速掏出她的格洛克手枪。

"先生，"她语气坚决，"请将你的手放在我能看得见的地方。"

"照这位小姐的话去做。"普拉斯基站在那个家伙的另一边，手就放在武器旁边。

那人注视着萨克斯。"这招还挺棒的，警官。"

"两只手都不要动。你带武器了吗？"

"是的，"那名男子回答，"而且比我以前在三五时带的更大。"

这个数字代表一个警察分局。他以前是警察。

也许是。

"在当警卫吗？"

"没错。"

"给我看你的证件。用左手，右手不要动。"

他掏出钱包交给萨克斯，他的持枪执照和安全警卫证书都整齐地放在里面。但她还是打电话查了查这个家伙。他是合法的。"谢谢。"萨克斯放松下来，将证件还给他。

"没问题，警探。看起来，你这里有现场需要处理。"他朝那些由警察巡逻车封锁的博物馆前街的方向扬了扬头。

"过一会儿才会知道。"不要明确表达任何意见。

那名警卫收起钱包。"我干了十二年的巡警，因为医疗问题而退休，都快疯了。"他用头指了指身后的建筑物，"你可以看到其他几个家伙带着枪在附近晃，这里是纽约市最大的珠宝营业处之一。它是美国珠宝交易所钻石区的附属建筑，我们每天都有来自阿姆斯特丹和耶路撒冷的宝石，价值好几百万。"

她朝那幢建筑物瞄了一眼。看起来并不是特别富丽堂皇，和普通办公大楼一样。

他笑了笑。"我以为这个工作会很轻松，结果和以前上班时一样累。好吧，祝你们在现场顺利。"他转向新手，说："嘿，小子。"朝萨克斯的方向点点头，"工作时，在人前你不该称她'小姐'，她是'警探'。"

新手有点不安地看着他。但是，她可以看出来他听懂了——本来萨克斯就准备在两个人走远一点后再告诉他这件事。

"抱歉。"普拉斯基对她说。

"你以前不知道，现在知道了。"

这句话可以作为每一个警察训练场所的格言。

他们转身离开。那名警卫又开口了："哦，喂，新手！"

普拉斯基转身。

"你忘记咖啡了。"他露齿一笑。

在博物馆的入口处，朗·塞利托一边巡视着街道，一边和一位警察说话。这位大侦探看了看这个小伙子名牌上的名字，问道："普拉斯基，你是第一个到场的警察？"

"是的，长官。"

"什么情况？"

小伙子清清嗓子，指着那条巷子说："我正在马路对面，大概在那个位置，进行日常巡逻。大约在八时三十分，被害人，一名十六岁的非裔美国女性，向我靠近，并且声称——"

"你用口头语说就行了。"萨克斯说。

"当然。好的。情况是这样：我大概就是站在那里，那个女孩子跑来找我，情绪非常激动。她叫吉纳瓦·塞特尔，高中二年级。

她可能是在五楼写学期报告之类的东西。"他指着博物馆,"一个家伙攻击她。白人、六英尺、戴了一个滑雪面罩,企图强奸她。"

"你怎么知道?"塞利托问道。

"我在楼上发现了他的强奸用品袋。"

"你查看袋子里面了吗?"萨克斯皱着眉头问道。

"用一支笔拨弄了一下。就这样,我没有接触它。"

"很好,继续。"

"那个女孩逃脱了,从逃生楼梯一路往下,冲进巷子里。他还在后面追她,但转上了另一条路。"

"有谁看到他后来怎么样了吗?"塞利托问道。

"没有,长官。"

他仔细看着街道。"是你设定的媒体界线吗?"

"是的,长官。"

"呃,太近了,可以再退五十英尺,把他们隔得越远越好。媒体就像水蛭一样,记住这一点。"

"是的,警探。"

你以前不知道,现在知道了。

他急忙离开,开始将界线往后移。

"那个女孩在哪里?"萨克斯问道。

那位警察是一位西班牙裔男子,有一头浓密的灰发,身材结实。他说:"有一位警察带她和她的朋友到中城北区。他们打电话给她的父母。"他身上戴的各种金饰在强烈秋阳的照耀下闪闪发光,"在和他们取得联络后,会有人带她们到莱姆队长那里,对她进行询问。"他笑称,"她是一个很聪明的人。知道她做了什么吗?"

"什么?"

"她觉察到可能会有麻烦,于是就给模特穿上自己的运动衫、戴上自己的帽子,趁嫌疑犯去对付它的时候,利用这点时间脱逃。"

萨克斯笑道:"才十六岁?真聪明。"

塞利托对她说:"你负责现场,我要去进行详细调查。"他走到人行道上的几个警察身边,要他们——包括一位穿制服的警察及两位穿着便服的反犯罪警察——到附近对人群以及商店和办公大楼进行询问,寻找证人。他又召集了另外几个人,去访问周围的五六个手推餐车的小贩,他们有的人现在还在卖咖啡和甜面包圈,而其他人已经在准备热狗、椒盐脆饼、希腊薄饼包烤肉以及埃及豆粉煎饼等午餐食品。

一阵喇叭声传来,萨克斯转过头去。一辆从皇后区犯罪现场小组总部来的犯罪现场鉴定车抵达了。

"嗨,警探。"司机钻出车子,和她打招呼。

萨克斯向他和他的搭档点点头。她从前办案的时候就认识了这些年轻人。她脱掉外套、除去手枪,穿上白色的特卫强防护服[①],以求将现场的污染减至最低。然后,她想起莱姆对他的现场鉴定小组的一再警告:仔细搜查,小心背后。她将格洛克手枪插在后腰上。

"可以帮我拿这些箱子吗?"她问,提起一只金属箱子,里面装着基本的证据收集和转移设备。

"没问题。"一名犯罪现场鉴定技师一把拎起了其他两只箱子。

当罗兰德·普拉斯基完成媒体线后移的工作回来时,她已经戴上了耳机和麦克风,并且将它的线接入她的小型对讲机。普拉

[①]特卫强防护服,一种由美国杜邦公司独家制造的特有非织造物,纺粘结构非常细密,可防止百分之九十九以上直径在 0.5—0.7 微米的微粒穿透。

斯基领着萨克斯和其他犯罪现场鉴定人员进入建筑。他们在五楼走出电梯，向右，走到上方挂着写有"布克·T．华盛顿阅览室"牌子的一扇双推门前。

"这里面就是现场。"

萨克斯和技师打开金属箱，开始将设备拿出来。普拉斯基继续说："我很确定他穿过了这道门。唯一的其他出口就是经逃生楼梯出去，但是你不能从外面进入，而且它也没有被撬过的痕迹。所以，他是经过这一道门，把门锁上，然后再去追逐那女孩。她是从逃生门逃脱的。"

"是谁替你打开前门的？"萨克斯问。

"是一个名叫唐·巴里的人，他是图书馆负责人。"

"他和你一起进去了吗？"

"没有。"

"这个巴里现在人在哪里？"

"在他的办公室——三楼。我在想，会不会是内部的人干的？所以我要求他将所有白人男性雇员的名单列出来，并且说出当她遭受攻击时，这些人在何处。"

"很好。"萨克斯本来就计划要做这件事。

"他说一写完就拿下来给我们。"

"现在，告诉我，我会在里面找到什么？"

"她当时是在缩微胶片阅读机那里。很近，就在右手边，你很容易就能看到。"普拉斯基指向一个满是大书架的房间的尽头，书架后面是一块开放区域，萨克斯可以看到穿着各个时期服装的模特、绘画、一箱箱的古董珠宝、皮包、鞋子、配件——是那种落满灰尘的博物馆展示品，会让你瞪眼看着，但心里却在盘算，享受了文化盛宴后，该去哪家餐厅吃顿饭。

"这里的安全系统如何？"萨克斯抬头寻找天花板上的监视器。

"没有，没有监视器，没有安全警卫，没有联络簿。你可以随便进入。"

"从来都不容易，是不是？"

"是，女……是，警探。"

她想要告诉他，"女士"不像"小姐"，还算可以接受，但不知道如何解释两者的区别。

"一个问题：你把楼下的逃生门关上了吗？"

"没有，它和我到的时候一样，开着。"

"所以这现场可能很烫手。"

"烫？"

"嫌疑犯可能会回头。"

"我……"

"你没犯什么错，普拉斯基，我只是想了解一下。"

"呃，我猜他可能会，是的。"

"好吧，你待在门口。我要你注意听。"

"听什么？"

"嗯，例如，那个家伙对我开枪。不过最好是你能够先听到脚步声，或是子弹上膛的声音。"

"你是说，替你看着背后？"

她眨眨眼，然后开始向现场走去。

现在，她到犯罪现场了，汤普森·博伊德想着。他看着那个女人在图书馆里来来回回走着，研究地板，寻找指纹、线索以及任何他们想要找到的东西。他并不担心她可能会找到什么。和以

35

往一样，他非常小心。

汤普森正站在一幢建筑物的六楼，隔着第五十五街与博物馆相对。在那名女孩逃走后，他绕了两个街区，然后进入这幢建筑，从楼梯来到了走廊，此刻他就在此处俯瞰着街道。

几分钟以前，他本有第二次杀掉那个女孩的机会；她在街上待了一会儿，就在博物馆前和警察说话，但附近警察实在太多了。不过他还是在她和她的朋友被带进一辆巡逻警车里，往西驶去之前，用手机拍了一张她的照片。除此之外，汤普森在这里还有更多的事要做，所以他先来占据了这个有利位置。

在监狱时，汤普森对执法人员就很了解。他可以轻易看出谁懒惰，谁胆小，谁愚笨且容易上当。他也能认出有才华的警察，聪明的警察，以及会带来威胁的警察。

就像眼前他正在密切注意的这个女人。

就在他给有老毛病的眼睛上眼药水时，汤普森忽然发现自己对她很好奇。她在搜寻现场时，眼睛里有一种专注，看起来像是某种虔诚，就像汤普森的母亲有时在教堂才会显露出来的表情。

她从视线中消失了，但是汤普森依然轻轻吹着口哨，紧盯着窗户。接着，那一身白衣的女人又回到了视线里。他注意到她做任何事都非常精确，她走路也异常谨慎，她拾起或检查东西时非常灵巧，不会损害证据。另一个男人可能是为她的美丽、她的身材而倾倒——即使是穿着连体工作服，也很容易让人想象出她的身材。虽然他相信和过去一样，爱慕的感觉并未在他心中停留片刻，不过他感觉到自己在看着她工作时有某种小小的享受。

过去的一些事向他袭来……他皱着眉，看着她走来走去，向前退后……没错，就是这样。这个样子让他想起从前，当他和父亲一起到得克萨斯州阿玛利诺城外他们拖车住家附近的沙地去打猎，或者去散步时，父亲指给他看的响尾蛇。

看着它们，儿子，看着。它们是不是很漂亮？但是，你绝对不能靠得太近；它们轻轻一吻，就会要你的命。

他斜倚着墙，研究着这个一身雪白，前前后后、来来回回不停移动着的女人。

4

"萨克斯，情况怎么样？"

"不错。"她通过无线对讲机回答莱姆。

她刚结束了走格子——这是对犯罪现场进行搜寻的一种方法：就是像割草坪一样，从场地的一端走到另一端，然后转身，往旁边移一步，回头再做一遍相同的事，如此反复。第一遍搜寻结束后，在同一块场地上，沿垂直方向再走一次。同时还要上下看，从天花板到地板都要注意。这样，每一英寸、每个角落都不会遗漏。搜寻犯罪现场的方法有很多，但是莱姆坚持这一种。

"'不错'是什么意思？"他有点急躁。莱姆不喜欢笼统宽泛的概论，或是他称之为"愚蠢"的评估。

"他忘了那个强奸用品袋。"她回答。莱姆和萨克斯之间的摩托罗拉无线电连接，是用来代替他本人亲临犯罪现场的一种方法，不过他们通常会省略纽约市警察局无线电通话的惯例，比如说在每段通话结束时说一句"完毕"。

"是吗？这也许可以像找到他的皮夹一样有用，可以查到他的身份。那里面有什么？"

"有些诡异，莱姆。它有一般常见的水管胶带、开箱用的小刀、安全套，但还有一张塔罗牌，图片是一个吊在绞刑架上的男人。"

"不知道他真是个疯子，还是只是在模仿别人？"莱姆陷入沉思。过去几年里，他见到很多杀人凶手都会在犯罪现场留下塔罗牌或其他玄妙神秘的纪念品——其中最著名的就是数年前的华盛顿狙击手案。

萨克斯继续说："好消息是他用的是一个完整光滑的塑料袋。"

"好极了。"虽然嫌疑犯可能会想到在犯罪现场戴上手套，但他们常常会在他们随身带来的物品上留下指纹。丢弃的安全套包装曾经让许多强奸犯被定罪，尽管他们都极其小心地避免在犯罪现场留下任何指纹或体液。在这个案子里，嫌疑犯会想到用清洁剂来清洗胶带、刀子和安全套，但他很有可能会忘记擦拭这个袋子。

她把那个袋子放进一个装证物的纸袋中——在保存证物时，纸袋通常比塑料袋好——然后放在一旁。"他把它放在靠近那个女孩座位的书架上。我现在要搜索那些隐藏的证据。"她在书架上撒上荧光粉，戴上橙色护目镜，然后用多波域光源器[①]照射这一区域。多波域光源灯光可以将平时看不见的血液、精液及指纹痕迹显现出来。她一边将照射器上下移动，一边说道："没有指纹，但是我可以看出来他戴着乳胶手套。"

"嗯，这很好。有两个原因。"莱姆的声音带着一种专业的腔调。他要考考她。

两个？她心里琢磨着。她马上想到第一个：如果他们能够找到手套，可以从手套的内部采集到指纹（这也是嫌疑犯常常忘记的地方）。但是，第二个是什么？

[①]多波域光源器（Alternative Light Source, ALS），是利用特殊波长的可见光光源照射受检物体，使之发出波长较长且肉眼可以看到的荧光，鉴定人员再使用适当的滤光镜，进行勘查或拍照。

她问他。

"很明显。这表示他有前科,所以只要我们能找到一枚指纹,指纹自动识别系统就会告诉我们他是谁。"以州为单位的指纹识别系统和联邦调查局的联合指纹自动识别系统都是电脑资料库,只要花几分钟就可以将相符的指纹比对出来。这和以往要花上数天,甚至数周时间的旧式人工比对已大不相同。

"是的。"萨克斯说,她为没答出考题而懊丧。

"其他还有什么可称为'不错'的?"

"他们昨天晚上刚给地板打过蜡。"

"而这起攻击事件是今天一大早发生的,所以你已经取得了一个完整的鞋印。"

"没错,这里有一些明显的鞋印。"她跪下来,取得一张男子鞋印的静电图像。她很确定这些鞋印是他的:她可以清楚地看出他从哪个方位走到吉纳瓦坐的桌子边,调整好站姿,抓稳棍子袭击她,然后又追着她下楼到了大厅。她还将这些鞋印和那些今天早上唯一曾经到过这里的人留下的鞋印做比较:(那些由)普拉斯基亮如明镜的办公用鞋所留下的鞋印与之完全不同。

她又解释了那个女孩如何使用人形模特来误导杀手,让自己有机会逃脱。对于女孩的足智多谋,莱姆轻笑了几声。她又补充道:"莱姆,他是用一根钝器用力打她——呃,打那个模特——甚至把毛线帽下的塑料和玻璃纤维都打碎了。他上了当,想必气疯了,连缩微胶片阅读机都砸烂了。"

"钝器,"莱姆重复着,"你可不可以取一个压痕?"

莱姆出意外前,还在担任纽约市警察局犯罪现场小组的负责人时,曾经汇编整合了一些资料库档案,以协助辨识在犯罪现场收集到的证物及痕迹。在"钝器"档案中包含了成千上万的照片，展示各种各样的物品——从轮胎撬杆、人骨，到冰块——留在皮肤或无生命物体表面的接触痕迹。但在仔细察看了人形模特及被摔坏的读片机后，萨克斯说："不，莱姆，我找不到任何痕迹。吉纳瓦戴在模特头上的帽子——"

"吉纳瓦？"

"那是她的名字。"

"哦，继续。"

她忽然有点恼怒，她常常会这样，因为他竟然没有表达出任何一点关注，或是想知道那名可怜女孩和她的心理状况。莱姆总是与犯罪行为和被害人保持距离，这常使萨克斯感到不悦。而他却说，这是作为一个刑事鉴定专家必备的素质。你不会希望你的机长因为太陶醉于美丽的夕阳，或是被暴风雨吓得心惊胆战，结果一头撞上山上。她了解他的观点，但对阿米莉亚·萨克斯来说，被害人就是人类，而犯罪行为也不是科学实验——它们都是恐怖的事件。尤其，被害人还是一名十六岁的女孩。

她继续说："她戴在模特上的帽子分散了那一击的力量。读片机也碎了。"

莱姆说："好吧，将他打坏的东西带一些碎片回来，也许会告诉我们点什么。"

"当然。"

莱姆那头出现了一些声音。他以一种奇怪的、带着烦恼的声调说："萨克斯，赶快结束，尽快回来。"

"我快结束了，"她告诉他，"我还要去逃脱的路线走一遍格子……莱姆，你那里怎么了？"

一阵寂静。当他再开口说话时，听起来似乎更烦恼："我必须走了，萨克斯，我似乎有一些访客。"

"是谁——？"

但是他已经关机了。

那个专家，那个一身白衣的女人，现在她的身影从图书馆的窗户里消失了。

但是汤普森·博伊德却不再对她感兴趣了，转而从他那六十英尺高的藏身处注视着街上一个年纪较大的警察径直走向几位证人。这个男人已届中年，身材肥胖，穿着一件皱巴巴的外套。汤普森也了解这类警察：他们并不聪明，却像牛头犬一样，没有任何事可以阻止他探索到案子的核心。

当这名胖警察对着另一名从博物馆走出来、穿着褐色外套的高个子黑人点头时，汤普森离开了这个位于对街建筑物六层的有利位置，匆匆下楼。他在一楼停留了一会儿，从口袋里掏出手枪检查了一下，确定枪管和弹匣都没有被卡住。他在想，在图书馆时，是否就是这种弹匣开关的声音让那个女孩警觉到他是个威胁。

现在，即使周围似乎都没有人，他仍然毫无声响地检查着手枪。

从错误中学习。

按书上说的做。

枪放好了，藏在外套下，汤普森走下光线暗淡的楼梯，穿过建筑物的大厅，从另一头的出口上了五十六街，然后拐进可以让他回到博物馆的巷子。

这条巷子的另一头和第五十五街交会，入口处没有任何人在警戒。为了避免被发现，汤普森躲在一个破破烂烂的绿色垃圾箱后面，闻着腐败食物的臭味。他小心地观察着。街道已经重新开放，让人车通过，但人行道上仍聚集了几十个来自附近办公室和商店的人，他们希望能看到一些刺激的场面，可以回去告诉办公室的同事或家人。大部分警察都已经离开了。那位一身白的女人，那条咝咝作响的响尾蛇，还在楼上。外面有两辆巡逻车及犯罪现场鉴定厢型车，还有三名穿制服的警察、两名便衣警探，其中包括那个穿着皱巴巴外套的。

汤普森紧紧抓着枪。射击是非常低效的杀人手法，但有的时候，比如现在，并没有选择的余地。标准程序教导你，射击时要瞄准心脏，而不是头部。在许多情况下，头颅的坚硬程度足以使一颗子弹偏离，再加上头盖骨的范围比较小，相对难以射中。

永远要对准胸部。

汤普森锐利的蓝眼睛注视着穿着皱巴巴外套的大个子警探，后者正在看着一张纸。

冷静如枯木，汤普森将枪放在左前臂上，小心瞄准，用稳定的手射出了最后四发子弹。

第一颗子弹射进了人行道上一名女子的大腿。

其他三颗子弹击中了他的目标。那人的胸膛中央冒出三个小小的点，而当他摔倒在地时，他的胸膛已经变成了三朵血蔷薇。

两个女孩子站在他面前，虽然她们的身材完全相反，但林肯·莱姆第一眼注意到的，却是她们双眼中的不同。

丰满的这一位——身穿艳俗的服装，戴着闪闪发光的首饰，长长的指甲涂成橘色——有一双像受惊昆虫般跳动的眼睛，无法在莱姆或任何东西上停留超过一秒。她充满疑惑的眼神扫视着他的实验室：那些科学仪器、烧杯、化学药剂、电脑、显示器以及满地的电线。当然，还有莱姆的腿和轮椅。她大声嚼着口香糖。

另一名女孩，又矮又瘦，像个男孩，却有一股沉静的气质。她沉稳地注视着莱姆，仅快速瞥了一眼轮椅，眼光就回到莱姆身上。实验室一点都没有吸引她的注意力。

"这是吉纳瓦·塞特尔。"冷静的女巡警詹妮弗·罗宾逊向莱姆介绍说，同时朝那个眼神坚定沉稳的瘦女孩点点头。罗宾逊是阿米莉亚·萨克斯的一个朋友，在萨克斯的安排下，她驾车将这两名女孩从中城北区分局送到这里。

"这是她的朋友，"罗宾逊继续道，"拉基莎·斯科特。把口香糖吐掉，拉基莎。"

那女孩露出一副不耐烦的表情，但还是将那一小块口香糖从嘴里拿出来，塞进她的大皮包里，甚至没有想到要先将它用什么东西包起来。

女巡警说："她和吉纳瓦今天早上一起去的博物馆。"

"只是我什么也没看到。"拉基莎抢着说话。这个大女孩是因为见到攻击而紧张，还是因为他是个残废而不自在？两者都有可能。

吉纳瓦穿着一件灰色T恤和黑色宽松裤子，脚上是一双跑步鞋，莱姆猜想这就是目前高中生的流行装束。塞利托说过这个女孩十六岁，但她看起来比实际年龄更小。拉基莎的头发被梳成一大把黑金两色的小辫子，由于扎得太紧，头皮都露了出来；吉纳瓦的头发则剪得短短的。

"队长，我刚才告诉了女孩子们你是谁，"詹妮弗解释道，还用多年前的称谓，"并且说了你将会就发生的事问她们一些问题。

吉纳瓦想要回学校,但是我告诉她最好等一下。"

"我有考试。"吉纳瓦说。

拉基莎从她洁白的牙齿中发出吸气的声音。

詹妮弗继续说:"吉纳瓦的父母不在国内,但是他们会乘下一班飞机赶回来。他们出国期间,她的舅舅住在她家里陪她。"

"他们在哪里?"莱姆问道,"你的父母。"

"我的父亲在牛津大学做一个专题讲座。"

"他是一位教授?"

她点点头,"教文学,在亨特学院。"

莱姆不禁自责起来,自己竟然会因为一个来自哈莱姆区的女孩有一对全世界跑的知识分子父母而感到很惊讶。他固然对刻板印象很生气,但更恼怒的是自己做出了一个有破绽的推论。没错,她是打扮得像一个在街上混的不良少女,但是他应该能想到她有教育基础——她是一大早去图书馆查资料的时候遭到的攻击,而不是在街头闲荡或上学前看电视时。

拉基莎从她的皮包里摸出一包香烟。

莱姆开口:"这里不——"

托马斯穿过门廊。"不能吸烟。"他从那个女孩手中拿走那包香烟,塞回她的包里。托马斯对这两名少女的突然出现毫不惊讶,他微笑道:"要喝汽水吗?"

"你有咖啡吗?"拉基莎问道。

"是的,我有。"托马斯瞥了一眼詹妮弗·罗宾逊和莱姆,他们都摇摇头。

"我喜欢浓一点的。"大女孩宣称。

"是吗?"托马斯说,"我喜欢。"他对吉纳瓦说:"你要喝什么?"

那女孩摇摇头。

莱姆瞥了一眼旁边架子上的那瓶苏格兰威士忌。托马斯注意到了，笑了笑，接着人就不见了。而令莱姆苦恼的是詹妮弗又说："长官，我要回局里去了。"

"哦，你真的要走吗？"莱姆有点失望地说，"你能肯定不需要再多待一会儿吗？"

"不行，长官。但是如果你需要任何其他东西，打个电话给我就行了。"

一个保姆如何？

莱姆并不相信命运，但是，如果他相信的话，就可以注意到这里有一个巧妙的还击：他为了逃避医院的测试而接下这宗案子，而如今他的代价是要和这两个高中女生度过很不自在的半个小时，或者更久。和孩子相处可不是莱姆的长项。

"再见，队长。"詹妮弗走出门。

他只嘀咕了一声："哦。"

几分钟后，托马斯端着一个托盘回来了，托盘上有一个咖啡壶。他为拉基莎倒了一杯，又递给吉纳瓦一个大杯子。莱姆闻到那里面是热巧克力。

"我猜你也许会想喝这个，"助理说，"如果不要，就放着。"

"不，这很好。谢谢。"她盯着热气腾腾的饮料，啜了一小口，又啜了一口，然后将杯子放下，继续盯着地板。过一会儿，又啜了几小口。

"你还好吗？"莱姆问道。

吉纳瓦点点头。

"我也是。"拉基莎说。

"他攻击了你们两个人吗？"莱姆问。

"不，我当时不在。"拉基莎端详着他，"你就像那个跌断了脖子的演员。"她吸吮着她的咖啡，然后加了一些糖，又继续吸吮了起来。

"对。"

"你一点都不能动吗？"

"基本上是。"

"真惨。"

"基莎，"吉纳瓦小声说，"客气一点，基莎。"

"可是，你知道的，真惨。"

再度陷入沉默。她们才来了八分钟，但感觉像数小时之久。他应该做些什么？那个托马斯，难道跑出去买玩游戏用的纸牌了吗？

当然，是应该问她们一些问题。但是莱姆并不想自己一个人来做这件事。访谈及询问向来不是他擅长的事，在他还是警察时，他也许曾经有过十几次询问嫌疑犯的经历，但从来不曾有过被询问的人心理防线彻底崩溃、一下子全部招供的神奇时刻。而在这一方面，萨克斯却是一位天生的艺术家。她曾经警告新手们：你可能因为说错一个字就搞砸了整件案子。她称之为"污染心智"，用这句话和莱姆口中的第一大罪"污染犯罪现场"相对应。

拉基莎问道："你在这轮椅里要怎么移动？"

"嘘！"吉纳瓦警告着。

"我只是问问嘛。"

"哦，别问。"

"问一问又不会怎么样。"

拉基莎现在完全没有惊慌失措的样子。莱姆判断，她事实上很聪明，先表现出惊恐不安的样子，使自己看起来好像很天真、很脆弱，而让你占了上风，但其实她是在观察局面。一旦掌握情况后，她马上就知道该不该嬉笑怒骂。

能够有点话题聊，莱姆心里其实非常高兴。他给女孩们解释什么是环境控制器，他左手无名指下的那个触控板如何能够指挥轮椅移动的方向及速度。

"就一根手指？"拉基莎看了一眼自己的一根橘色指甲，"你只有那里能动？"

"没错，除了我的头和肩膀外。"

"莱姆先生，"吉纳瓦看着她纤瘦手腕上戴着的一个又大又显眼的红色 Swatch 手表，说，"第一场考试在几个小时内就要开始了，我们要在这里待多久？"

"学校吗？"莱姆惊讶地问，"哦，你今天可以待在家里。发生这样的事以后，我肯定你的老师会理解的。"

"嗯，我并不想待在家里，我要去参加考试。"

"哎哟，行了，姑娘。这位先生肯定你不用去考试就可以过关，而你却不要。别这样了，人家会觉得奇怪的。"

吉纳瓦抬头看着她朋友的眼睛——她朋友足足比她高出六英寸，说："你也要去考试。你不可以逃课。"

"这不是逃课，这是让你过关。"高个子女孩用毫无破绽的逻辑指出。

莱姆的电话响起，他对这个打扰心存感激。

"指令，接电话。"他对着麦克风说。

"天哪！"拉基莎的眉毛扬起，说，"吉恩，你看看，我也想要一个。"

吉纳瓦的两眼向中间靠拢，对她的朋友小声地说了些什么，她的朋友眼睛滴溜溜地转着,又啜饮了几口咖啡。

"莱姆。"萨克斯的声音传来。

"她们在这里,萨克斯,"莱姆的声音很烦躁,"吉纳瓦和她的朋友,而且我希望你能——"

"莱姆。"她重复道,声音里有一种奇特的语调,哪里出错了。

"怎么了?"

"总之,现场很棘手。"

"他人还在那里?"

"对。从未离开过,或是离开后又回来。"

"你还好吗?"

"还好。但他并不是在追我。"

"发生了什么事?"

"他靠上来,躲在一条巷子里,开了四枪。他打伤了一名旁观者……而且他杀了一名证人。他的名字是巴里,负责博物馆里的图书馆。他的心脏中了三枪,当场死亡。"

"你确定开枪的是同一人?"

"对。我从他射击的位置找到了鞋印,和在图书馆里找到的一样。朗刚开始要对巴里进行询问,因此事情发生时,他就站在巴里的面前。"

"他看到了下手的人吗?"

"没。没人看见。他躲在一个垃圾箱后面。现场的几个制服警员忙着救那名受伤的女人,她的伤口大量出血。他从人群里逃走,就这样不见了。"

"有人在负责细节部分?"

打电话给他的亲人,这个就是细节。

"朗本来要打电话,但他的电话有问题还是什么。现场有一位警察,他打了电话。"

"好吧,萨克斯,带着你找到的东西回来……指令,关机。"他抬起眼,发现两个女孩正瞪着他。

他解释道:"总之,似乎是那个攻击你的男人并没有离开;或是他走了又回来。他杀了图书馆管理员,而且——"

"巴里先生?"吉纳瓦·塞特尔倒抽了一口气。她整个人都僵住了,一动不动。

"对。"

"妈的。"拉基莎低声说道。她闭上眼,身体在发抖。

过了一会儿,吉纳瓦抿紧了嘴,并且眼睛往下看。她把热巧克力放在桌上,"不,不……"

"我很抱歉,"莱姆道,"他是你的朋友吗?"

她摇着头,"不能算是。他只是帮助我准备我的报告。"吉纳瓦坐着的身子向前倾。

"但他是不是我的朋友并不重要。他死了,"她愤怒地低语,"为什么?他为什么要这样做?"

"我猜,他是一名证人。他可以指认攻击你的那个人。"

"所以他是因我而死的。"

莱姆喃喃地对她吐出几个字,不对,这怎么会是她的错?她又不是故意要被攻击,只是巴里的运气不好。错误的时间,错误的地点。

但是这样的安慰对这个女孩并没有帮助。她的脸绷了起来,眼神变得冰冷。接下来该怎么做?莱姆毫无头绪。他连如何跟两名少女相处都不太知道——现在却要去安慰她们,让她们的心思从这个悲剧中转移。他将轮椅移近女孩子们,用他最大的耐性,试着和她们聊天。

5

过了似乎无穷无尽的二十分钟后，萨克斯和塞利托抵达莱姆的住所，一起来的还有一名金发的巡逻警察，名叫普拉斯基。

塞利托解释说，他命令这名警察护送证据回莱姆的住所，并协助调查。这名巡警一看就是个新手，把"热情"全写在脸上。显然，他事先已被告知这位刑事鉴定专家身体残障的事，而他对于这个事实则过度地表现出若无其事的态度，莱姆痛恨这些假装的反应，他反而比较喜欢拉基莎的粗鲁。

只是，你知道的，真惨……

两名警探向女孩子们打招呼。普拉斯基带着一种过度同情，用对儿童说话的和善语调问她们情况如何。莱姆注意到他的手指上有一枚满是擦痕的结婚戒指，他大概高中一毕业就结婚了；也只有有孩子的人才会有这样的神情。

拉基莎回答道："我被弄得晕头转向的。烦死了……有个混蛋想要欺负我的朋友。你觉得呢？"

吉纳瓦说她还好。

"你和亲戚一起住？"萨克斯问道。

"我舅舅。他住在我家，直到我父母从伦敦回来。"

莱姆这时正好看到朗·塞利托，他有些不对劲。在过去这两个小时里他发生剧烈的变化，欢快的心情已经完全消失。他的眼神令人毛骨悚然，整个人坐立不安。莱姆还注意到他的手指反复地触摸着脸颊上的一块地方，都把它搓红了。

"被打到哪里了吗？"莱姆问道。他想起嫌疑犯开枪时，塞利托就站在那位图书馆员身旁。也许当一颗子弹穿过巴里，击中某个建筑物时，塞利托被一个弹片或是一块小碎石击中。

"什么?"他这才意识到自己一直在揉搓皮肤,于是放下手。怕女孩子们听见,他用一种低沉的声音说:"我离那名被害人很近,溅到了一些血。就这样,没什么。"

但是,没过多久,他又开始不自觉地揉搓。

这个让莱姆想到萨克斯总是习惯性地去抓头皮和咬指甲。这种强烈的冲动不时出现,多少和她的需求、抱负,以及大部分警察心中难以言喻的内心挣扎有关。警察伤害自己的方式有上百种,包括萨克斯的轻度自残、用残酷的言语破坏婚姻或儿童的心灵,甚至用双唇含住自己的警用手枪刺鼻的枪管。但是,他从来没见过朗·塞利托这样做。

吉纳瓦问萨克斯:"没有弄错吗?"

"弄错?"

"有关巴里博士。"

"我很遗憾,没有弄错。他死了。"

她一动不动。莱姆可以感受到她的悲伤。

还有愤怒。她的双眸是两个愤怒的黑点。然后,她注视她的手表,对莱姆说:"我刚才说的考试怎么样?"

"好吧,我们先随便问几个问题,然后再看看接下来该怎么办。萨克斯?"

证据已经放在桌子上,所有的证物保管卡也已填妥,萨克斯拉了一张椅子坐在莱姆身边,开始向女孩子们提问。她询问吉纳瓦事情的详细经过,吉纳瓦说自己当时正在一本旧杂志中寻找一篇文章,接着有一个人进到图书馆里。她听到走走停停的脚步声,然后是一阵笑声,还有一个男人的声音在跟人道别以及合上手机的声音。

女孩子建议道:"说起那个电话,我想也许我们可以到城里所有的手机公司进行查对，看看当时在电话那头的是谁。"

莱姆笑了笑："这是一个很好的想法。但在曼哈顿，随时都有大约五万部手机在进行通话。此外，我怀疑他是否真的在通电话。"

"他是假装的？你怎么知道？"拉基莎问道，偷偷塞了两片口香糖到嘴里。

"我不知道，我只是怀疑。就像那个笑声，他那么做只是要使吉纳瓦放松戒备。你不会去注意那些在打电话的人，而且你通常不会认为他们有威胁。"

吉纳瓦点头。"对。他走进图书馆，把我吓坏了。但是当我听到他在打电话时，呃，我只是认为在图书馆打电话是不礼貌的，但我不再害怕了。"

"后来发生了什么事？"萨克斯问。

吉纳瓦说，当时她听到一声咔嗒声——她觉得听起来像是一把枪——并且看到一个戴着滑雪面罩的人。然后她讲述了自己如何剥掉人形模特的服装，再替它穿上自己的衣服。

"了不起，"拉基莎骄傲地表示，"我的姐们儿可真聪明。"

的确如此，莱姆想。

"我躲在书架后面，等他走到读片机前，我就往逃生门跑。"

"你没有看到有关他的其他情况？"萨克斯问。

"没有。"

"面罩是什么颜色？"

"暗黑色。我不太确定。"

"他的衣服呢？"

"我没有看清他的衣服。我记得是这样的，当时我吓坏了。"

"我想是这样的，"萨克斯说，"你藏在书架后面时，是往他那个方向看的吗？所以你才会知道什么时候应该逃跑。"

吉纳瓦皱起眉头想了一下。"呃，是的，没错，我都忘记了，我当时的确在看。我是从书架的底层看过去的，以便等到他靠近我的椅子时，我就可以趁机逃跑。"

"所以那时你或许又看到了他更多的东西。"

"哦，对了，我的确看到了。我想他穿着一双褐色鞋子。对，是褐色的，比较像浅褐色，不是暗褐色。"

"很好。那他的裤子是什么样的？"

"黑色，我能肯定。但我只看到了裤口的褶边。"

"你有没有闻到什么气味？"

"没有……等一下，好像有。哦，有一种像花一样的、甜甜的味道。"

"然后呢？"

"他走近椅子，我听到一阵咣当咣当的声音，后来又有几声，好像是什么东西裂开了。"

"是那台读片机，"萨克斯说，"他把它摔坏了。"

"当时我已经开始拼命地跑，跑向逃生门。我冲下楼梯，在街上找到基莎，我本来是要继续跑的，但后来想到他可能会继续伤害其他人。于是我转过身，然后——"她转身看着普拉斯基，"我们看到了你。"

萨克斯问拉基莎："你看到了什么吗？"

"什么都没有。我站在那里，这时吉恩跑过来了，跑得很快，而且筋疲力尽。你知道我在说什么吧？我什么都没看到。"

莱姆问塞利托："那名凶手杀了巴里，因为他是一名证人，那么巴里看到了什么？"

"他说他什么都没看见。他把博物馆白人男性员工的名单给了我,万一是他们其中一个人干的。名单上有两个人,但是都不在馆里。一名员工当时正在送女儿上学,而另一名在办公室,他四周都是人。"

"所以,这名嫌疑犯是一名机会主义者,"萨克斯沉思,"看到她进入博物馆,然后跟踪她。"

"博物馆?"莱姆说道,"奇怪的选择。"

塞利托问两名女孩:"你们今天发现被人跟踪了吗?"

拉基莎说:"我们是乘C线地铁来的,当时是高峰时段。第八大道那条线……又挤又乱,没看到什么特别的人。你呢?"

吉纳瓦摇摇头。

"那么最近呢?有没有人骚扰你?攻击你?"

她们都想不出任何可能有威胁的人。吉纳瓦有点尴尬地说:"不会有很多人打我的主意。他们会找那种更丰满的,你知道,比较闪的姑娘。"

"比较闪的?"

"她是说比较抢眼的。"拉基莎解释说,她显然就是那种又闪又丰满的类型。她皱起眉头注视着吉纳瓦。"你干吗那么想,姑娘?别把自己看扁了。"

萨克斯注视着莱姆,他正皱着眉。"你怎么想?"

"有一些不对劲的地方。趁吉纳瓦在这里,让我们来分析一下证据,也许她可以帮忙解释一些事。"

那女孩却摇着头。"考试怎么办?"她抬起(她的)手表。

"这要不了多少时间。"莱姆说。

吉纳瓦看着她的朋友,说:"你还可以赶得上阅读课。"

"我要陪你留下来。我可没办法在教室里呆坐好几个小时,一直担心你这个那个的。"

吉纳瓦苦笑。"不行，基莎。"她问莱姆，"你不需要她，对吧？"

他看着萨克斯，萨克斯摇摇头。塞利托记下了基莎的住址及电话号码。"如果我们有任何问题，会打电话给你。"

"别去上课了，姑娘，"她说，"快点回去，待在家里。"

"我们学校见，"吉纳瓦坚决地说，"你会去的，对吧？"然后，扬起一道眉毛，"一言为定？"

两声嚼口香糖的咂嘴声，加上一声叹息，最后她说："一言为定。"走到门口时，她停了一下，转头问莱姆："嘿，先生，你还要多久才能离开那轮椅？"

没有人开口打破这难堪的寂静。莱姆想，这对别人来说是很难堪的，但对他可不。

"可能要很久。"他说。

"哦，那可真是糟糕。"

"是啊，"莱姆说，"有时候事情就是这样。"

她走到厅里，往门口走去。他们听到了"妈的，小心点，你这家伙"，然后外面的大门砰的一声关上了。

梅尔·库柏走进房间，一边还回头望着那个自己差点被一个比他还要重五十磅的女孩撞倒的地方。"好，"他说话时并没有对着任何人，"我什么都不问。"他拉一拉他的绿色风衣，向大家点头打招呼。

这位消瘦的秃顶男人几年前担任了纽约州警察局的刑事鉴定科学家，他曾以礼貌而坚决的态度告诉当时担任纽约市警察局首席刑事鉴定专家的莱姆，他有一项分析是错误的。对于能够指出他错误的人，莱姆的尊敬远远超过那些只会阿谀奉承的人。当然，后来证明库柏是对的。莱姆立刻开始大费周章地争取他到纽约市工作，这是一项挑战，最终莱姆大获全胜。

库柏是天生的科学家，而更重要的是，他是个天生的刑事鉴定科学家，这两者之间的差别是很大的。"刑事鉴定科学"常被泛指为在犯罪现场的工作，但事实上，它指的是在法庭中可作为辩论议题的任何一个层面。要成为一名成功的刑事鉴定专家，你必须将粗糙原始的事实转化为检察官起诉犯罪的利器。例如，仅仅简单地判断出马钱子的植物原料出现在一个有嫌疑的犯罪现场是不够的，许多马钱子被用在无毒的医疗用途上，如治疗耳朵发炎。但像梅尔·库柏这样一个真正的刑事鉴定科学家会马上知道，同样的原料却可产生致命的生物碱毒药：番木鳖。

库柏符合一个电脑游戏怪才的一切标准——他和妈妈住在一起；到现在还穿着花条纹衬衣，搭配斜纹裤子；他还有着一副伍迪·艾伦式的体格。但是，外表是会骗人的。库柏有一个固定交往的女友，是一位身材高挑的金发美女。他们经常获得国际标准舞比赛的冠军；两个人配合得天衣无缝，一起在舞池里滑行。他们最近把兴趣转向了飞靶射击及酿酒（在进行这些活动时，库柏会不厌其烦地应用化学及物理学原理）。

莱姆向他简单陈述了这个案子，然后他们便转向证物。莱姆说："让我来看看那个袋子。"

"你要我去拿过来吗？"普拉斯基问道，同时眼睛扫过那些证物。

"不用，"刑事鉴定专家喃喃地说，"让他们来处理。"

库柏戴上乳胶手套，朝萨克斯瞥了一眼，她指着那个装着强奸用品袋的纸袋。他在一大张白纸上将它打开——为了捕捉任何微量痕迹物——然后取出其中的物件。它是一个小小的塑料袋，上面没有店铺的标记，只有一个大大的黄色笑脸。当这位技师打开嫌疑犯的塑料袋时，忽然停了下来。他说："我闻到……"然后深深吸气，"花的香味。这是什么？"库柏把袋子拿给莱姆，让他闻了一下。这个香味闻起来有点熟悉，但是他无法判断。"吉纳瓦？"

"嗯？"

"这是不是你在图书馆时闻到的气味？"

她用力地嗅着。"是的，就是它。"

萨克斯说："茉莉。我想这是茉莉花香。"

只能听她的，莱姆对这个问题没有什么概念。

"放进图表里。"莱姆宣布。

"什么图表？"库柏四下打量着，问道。

每一件案子，莱姆都会在写字板上以图表的方式列出在犯罪现场找到的证据以及对嫌疑犯的描述。

"画一个表，"他下令，"我们要怎么称呼他，谁能给我一个名字？"

没有人有灵感。

莱姆说："没时间搞创作了。今天是十月九日，对不对？就称他为不明嫌疑犯一〇九。托马斯！我们需要你漂亮的写字板书法。"

"没必要拍马屁。"助理走进室内，手里拿着另一个咖啡壶。

"不明嫌疑犯一〇九，证据及描述表。他是一名白人、男性，身高？"

吉纳瓦说："我不知道。对我来说，每个人都很高。我估计，六英尺吧。"

"你似乎很善于观察。我们就听你的。体重？"

"不太瘦也不太胖，"她静默了一会儿，有些疑惑，"大约是巴里博士的体重。"

塞利托说:"就算一百八十磅。年龄?"

"中年人。"

"声音?"

"我没有注意到。普通吧,我猜。"

莱姆继续道:"浅褐色的鞋、黑色便裤、深色的滑雪面罩。一个闻起来有茉莉花香味的小袋子。他身上也有这个味道,可能是肥皂或是乳液。"

"小袋子?"托马斯问,"你指什么?"

"强奸用品袋。"吉纳瓦说。她瞥了莱姆一眼,"你不用为我掩饰什么,如果你刚才是想那么做的话。"

"很好。"莱姆对她点点头,"我们继续。"他注意到萨克斯看着库柏拿起袋子时,脸色一暗。

"有什么不对的地方?"

"那个笑脸。它印在一个强奸用品袋上。这是一种羞辱。是什么样病态的混蛋会这么做?"

他对她的气愤感到不解。"萨克斯,你明明知道他用这样的袋子其实是好事,不是吗?"

"好事?"

"虽然没有商店标记,但肯定比完全没印东西的塑料袋好得多,它使得我们要去搜寻的商店数目变少了。"

"我想是的,"她说着,皱皱眉头,"但还是很糟糕。"

戴着乳胶手套的梅尔·库柏审视着袋子。他首先拿出了塔罗牌。这张牌的图案是一名男子倒吊在一个绞刑架上,从他的头部射出一束光,脸上表现出的是一种很奇怪的顺从,似乎并不觉得痛苦。在他的上方是一个罗马数字十二。

"这对你有什么意义吗?"莱姆问吉纳瓦。

她摇摇头。

库柏仔细察看,"不知道这是什么意思,是某种仪式性的强奸吗?"

萨克斯说:"我有一个想法。"她掏出手机,打了一个电话。莱姆推测,不管她是打给谁,那个人很快就会到了。"我打给一个专家——是有关那张纸牌的。"

"很好。"

库柏分析了那张牌,既没有找到任何指纹,也没有任何有用的痕迹。

"袋子里还有什么?"莱姆问。

"哦,"这位技师回答,"有一卷全新的水管胶带、一把开箱用的小刀、特洛依牌安全套,没有一个可供追查。还有……嘿!"库柏手里高举着一张小纸片,"一张收据。"

莱姆将轮椅靠近,仔细看着。那上面并没有商店名称:收据是由一台收银机打印出来的,墨迹已经褪色。

"这也不能告诉我们太多事。"普拉斯基说,然后似乎又觉得自己不应该说话。

他在这里干什么?莱姆很想知道。

对了,是来协助塞利托的。

"我不同意,"莱姆尖声说道,"它能告诉我们很多事。他是在一家商店里买了袋子里的所有东西——你可以比对收据和那些标价——呃,还有某一件东西不在袋里,是他花了五点九五美元买的。也许是那副塔罗牌。所以,我们有一个销售水管胶带、开箱用的小刀及安全套的商店,肯定是一家杂货店或药品店。我们知道这不是一家连锁商店,因为袋子和收据上都没有商标。而且它是一家廉价商店，因为它只有现金收银机，而不是电脑化的出纳机，更不用提那些低廉的价格了。而这些销售税可以告诉我们是在……"他半闭着眼，比较着商品总价和税金，"该死的，谁会算术？百分比是多少？"

库柏说："我有一个计算机。"

"八点六二五。"吉纳瓦看了一眼收据，报出一串数字。

"你是怎么算的？"萨克斯问。

"心算。"她说。

"八点六二五。这是合并了纽约州和纽约市的销售税，表示它在五个行政区内。"他看了一眼普拉斯基，说："所以，巡警，你还是认为它没有透露什么吗？"

"明白了，长官。"

"我已经不在职了，不必称'长官'。好了，查一查所有的东西上的指纹，看我们能找到什么。"

"我？"新手疑惑地问。

"不，是他们。"

库柏和萨克斯采用一系列技术来显示证据上的指纹：在光滑的表面使用荧光粉、阿尔多克斯喷剂以及强力胶；在有孔、可浸透的表面使用碘酒或茚三酮，有些方法可以自行显现指纹，而有的则必须在其他的光源下才能显现结果。

戴着橙色护目镜的库柏抬头看着大家，报告说："收据上有指纹，商品上也有指纹。它们全都一样。只是，这些指纹都很小，尤其对一个身高六英尺的男人来说，太小了。这应该是一名小个子的成年女性或是一名少女的，可能是店员的指纹。我还看到有污渍。我猜不明嫌疑犯将自己的指纹擦掉了。"

虽然要将人类指纹留下来的油脂及残余物完全移除是很困难

的，但指纹却可以在短暂的揉搓后被轻易地抹去。

"将你取到的指纹拿到指纹自动识别系统上比对一下。"

库柏拿起一沓指纹样本进行扫描。十分钟后，联邦调查局的联合指纹自动识别系统证实这些指纹并不符合纽约市、纽约州及联邦政府主要资料库上的档案。库柏同时还将这些指纹送往一些未和联邦调查局联网的地区性资料库去比对。

"皮鞋。"莱姆说道。

萨克斯提供了用静电法取得的鞋印。商标已磨损，说明鞋子已经旧了。

"十一号。"库柏说。

虽然不能像在法庭上提供证据时那么严谨，但鞋子的尺寸与骨骼结构和身高之间却有着大致关联。因此，这个尺寸说明吉纳瓦估计的该男子身高为六英尺可能是正确的。

"能不能查出品牌？"

库柏将影像与该部门的鞋底资料库比对，结果得到一个相符的结果。"是贝斯牌，休闲鞋，至少有三年的历史，因为这一款三年前就停产了。"

莱姆说："鞋底的磨痕告诉我们他的右脚有点外八字，没有明显的跛足，也没有严重的拇指囊肿、脚指甲内长，或是其他的足部疾病[①]。"

"林肯，我不知道你还会说法语。"库柏说。

只限于那些对调查有帮助的。这个词是他在负责处理那宗鞋子命案时学到的，并且曾在另一场合对一名法国警察说过。

"微量证物的情况如何？"

[①] 此处原文为法语。

库柏将物证收集袋内黏附在微量证物收集器上的细微物质倒出来，萨克斯的微量证物收集器和一般人用来黏附绒毛或宠物毛发的那一种黏胶滚筒类似。这种可以用来收集毛发、纤维及碎屑的黏胶滚筒已经取代了真空吸尘器。

库柏再次戴上放大镜，用细小的镊子夹起微小的物质。他准备了一个载玻片，将它放在显微镜下，然后再调整放大倍数和焦距。几乎同时，影像就在房间各处的几部电脑纯平显示器上跳了出来。莱姆转动他的椅子，仔细地观察这些影像。他可以看出有些看起来是灰尘的微粒、几根纤维、白色膨松的物质，以及看起来像是小颗粒的琥珀色贝壳状的昆虫脱落外骨骼。当库柏移动瞄准仪时，出现了一些像海绵般，掺着少量灰色、黄色的白色纤维物质。

"这是哪里来的？"

萨克斯看着标签，"有两个来源：吉纳瓦当时所坐桌子附近的地板上，以及他开枪射击巴里博士时在垃圾桶旁站立的位置。"

从公共场所采集的微量证物常常都不能用，因为有太多机会让与案件无关的人遗留一些物质。但是在嫌疑犯待过的两个不同地方都找到的相同物证，则强烈地暗示这是由他遗留下的东西。

"感谢你，上帝，"莱姆喃喃自语，"感谢你用智慧创造了有深纹的皮鞋底。"

萨克斯和托马斯对视了一眼。

"对我的好心情感到好奇吗？"莱姆问，眼睛还盯着屏幕，"难道那不也是你们斜眼互看的原因吗？你们知道，有时候，我的心情也会很好的。"

"稀罕事。"助理自言自语。

"朗，你注意到又有陈词滥调出现了吗？现在，回到物证。我们知道这是他掉落的东西，但这个物证是什么？可以带我们找到他的藏身之地吗？"

刑事鉴定科学家面对着如一座金字塔般的证物分析工作。开头——通常也是比较容易的工作——是鉴定一项物质是什么（例如，发现一块褐色的斑是血，那么到底是动物的血还是人的血呢？或者，一小块铅是不是子弹的一部分）。

第二个任务是将这个样本分类，将它归入第二类别目录下（比如说，判定那血液是阳性O型；一小块铅是来自一颗点三八的子弹）。要尽量将证物归入一个明确的类别，如果可以将嫌疑犯与这一类证据联系起来——他的T恤上有一块阳性O型的血迹、他拥有一支点三八手枪——也许这种联系并不具备排他性，但可能会对警方及负责起诉的检察官有一些价值。

最后的任务，也是所有刑事鉴定科学家的终极目标，就是赋予证据独特性——确定无疑地将某个证据与某个地点或人联系起来（在嫌疑犯的T恤上所发现的血迹，其DNA与被害人的相符；子弹上有一个独特的痕迹，只有他的枪会造成这样的结果）。

这个团队目前还处于这个刑事鉴定金字塔的下层。例如，他们知道那是某一类的纤维，但美国每年制造的各类纤维有上千种，而用来染色的各种染料更在七千种以上。但是，他们还是能够将范围逐渐缩小。

库柏的分析显示凶手遗落的纤维是来自植物，而不是来自动物或矿物，而且质地很粗。

莱姆提出："我认为它是棉制绳索。"

库柏点点头，他正在检视以植物为基础的纤维资料库，"对，是的。不过没有特别性，没有制造商。"

有一段纤维没有染色，但是另一段却有某种污迹在上面。它是褐色的，库柏认为可能是血。这个推论被酚酞血液测试确认了。

"是他的吗？"塞利托很想知道。

"谁知道？"库柏回答，继续检视着样本，"但绝对是人类的。这种破碎的尾部，我想它可能是一条绞刑用的绳索。我们以前曾看过。可能是准备拿来当谋杀的武器。"他的钝器只是用来击倒他的受害者，而非用来杀害（把一个人活活打死不是一件容易的事，而且会弄得一片狼藉）。他也有枪，但你如果想悄悄杀死一个人以便脱逃，枪造成的声响就太大了。一根绳子当然更加合理。

吉纳瓦叹了一口气。"莱姆先生，我的考试。"

"考试？"

"学校的。"

"哦，当然。一会儿就好……我想知道是哪种昆虫留下的外骨骼。"莱姆继续下去。

"警察。"萨克斯对普拉斯基说。

"是，女……警探？"

"过来帮我们的忙如何？"

"遵命。"

库柏将外骨骼碎屑的彩色图像打印出来，交给普拉斯基。萨克斯将他安置在一台电脑前，输入指令后进入该部门的昆虫资料库——全世界很少有警察局像纽约市警察局一样，不但拥有一个丰富的昆虫资料图书馆，还有一位在职的刑事昆虫学家。过了一会儿，屏幕上开始布满了拇指大小的昆虫图像。

各种资料从眼前跳过，他往前倾着身子。"天哪，这么多！

你知道，我以前从来没做过这种事。"

萨克斯强忍住一个笑容，问道："和CSI[①]不太相同，是吧？"她说，"只要慢慢搜寻，找到你认为吻合的比对。关键的字是'慢'。"

莱姆说："在刑事鉴定科学分析中，技术人员因为匆忙所犯的错，超过任何其他原因。"

"我不知道。"

萨克斯说："现在你知道了。"

6

"将那些小白球拿去做气相色谱分析，"莱姆下令道，"那到底是什么鬼东西？"

梅尔·库柏从胶带上取下几个样本，用气相色谱分析仪进行分析。气相色谱分析仪是所有刑事鉴定实验室不可或缺的主要工具，它可以分离出物证的组成分子，并且进行辨认。结果可能要花十五分钟。在等待分析结果的同时，库柏着手拼凑从医院急诊室取来的子弹。这颗子弹是从凶手为了分散警察的注意力而开枪打伤的女人腿上取下的。萨克斯曾报告说这是一支左轮手枪，因为在博物馆外的射击现场，未发现退出来的铜弹壳。

"哦，这个威力很强，"库柏看着小镊子夹着的碎弹片轻声说，"它很小，是一颗点二二口径的子弹。但这是麦格农[②]子弹。"

[①] CSI，指电视剧《犯罪现场调查》。
[②] 麦格农（Magnm），指加长型的弹药。这些加长型的弹药由于装药量比较大，所以威力也较大。

"很好。"莱姆说。他很高兴,因为点二二口径威力强大的麦格农缘发式子弹①是很少见的弹药,因此会比较容易追踪。由于凶手所持的是一把左轮枪,因此更加少见。这表示他们应该能够轻松地找到制造商。

作为一名射击比赛的枪手,萨克斯查都不用查就说:"北美枪械公司是我唯一知道的制造商,可能是他们的'黑寡妇',也可能是'小巨人'。但它的枪管一定是四英寸的,这样查会更准确;而且,他的那些射击落点都比较接近。"

莱姆询问正在仔细察看检验板上证物的技师:"你说的威力很强是什么意思?"

"看一眼就知道了。"

莱姆、萨克斯和塞利托都往前移。库柏用镊子夹着一小块带着血迹的金属碎片,"看起来像是他自己制造的。"

"是爆炸性弹头吗?"

"不是,不过差不多,甚至更糟。这颗子弹的外层是一层薄薄的铅,里面全是这些玩意儿。"

那上面有五六根细小的针状物,约八分之三英寸长。一旦受到冲击,子弹就会粉碎,而这些细针会以V字形射进皮肤,穿过身体。虽然弹头很小,但杀伤力却比普通子弹大得多。这种设计不是为了阻挡攻击者,完全是为了摧毁目标的内部器官。它虽然无法造成像大口径子弹那样的冲击力,但却会让伤口疼痛难忍。

朗·塞利托摇着头,双眼盯着那些细针,同时揉搓着他脸上看不见的那块血迹,也许是在想自己差一点就被这样一颗子弹

---

①缘发式子弹(rimfire),指将引药装在弹壳底部,从边缘突出的子弹,撞针击到底部时,会引燃发射药,进而射出子弹。

击中。"上帝啊!"他喃喃自语。然后他一句话没说,清清嗓子,干笑了两声,从桌子边走开了。

令人好奇的是,小女孩却没有这么大的反应。吉纳瓦似乎对于这些令人毛骨悚然的子弹细节一点儿都不注意。她再一次地盯着手表,不耐烦地垂着头。

库柏扫描了最大的一片子弹碎片,将子弹的资料在联邦调查局的"火药"① 系统和全国接近上千家警务单位加入的弹道联合识别系统里搜寻。这些范围广泛的资料库可以比对一颗子弹、一个碎片或是子弹退下的弹壳,或是列入档案的武器。例如,在今天一名嫌疑犯身上找到的枪,可以很快和五年前在一名被害人身上找到的子弹对上。

但是,这次比对也可能没有结果。那些细针看起来就像尾部被毁损的缝衣针,到处都能买到,根本无法追踪。

"从来就不容易,不是吗?"库柏一面对着莱姆的方向喃喃自语,一面搜寻着点二二口径的"小巨人"或最小型的"黑寡妇"的麦格农手枪,结果找到了近千名枪主,但没有一个人有犯罪前科。而由于法律并没有规定出售枪械的商店必须要求购买的顾客留下记录,所以他们也从不这样做。到目前为止,追查武器是一条死路。

"普拉斯基,"莱姆大叫,"虫子进展得如何?"

"那外骨骼——你是这么称呼它的吗?你是这个意思吗?长官。"

"对,对,对。它怎么样了?"

---

① 火药(DRUGFIRE)系统是联邦调查局主持的一个自动化、电脑化的武器刑事鉴定系统,其中包括弹仓、弹壳、弹道分析,以及电子武器图书馆。这套系统让刑事鉴定武器专家可以更有效地比对子弹及弹仓上的微小痕迹,以推断所使用的武器。

"还没有相符的比对。到底外骨骼是什么？"

莱姆没有回答。他看了一眼屏幕，发现这个年轻人才进展到"半翅目"①类的昆虫，他还有很长的路要走，"继续努力。"

气相色谱分析仪的电脑发出"哔"的一声，它已经完成了小白球的分析。在屏幕上是一个波状图，图下有一段文字。

库柏身体前倾，说："我们找到姜黄素、脱甲氧基姜黄素、去二甲氧基姜黄素、挥发油、氨基酸、赖氨酸和色氨酸、苏氨酸和异白氨酸、氯化物、各种其他的微量蛋白质和高比例的淀粉、油、甘油三酸酯、钠、多聚糖……从来没有见过这种组合。"

气相色谱分析仪在分离和辨识不同物质方面已经非常先进，但它不一定能告诉你这些物质混合起来会是什么。莱姆常常能够从列出的成分表上，推断出一些普通的物质，如汽油或爆裂物，但是眼前这种组合他也没有见过。他低着头，开始将表上这些物质进行分类。作为一名科学家，他知道哪些物质会合理地被发现在一起，而哪些不会。"那姜黄素，它的聚合物和多聚糖显然可以搭配在一起。"

高中时经常逃掉科学课去参加改装赛车的阿米莉亚·萨克斯，带着一点讽刺意味回答说："显然。"

"我们可以称它为物质一。然后是氨基酸、其他的蛋白质、淀粉和甘油三酯——这些也常常被发现会一起出现，我们称它们为物质二。而氯化物——"

"是毒药，对不对？"普拉斯基问道。

"——和钠，"莱姆喃喃说，"很像是盐。"他看了新手一眼，"这些东西只对那些有高血压的人有危险。或者，除非你是花园

---

①半翅目（Hemiptera），指椿象、臭虫、蝉等昆虫。此处是指他刚刚进行到字母H。

里的鼻涕虫。"

新手回到了昆虫资料库上。

"所以——有这些氨基酸和淀粉、油脂——我想物质二是一种食物,一种高盐食品。梅尔,赶快上线,找出这些该死的姜黄素在这里是干什么用的。"

库柏早就这么做了。"你说对了,这是用在食品中的一种植物染色剂,通常被发现和物质一中的那些东西结合在一起。挥发油也一样。"

"哪一类食品?"

"有上百种。"

"可不可以举几个例子?"

库柏开始念一张很长的单子,但是莱姆打断他:"等一等,爆米花也在单子上吗?"

"我看看……没错,是的。"

莱姆转头,叫住普拉斯基,"你可以停了。"

"停?"

"那不是一种外骨骼,而是从爆米花上脱下来的壳。盐、油及爆米花,大概知道是什么了,该死的。"这可是让人空欢喜一场,"写到表上,托马斯,我们的男孩喜欢垃圾食品。"

"我应该把这些写下来吗?"

"当然不是。他可能讨厌爆米花,他可能在一家爆米花工厂或一家戏院工作,只要写上爆米花就行了。"莱姆盯着图表说,"现在让我们找出其他物证,那个不是全白的东西。"

库柏又进行了另一次的气相色谱分析,结果显示它是蔗糖和尿酸。

"那尿酸是浓缩的,"技师说,"糖是纯的——没有其他物质——而且它的晶体结构也很独特。我从没有看过它像这样变化。"

莱姆对这个新信息很是不解,"把它送给联邦调查局搞炸弹的人。"

"炸弹?"塞利托问。

莱姆说:"嗯,没有读我的书吧?"

"没有,"大个子侦探反驳道,"我在忙着抓坏人。"

"说得好。但至少有空看看标题也很有帮助。在《自制爆炸装置》一章中,糖是其中常见的一种成分。把它和硝酸钠混合,你就有一枚烟幕弹了;和高锰酸钾混合,它就是一个低度炸弹——即使你将它塞进管子里,还是可以造成巨大的破坏。我不能确定那个尿酸是干什么用的,但是调查局有全世界最好的资料库,他们会告诉我们。"

联邦调查局免费为州和地方的执法单位提供证物分析,但提出要求的机构必须同意两件事:将联邦调查局的结果视为最后结果,并且也将此分析出示给辩方律师。由于调查局的慷慨大度以及才能,寻求帮助的请求如雪片般飞来:调查局一年进行的分析超过七十万件。

即使纽约最厉害的专家也必须像其他人一样排队等着蔗糖分析的结果。但是林肯·莱姆自有门路——弗雷德·德尔瑞是联邦调查局曼哈顿办公室的特别官员,经常与莱姆和塞利托合作,而他在调查局内颇有分量。与此同样重要的事是莱姆协助联邦调查局设立了物证反应小组。塞利托打电话给德尔瑞。后者目前在负责检阅潜在的恐怖分子用炸弹攻击纽约的报告。德尔瑞给联邦调查局在华盛顿特区的总部打了个电话,不到几分钟,就有一名技师被招来协助"不明嫌疑犯一〇九"的案子。库柏将分析的结果及压缩后的数码照片由安全的电子邮件传送给他。

不到十分钟，电话就响了。

"指令，接电话。"莱姆迅速用他的语音识别控制系统回答。

"请接莱姆警探。"

"我就是莱姆。"

"我是在第九街的检查员菲力普。"他是指华盛顿第九街，联邦调查局的总部。

"你有什么结果要给我们？"莱姆直截了当地问。

"并且谢谢你这么快就回电。"萨克斯迅速说着。由于莱姆态度生硬，她有时不得不插话。

"没关系，女士。呃，我是在想你们送来的这个东西相当奇怪，所以我又送去做材料分析，这才解开了谜题。我们对此物质有百分之九十七的把握。"

这个爆裂物有多危险？莱姆急切地想知道。他说："请继续，它是什么？"

"棉花糖。"

他并不知道这样一个俗名。但是有不少新一代的爆裂物有每秒三万英尺，即比一颗子弹还快十倍的爆炸威力，这会是其中的一种吗？他问道："它的特性如何？"

对方停顿了一下，"味道很不错。"

"你在说什么？"

"它很甜，味道不错。"

莱姆问："你是说它是真的棉花糖？在游乐场可以找到的那种？"

"是的，你以为我指什么？"

"算了，"这名刑事鉴定专家叹了一口气，问，"从他鞋子上采集到的尿酸是因为他踩到了人行道上的狗尿吗?"

"无法辨别他是在哪里踩到的,"检验员表现出调查局著名的精确性,说,"但是样本验出来确实是犬科动物的尿液。"

莱姆谢过他,然后挂了电话。他转向团队,"他的鞋子上同时有爆米花和棉花糖?"他喃喃地说道,"他是在哪里沾上的?"

"球场上?"

"纽约的球队最近都没有在主场比赛。我在想,也许我们的不明嫌疑犯曾走过一个在昨天或最近举办游行或嘉年华的社区。"他问吉纳瓦,"你最近有没有参加什么游行活动?他有可能在哪里看到你吗?"

"我?没有。我并不太去游行的场所。"

莱姆对普拉斯基说:"既然你不用管那些虫子的事了,就打电话给任何你觉得有用的人,找出每一张核发的游行、嘉年华会、庆典、宗教庆典许可证,总之诸如此类的东西。"

"我马上去查。"新手说。

"我们还有什么?"莱姆问道。

"从缩微胶片阅读机底座上发现的碎片,就在他用某个钝器击打的地方。"

"碎片?"

"我猜是一些油漆表面碎屑,也可能是从他拿的什么东西上剥落下来的。"

"好吧,拿去和马里兰比对吧。"

联邦调查局在马里兰的一个机构内有一个庞大的资料库,收集了过去和现在的各种油漆样本。它大多数时候是用来比对汽车漆的物证,但也有数以百计的油漆样本。在德尔瑞打了另一个电话后,库柏将气相色谱分析的成分分析及其他有关油漆碎屑的资料传送过去。几分钟后，电话响了起来，而这位联邦调查局检验员报告，这一样本符合专门销售给武术用品制造的油漆，他们生产索连棍、警棍这一类的东西。他还补充了一个令人沮丧的消息：此物质并没有制造商的标识，而且是大量出售的——意味着几乎无法追踪。

"好吧，我们现在有了一个拿着索连棍、杀伤力很强的手枪以及血腥绳索的强奸犯……这家伙简直就是个活生生的噩梦。"

门铃响了，过了一会儿，托马斯引着一位二十多岁的女人进来，他的手臂搂着她的肩膀。

"看看是谁来了！"助理宣布。

这个苗条的女人有着一头竖着的紫色头发和一张美丽的脸。她的紧身裤和运动上衣显露了一副运动员般的身体——事实上，莱姆知道，是一个表演者的身体。

"卡拉，"莱姆说，"很高兴又见到你。我猜你就是萨克斯打电话找的那个专家。"

"嗨。"这个年轻女人拥抱了萨克斯，又和其他人亲切问候，并用双手握着莱姆的手。萨克斯将她介绍给吉纳瓦，吉纳瓦以一种有礼貌但有所保留的神情看着她。

卡拉（这是一个艺名，她不肯透露她的真正姓名）是一位魔术师和表演艺术家，她曾经在最近一宗谋杀案中担任顾问，协助莱姆和萨克斯；在这起案子中，凶手利用他的魔术和戏法技巧接近被害人，杀害他们，然后逃得无影无踪。

她住在格林尼治村，但当萨克斯打电话时，她正好在上城的一家疗养院探视她的母亲。他们花了一点时间寒暄——卡拉正在为苏荷区表演坊的一场个人演出做准备，而且她目前正和一名杂技演员交往——然后莱姆说："我们需要一些专业意见。"

"没问题，"这个年轻女人说，"我会尽力帮忙。"

萨克斯向她解释了案情。当她听说是强奸未遂时，皱起了眉头，低声向吉纳瓦说："我很难过。"

女学生只是耸了耸肩。

"他带着这个。"库柏说道，手中高高举着那张从强奸用品袋中取出的倒吊人图案的塔罗牌。

"我们想你可以告诉我们一些有关它的东西。"

卡拉曾向莱姆和萨克斯解释过，魔术世界分为两个阵营：不声称自己具有超自然技能的娱乐节目表演者，和那些声称自己拥有神秘力量的人。卡拉对于后者毫无兴趣——她只是一名表演者——但她曾经在魔术用品店打工以支付房租和伙食费，因此她知道一些有关占卜师的事情。

她说："好的。塔罗牌是一种古老的占卜工具，其历史可以追溯到古埃及时期。一副塔罗牌有五十二张小阿卡那牌和二十一张大阿卡那牌。它们大致代表一段生命之旅。'倒吊人'是大阿卡那牌中的第十二张。"她摇摇头，"但是似乎不太合理。"

"有什么不合理？"塞利托一面问，一面轻轻揉搓着他的皮肤。

"它根本不是一张凶牌，看这张图片。"

"就这种倒吊着的情况而言，"萨克斯说，"他看起来确实相当平和。"

"这个形象来自奥丁[①]。他头朝下倒吊了九天，以寻求内在真理。如果你在占卜中抽到这张牌，表示你将展开一次启迪心灵的探索之旅。"她用头示意一台电脑，"可以吗？"

库柏做了一个"请"的手势。她在谷歌输入一个词，几秒钟

[①] 北欧神话中的主神，世界的统治者。

后找到了一个网站。"怎么把它打印出来？"

萨克斯过去帮她，过了一会儿，一张纸从激光打印机中出来了。库柏将它贴在写字台上。"这就是它的含义。"她说。

倒吊人并不表示某人在受惩罚。它在占卜中出现时表示一段心灵探索的旅程，它将引向一个决定、一次转机或方向的改变。这张牌常常预示一种向经验屈服、结束一场挣扎和接受现实。当占卜中出现这张牌时，你必须倾听你的自我，即使这个信息似乎违背了你的逻辑。

卡拉说："这张牌与暴力和死亡无关，它代表心灵上的悬而未决与等待。"她摇着头，说，"这不是那种凶手会留下来的东西——如果他有一点塔罗牌的知识。如果他要表示一个毁灭性的意义，就应该留下塔①或者小阿卡那牌宝剑图②中的一张。这些才是凶兆。"

"所以他选这张是因为它的图案看起来很吓人。"莱姆总结道。而且因为他计划用绳子勒死——或"绞杀"——吉纳瓦。

"我是这么猜的。"

"这些很有帮助。"莱姆说。

萨克斯也谢了她。

"我要走了，得回去排练。"卡拉握着吉纳瓦的手说，"但愿一切顺利。"

"谢谢。"

---

① 塔是大阿卡那牌中的第十六张，代表突变，暗示某种结构模式无法继续存在，要做出改变。
② 小阿卡那牌有四种花色，分别是权杖、五芒星、圣杯和宝剑。宝剑代表元素气，象征思想、智慧、交流和冲突。

卡拉走到门口。她停下来看着吉纳瓦："你喜欢戏法和魔术表演吗？"

"我没看过多少，"女孩说道，"学校还挺忙的。"

"嗯，三个星期后我有一场表演，如果你有兴趣的话，所有的信息都在入场券上。"

"在——？"

"入场券。"

"我没有入场券。"

"你有的，"卡拉说，"就在你的皮包里。哦，旁边还有花吗？把它当作幸运符吧。"

她离开了，他们听到关门的声音。

"她到底在说什么？"吉纳瓦问道，低头看着自己的皮包，是合上的。

萨克斯笑着说："打开来看看。"

她拉开皮包上的拉链，惊奇地瞪大了眼睛。里面有一张有卡拉演出的一场的入场券，旁边是一朵压扁的紫罗兰。"她是怎么做到的？"吉纳瓦低声地问。

"我们从来都没看到过，"莱姆说，"我们只知道，她的确很厉害。"

"是啊，我同意。"女学生手里拿着干枯的紫色花朵说道。

刑事鉴定专家的双眼又看向库柏贴在证物板上的塔罗牌，旁边贴的就是它代表的含义。"所以，它就像某种凶手会在神秘攻击后留在现场的那种东西。但他自己也搞不清楚那是什么，他只是用它来制造效果。因此……"但是当他再注视着物证表上的其他证据时，声音却越来越低。"天哪！"

其他人都看向他。

"怎么了?"库柏问道。

"我们都错了。"

塞利托不再揉搓他的脸,问道:"什么意思?"

"看这些留在强奸用品袋上的指纹。他把自己的都擦掉了,对不对?"

"是的。"库柏表示同意。

"但是那的确有指纹,"刑事鉴定专家说道,"那可能是店员的指纹,因为和收据上的一样。"

"是的,"塞利托耸耸肩,"因此呢?"

"因此他在商店收银台结账之前,就已经把自己的指纹擦掉了。"房间一片寂静。刑事鉴定专家似乎因为没有人明白他的话而有点恼火,继续说:"因为他要她的指纹到处都是。"

萨克斯懂了,"他故意留下那个强奸用品袋,让我们找到。"

普拉斯基点点头。"否则,他只需要在回家后再擦干净袋子就行了。"

"完全正确,"莱姆的声音里带着一丝胜利的意味,"我认为那是故意安排的证物。目的是让我们认为这是一宗神秘的强奸案。好吧,好吧……我们从头走一遍。"莱姆看到普拉斯基因为他使用"走"这个词而不安地看着他的腿,不禁笑了一下。"一名攻击者跟踪吉纳瓦到公立博物馆,这可不是常见的性攻击场所。然后便攻击她——嗯,模特——那一击即使没要了她的命,也能让她昏迷好几个小时。如果情况是这样的话,他为什么还需要开箱小刀和胶带?而且,还留下一张有关心灵探索的塔罗牌?不,这不是强奸未遂案。"

塞利托问:"那他是想干什么?"

"这就是我们最好能弄清楚的事。"莱姆想了一下,然后问道,"你说巴里博士什么都没看到?"

塞利托回答:"他是这么告诉我的。"

"但是那个不明嫌疑犯还是返回现场杀了他。"莱姆皱着眉,"而且一〇九先生把读片机也打碎了。他是职业的,但发脾气就显得太不职业了。他的猎物逃了,他不应该为了这样的不顺就浪费时间去摔东西。"莱姆问那个女孩:"你说你当时正在阅读一些旧报纸?"

"是旧杂志。"她纠正他。

"是在缩微胶片阅读机上看吗?"

"是的。"

"是那些吗?"莱姆朝一个装着缩微胶片的大塑料证物袋扬了扬头,这是萨克斯从图书馆带回来的,有两个槽——第一和第三——是空的。

吉纳瓦看着那个盒子,点了点头。"是的。不见了的两卷就是我当时在读的文章。"

"你有没有拿到当时在读片机里的那一卷?"

萨克斯回答:"读片机里是空的。一定是他拿走了。"

"再把读片机摔坏,这样我们就不会注意到缩微胶片不见了。哦,这好像越来越有意思了。他到底想干什么?又是出于什么动机呢?"

塞利托笑了起来。"我还以为你只关心证据,不关心动机呢。"

"朗,你必须知道这两者之间的区别。一个是在法庭上用动机来证明一件案子——这是最值得推敲的部分;一个是用动机将你引向证据——这可以最终确认一项罪行。比如,一个人用枪杀了他的商业伙伴,我们又查到他的车库里藏着的购买这些子弹的收据上面还有他的指纹。在这种情况下，有谁会在意他杀人是因为有一只会说话的狗让他这么做的①，还是因为那家伙和他老婆睡了觉？证据使案子成立。

"但是如果没有子弹、枪、收据或轮胎痕迹时怎么办呢？那么，最有用的问题是：为什么被害人会被杀害？回答这个问题的答案能引导我们找到给他定罪的证据。抱歉，我好像在说教。"不过他的声音里并没有歉意。

"好心情都没有了，是不是？"托马斯问道。

莱姆嘟囔道："我漏了什么东西，我不喜欢这种事。"

吉纳瓦皱起眉头。莱姆注意到了，问她："怎么了？"

"嗯，我在想……巴里博士曾说过，还有别人对我在阅览的杂志有兴趣。他想要借，但是巴里博士告诉他，必须要等我先读完。"

"他说那个人是谁了吗？"

"没有。"

莱姆想了想。"现在我们这样推测：这位图书馆管理员告诉这个人，你对这些杂志有兴趣。这个人想要把它偷走，而且因为你曾经或即将看到这些内容而要杀你。"当然，刑事鉴定专家不相信这种情形。但他成功的原因之一就是他愿意进行大胆，甚至牵强的设想。"而且他拿走了你原来正在阅读的那卷胶片，对吗？"

女孩子点点头。

"似乎他很清楚自己要找什么……那到底是什么？"

---

① 指二十世纪七十年代纽约臭名昭著的连环杀手"山姆之子"。他杀死六人，伤及多人，被捕时他告诉警察，他杀人是在听从邻居家的狗山姆的指引。

"也没什么特别的,只是我的一个祖先。我的老师对《根》①之类的东西着迷,我们要写一个自己家族史上的人物。"

"这位祖先是谁?"

"我的高祖父之类的吧,一个获得自由的前奴隶。我上个星期去博物馆,在这期《有色人种每周画报》上发现有一篇有关他的文章。图书馆里没有这期画报,但巴里先生说他可以从储藏室里找到缩微胶片。昨天刚找到了。"

"那个故事有什么特别的地方吗?"莱姆追问道。

她犹豫了一下,然后不耐烦地说:"我的祖先查尔斯·辛格尔顿,原是弗吉尼亚州的奴隶。他的主人改变了思想,释放了所有的奴隶。但查尔斯和他的妻子跟这个家庭相处已久,并且还教主人的孩子读书写字,于是主人给了他们一个位于纽约州的农场。查尔斯在内战时去当兵,战后回到家里。一八六八年,他被指控从一个黑人教育基金会里偷钱。这就是杂志上那篇文章的内容。那个人出现时,我正读到他被警察追赶并且跳进了河里。"

莱姆注意到她虽然表达得很好,但字与字都接得很紧,好像一群互相拥挤着想要逃走的小狗一样。她有受过高等教育的父母,同时也有像拉基莎这样的朋友,因此很自然地,她的语言会表现出一些多重性。

"所以你不知道他后来怎么样了?"萨克斯问道。

吉纳瓦摇摇头。

"我想我们必须假设不明嫌疑犯对你在研究的东西有某种兴趣。有谁知道你这篇作业的主题?我想,你的老师应该知道。"

"不,我没有很明确地告诉过他。除了拉基莎外,我应该没

---

① 《根》,美国黑人作家亚历克斯·哈利的一部家史小说。

有跟任何人说过。也许她向谁提起过，但我很怀疑，她根本不太留意作业之类的事，你知道我的意思吗？自己的作业她都不太用心。上个星期，我去哈莱姆区的一家律师事务所，看看他们是否有十九世纪时的犯罪旧档案，但是我也没和那个律师说得太多。当然，巴里博士是知道的。"

"而且他可能已经向另一个对那本杂志也有兴趣的人提起此事，"莱姆指出，"现在，只是讨论一下，我们假设那篇文章里有不明嫌疑犯不想让别人知道的东西——也许是关于你的祖先，也许是其他完全不同的事。"他看向萨克斯，"现场还有人吗？"

"还有一个小队。"

"让他们仔细询问所有的员工，看巴里是否提到过有人对旧杂志感兴趣。再查查他的办公桌。"莱姆又有了另一个想法，"我还要他过去一个月的电话记录。"

塞利托摇着头。"林肯，真是的……你不认为，这听起来好像很勉强？我们这是在谈什么？十九世纪？这可不是一件旧案，而是尘封的往事。"

"有一个职业杀手上演了一出戏，差点杀死一个人，但的确杀死了另一个人——就在半打警察的眼皮底下——只是为了偷那篇文章吗？这可不勉强，朗。这里满是疑点。"

大块头警探耸耸肩，然后打电话给分局，将莱姆的命令传达给还在犯罪现场执勤的警察；接着，他又打电话给警察局的命令签发部门，让他们发出一个核查博物馆及巴里个人电话记录的命令。

莱姆看着这个瘦小的女孩，知道自己没有选择了，必须说出坏消息。"你明白这一切可能代表什么意思，是吗？"

他停顿了一下，看到萨克斯望向吉纳瓦的不安眼神，至少这名女警探完全知道这代表了什么意思。她向女孩解释:"林肯是说,他很可能还在追踪你。"

"真是疯了。"吉纳瓦·塞特尔摇摇头。

在沉默了一阵后,莱姆严肃地回答:"恐怕不仅如此。"

汤普森·博伊德坐在曼哈顿下城一家快速影印店的网络终端机前,阅读着地方电视台网站每几分钟就更新一次的新闻。

他正在读的那篇文章标题是:目睹学生遭攻击,博物馆官员被杀。

他几乎无声地吹着口哨,一边看着和新闻一起发出的照片。照片上是刚被他杀死的图书馆主任正在博物馆前的街上和一名穿着制服的警察说话,照片说明是:巴里博士被枪杀前,正与警察交谈。

由于未成年,吉纳瓦·塞特尔的名字没有被公开,但她被描写为一个住在哈莱姆区的高中学生。汤普森非常感谢得到这个信息,原来他并不知道她住在纽约的哪个区。他将他的手机连接到电脑旁的 USB 接口,传输他拍摄的女孩的照片,然后用电子邮件上传给一个匿名信箱。

他下线,付了费——当然,是用现金——然后便在金融区中心的下百老汇闲逛。他在一个小摊子上买了一杯咖啡,喝了一半,接着将他偷来的缩微胶片塞进杯子里,盖上杯盖,丢进一个垃圾箱。

他在一个公用电话亭前停下,四下看了看,没有任何人注意他。他拨了一个号码。对方的语音信箱服务没有传来任何信息,只"哔"了一声。"我。吉纳瓦的情况有问题。我需要你找到她在哪里上学,或者住在哪里。她是哈莱姆区一所高中的学生。现在就知道这些。我已经发了一张她的照片到你的信箱里……哦,有一件事——如果你有机会自己来关照她,另外还有五万美元在等着你。听到这则留言请给我打一个电话,我们谈谈。"汤普森念了一遍他面前这部电话的号码,然后挂了电话。他后退几步,两臂抱在胸前,开始等待。他刚吹完史迪威·旺德[1]的《你是我生命中的阳光》的前三小节,电话就响了。

7

刑事鉴定专家看着塞利托。"罗兰在哪里?"

"贝尔?他送人去州证人庇护所,不过应该回来了。你觉得我们应该给他打个电话?"

"是的。"莱姆说。

塞利托拨打了这位警探的手机,莱姆从他们的对话中推断,贝尔会立即离开警察大楼,往上城来。

莱姆注意到吉纳瓦皱着眉头。"贝尔警探只是负责照顾你,就像贴身保镖一样。直到我们把所有的事都弄清楚……现在,你知道查尔斯被指控偷了什么吗?"

"那篇文章说是黄金或是钱之类的。"

"失踪的黄金。哦,有意思。贪婪——这算是一种不错的动机。"

"这件事,你舅舅会不会知道些什么?"萨克斯问她。

"我舅舅?噢,不,他是我妈妈的弟弟,而查尔斯则是来自

---

[1] 史迪威·旺德(Stevie Wonder, 1950-),美国黑人歌手,作曲家,音乐制作人,社会活动家,盲人。

我父亲那边。我爸爸也只知道一点。我的姑婆给了我几封查尔斯的信。但是她也只知道那么多了。"

"那些信在哪里?"莱姆问道。

"我带了一封。"她在包里摸索了一阵,找出一封信。"其他的都在家里。我姑婆认为她可能还有几箱查尔斯的东西,但是她想不起来放在哪里了。"吉纳瓦忽然不说话了,黑色圆脸上的两道眉毛皱了起来,她对萨克斯说:"有件事,不知道有没有用。"

"说说看。"萨克斯说。

"我记得在一封信中,查尔斯谈到过他的秘密。"

"秘密?"萨克斯问。

"是的,他说他因为不能揭露真相而深感困扰。但他如果说出来,将会是一场灾难,一场悲剧。"

"也许他是要说偷窃那件事。"莱姆说。

吉纳瓦生硬地说:"我认为他没有做过。我想他是被陷害的。"

"为什么?"莱姆问。

她耸耸肩。"读读这封信。"那个女孩子先是将那封信递给莱姆,然后发觉不对,又把它给了梅尔·库柏,但并没有为这一失误道歉。

技师把信放在光学阅读机上,过了一会儿,那些十九世纪优美的手写文字便出现在二十一世纪的纯平显示器上。

　　请威廉·多德夫妇转
　　维奥利特·辛格尔顿太太
　　艾塞克斯农场路
　　哈里斯堡,宾夕法尼亚州
　　一八六三年七月十四日

我最亲爱的维奥利特：

最近在纽约发生的种种可怕事件的坏消息想必已经传到你们那里了。我现在可以告诉你，和平虽已重返，但代价却很惨重。

最近以来的形势如野火般一触即发，成千上万不幸的市民仍在为前几年的经济恐慌而惊恐不安——格雷先生在《论坛报》上的报道说，过度的股票投机和轻率的借贷行为导致了世界金融市场的"泡沫幻灭"。

在这样的气氛下，一个小小的火花引发了最近的暴动，那就是抽男丁参加联邦军队的命令。许多人都说，由于叛军出人意料地强大坚韧，这样做是打击他们的必要举措。但是，反对抽签当兵的声音比任何人预料的都要强大和坚定。而我们——黑人、废奴论者以及共和党人——成了他们仇恨的对象，其强烈程度绝对不亚于对征兵主管及其手下办事人员。

暴动者多半是爱尔兰人，他们横扫城市，攻击所有他们见到的黑人，洗劫房屋和办公室。一群暴徒在袭击有色人种孤儿院的时候，我正巧和那里的院长及两位老师在一起，那些人冲击孤儿院，还放火烧房子！为什么要这样，里面还有两百多个儿童啊！在上帝的帮助下，我们把这些孩子带到附近警察局的安全地带，但如果被这些暴徒找到，我们还是会被杀死的。

白天，斗殴一直在持续。夜晚，私刑便开始了。有一名黑人被吊死后，暴徒们不但放火烧了他的尸体，还醉醺醺地围着火堆跳舞。我惊呆了！

我现在已经逃到了我们在北边的农场，今后会把精力投注在教育我们学校的孩子和果园工作上，还有，为我们同胞争取自由的事业上。

　　我最亲爱的妻子，在经历这些可怕的事件后，生命对我来说似乎更加珍贵而短暂，而且，如果你想参加这趟旅程，我很希望你和我们的儿子能到我身边。在此我附上你们两人的车票，以及供花费用的十美元。我会在新泽西火车站接你们，然后我们乘船逆流而上，到达我们的农场。你可以协助我教书，而乔舒亚可以继续他的学业，还可以在苹果酒坊和商店协助我们和詹姆斯。如果有任何人问到你们要去哪儿、去干什么，你就照我说的回答：就说主人特林不在时，我们替他照看农场。那些暴徒眼中的仇恨提醒了我，没有一个地方是安全的，即使我们平静的农庄也一样，万一人们知道农场主是黑人，纵火、偷窃、掠夺就会接连不断。

　　我来自一个我曾经被囚禁、认为我只是五分之三个人的地方。我曾经希望搬到北方可以改变这一切。但可惜，事情并不是这样。过去这几天的悲剧性事件告诉我，你和我，以及像我们这样的人，尚未被视为完整的男人和女人，而我们所进行的当一个完整的人的战争，必须以不屈不挠的决心坚持下去。

　　请向你的姐姐和威廉，还有他们的孩子传达我最热忱的问候。当然，告诉乔舒亚，他在地理课上的进步让我骄傲。

　　我希望很快能再见到你和我们的儿子。我祈祷，我会为这一天而活。

爱你的，
查尔斯

吉纳瓦将那封信从光学扫描器上拿下来。她抬起头,说:"一八六三年的征兵暴动。美国历史上最惨烈的群众暴动。"

"他并没有提任何有关他的秘密。"莱姆指出。

"那是在我留在家里的一封信上面。我拿这封信给你看,是要你知道,他并不是一个贼。"

莱姆皱眉。"但是那宗盗窃案是他写这封信五年后发生的吧?为什么你认为这能表示他是清白的?"

"我的重点是,"吉纳瓦说,"他听起来并不像是一个贼,不是吗?不像是会从前奴隶教育基金会偷钱的人。"

莱姆简单地回答:"这不是证据。"

"我认为是。"这个女孩子又看了一遍信,将它用手抚平。

"五分之三个人是什么意思?"塞利托问道。

莱姆想起美国历史中的一些事。但是除非这些信息和他的刑事鉴定学有关,否则他都一律当作没有用的杂音过滤。他摇摇头。

吉纳瓦解释说:"在南北战争前,为了国会的代表权,奴隶被当作五分之三个人①。这并不像你想的那样,是南部联邦的邪恶阴谋,这个规定是北方提出来的。他们根本不想将奴隶计入人口,因为这样会使南方在国会及总统选举委员会中获得更多的代表席位。南方则希望能将奴隶完整计入。折中后便产生了五分之三规则。"

"他们是作为代表席位被计入的,"托马斯指出,"但是他们还是不能投票。"

"哦,当然不能。"吉纳瓦说。

"就和女人一样。"萨克斯加了一句。

---

① 一七八九年的美国《宪法》规定:当按照各州人口比例分配国会众议院的席位和联邦直接税时,一个黑奴等于五分之三个白人"自由民"。

现在莱姆对美国社会史没有任何兴趣。"我想看看其他的信，而且我想找一份那本杂志，《有色人种每周画报》，是哪一期？"

"是一八六八年七月二十三日那一期，"吉纳瓦说，"不过我好不容易才找到的。"

"我会尽我所能。"梅尔·库柏说。然后莱姆听到他的手指在电脑键盘上发出火车轨道般的声音。

吉纳瓦又在看她那个 Swatch 手表。"我真的——"

"嗨，大家好。"门廊处传来一个男人的声音。穿着棕色斜纹软呢外套、蓝色衬衫和牛仔裤，警探罗兰·贝尔走进了实验室。贝尔原本在家乡北卡罗来纳州担任执法人员，几年前因个人原因搬到纽约居住。他有着棕色头发、温和的眼睛，以及随和的个性，这种随和有时甚至会使他的工作伙伴感到不耐烦。不过莱姆却怀疑，他行动缓慢的原因并不是因为南方的传统，而是出于他谨慎的天性，也是由于他在纽约市警察局的工作的重要性。贝尔的专长是保护证人及其他可能的受害人。他所在的机构在纽约市警察局并不是一个正式的单位，不过还是有个名称：SWAT。但这不是传统上所说的"武器及战术小组"的缩写，而是"保护证人小组"的简称。

"罗兰，这是吉纳瓦·塞特尔。"

"你好，小姐。"他慢慢地说道，同时跟她握了握手。

"我不需要保镖。"她坚决地说。

"不用紧张，我不会妨碍你的，"他说，"我用名誉担保。我会在你的视线之外，就像草丛里的一只虱子一样。"他看了一眼塞利托，说："现在我们要对付的是什么？"

那个最胖的警探将此案目前的情况和他们所知道的细节讲述了一遍。贝尔并没有皱眉或摇头，但是莱姆可以看出他两眼发直，这说明他对这件事很感兴趣。但是塞利托说完，他又摆出了那副南方人的表情，问了吉纳瓦许多有关她和她家庭的问题，以思考该如何开展保护措施。但是吉纳瓦却回答得犹豫不决，好像很不情愿似的。

贝尔终于结束提问，吉纳瓦很不耐烦地说："我真的要走了。有人能开车送我回家吗？我把查尔斯的信件拿给你们。不过拿完我必须去上学。"

"贝尔警探会送你回家，"莱姆说，然后又笑了起来，"但关于上学，我想我们已经同意你请假一天，以后再补考。"

"不，"她很坚决地说，"我可没同意。是你说的，'我们先随便问几个问题，然后再看看接下来该怎么办'。"

很少有人会用林肯·莱姆的原话来反驳他。他还嘴道："不管我说过什么，我认为你必须待在家里，现在我们知道那个坏蛋可能还在追踪你。总之不安全。"

"莱姆先生，我必须去参加考试。在我们学校，参加补考——有时候他们根本不安排——或者考试簿不见了，就会拿不到学分。"吉纳瓦生气地抓着挂在牛仔裤上的腰带。她真是骨瘦如柴。他在想，她的父母是不是过于讲究吃健康食品，只让她吃有机麦片和豆腐。似乎有很多教授都有这种倾向。

"我现在就打电话给学校，"萨克斯说，"告诉他们，发生了一件意外，而且——"

"我真的想去上学，"吉纳瓦轻轻地说，双眼固执地盯着莱姆的眼睛，说，"现在就去。"

"只是在家里待一两天，直到我们发现更多东西。或者，"莱姆笑着加了一句，"直到我们抓到那个家伙。"

对十几岁的青少年应该启发和说服。莱姆有些后悔自己刚才说的话。他并没有认真对待她——只是因为她年轻。就像一些来拜访他的人会过度地喧闹或开玩笑，只是因为他被固定在那里。这些人让他很恼火。

就像她现在对他很恼火一样。

她说："如果你不介意的话，我会非常感谢有人能送我回家。不过我也可以坐地铁。但我现在就得离开，如果你想要那些信的话。"

莱姆非常不高兴，他以一种不容反驳的口气说："我必须说不行。"

"我可以借用你的电话吗？"

"干什么？"他问。

"我要给一个人打电话。"

"一个人？"

"他是我提到过的律师，韦斯利·戈茨。他在哈莱姆区开了一家律师事务所。"

"你要打电话给他？"塞利托问，"为什么？"

"我想问问他，你们是否有权不让我去上学。"

莱姆嘲笑道："这是为了你好。"

"这应该由我来决定，不是吗？"

"也许要由你的父母或舅舅来决定。"

"他们之中可没有人必须在明年春天从十一年级毕业。"

萨克斯咯咯地笑了起来，莱姆沉着脸看了她一眼。

"小姐，只是一两天。"贝尔说。

吉纳瓦不理他，继续说道："戈茨先生曾经让没有犯谋杀罪却为此坐了十年牢的约翰·大卫·科尔森从星星州立监狱被释放。而且他还控告过纽约——我是说纽约州——两三次。他每一场都赢。他最近刚结束了一件高等法院的案子，是有关无家可归者的权利的。"

"他也赢了，是不是？"莱姆挖苦道。

"通常他都会赢。事实上，我想他从来没输过。"

"真是疯了。"塞利托嘟囔道，并且下意识地搓了搓外套上的一点血迹。他嘀咕道："你只是一个孩子——"

他说错话了。

吉纳瓦瞪着他，尖厉地说："你们连一个电话都不让我打？犯人都可以打电话的，是不是？"

大个子侦探叹了一口气。他伸手做了一个"请"的手势。

她走向电话，查看她的电话号码簿，然后按了一个号码。

"韦斯利·戈茨。"莱姆说。

在等对方接电话时，吉纳瓦昂着头。她对莱姆说："他是哈佛毕业的。哦，他还控告过军方，我想是为同性恋权利。"

她对着电话说："请找戈茨先生……可以告诉他吉纳瓦·塞特尔打来过吗？我是一起犯罪事件的证人，而我被警方留置了。"她把莱姆住屋的地址给了对方，还补充说："这违背了我的意愿，而且——"

莱姆看了塞利托一眼，塞利托眼珠转了转，说："好吧。"

"等一下。"吉纳瓦对着电话说。然后转向大个子警探，他高高的身影笼罩着她。"我可以去上学了？"

"只能去考试，就这样。"

"有两场考试。"

"好吧，两场都该死。"塞利托嘀咕着。然后对贝尔说："看好她。"

"放心吧，我会像猎犬一样如影随形。"

吉纳瓦对着电话说:"告诉戈茨先生没事了。我们已经解决了。"她挂了电话。

莱姆说:"但首先我要拿到那些信件。"

"就这么定了。"她把书包甩上肩头。

"你,"塞利托对普拉斯基喊道,"跟他们去。"

"是的,长官。"

贝尔、吉纳瓦和普拉斯基离开后,萨克斯看着门笑道:"她可是个急性子。"

"韦斯利·戈茨。"莱姆笑了起来,"我想是她编的,说不定是打给报时台或气象台。"

他对着证物板点点头。"我们来看看这上面的东西。梅尔,你负责街道事件的细节。另外,我们送往 VICAP[①] 和 NCIC[②] 的细节和资料目前进展如何?还有,调查城里所有的图书馆和学校,看看这个跟巴里谈过话的人有没有打过电话给他们,问起有关查尔斯·辛格尔顿或《有色人种每周画报》杂志的事。哦,再查一下这种有笑脸的袋子是哪里制造的。"

"苛刻的命令。"库柏回应。

"嘿,知道吗?有时候人生就是苛刻的。然后再把绳索上的血液样本送给 CODIS[③]。"

"我以为你不认为这是一起性犯罪。"CODIS 是一个资料库,

[①] VICAP,指 Violent Criminal Apprehension Program,即暴力罪犯追踪程序,这是联邦调查局于一九八〇年建立的一套程序,用于从国内法律强制执行机构收集暴力犯罪的信息。
[②] NCIC,指 National Crime Information Center,即国家犯罪信息中心,归美国联邦调查局管辖,它的计算机设备安装在位于华盛顿的联邦调查局总部内。这个庞大的计算机设备群除了在许多重要的执法机构、联邦机构和军方机构有直接相联的计算机终端外,还与各州的计算机相连,各州的计算机中心又与本州的警察、司法、鉴证等部门联网。
[③] CODIS,指 the Combined DNA Index System,即联合 DNA 检索系统。

其中包括了已知性犯罪者的 DNA 资料。

"梅尔,我说的是'我认为',而不是'我就是他妈的确实知道'。"

"脾气还真大。"托马斯道。

"另一件事……"他将轮椅再移近了一些,看着图书馆管理员尸体的照片,以及萨克斯画的枪击犯罪现场示意图,"那个女人离被害人有多远?"莱姆询问塞利托。

"谁?那个旁观者吗?在他旁边大约十五英尺处。"

"第一个打中的是谁?"

"是她。"

"几枪之间的距离很近?我指打中图书馆管理员的那几枪。"

"很接近。相隔几英寸。这家伙枪法很好。"

莱姆低声说道:"这不是打偏了,这个女人,他是故意打中她的。"

"什么?"

刑事鉴定专家询问这个房间里的最佳射手:"萨克斯,当你在快速开枪时,通常最准的一枪是第几枪?"

"第一枪。因为没有前一枪的后坐力。"

莱姆说:"他是故意打伤她的——瞄准主血管——为的是分散警察的注意力,让他有机会逃走。"

库柏低声说:"天哪!"

"通知贝尔,还有鲍尔·霍曼和他的纽约警察局特勤小组。让他们知道我们面对的是什么样的对手:一个喜欢拿无辜的人当靶子的家伙。"

第二部 涂鸦王

8

大块头在哈莱姆区的人行道上走着,心里想着一个小时以前电话里的内容。这使他高兴,使他紧张,使他小心翼翼。不过他想的主要是:也许,事情终于有转机了。

是的,他需要一股动力,一些能帮他转运的东西。

贾克斯最近的运气不太好。当然,他很高兴能够脱离那个体系。但出狱后的这两个月就像煤块一样又硬又冷:孤单寂寞,而且没有一分钱的正当收入。不过今天不同了。那个关于吉纳瓦·塞特尔的电话可能会永远改变他的生活。

他沿着第五大道北段向圣安布罗斯公园的方向走着,嘴角叼着一支香烟,享受着秋天凉爽的空气和温暖的阳光,享受着周围人们对他纷纷回避让路。这一部分是因为他那毫无笑容的脸,一部分是因为他那个监狱文身,还有他的跛足(说实话,他并不是那种硬汉,想扮演跛足大侠,结果并没有那种帮会老大的气势,却是一副"哦,见鬼,我被打中了"的模样。但这里没人知道这些)

贾克斯的穿着和过去一样:牛仔裤,破旧的军用夹克和几乎要漏底的工作皮鞋。他口袋里装着厚厚一沓钞票,大部分是二十美元面额的,一把牛角柄的小刀,一包香烟,还有一把拴着链子的钥匙,这是他一百三十六街小公寓的钥匙。这套两居室的公寓里有一张床、一张桌子、两把椅子、一台二手电脑,以及从杂货店买来的买一送一的厨具。这比他在纽约州惩戒住的地方好不了多少。

他停下脚步,环顾四周。

他就在那里,像一副有棕色皮肤的骨头架子——说他三十五岁也行,说他六十岁也可以。他斜倚在这个哈莱姆区中心公园用铁链围起来的篱笆墙上。阳光照在他身后黄色草丛中一个酒瓶潮湿的边缘,闪着光。

"怎么样,老兄?"贾克斯问道,点燃了另一支香烟,同时走上前去停了下来。

骨头架子眨了眨眼,看着贾克斯递过来的香烟盒。他不确定这是干什么,不过还是伸手取了一支香烟。他把香烟放进口袋里。

贾克斯继续说道:"你是拉尔夫?"

"你是谁?"

"德莱尔·马歇尔的朋友。以前和他都在S区。"

"德莱尔?"那副骨头架子放松了下来,没有完全放松。他把视线从这个可以把他折成两段的男人身上移开,看着他靠着的那道围墙。"德莱尔出来了?"

贾克斯笑了。"德莱尔对着一个混蛋家伙的脑袋轰了四枪。他要是能出来,黑人就能入主白宫咯!"

"他们有假释,"拉尔夫说,他假装很愤怒,但还是看得出他是在试探贾克斯,"那德莱尔怎么说?"

"传了话,让我来找你。他给我担保。"

"给你担保,给你担保。好吧,告诉我,他的刺青是什么样的?"留着一撮鼠须的骨头架子拉尔夫又开始虚张声势地试探起来。

"哪一个?"贾克斯答道,"是玫瑰还是刀子?而且我还知道他在老二附近也刺了一个,只不过我可没机会仔细看。"

拉尔夫点点头,没有笑。"你叫什么?"

"杰克逊。阿朗佐·杰克逊。不过大家都叫我贾克斯。"其实这个外号还有个不错的名声,但他怀疑拉尔夫是否听说过。显然是没有——对方的眉毛没有扬起,这让贾克斯很生气。"你要去德莱尔那儿查我就尽管去,但不要在电话里提到我的名字,你知道我在说什么吗?只要告诉他涂鸦王来找你谈过。"

"涂鸦王。"拉尔夫重复着,显然在想这是什么意思。是不是说贾克斯总是将对手的血洒得到处都是,就像喷漆一样?"好吧,也许我会查。到时候再说。这么说你出来了?"

"我出来了。"

"怎么进去的?"

"武装抢劫,"然后他还以压低的声音补充道,"他们想用二五二五条。结果没成,只好变成攻击罪。"二五二五条是刑法125.25条有关谋杀规定的简称。

"现在你是自由人了。这很好。"

贾克斯觉得很可笑——这个可悲的拉尔夫,贾克斯带着香烟来跟他打招呼,他紧张得要命。可当知道了贾克斯是因为武装抢劫、违法持有武器和企图谋杀而坐牢,并将人血当颜料时,反而开始放松下来。

哈莱姆。你他妈的能不爱它吗?

在里面,快要出来前,他和德莱尔·马歇尔接上头,寻求一些帮助,这位兄弟让他去找拉尔夫。德莱尔跟他解释了为什么这个小骨头架子是值得认识的人:"那家伙无所不在,马路好像就是他的家。他什么事都知道,或者能找到。"

现在,这个用血当颜料的涂鸦王深深地吸了口烟,然后直截了当地说:"要你帮个忙,老兄。"贾克斯温和地说。

"哦?需要什么?"

这既是在问你需要什么,也是在问我能从中赚到什么。

够公平。

环视四周。除了他们之外,附近只有几只鸽子和两个快速走过的娇小可爱的多米尼加姑娘。尽管天气寒冷,但她们圆润迷人的身体上只穿着单薄的上衣和紧身短裤。"嗨!"其中一名女孩笑着和贾克斯打了个招呼,才继续走过去。她们过了马路向东走,进入她们的领域。多年以来,第五大道是哈莱姆区黑人和西班牙人的分界线。一旦你身处第五大道以东,就到了"另一边"。可能还是商业区,还是很不错,但却是不一样的哈莱姆。

贾克斯看着她们消失。"妈的。"他在牢里已经关了很久了。

"说吧。"拉尔夫道。他调整了一下斜靠的姿势,两臂交叉,像个埃及王子一样。

贾克斯等了一分钟,弯下腰附在法老的耳边,轻声说:"我需要一个家伙。"

"你胆子不小啊,老兄,"拉尔夫听完过了一会儿才说,"你就是因为带家伙被抓的,现在又来了。为了这把枪,你得在瑞克斯①待上一年。你干吗要冒这种风险?"

贾克斯耐着性子问:"你到底能不能弄到?"

小瘦子又换了个姿势,抬头看着贾克斯。"我想我们能谈成,老兄。但是我不确定能搞到你要的东西,我是说,家伙。"

"那么我也不确定要把这些给谁了。"他掏出一沓钞票,抽出几张二十块的递给拉尔夫。当然,他非常小心。在哈莱姆区的街上,一个黑人把钱递给另一个,可能会让警察扬起眉毛,即使是一个浸信会基督复临派的信徒在向牧师奉税也一样。

---

①瑞克斯(Rikers)是纽约市最大的监狱,位于东河的瑞克斯岛上,在皇后区和布朗克斯之间。

不过现在抬高眉毛的是拉尔夫。他把钞票放进口袋，眼睛看着剩下的那卷钞票，说："你还真准备了不少。"

"说吧。你已经拿到一些了，而且有机会拿到更多。不错吧。"他说着把钱收了起来。

拉尔夫不高兴地嘟囔道："什么样的家伙？"

"小家伙。一个我可以轻易藏起来的家伙，你知道我在说什么吧？"

"要五百。"

"两百，就成交。"

"暗货？"拉尔夫问道。

难道贾克斯想要一把上面打着注册号码的枪吗？"你说呢？"

"两百？去你的。"埃及小王子说。他现在说话比较凶；你不会杀害那些能满足你需求的人。

"三百。"贾克斯又出价。

"三百五就成交。"

贾克斯盘算了一下，然后伸出拳头轻撞了一下拉尔夫的。他又往四周看了一眼，说："现在，我还需要点别的东西。你在学校有关系吗？"

"有一些。你说的是什么学校？皇后、布鲁克林和布朗区的我可不熟，我的关系只在这个区。"

贾克斯在心里暗骂："'区'个屁！"他从小在哈莱姆长大，除了军营和监狱外，什么地方都没去过。如果非有个称呼不可，你可以称这个地方为"社区"，但可不是什么"区"。洛杉矶、纽瓦克[①]有"区"，甚至布鲁克林有的地方也有。但哈莱姆是一个完

[①]纽瓦克（Newark），美国新泽西州东北部港口城市。

全不同的世界，贾克斯对拉尔夫用这样的字眼感到很恼火，虽然他知道那家伙并不是不尊重这个地方，他也许只是狗屁电视剧看得太多了。

贾克斯说："就是这里。"

"我可以四处打听一下。"他听起来有点不安——这并不奇怪，这个曾以二五二五条被捕的前罪犯现在对枪和一所高中有兴趣。贾克斯又塞给他四十块。这似乎大大地抚慰了这个小瘦子的良心。

"好吧，你要找什么？"

贾克斯从他的军用夹克口袋里抽出一张纸，上面是他从网络版纽约《每日新闻》下载的报道。他将这张印着"最新消息"文章的纸打开，递给拉尔夫。

贾克斯用粗大的手指轻点着那张纸，说："我要找到这个女孩——就是他们在谈论的那个。"

拉尔夫读了以《中城博物馆官员遭枪击致死》为标题的文章。他抬起头。"这上面没提到她，她住哪儿，上哪个学校，什么都没说，就连他妈的名字都没提到。"

"她的名字是吉纳瓦·塞特尔。至于其他的——"贾克斯对小个子的口袋点点头，他的钞票就消失在那里，"那就是我给你钱的原因。"

"你为什么要找她？"拉尔夫看着文章，问道。

贾克斯停顿了一下，然后靠近小个子的脏耳朵。"有时候，人们到处问，到处看，最后发现自己知道了太多不应该知道的狗屎。"

拉尔夫又开始问一些其他的事，但他忽然明白，虽然贾克斯刚才的那句话是在说女孩所做的事，但这个用血当颜料的涂鸦王也可能是在暗示拉尔夫太他妈的多管闲事了。"给我一两个小时。"他把自己的电话号码给了贾克斯。这位小法老推开连在围墙上的铁链，从草丛中拿起酒瓶，沿着街道走去。

罗兰·贝尔开着他那辆没有标志的维多利亚皇冠慢慢地穿过商业楼和住宅混杂的哈莱姆中心地带。帕斯马克[①]、杜安·里德[②]、派派思[③]、麦当劳等连锁店与小杂货店并立，在这里你可以用信用卡、付现金，能买到用真发做的发套之类的东西，还有非洲艺术品、酒、家具等。很多老建筑都摇摇欲坠，有几幢还用木板钉着或金属板盖着，上面满是涂鸦。小街上扔着坏了的家用电器，等着人来捡；垃圾堆放在房子和水沟边；空地上满是杂草和人们随意乱种的植物。满是涂鸦的广告牌上写着阿波罗戏院的节目和其他上城各演出比赛场的活动，墙和夹板上也贴满了招贴，宣传无名的主持人、DJ 和喜剧演员的表演。年轻的男人聚在一起，用一种带着警告、蔑视和不敬的神情看着贝尔后面的警察巡逻车。

贝尔、吉纳瓦和普拉斯基一路往西，周围的环境也改变了。废弃的建筑物正在被拆除或重建；工地前的海报说明新的住宅将很快取代旧房子。吉纳瓦住的街道离晨边公园和哥伦比亚大学不远，街区很漂亮，绿树成行，人行道也很整洁，一排排美丽的老房子修复得很好。虽然街上车子的方向盘上挂着大锁，但这些钢条保护的可是雷克萨斯或宝马轿车。

[①]帕斯马克（Pathmark），连锁超市名称。
[②]杜安·里德（Duane Reade），连锁药房名称。
[③]派派思（Popeyes），连锁快餐店名称。

吉纳瓦指着一幢非常干净的四层褐石建筑，正面有雕刻装饰，黑铁栏杆被上午的阳光照得发亮。"就是那里。"

贝尔在经过两幢房子后，将车停了下来，是双行停车①。

"呃，警探，"普拉斯基说，"我想她是指我们后面那幢。"

"我知道，"他说，"我比较偏爱一件事，就是不要大肆张扬我们保护的人住在哪里。"

新手点点头，好像要努力记住。真年轻，贝尔想着，有这么多东西要学。

"我们会待在里面几分钟，注意警戒。"

"是的，长官。警戒什么？"

警探没有时间来教这名警察如何将保镖的工作细节做得更好；他的存在就足以成为这一短暂任务的障碍。"坏人。"他说。

跟随着他们的巡逻车停在维多利亚皇冠轿车前面贝尔指定的位置，里面的警察会将莱姆要的信件迅速送给他。过了一会儿，一辆没有标志的雪佛兰开了过来。里面有两名来自SWAT证人保护小组的警官，他们会留在这幢房子的里面和四周。在贝尔得知不明嫌疑犯会拿旁观者当目标以分散警察的注意力后，他增加了一些警力。被挑选出来担任这项任务的队长分别是路易斯·马丁内斯，他是一位安静稳重的警探；以及巴布·林奇，一位年轻干练的便衣警察，她虽然在保护证人方面是新手，但是却有着感知威胁的天生直觉。

卡罗来纳人移动他消瘦的身体下了车，察看四周，将他的猎装外套扣起来，遮住臀部的两把手枪。贝尔曾经是优秀的小镇警察，也曾经是优秀的大城市警探，但说到保护证人，他才真是人

---

①指将车停于另一辆停靠在人行道边的车旁，常属违章停车。

尽其才。这是一种天分，就像年少时去打猎，能够在田野间嗅出猎物的气味一样。直觉，可以感受到表面之下的东西——像注意到望远镜的反射闪光，听到手枪弹匣发出的咔嗒声，或者注意到有某人正通过商店橱窗看你的证人。当有人带着目的走来时，即使从逻辑上说没有可能性，他还是可以辨别出来。或是表面只是无意中的乱停车的行为，他却可以看出这是要在不用前进或后退的情况下让一个杀手得以迅速脱逃的手段。他看到建筑、街道和窗户的结构便会思考，现在他认为：这是一个可以让人藏身并害人的地方。

不过此刻他并未感受到任何威胁，于是领着吉纳瓦·塞特尔走下车，进入了那间屋子，同时用手势示意马丁内斯和林奇跟上来。他把吉纳瓦介绍给他们，然后两位警官回到屋外检查周围情况。女孩解除了安全警报系统，他们进屋走上二楼，制服警员也跟着一起上来了。

"比尔舅舅，"她叫着，一边轻敲房门，"是我。"

一名五十多岁、脸颊上有一块胎记的胖男人开了门。他向贝尔点头微笑，说："你好，我是比尔。"

警探说明了自己的身份，他们握了手。

"亲爱的，你没事吧？那事真是太可怕了。"

"我很好。只是警察要在这附近待一阵子。他们认为那个袭击我的人还会再来。"

那名男子的圆脸因担心而皱了起来。"该死！"然后他走向电视，"孩子，你上电视新闻了。"

"他们提到她的名字了吗？"贝尔皱着眉，生气地看着新闻。

"没有，因为她未成年；也没有她的照片。"

"好吧，那还行……"新闻自由当然很好，但罗兰·贝尔并不介意有一定程度的检查制度——有时候，尤其是涉及证人的身份和地址的时候，"现在，你们全部留在客厅里，我要检查室内。"

"是，长官。"

贝尔走进房间开始检查。前门有两道锁和一个钢质警用栏。从前窗可以看到对街的屋子。他将遮光罩拉下。侧边的窗户通向一条小巷子，沿路有些建筑物。虽然对面是实心砖砌成的墙壁，没有可供狙击手利用的窗户，但他还是将窗户关上锁好，并拉下了百叶窗。

公寓很大——有两扇门通向门廊，一扇在前面的起居室，另一扇在后面的洗衣房。他确认所有的锁都锁好了，回到门廊。"行了！"他叫道，吉纳瓦和她的舅舅走了进来，"看起来还不错，记得把门和窗户关好，将百叶窗拉下。"

"是，长官，"那名男子说，"我一定会照办。"

"我去拿信。"吉纳瓦说着就往卧室走去。

贝尔检查了整个房子的安全性后顺便朝起居室看了一眼。但这一看却让他吓了一跳。洁白无瑕的皮质和亚麻家具全都盖着塑料防尘罩。大堆的书籍、非洲及加勒比海的雕刻及绘画、一个放着昂贵餐具和酒杯的瓷器柜，还有非洲的面具。伤感多情的个人物品很少，几乎没有一张家庭照片。

贝尔自己的房子则到处是家人的照片——尤其是他那两个儿子的，还有他们在北卡罗来纳老家的堂兄弟姐妹。也有几张他亡妻的照片，不过为了顺从他的新女朋友——目前在北卡罗来纳州担任警长的露西·凯尔，其中没有贝尔与妻子的合影，只有母亲与儿子（墙上当然挂满了露西的照片，但是当她看到已故的贝尔太太和儿子们的照片后，便表示她尊重他摆放这些照片的意愿。

她说话算数)。

贝尔询问吉纳瓦的舅舅是否见过任何他不认识的人在房子周围出没。

"没有,先生。连影子都没有。"

"她父母什么时候回来?"

"我说不准,先生。吉纳瓦和他们谈过了吗?"

过了五分钟,女孩回来了。她交给贝尔一个信封,里面有两张发黄易断的脆纸。"这就是了。"她犹豫了一下,说,"小心一点,我没有复本。"

"哦,你不了解莱姆先生,小姐,他把证物看得很神圣。"

"我放学就回来。"吉纳瓦对着她舅舅说。然后转向贝尔,"我要走了。"

"听着,姑娘,"那个男人说,"我要你说话礼貌点,就像我教你的那样。你对警察说话时,要称'先生'。"

她注视着舅舅,平静地说:"你难道不记得我父亲是怎么说的吗?人们必须用行动来赢得被称呼为'先生'的权利。我是这么认为的。"

舅舅笑了起来。"这才是我的外甥女,有她自己的想法,所以我们才这么疼她。来,让舅舅抱一下,姑娘。"

女孩觉得很难堪,她僵硬地忍受着拥抱的折磨,就像贝尔的儿子在公共场合被他拥抱时一样。

在门廊里,贝尔把信交给穿制服的警察。"将这些信送到莱姆先生家里去,越快越好。"

"是的,长官。"

他离开后,贝尔用对讲机呼叫了马丁内斯和林奇。他们报告说,街道上空无一人。他迅速带着女孩下楼,钻进维多利亚皇冠轿车里。普拉斯基在他们身后快步跟上，跟着跳进车子。

发动引擎时，贝尔看了她一眼，"哦，小姐，有空的话请你在书包里找找，拿一本你今天不用的书给我。"

"书？"

"课本之类的。"

她找到一本。"社会研究？挺无聊的。"

"呃，不是为了阅读。这是来假扮成一名代课老师。"

她点点头。"假装你是一名老师。嘿，你可不像。"

"我也这么想。现在，你把安全带系好，可以吗？谢谢。你也一样，新手。"

9

不明嫌疑犯一〇九也许是，也许不是，一名性犯罪者，总之，他的DNA并没有出现在联邦调查局的CODIS档案中。

没有答案是案子毫无头绪时的典型答案，莱姆沮丧地想。他们收到法医从巴里博士身上取出的子弹碎片报告，但这颗子弹比从那名女性旁观者身上取出的子弹粉碎得更厉害，因此用IBIS[①]和DRUGFIRE[②]进行比对也不会有更好的结果。

他们同时也从几个非洲裔美国人博物馆的员工处得知，巴里博士从未向任何员工提过还有一个人也对一八六八年的《有色人种每周画报》有兴趣。博物馆的电话记录没有什么价值，所有的电话都会进入主交换机后再转至各个分机，但并没有保留细节。他手机上的通话记录也没有什么可以追查的线索。

[①] IBIS，指Integrated Ballistic Identification System，即完整的弹道识别系统。
[②] DRUGFIRE，一个有关枪弹及其发射枪支的计算机自动联网比对系统。

库柏说了他从全国最大的塑料购物袋制造商特兰顿塑料制品公司得到的信息。公司老板说了笑脸标记的历史。"他们认为这个笑脸起源于二十世纪六十年代，最初由互惠保险公司的一个分支机构将它做成别针分发，既为了鼓舞员工士气，也是一种营销的手段。七十年代，有两个兄弟画了一张类似的笑脸，并加了一句口号：'要快乐'。这有点类似一种和平标志。从那时起，每年都有几十家公司将这个标志印在五千万件商品上。"

"这种流行文化有什么意义？"莱姆嘀咕道。

"即使这个东西是有版权的，虽然似乎没有人知道，但仍然有几十家公司企业制造这种有笑脸标记的袋子。因此几乎不可能追查到来源。"

死胡同……

库柏、萨克斯和塞利托对几十家图书馆和博物馆进行调查后，有两家向他们报告说，在过去几个星期里，曾有一名男子打电话询问过一八六八年七月的那期《有色人种每周画报》。这个消息令人振奋，因为它支持了莱姆的理论——那本杂志很可能是吉纳瓦受到攻击的原因。但是这两个机构都没有这期杂志，而且即使他提供了姓名，也没有人记得打电话的人的姓名。似乎没有人有这期杂志。纽黑文[①]的非裔美国人报刊杂志博物馆说，他们曾经有整套的缩微胶片收藏，但是现在不见了。

听到这个消息，莱姆不禁皱起眉头。这时，电脑发出一个声音，库柏说："我们收到 VICAP 的回音了。"

他按了一个键，就将电子邮件传送到莱姆实验室里的所有显示器上。塞利托和萨克斯两个人挤在一台显示器前，莱姆看

[①] 纽黑文（New Haven），美国康涅狄格州南部港口城市，耶鲁大学所在地。

着自己的屏幕。这是皇后区犯罪现场实验室的一位警探传来的加密邮件。

库柏警探：

　　根据你的要求，我们将你提供的犯罪描述在VICAP和HITS①进行了比对，发现两宗符合的案件。

　　案件一：得州阿玛利诺市发生的凶杀案。案件编号3451-01（得州骑警）：五年前，六十七岁的退休工人查尔斯·塔克，被发现死在自己家附近的露天购物市场后面。他被人用钝器击打后脑，推测凶手是先将其打昏，再将其杀死。他的脖子上绕着一条棉绳，绳子打成一个活扣，凶手将绳子的一端绕过一棵树的树枝，然后拉紧。从被害人脖子上的抓痕来看，他在死亡前几分钟仍有意识。

　　与不明嫌疑犯一〇九一案相似的要素有：

　　·被害人是被钝器击中后脑。

　　·嫌疑犯穿十一号步行鞋，很像是贝斯牌的。右鞋有不平均的磨损痕迹，应为外八字脚。

　　·沾有血迹的棉绳是凶器：棉纤维与目前现场发现的相似。

　　·动机是故意安排的。凶杀案看起来有某种仪式性。被害人脚部的地上放置着蜡烛，地上还画了一个五角星。但对被害人的生活调查和袭击事件本身都说明这一证据是故意安排用以误导警方的。没有其他明显动机。

　　·现场没有找到指纹，嫌疑犯戴着乳胶手套。

---

① HITS，指 Homicide Investigation Tracking System，即凶杀案调查追踪系统。

状态：侦办中。

"下一个案子是什么？"莱姆问道。

库柏将屏幕上的页面往下移。

案件二：俄亥俄州克里夫兰市发生的凶杀案。案件编号2002—34554F（俄州州警）：三年前，一名四十五岁的商人格雷戈里·塔利斯被发现死在他的公寓里，是被枪杀的。

与不明嫌疑犯一〇九一案相似的要素有：

· 被害人是被钝器击中后脑。

· 嫌疑犯的鞋印符合贝斯牌步行鞋。右脚呈外八字。

· 死因是心脏被射中三枪。小型左轮，可能是点二二或点二五口径，与目前案件类似。

· 现场没有找到相关指纹，嫌疑犯戴着乳胶手套。

· 被害人的裤子被脱掉，直肠里被塞进一个瓶子，显然意图说明他是同性恋强奸的受害者。俄亥俄州警方描述人员认为现场是故意安排的。被害人生前原计划要为组织犯罪审判出庭做证。银行记录说明被告在凶案发生前一周从银行领取了五万美元现金。然而，这笔款项的去向无法追踪。警方推测是用来雇用杀手杀害塔利斯的。

状态：未结案，但因物证误置，不在侦办中。

物证误置，莱姆想着……天哪。他看着屏幕。"安排物证以制造假的动机——另一个伪造的仪式化谋杀。"他对着倒吊人塔罗牌点了点头，"用棍子击倒被害人，然后再勒死或枪杀，乳胶手套，贝斯牌鞋子，右脚……当然，这可能是我们要找的人，不过看起来他是被雇用的杀手。如果是的话，我们可能有两名罪犯：不明嫌疑犯和他的雇主。好，我要得州和俄州这两件案子的所有资料。"

库柏打了几个电话。得州警方答应会查阅档案，并尽快给他们回复。而俄亥俄州的一位警探说，两年前搬到新的办公厅时，这件案子和其他数十件"死案"的证据都被误置，他们得找找才行。"但是，"他补充道，"别抱太大希望。"听到这个消息，莱姆皱起眉头，让库柏催促他们尽一切可能找到这份档案。

过了一会儿，库柏的手机响了起来，他拿起电话，"喂？……说。"他记下一些重点，向打电话的人道谢，然后挂电话。"真是太棒了。他们终于找到了过去几天里对规模大得需要封闭街道的嘉年华和游行所发出的许可。皇后区有两场：一个是社区协会组织的，一个是希腊同乡会组织的。布鲁克林有一场哥伦布日庆典，小意大利区也有一场，在莫伯利街，规模很大。"

"我们应该派人到这四个社区，"莱姆说，"彻查所有使用笑脸标志的购物袋，出售安全套、水管胶带和开箱小刀，并且使用便宜收银机或计算器的折扣商店和药店。将不明嫌疑犯的描述告诉所有的派出人员，看看有没有店员记得他。"

莱姆看到塞利托瞪着西装外套袖子上的一个小黑点。他估计那是今天早晨枪击事件留下的另一个血迹。大个子警探一动不动。因为他是这里的高级警察，应该由他打电话给所有特勤小组和巡警，并安排搜查队伍，但他似乎没有听见刑事鉴定专家的话。

莱姆看了萨克斯一眼，她点点头，打电话到下城安排搜查队伍。当她挂上电话时，注意到莱姆正专心注视着证物板，他的眉头皱了起来。"有什么不对吗？"

他没有立刻回答，思索着到底是哪里不对劲。然后，他明白了。离了水的鱼……

"我想我们这里需要一些协助。"

刑事鉴定专家们面对的最大困难之一是不知道自己的领域到底是什么。一名犯罪现场分析人员在相关领域的知识和他们的嫌疑犯其实不相上下——地质学、社会学、历史、流行文化、职业……所有的东西。

林肯·莱姆想着，自己对吉纳瓦·塞特尔生活的世界了解那么少：哈莱姆区。哦，当然，他看过统计数字：人口组成中有非裔黑人（包括住了很久的和新移民），还有美国黑人和西班牙裔（大部分是波多黎各人、多米尼加人、萨尔瓦多人和墨西哥人），还有一些白人和亚洲人。这个地区有贫穷、帮派、毒品和暴力犯罪问题——通常在国有住宅周围——但大部分的社区还是安全的，比布鲁克林、布朗区或纽瓦克区的很多地方安全得多。哈莱姆区的教堂、清真寺、社区组织及父母团体的数目比纽约市其他区都多。这里曾经是黑人民权运动的圣地，也曾是黑人和西班牙的文化艺术的殿堂。现在它是一个新运动的中心——财政平等。有数十个经济重建计划正在这里进行，不同种族和国籍的投资者都竞相把资金投入哈莱姆，以求在热门的房地产市场中获利。

但这些都是《纽约时报》和纽约市警察局报道的东西，它们无法帮助莱姆了解为什么一名职业杀手想要在这个社区谋杀一名少女。这严重阻碍了他对不明嫌疑犯一〇九的追查。他发出指令拨一个电话，软件帮他连上了联邦调查局位于下城办公室的一个号码。

"我是德尔瑞。"

"弗雷德，我是林肯。我还需要一些帮助。"

"我在华盛顿的那帮好兄弟帮上你了吗？"

"当然了,马里兰的也是。"

"太好了。稍等,我给这边的人拿点东西。"

莱姆去过德尔瑞的办公室好几次。这名瘦高的黑人探员在联邦大楼里的小屋子里塞满了文学和深奥的哲学书籍,衣帽架上挂满了他当卧底时穿的各种衣服。有意思的是,衣架同时还挂着联邦调查局的布克兄弟牌[①]西装、白色衬衫及条纹领带。德尔瑞的平时穿着很,客气地说,古怪。慢跑服、毛衣配猎装,而且他喜欢绿色、蓝色和黄色的衣服。好在他不喜欢戴帽子,否则看起来就像二十世纪七十年代的黑人电影里的皮条客一样。

探员回到电话上,莱姆问道:"那个炸弹的事进行得如何?"

"今天早上又收到一个关于以色列领事馆的匿名电话。和上星期的一样,我最得力的线人也不能告诉我一件能确定的事。我气坏了。你手上还有什么在进行?"

"有个案子把我们带到哈莱姆了。你对那里熟吗?"

"有时候会在那里转转。我可不是百科全书,我是BK土生土长的。"

"BK?"

"布鲁克林,原本是叫布鲁克伦村,十五世纪四十年代由荷兰西印度公司送给我们的。它是纽约州第一个正式的城市,沃尔特·惠特曼[②]的故乡。不过你花两毛五应该不是来谈这些琐事的。"

"你能抽空去街上收集一点情报吗?"

"好的,但我不能保证帮得上多少忙。"

"行,德尔瑞,只要你到了上城,就算我欠你个人情。"

[①]布克兄弟(Brooks Brothers),美国经典服装品牌,创立于一八一八年。
[②]沃尔特·惠特曼(Walt Whitman, 1819—1892),生于纽约州长岛,他是美国著名诗人、人文主义者,其代表作品是诗集《草叶集》。

"好,好,好——我的屁股又没有坐在什么红色轮椅里。"

"算我欠你两次人情。"莱姆回答,他的脸色苍白得像是新手普拉斯基浅色的头发。

从吉纳瓦处拿来的查尔斯·辛格尔顿的信件到了。

多年来这些信并没有得到妥善保管,都已经褪色且易碎。梅尔·库柏先对折痕处进行化学处理,以防断裂,然后再小心地将信纸夹在两片树脂板之间。

塞利托走向库柏。"我们拿到了什么?"

技师将光学扫描仪对准第一封信,按下一个键。画面出现在房间里所有的电脑显示器上。

我最亲爱的维奥利特:

在这个炎热平静的星期天早晨,我只有很短的时间能和你说几句话。我们的纽约第三十一团自从在哈特岛仓促成立以来,已走过漫漫长路。事实上,我们参加了追捕罗伯特·李将军的重要任务。他的军队四月二日在弗吉尼亚的彼得斯堡战败后,已经撤退了。

在南部邦联中心,他带领他的三万士兵发动反击。在他试图逃脱时——他必然会这样做的——我们和其他团要守住西线,让格兰特将军和谢尔曼将军能以优势兵力将他击溃。

暴风雨来临前的这一刻是平静的,我们都聚集在一个大农场上。赤着脚、穿着黑奴棉衫的奴隶站在周围看着我们。他们中有的人什么都没说,只是茫然地瞪着我们;有的人则大声欢呼。

刚才，我们的指挥官骑着马过来，下马向我们通报了当天的作战计划。然后，他凭记忆引用了弗雷德里克·道格拉斯先生[①]的话，我记得是这样的："一旦让黑人成为真正的人，让他们的纽扣上有了老鹰，肩上有了毛瑟枪，口袋里有了子弹，地球上便没有人可以否决他赢得美国公民权的权利。"

然后，他向我们敬礼，说能在这场上帝认可的重新统一国家的战斗中和我们一起奋斗，是他的荣幸。

三十一团响起一阵我从没听过的欢呼声。

现在，亲爱的，我听见远方传来的鼓声，以及四磅、八磅炮弹的爆炸声，这代表着战役的开始。这就是我在约旦河这一岸能够传达给你的最后几句话吗？我对你和我们孩子的爱之深，笔墨难以表达。我坚守着我们的农场，继续假装是这块土地的照看者，而非所有者，并回避所有关于出售的提议。希望能将这块土地完整地传给我们的儿子及他的子孙。专业人士和商人都会起起落落，经济市场变幻不定，但是土地是上帝伟大永恒的产业——在那些现在并不尊敬我们的人面前，我们的农场最终会替我们的家庭带来体面与尊严。它会成为我们孩子的救星，而且世世代代传承下去。现在，我亲爱的，我必须再一次拿起我的来复枪，依照上帝的吩咐去行事，保护我们的自由和我们神圣的国家。

永远爱你的，

查尔斯

一八六五年四月九日

弗吉尼亚，阿波马托克斯

[①]弗雷德里克·道格拉斯（Frederick Douglass, 1817—1895），十九世纪美国著名黑人领袖。

萨克斯抬起头。"吁，真是惊险。"

"也不尽然。"托马斯说。

"什么意思？"

"嗯，我们知道他们守住了战线。"

"怎么知道的？"

"因为四月九日就是南方军队投降的日子。"

"我对美国历史的兴趣不大，"莱姆说，"我想知道查尔斯的秘密是什么。"

"在这一封里。"库柏将第二封信放在扫描仪上，开动了机器。

我最亲爱的维奥利特：

　　亲爱的，我很思念你和我们的小乔舒亚。我对你妹妹安然度过生完孩子后的病痛而深感欣慰，感谢耶稣基督，能让你在这个艰难时刻陪伴她。不过，我认为你在这一段时间内最好尽量待在哈里斯堡。我感觉到当前的艰难和危险，甚至超过我们经历过的内战时期。

　　你不在的这个月里发生了许多事。我从一个单纯的农夫和学校老师变成了现在的样子！我参与了困难危险的事，而且——我大胆地说——完全是为了我们的同胞。

　　今晚，我和同胞们再一次聚集在绞架山，从这里可以看到一座被围攻的城堡。日子似乎长得没有尽头，旅行令人筋疲力尽。我的生活充满艰险，在夜色的掩护下躲躲藏藏，避开那些会伤害我们的人——他们人数众多，不只是以前的叛军；许多北方人对我们也满怀敌意。我不断受到威胁，有些是暗示，有些是公然挑衅。

　　昨天夜里，我又被一个噩梦惊醒。我不记得那个在睡梦中折磨我的影像，但在我醒来后便再也无法入眠。我睁着眼睛一直到天明，想着我如何才能背负这个秘密。我是多么想让全世界都知道，但我不能。我很清楚，若揭露这个秘密，造成的后果将是悲剧性的。

原谅我阴郁的语调。我想念你和我们的儿子，我感到非常疲劳。明天也许会见到希望重生。我为此祈祷。

爱你的，
查尔斯
一八六七年五月三日

"嗯，"莱姆沉思着说，"他的确谈到了那个秘密，但它究竟是什么？一定和在绞架山的集会有关。'为了我们的同胞'，民权或是政治。他在第一封信里也提到过这个……这个绞架山到底是什么？"

他的眼睛移到那张倒吊人塔罗牌上，那人的双脚倒吊在绞架上。

"我来查查。"库柏说着连上了网络。过了一会儿，他说："那是十九世纪时曼哈顿的一个社区，在上西岸，以布鲁明戴尔路和第十八街一带为中心。布鲁明戴尔路后来变成林荫大道，再后来变成百老汇。"他眉毛一扬，眼睛往上看，说，"离这儿不远。"

"叫绞架之山吗？"

"就叫绞架山，至少我找到的资料是这样。"

"还有其他信息吗？"

库柏浏览了一下那个历史学会的网页。"是的，有一张一八七二年的地图。"他将显示器转向莱姆。莱姆很快扫了一眼，注意到这个社区包括一大块区域，其中包括一些由纽约的豪门世家等古老家族拥有的大片房地产，以及数以百计的小公寓和住宅。

"嗯，看这里，林肯，"库柏指着地图上靠近中央公园的一块，说，"这是你家，就是我们现在所在的地方。以前是块沼泽地。"

"真有趣。"莱姆讽刺地嘀咕道。

"其他唯一的参考资料是《时代周刊》上个月刊登的一篇关于桑福德基金会新档案馆开幕的报道，就是第八十一街的那幢老楼。"

莱姆想起在桑福德旅馆旁有一幢宏伟的维多利亚式建筑。桑福德旅馆是一幢与约翰·列侬遇刺的达科他大楼极为相似的哥特式的、阴森的公寓楼。

库柏继续说道："基金会的领导人威廉·阿什伯里在开幕仪式上发表了讲话。他提到上西区从以前被称为绞架山的时代到今天，经历了许多变化。不过只是这样，没什么特别的。"

太多互不相连的点，莱姆想着。这时库柏的电脑发出声音，表示有一封电子邮件进来了。技师读了这封信，看了大家一眼，说道："听听这个，关于《有色人种每周画报》，是费城布克·T.华盛顿学院图书馆的馆长发来的。该图书馆曾经拥有全国唯一完整的该杂志的收藏。而且——"

"曾经？"莱姆打断他，"见鬼，为什么是'曾经'？"

"上个星期，一场大火烧毁了收藏它的房间。"

"纵火报告是怎么说的？"萨克斯问道。

"并没有认为是纵火。看起来像是电灯泡坏了，点燃了一些纸张。没有人受伤。"

"不是纵火才见鬼呢。有人放火。那么,馆长有没有建议我们能在哪里找到——"

"我正要往下说。"

"好,继续!"

"学校有一项规定,就是将他们保留的所有档案都扫描,并且以 Adobe.pdf 文件形式储存起来。"

"我们是不是有好消息了,梅尔?还是你在逗我?"

库柏按了更多的键。他对着屏幕挥舞双手,"啊!一八六八年七月二十三日,《有色人种每周画报》。"

"太好了。库柏,念给我们听。首先:到底辛格尔顿先生有没有淹死在哈得孙河里?"

库柏在键盘上打了一些字,过了一会儿,他将眼镜架在鼻梁上,身子向前倾,说:"找到了。标题是'耻辱。一个自由人的罪行。合众国老兵查尔斯·辛格尔顿在有损名誉的事件中背叛同胞的事业'。"

他继续念文章内容:"星期二,七月十四日,纽约刑事法庭对查尔斯·辛格尔顿发出逮捕令。辛格尔顿是一名自由人,是南方脱离联邦战争时的一名老兵,他被控从设在纽约曼哈顿二十三街的'协助自由人国家教育信托基金'偷走一大笔黄金及现金。

"辛格尔顿先生从警方在全市进行的搜捕中脱身,据说很有可能逃到他妻妹一家人居住的宾夕法尼亚州。

"然而,星期四清晨,也就是十六日,一名巡警发现他正前往哈得孙河的码头。

"巡警发出警报,而辛格尔顿先生却仍然试图逃跑。巡警立刻追了上去。

"很快,数十名执法人员、爱尔兰拾荒者和工人都加入了追捕行动，以尽他们追捕重犯的公民责任（而且阻止这名坏人可以得到五枚金币作为报酬）。逃跑的路线穿越了河边破败的棚屋区。

"在二十三街的油漆工地，辛格尔顿先生摔倒了，一名骑警赶上前，眼看就要抓到他了。然而，他没有像一个勇敢的男子汉一样坦然面对自己的困境，反而重新爬了起来，继续他懦夫式的逃亡。

"有一阵子，他躲过了追捕者，但脱逃只是暂时的。门廊下的一个黑人商人看到了这名自由人，于是以正义之名恳求他停下脚步，他声称自己已经听说了辛格尔顿先生的罪行，并且指责辛格尔顿让全国的有色人种蒙羞。这位公民，沃克·洛克斯先生，向辛格尔顿先生扔了一块砖头，想击倒他。但辛格尔顿先生躲过了这一击，嘴里还在高声喊着他是无辜的，同时继续逃亡。

"这名自由人长时间在苹果园工作，因此身体强壮，跑起来就像一道闪电。但洛克斯已将自由人的出现通知了巡警，于是，在靠近二十八街的码头，接近拖船办公室的地方，他的逃亡之路被另一名尽职的警察拦住了。他停下来，靠在'迅捷快运公司'的大招牌上，他累坏了。过去两天，负责追捕他的威廉·P. 西姆斯探长一直逼迫他投降；现在他举起手枪，瞄准这名小偷。

"然而，不知是为了在绝望中寻找一条逃脱之路，还是一股罪恶感征服了他，他决定结束自己的生命。据说，辛格尔顿先生犹豫了一下，然后跳进了河里，嘴里还喊着没有人能听清的话。"

莱姆打断他，"这就是吉纳瓦在被攻击前读到的地方。不要管内战了，萨克斯，这才是千钧一发。继续。"

"他在众人的注视下消失在波浪中，亲眼所见的民众相信他得到了惩罚。三名警察从附近的码头征召了一艘小艇，沿着码头划行，以确认那名黑人的命运。

"他们最后找到他时,他已经处于半昏迷状态,胸前紧紧抱着一块浮木,嘴里哀伤地叫他的妻子和儿子,许多人认为他这是在博取同情。"

"至少他活下来了,"萨克斯说,"吉纳瓦知道了会很高兴。"

"在被一位外科医生进行治疗后,他被绑起来带走,等待周二晚上的审判。在法庭上,他被证实盗窃了数目惊人的钞票和金币,价值近三万美元。"

"我也在想这个问题,"莱姆说,"失踪的赃物在今天价值多少?"

库柏将那篇有关查尔斯·辛格尔顿文章的窗口最小化,然后在网上搜索,在键盘上输入数字。然后,他从计算中抬起头,"现在价值约八十万。"

莱姆低声说:"难以想象。好,继续。"

库柏又念道:"自由人信托基金会对面街上的一个门房见到查尔斯从后门进入办公室,约二十分钟后,带着两个大背包离开。很快,信托基金会的经理在警察的通知下赶到,他们发现基金会的艾克斯特牌保险箱被人用铁锤和铁棍撬开了。后来在大楼附近找到的铁锤和铁棍与被告所有的一模一样。

"而且证据显示,在本市绞架山社区的多次会议中,辛格尔顿先生以协助促进同胞在国会的权利为借口,极力讨好一些名人,如令人尊敬的查尔斯·萨姆纳、撒迪厄斯·史蒂文斯,以及费雷德里克·道格拉斯及其子刘易斯·道格拉斯。"

"哦,就是查尔斯在信里提到的那些会议。看来的确是有关公民权利的,而那些人必定就是他所提到过的同伴。听起来都是一些重量级人物。还有什么?"

"根据检察官的叙述,他给这些名人提供协助的目的并不真的是为了帮助黑人,而是想摸清信托基金会的财务状况,以及其他可以掠夺的物资。"

"难道那就是所谓的秘密吗?"萨克斯很好奇。

"审判过程中,辛格尔顿先生对所有起诉均保持沉默,他发表了弃权声明,只说他爱自己的妻子和儿子。

"西姆斯队长找回了大部分辛格尔顿通过非法手段取得的财物。估计那名黑人将剩下的几千块藏在某个秘密的地方,但他拒绝透露究竟在哪里。除了在逮捕辛格尔顿先生时找到的一百元金币外,这些东西始终没有被找到。"

"现在变成藏宝了,"莱姆低声说,"真可惜,我原来还挺喜欢这个故事的。"

"被告很快就被定罪。在要决定刑期时,法官劝他将窃取的财物归还,但他拒绝透露埋藏的地点,仍然声称他是无辜的,并且说在他身上找到的金币是被捕后放在他身上的。因此,法官判处将这名重犯的财产没收、拍卖,并且将所得尽可能地补偿给基金会,而罪犯本人则被判处五年监禁。"

库柏抬起头,"就这些了。"

"为什么有人不惜采取杀人的手段来隐藏这个故事?"萨克斯问。

"是啊,这是个大问题……"莱姆盯着天花板,"现在,关于查尔斯我们知道了些什么?他是一名教师和战场老兵,他在州北部有一个农场,并且在农场工作。他因窃盗而被逮捕并被定罪。他有一个秘密,如果将这个秘密公之于众,将会造成悲剧性的后果。他参加了在绞架山举行的会议。他曾经参与民权运动,而且与当时的一些大政治家和民权运动者来往密切。"

莱姆操纵轮椅来到电脑屏幕前,看着那篇文章。他想不出这些事件和不明嫌疑犯一〇九一案有何关联。

塞利托的手机响起来。他听了一会儿，抬起眉毛。"好的，谢谢。"他挂了电话，抬头看着莱姆，"中奖了。"

"中什么奖？"莱姆问。

塞利托说："小意大利区的一个搜查队刚才在离举行哥伦布日庆典半个街区的莫贝里街找到一家折扣商店。那里的店员记得，几天前，有一名中年白人男子买了所有不明嫌疑犯放在强奸用品袋里的东西。她记得他是因为一顶帽子。"

"他戴了一顶帽子？"

"不，他买了一顶帽子。一顶长毛线帽。她之所以会记得，是因为当他在试戴时，她在安全镜里看到他把帽子拉下来，遮住了脸。她当时以为他要抢劫。结果他只是把它脱下来，放在篮子里，和其他东西一起付了钱，然后离开了。"

那可能就是失踪的价值五块九毛五的东西。试戴的目的就是要确定它可以拿来当面罩使用。"他可能就是用帽子把指纹擦掉的。她知道他的名字吗？"

"不知道。但是她能够清楚地描述出他的长相。"

萨克斯说："我们可以合成一张肖像，然后到街上散发。"说完她便抓起提包。发现大个子警探并没有跟上时，她已经走到门口了。她停下脚步回过头说："朗，你去吗？"

塞利托似乎并没有听见。她重复了一遍问题，警探才回过神来。他将他的手从发红的脸颊上放下，然后露齿而笑。"抱歉。我当然要去。让我们去逮住那个杂种。"

非洲裔美国人博物馆现场

·强奸用品袋：

·塔罗牌，一副牌中的第十二张——倒吊人，代表心灵探索。

·有笑脸的袋子。

·过于常见，难以追查。

·开箱小刀。

·特洛伊牌安全套。

·水管胶带。

·茉莉花香。

·花五块九毛五购买的不明物品。可能是一顶长毛线帽。

·收据，说明这家店是在纽约市，是折扣百货商店或药品店。

·可能在小意大利区莫贝里街的商店购买。店员可以辨认不明嫌疑犯。

·指纹：

·不明嫌疑犯戴着乳胶或聚乙烯手套。

·强奸用品袋中物品上的指纹属于手掌小的人，指纹自动辨别系统比对后没有结果。可能是店员的。

·物证：

·棉纤维绳索，有人类血渍。绞绳？

·没有制造商。

·送CODIS。

·无与之相符的DNA比对结果。

·爆玉米花和棉花糖，上面有犬类动物尿液。

·与嘉年华会或街头庆典活动有关？向交通部门查询最

近发出的许可证。目前警察正根据交通组提供的资料在清查街头活动。

·确认是小意大利区的活动。

·武器：

·警棍或武术用器械。

·手枪是一把北美枪械公司的点二二缘发式麦格农手枪，黑寡妇或小巨人。

·自制弹药，开花式弹壳里塞满细针。IBIS或DRUGFIRE上没有与之相符的比对。

·动机：

·不明。强奸可能只是烟幕。

·真正的动机可能是偷窃装有一八六八年七月二十三日《有色人种每周画报》的缩微胶片，以及因为G.塞特尔对其中一篇文章有兴趣而杀她，有兴趣的原因不明。这篇文章的内容有关她的祖先查尔斯·辛格尔顿（见下表）。

·被杀的图书馆馆员曾报告说，还有人也要看这篇文章。
·调查图书馆员的电话记录以核实此事。
·没有线索。
·向其他的雇员调查有关要求查阅文章的信息。
·没有线索。
·寻找该文章的复本。
·几个消息来源都称有一个男子要求查阅这篇文章。但没有线索可供调查。这本杂志的收藏大多已遗失或毁损。找到一份（见下表）。

·结论：G. 塞特尔可能还处于危险之中。

·案件描述送 VICAP 和 NCIC。

·五年前发生在得州阿玛利诺的谋杀案。类似的手法，刻意布置的犯罪现场（表面是仪式性谋杀，但是真正动机不明）。

·三年前发生在俄亥俄州的谋杀案。类似的手法，刻意布置的犯罪现场（表面是性攻击，但是真正的动机可能是雇凶杀人）。档案遗失。

不明嫌疑犯一〇九的描述

·白人男性。
·身高六英尺，体重一百八十磅。
·中年。
·声音普通。
·利用手机接近被害人。
·穿三年或三年以上的十一号贝斯牌步行鞋，浅褐色。右脚稍呈外八字。
·特别的茉莉香气。
·黑色裤子。
·黑色滑雪面罩。
·在杀害目标和脱身时会杀害无辜的人。
·很可能是受雇佣的杀手。

不明嫌疑犯一〇九雇主的描述

·目前尚无信息。

查尔斯·辛格尔顿的描述

·前奴隶，G.塞特尔的祖先。已婚，有一子。主人给了他在纽约州的一个农场。同时还担任教师工作。早年曾参加民权运动。

·据称查尔斯在一八六八年犯下盗窃罪，被偷走的缩微胶片上有关于此事的文章。

·据称有一个可能与此案有关的秘密。担心这一秘密如果公开会带来悲剧性的结果。

·参加过纽约市绞架山的会议。

·卷入某种危险活动？

《有色人种每周画报》上报道的罪行：

·查尔斯撬开了纽约的自由人信托基金会的保险箱，并且有证人看到他偷窃后离去。威廉·西姆斯探长将他逮捕。他的工具在附近被找到。盗窃的大部分财物都被追回。他被判五年监禁。没有他服刑的信息。人们认为他是利用与早期民权领袖的关系进入基金会的。

·查尔斯的信件：

·第一封信，给妻子：一八六三年席卷纽约州的反黑人浪潮，私刑、纵火。黑人拥有的产业有风险。

·第二封信，给妻子：查尔斯在内战后期参加阿波马托克斯战役。

·第三封信，给妻子：参与民权运动，因此感到威胁。因保守一个秘密而感到困扰。

10

二十世纪二十年代,纽约爆发了后来被称为"哈莱姆文艺复兴"的新黑人运动[1]。

这个运动吸引了众多思想家、艺术家、音乐家以及更多的作家。他们从自己的观点,而不是从美国白人的角度,来观察黑人的生活,进行艺术创作。加入其中的包括知识分子马库斯·加维、W.E.B.杜博斯;作家左拉·尼尔·赫斯顿、克劳德·麦凯和康蒂·库伦;画家威廉·H.约翰逊和约翰·T.比格斯;当然还有创作了不朽旋律的音乐家,如艾灵顿公爵、约瑟芬·贝克、W.C.汉迪以及尤比·布莱克。

在这个群星云集的时候,很难有某个艺术家个人的声音能够脱颖而出。但如果真有这样一个人,那很可能是诗人和小说家兰斯顿·休斯[2],他简单的话语表现了他的声音和思想:梦想延迟了会怎样?它会变得像太阳下的葡萄干?……或者,它会爆裂?

全国各地都有为休斯建造的纪念物,但最大、最实用的,而且也会让他本人感到骄傲的,当然是位于哈莱姆区一百三十五街兰诺克斯的一幢古老的四层红砖建筑。

和其他的城市学校一样,兰斯顿·休斯高中也存在着问题。它过于拥挤、经费不足,优秀的教师很难找到,也很难留下——还得想办法留住学生。低毕业率、暴力、毒品、帮派、少女怀孕

---

[1] 又称黑人文艺复兴运动,是二十世纪二十年代到经济危机爆发这十年间美国纽约黑人聚居区哈莱姆的黑人作家所发起的一场文学运动。
[2] 兰斯顿 休斯(Langston Hughes, 1902—1967),杰出的美国黑人诗人,哈莱姆文艺复兴运动的重要人物。他以诗歌为武器,抨击白人统治者的种族歧视政策,并通过自己的诗作讴歌丰富的黑人文化、启蒙黑人的觉悟和民族自豪感。他的作品对美国黑人争取自由平等的"民权运动"产生了很大的影响。

和旷课都在困扰着它。不过，这所学校培养的一些毕业生后来成了律师、成功商人、医生、科学家、舞蹈家和音乐家，还有政客、教授等。学校拥有多支常胜代表队，包括数十个学术社团及艺术俱乐部。

但对吉纳瓦·塞特尔而言，兰斯顿·休斯高中的意义不仅于此。这是她自我救赎的中心，是心灵慰藉的岛屿。她一看到那堵肮脏的红砖墙，一上午以来由博物馆事件造成的恐惧和焦虑，便一下子减轻了很多。

贝尔警探停好车，环视四周，查看是否存在威胁，然后他们才从车里出来。他朝街角处点点头，吩咐年轻的警察普拉斯基："你在那里等。"

"是的，长官。"

吉纳瓦对警探补充道："如果你愿意，也可以在那里等。"

他笑了起来。"我要和你一起待一阵子，如果你不介意的话。嗯，好了，看得出你介意。但不管怎么样我还是会跟着你。"他将外套扣上以盖住枪。"不会有人注意我。"他拿起社会学教科书。

吉纳瓦没有回答，只是撇了撇嘴，他们一起往学校走去。在金属探测器前，吉纳瓦拿出了她的证件，贝尔警探则巧妙地亮了亮他的皮夹，然后从那台探测器侧面绕了过去。此时已接近十一点三十七分的第五节休息时间，走廊上挤满了人，周围都是学生，有的朝餐厅走去，有的去往校园，有的到街上去买快餐。他们打闹说笑着，偶尔还有学生打起架来，总之一片混乱。

"这是午餐时间，"吉纳瓦在喧闹声中提高声音说，"我要去自助餐厅看书，往这里走。"

她的三个朋友拉蒙纳、夏洛特和珍妮特走上前来，和她并肩而行。她们和她一样，都是聪明的姑娘，快乐、从不惹麻烦，学习很努力。但是，或者正因为如此，她们并不特别亲密，都只是泛泛之交。她们放学后就回家，练习小提琴或钢琴，去读写社团当志愿者，练习拼写或者参加西屋科学竞赛，当然，还有读书。（吉纳瓦有时很羡慕学校的其他小圈子，比如那些帮派女孩、潮流姑娘、运动员，还有安吉拉·戴维斯[①]激进主义姐妹团）但是，现在绕在身边的三个女孩就像闺中密友一样围着她，提出各种问题。他有没有摸你？你看到他的老二了吗？他勃起了吗？你看到那个被杀的家伙了吗？当时你离得多近？

她们都知道了——从迟来或者逃课的学生那里，还有从电视里。虽然吉纳瓦的名字没有被提及，但大家都知道她是事件的中心，这也许要感谢拉基莎。

同年级的田径明星马雷拉经过，问道："怎么样？你还好吗？"

"哦，很好。"

这个高个子同学看了一眼贝尔警探，问她："为什么这个警察拿着你的书，吉恩？"

"问他。"

那个警察尴尬地笑了笑。

假装成一名老师。嘿，那还真酷……

拉基莎·斯科特和她的姐妹，还有她的其他朋友，做作地看着吉纳瓦。"小妞，你真是个怪胎，"她叫道，"有人要给你及格，你就接着吧，还再踢回去，真是马屁精。"她笑着朝餐厅方向点了点头，说："等会儿再聊。"

[①] 安吉拉·戴维斯（Angela Davis, 1944— ），美国黑人学者和女权主义者。

有些学生可没那么友善。在餐厅的路上,她听到一个男孩的声音,"哟,哟,那不就是电视新闻里和白鬼混在一起的娘儿们。她还活着啊?"

"我还以为有人打了她一顿。"

"那个皮包骨,说不定自己就先昏倒了。"

接着是一阵沙哑的笑声。

贝尔巡视了一周,但那些喊话的年轻人早就消失在一群毛线衣、运动衫、宽松裤、工装裤及脑袋中了——在兰斯顿,休斯高中,教室里禁止戴帽子。

"没事的,"吉纳瓦的下颌紧绷,眼睛看着地上,"他们有的人不喜欢你太认真读书,你知道,那样会提高成绩曲线。"她曾数次当选"每月最佳学生",而且在前两年,她都得到了全勤奖。她常常是校长的荣誉学生,平均成绩是百分之九十八[①],而且去年春天还加入了国家荣誉生会[②]。"没关系。"

即使别人恶毒地说她是小金毛或小白女——讽刺想变成白人的黑人女孩——她也不在意。从某种程度上说,的确如此。

餐厅门口一名身材高大、长相漂亮的黑人女性向贝尔走来,她穿着紫色裙子,脖子上挂着教育委员会的工作证。她说自己是巴顿太太,是一名辅导员。她听说了那起事件,想看看吉纳瓦怎么样了,是否需要和她部门中的人谈一谈。

哦,天哪,辅导员,那女孩想着,心往下一沉,她现在可不需要这种东西。"不用,"她说,"我很好。"

"你肯定吗?我们这个下午可以进行一个疗程。"

[①] 美国高中学生的成绩通常用百分比表示,百分之九十八即指她的成绩在该年级前百分之二。
[②] 国家荣誉生会(National Honor Soceity),美国全国优秀高中生联盟。

"真的,我没事,很好。"

"我要和你的父母联系。"

"他们不在。"

"你不会是一个人住吧?"那个女人皱起眉头。

"我和舅舅住。"

"我们会照看她的。"警探说。吉纳瓦注意到这个女人甚至没有要求查看他的证件,他一看就是个警察。

"你父母什么时候回来?"

"他们在国外,现在正在回家的路上。"

"你今天真的没有必要来上学。"

"我有两场考试。我不想错过。"

那个女人无奈地笑了笑,对贝尔说:"我上学从来也没像她那么认真过。也许我当时应该更认真一点的。"她看了女孩一眼,"你肯定不想回家吗?"

"我花了很多时间读书,准备考试。"她低声说,"我真的很想参加。"

"好的。不过我认为考完之后你应该回家,并且在家里待几天。我们会把你的家庭作业带给你。"巴顿夫人说到这里,呵斥着让两个正在推搡的男孩分开。

当她走了之后,警官问吉纳瓦:"你对她有什么不满吗?"

"嗯,只是……辅导员,他们好像总是妨碍你的事,你明白吗?"

他看起来似乎没有明白。他怎么会了解呢?这不是他的世界。

他们走上通往餐厅的走廊。进入嘈杂的室内时,吉纳瓦向女厕所方向扬了扬头,"我想去那里,可以吗?"

"当然。不过要等一下。"

他走向一名女教师，和她耳语了一番，吉纳瓦估计他是在解释目前的情形。那个女人点点头，进了厕所。过了一会儿她出来说："是空的。"

贝尔站在门外。"我会确保只有学生能进。"

吉纳瓦走进去，庆幸远离了人们的注视，得到这一时半刻的平静。她暂时抛开了那种感觉有人要伤害她的不安。早些时候，她曾经感到愤怒，她曾经反抗。但此刻现实涌上心头，让她感到害怕和困惑。

她走出小隔间，洗了手和脸。另一名女孩进来，开始化妆。高年级的，吉纳瓦想。身材高挑，长得很漂亮，眉毛精心修整过，刘海收拾得完美无瑕。那名女孩将吉纳瓦上下打量一番——不是因为新闻故事，她只是在看。在这里，几乎每分钟都有这种情形，竞争对手互相打量：这个女孩子穿了什么，身上打了几个洞，戴的是真金还是镀金，太多亮闪闪的装饰，是梳辫子还是散着，让头发松松垂下来，戴着一两个式样简单的发圈，那长头发是真的还是假的，她是不是在掩盖怀孕？

吉纳瓦的时间都花在书本上，而不是衣服和化妆品上，所以在被评分时总是排在后面。

上帝创造的那部分对她的帮助并不大。她必须深吸一口气，才能将胸罩充满，她常常都懒得穿。对德拉诺住宅区的女孩而言，她是那种"荷包蛋姑娘"，去年她有很多次都被称为"他"（而其中最伤人的并不是那些故意捉弄她的人，而是好几次有人真的将她错认为男孩）。还有就是她的头发：既密又卷，像钢丝绒一般。她没时间去将它梳开或编成一排排的辫子。即使拉基莎愿意免费替她做，但梳辫子和接假发也得花很多时间，而且会让她看起来年纪更小，就像是一个被妈妈精心打扮过的小孩。

她在那儿，她在那儿，那个皮包骨的假小子……抓住她……

洗手台边的那个高年级女生又转向镜子，她漂亮丰满，性感的胸罩带和丁字裤的印子清晰可见，一大把又长又直的头发，光滑的双颊泛着微微的红褐色，鞋子红得像糖苹果。她，拥有吉纳瓦·塞特尔所没有的一切。

这时，厕所的门被推开了，吉纳瓦的心一下子沉了下来。

走进来的是另一名高年级学生琼妮特·门罗。她虽然不比吉纳瓦高多少，但比她壮实，胸部也更丰满，有着结实的肩膀和线条分明的肌肉，两条胳膊上都有刺青。她长着一张咖啡色的长脸和一双眼神冰冷的眼睛——现在正从眼角看着吉纳瓦。吉纳瓦急忙把视线移开。

琼妮特是个麻烦，她是一名帮派女孩。有传闻说她在做买卖，能替你弄来所有想要的东西——安非他命、快克、海洛因。但如果你敢赖账，她会亲自动手痛揍你——也可能是你最好的朋友或母亲——直到你还清债务为止。今年她已经两次被警察从校园带走，她甚至还踢了其中一名警察的蛋蛋。

吉纳瓦眼睛低垂着，心想：当贝尔警探让琼妮特进来时，肯定不知道她有多危险。吉纳瓦的脸和双手还没干，就向门口走去。

"唷，唷，小妞，"琼妮特叫住她，冷冷地上下打量着，"对，你，玛莎·斯图尔特[①]，站住。"

"我——"

"闭嘴。"她看了一眼另一个脸颊发紫的女孩，"你，给我滚出去。"

[①] 玛莎·斯图尔特（Martha Stewart），美国家政女王。

那个高年级女生比琼妮特重五十磅，高三英寸，但她停止梳妆打扮，慢吞吞地收拾着她的化妆品。她想挽回一点尊严，说道："别对我指手画脚的，小妞。"

琼妮特一个字都没说。她向前一步，那个女孩抓起她的皮包，夺门而去。一支唇线笔掉在地上，琼妮特捡起来塞进口袋。吉纳瓦再次试图离开，但琼妮特却伸手拦住她，并示意她往里走。吉纳瓦呆立在原地，琼妮特一把抓住她的手臂，并将所有隔音的门推开，以确定这里只有她们两个人。

"你想干什么？"吉纳瓦轻声说，又愤怒又恐惧。

琼妮特厉声说："闭嘴。"

妈的，她生气地想着，莱姆先生是对的！那个在图书馆的恐怖男人还在追踪她。他不知怎么找到了她就读的学校，并且雇用了琼妮特。到底她今天非要跑到学校来干什么？大声叫，吉纳瓦告诉自己。

她这么做了。

或者说她正要这么做。

琼妮特看到她就要叫出来了，立刻闪到吉纳瓦身后，一只手捂住吉纳瓦的嘴，冷冷地说："安静！"她的另一只手牢牢抓住吉纳瓦的腰部，把她往厕所最里面的角落拖。吉纳瓦紧紧抓着她的手和手臂，奋力挣扎着，但她的力气和琼妮特的无法相比。她瞪着琼妮特胳膊上一个滴血图案的十字架刺青，呜咽着："请你……"

琼妮特伸手到包或口袋里摸索着。找什么？吉纳瓦在惊慌中仍感到好奇。一道金属光闪过。是刀还是枪？如果这么容易就可以将武器带进校园，还要那该死的金属探测器做什么？

吉纳瓦尖声叫着，身体剧烈地扭动。

帮派女子的手向前挥去。

不，不……

然后吉纳瓦发现自己正看着一块银光闪闪的警徽。

"你可以安静下来吗，姑娘？"琼妮特恼火地问道。

"我——"

"安静？"

点头。

琼妮特说："我不要外面的任何人听见任何声音……现在，你好了吗？"

吉纳瓦再次点头，琼妮特松开她。

"你是——"

"警察，没错。"

吉纳瓦也跌跌撞撞走开，紧靠着墙壁，大口吸着气。琼妮特走到门口，将大门打开一条小缝，轻声说了些什么，然后贝尔警探走了进来。

"那么，你们两位已经见了。"他说。

"算是，"吉纳瓦说，"她真的是警察吗？"

警探解释道："所有学校都有卧底警察，通常都是女性，扮成三四年级的学生。或是，你们怎么说，'幌子'？"

"为什么你不告诉我？"吉纳瓦叫道。

琼妮特看着那些小隔间。"我不知道这里是不是只有我们。抱歉我要摆出讨人厌的样子，但我不能说任何会暴露身份的话。"这名女警看着吉纳瓦，摇摇头，说，"抱歉，你是个好学生，从没让我觉得麻烦。"

"警察。"吉纳瓦难以置信地低声说道。

琼妮特发出一阵少女的笑声，"没错，是我。"

"你还真行,"吉纳瓦说道,"我从没想到过。"

贝尔说:"你还记得几个星期前他们抓到一些高年级学生私带枪支进校园的事吗?"

吉纳瓦点点头,"还有一个水管炸弹之类的东西。"

"那很可能是另一起科伦拜事件[①],就在这里,"他用一种拖拉懒散的语调说,"是琼妮特听到风声,并及时阻止。"

"为了保持我的掩护身份,所以不能由我来将他们绳之以法,"她说,好像对不能亲自去逮捕那些家伙而遗憾不已,"现在,你还会留在学校里,虽然我觉得这主意很糟糕,但事情会有不同:只要你在这里,我就会看着你。如果你发现任何让你感到不安的事,就给我一个手势。"

"帮派的手势?"

琼妮特笑了。"你不会帮派成员的手势,吉恩,不用你干什么。如果你向我发个信号,我想所有的人都会发现。你就抓抓耳朵吧,如何?"

"没问题。"

"然后,我会过来找你点小麻烦,让你吃点苦头,让你离开现场。这样可以吗?我不会伤害你,可能只是欺负你一下。"

"当然,很好……嗯,谢谢你,我不会把任何有关你的事说出去。"

"我告诉你之前就知道你不会的。"琼妮特说。然后,她看着警探,"现在吗?"

"好啊。"

[①] 科伦拜事件,指一九九九年四月二十日美国科罗拉多州杰弗逊郡科伦拜中学发生的校园枪击事件。两名青少年学生埃里克·哈里斯(Eric Harris)和戴伦·克莱伯德(Dylan Klebold)带着枪械和爆炸物进入校园,枪杀了十二名学生和一名教师,并造成二十四人受伤,接着两人自杀身亡。这起事件被视为美国历史上最血腥的校园枪击事件之一。

然后,这名外表和善、语调温和的警察脸上显出一副凶恶的表情,并且破口大骂:"你在这里搞什么鬼?"

"把你的脏手拿开,你这个王八蛋!"琼妮特再次进入角色。

警探抓着她的手臂,把她往门外推,她跟跟跄跄地撞在墙上。

"我要告你这王八蛋虐待。"女孩揉着她的手臂说,"你敢碰我。这是犯罪,去你妈的!"她一路叫嚷着走到了大厅尽头。过了一会儿,吉纳瓦和贝尔警探进了自助餐厅。

"她演技真好。"吉纳瓦小声说。

"最好的演技派之一。"警探说。

"她好像拆穿了你的掩护。"

他将手上的社会学课本还给她,笑道:"本来也不太行。"

吉纳瓦在角落里的一张桌子前坐下,从背包里拿出语言艺术课本。

贝尔警探问:"你不吃饭吗?"

"不吃。"

"你的舅舅给你午餐钱了吗?"

"我不太饿。"

"他忘了,是不是?怎么看他都不像当过父亲的人。能看出来。我给你叫点吃的。"

"不,真的——"

"事实上,我比一个刚收工的农夫还饿。而且我已经有很多年都没尝过高中的火鸡烤面了,我这就要去拿一盘。顺便替你拿一盘吧。你喜欢牛奶吗?"

她想了一下,说:"好吧。我会把钱还你。"

"我们会让市政府付这笔费用。"

他去排队了。吉纳瓦刚要把注意力转到语言艺术课本上时,看到一名男孩向她这边看来,还在挥着手。她回过头看他是在跟谁打招呼,但身后没有人。她无奈地叹了口气,意识到他是在叫她自己。

凯文·切尼从他和同伴一起坐着的餐桌边起身,向她走来。哦,天哪!他真的是向我这边走来吗?……凯文长得像威尔·史密斯①,有着完美的嘴唇,完美的体格。他能使一颗篮球违反重力定律,也可以像街舞比赛选手一样地跳舞。凯文是个宠儿。

站在队伍里的贝尔警探身子一直,正要走过来,但吉纳瓦摇了摇头,表示一切正常。

岂止是"正常"。真是太棒了。

凯文肯定能得到奖学金,康涅狄格或杜克大学。也许是某种体育奖学金——他去年带领全队赢得公立学校体育联盟篮球比赛的冠军。但他也可以靠着学业成绩拿奖学金,他也许不像吉纳瓦那样热爱书本和学校,但他的成绩仍排在全班前百分之五。他们是偶然认识的——他们这一学期上同一堂数学课,在走廊或校园里,有时也能看到他们聚在一起。巧合——吉纳瓦这样告诉自己。但是,好吧,事实是她经常会不由自主地走近他站或坐的地方。

虽然大部分同学不怎么理睬她,但是凯文不时会和她打招呼。问问她有关数学或历史课的作业,或是停下来和她聊一会儿。

当然,他并没有邀她外出,这永远不可能,但是他至少把她当人看。

---

①威尔·史密斯(Will Smith, 1968—),美国黑人演员。

去年春天，有一次他甚至还陪她从兰斯顿·休斯高中一起走回家。

就好像用DVD保存了一样，她到现在还清楚地记得那是多么美丽晴朗的一天。

四月二十一日。

通常凯文都和那些一心想要当模特的苗条女孩或是那些时髦女生混在一起（他有时甚至还和拉基莎打情骂俏，而这使吉纳瓦大为恼火，但她咬牙忍住嫉妒之火，故意满不在乎地笑着）。

现在他要干什么？

"嘿，你好吗？"他问道，一边皱着眉在她身边一张歪七扭八的铬合金椅子上坐下，伸长他的双腿。

"还好。"她咽了咽口水，舌头打结，脑子里一片空白。

他说："我听说了发生的事。天哪，真他妈的见鬼。有人想抓住你，还要勒死你。把我吓坏了。"

"真的？"

"当然。"

"只是有些奇怪。"

"知道你没事，真是太好了。"

她觉得脸上一阵发热。凯文真的在和她说这些话吗？

"你为什么不待在家里？"凯文问。

"语言艺术考试。然后还有数学测验。"

他大笑起来，"去你的。发生这种事，你还来上学？"

"嗯，不能错过考试。"

"你数学很好吗？"

不过是些计算，没什么大不了。"是啊，我已经准备好了。你知道，不是太难。"

"总之，我只是想说，没事的。我知道，这里有很多人讲了一些屁话，但是你都默默地忍了。尽管他们不依不饶，但你还是照样来上学。这些人加起来都不如你的一半。你还真行，小妞。"

这样的恭维令人喘不过气来，吉纳瓦低着头耸了耸肩。

"所以，我是真的认识你了，你和我，我们应该经常一起聊聊。不过我总是很少见到你。"

"你知道，学校就是这副鬼样子。"小心，她警告自己，你不必学他那样说话。

凯文笑了，说："不是，小妞，我不是在说这个。我知道怎么回事，清清楚楚，你在布鲁克林卖快克。"

"我——"差点说出"没有"，但她咽回去了。她向他会心地笑了笑，低头看着已经磨损的地板，说："我没在布鲁克林卖，只在皇后区。你知道，那里的人钞票比较多。"太差劲了，真是丢脸。她的手心在出汗。

不过凯文却大笑起来，然后，他摇着头说："哦，当然，我知道我为什么会搞混了。一定是你妈在布鲁克林卖快克。"

这听起来似乎是一种挑衅，但其实是一种邀请。凯文正在请她一起玩"抬杠"游戏。"抬杠"是老年人对它的专有称呼，现在叫"打嘴仗"，就是互相你一言我一语地斗嘴。这部分是来自黑人诗歌和故事比赛的传统。"打嘴仗"就是一种口头交锋，互相讽刺挖苦。真正的嘴仗是在舞台上表演的，不过日常生活中大部分都是在家里的起居室、校园、比萨店、酒吧、俱乐部，或者就在房前的台阶，进行的方式可以像凯文这样随意，忽然冒出一句，比如"你妈妈真是笨，在一元商店里问价钱"或者"你姐姐真丑，即使她变成一块砖，也没人想让她躺下来①"。

但是在今天这种场合,跟这些机智诙谐毫无关系。因为传统的抬杠是男人对男人,或女人对女人。如果一名男性想要和一名女性玩这种游戏时,它只有一种含义:调情。

吉纳瓦想着,这太奇怪了。遭到了攻击人们才开始尊重她。她的父亲常说,最坏的事往往能产生最好的结果。

好,来吧,姑娘,那就玩吧。这个游戏有一种可笑的幼稚和傻气,但她知道怎么玩;她和拉基莎还有拉基莎的姐妹们可以一来一去地玩上一个小时。你妈妈真肥,血型是 Ragu 型②。你的雪佛兰可真够旧的,人家偷了防盗锁却留下车子……但她的心却剧烈地跳着,吉纳瓦只能傻笑着,不停地出汗。她拼命想要找点话说。

但这可是凯文·切尼啊。就算她能鼓起勇气,说出一串有关他妈妈的俏皮话,但是她的脑子里却是一片空白。

她看着自己的手表,然后低下头看着语言艺术课本。耶稣啊,你这个笨蛋,她生自己的气。说点儿什么吧!

但她的嘴里却一个音也发不出来。她知道凯文会对她露出那种"我可没时间浪费在这个怪胎身上"的表情,然后转身走开。不,不对,似乎他觉得吉纳瓦可能还在受早晨那件事的影响,没有心情玩游戏,因此并不在意。他只是说:"说真的,吉恩,你可比 DJ 和那些辫子女孩厉害多了。怎么说呢,你很聪明。和一个聪明人谈话真是很棒。我的那些朋友——"他朝向他原来那一桌人点了点头,"他们可不会是什么火箭科学家,你知道我在说什么吗?"

---

①此处"躺下来"的英文用的是 get laid,也有"性交"的意思。
② Ragu,美国著名的调味酱品牌。

她脑子里一闪。上吧，女孩。"是啊，"她说，"他们有些人是够蠢，说到脑子，他们肯定哑口无言。"

"太对了！真不赖。"他笑着说，一边用拳头轻触她的拳头，一股电流穿过了她的身躯。她拼命忍着没笑，讲笑话的人如果自己笑就没劲了。

激动过后，她想，他真是太对了，这种事还真少见——只是想和聪明、愿意倾听、专心听你说话的人谈谈。

贝尔警探正在付钱，凯文抬起一边眉毛看着他，说："我知道那个假扮老师的家伙是个警察。"

她悄声说："那家伙前额就写着'警察'两个字。"

"的确。"凯文笑道，"我知道他在保护你，还挺酷的。但我要说，我也在保护你，还有我的朋友。我们看到有什么异常，就会通知他。"

她深受感动。

但是接着麻烦就来了。如果凯文或他的朋友被图书馆里的那个家伙伤着怎么办？她到现在仍然很难过，巴里博士因为她被杀了，人行道上的女人也被打伤。她似乎看到一幅可怕的景象：和许多在街上被射杀的哈莱姆男孩一样，凯文也躺在威廉殡葬馆的大厅里。

"你不用这么做的。"她说，脸上并没有笑容。

"我知道，"他说，"但我想这么做。我保证，没有人能伤害你。好了，我要回去找我的朋友，迟点我们再碰面？数学课前？"

心脏一阵跳，她结结巴巴地说："好的。"

他再度轻触她的拳头，然后离开了。两人拳头相触时，她看着他，觉得全身发热，双手颤抖。哦，她想，不要让任何事情发生在他身上……

"小姐？"

她抬起头，眨了眨眼。

贝尔警探端着餐盘坐下。食物闻起来很香……她没想到自己这么饿，她瞪着冒着热气的盘子。

"你认识他？"警察问。

"对，他可以信任。我们一起上课，认识很多年了。"

"你看起来有点心神不宁，小姐。"

"呃……我不知道。也许吧，嗯。"

"但是这与博物馆发生的事无关，对不对？"他微笑着问。

她把视线移开，觉得脸颊发热。

"现在，"警探将冒着热气的餐盘放在她面前，"吃点东西，没有什么比火鸡烤面更能抚慰不安的心灵了。我也许还要跟他们要份食谱呢。"

11

这些应该够了。

汤普森·博伊德低头看着提篮里的东西，然后向收银台走去。他就是喜欢五金店，他不知道自己为什么会这样。也许是因为他父亲以前每逢星期六就带他到阿玛利诺郊区的艾司五金行去，采购他们拖车外面的棚子工作间里需要的东西。

或者是因为大多数五金行和这家一样，里面所有的工具都干净有序，所有的油漆、胶水和胶带都按顺序排放着，很容易便能找到。

所有的东西都和书上一样。

汤普森也喜欢这里的气味，这是一种刺激的肥料、机油和溶剂混合的气味，无法形容，但每一个去过老五金行的人都可以识别出来。

这个杀手的双手很灵巧。这可能是遗传自他的父亲，虽然他整天都和工具打交道，摆弄油管、起重机、线轴和像恐龙头一样的抽水机，但他还是会耐心地教他的儿子如何使用和尊重工具，如何测量，如何绘图。汤普森花了很多时间学习如何修理坏损的东西，如何用木头、金属和塑料制造出一个原本不存在的物件。他们一起在卡车或拖车上工作、修理篱笆、制造家具、为他的母亲或姨妈做礼物——擀面杖、香烟盒、砧板桌。"不管事情大小，"他的父亲教导他，"儿子，你都要把同样的技巧贯注在你手边的工作上。事情没有简单或困难之分，问题只是你将小数点点在哪里。"

他的父亲是一位好老师，他为儿子做出的东西感到骄傲。哈特·博伊德去世的时候，陪葬的有他儿子汤普森做的一套擦鞋工具，以及一个木质的钥匙链，那是一个印第安人头的形状，上面还烫着"爸爸"两个字。

后来的事说明，汤普森学到这些技巧真是很幸运，因为那正是"死亡"这个职业需要的。机械和化学，和当木匠、油漆工或是修车工没有区别。

你点小数点的位置。

站在收银台前，他付了账——当然是现金，谢过店员。他用戴着手套的手提着购物袋，向门口走去。他停下来，看着门外一台小巧的黄绿两色电动割草机。它被整理得很干净，擦得很亮，发出一种器物应有的翠绿色的光。它对他有一种奇怪的吸引力。为什么？他想着。呃，因为他刚才想到他的父亲，而那台机器让他回想起以前星期天早晨的时光——他会在他父母拖车后的一块小草皮上用割草机割草,然后再进屋和他父亲一起看比赛,母亲则忙着烤面包。

他想起了含铅汽油挥发时的那种甜丝丝的味道,想起了当割草机的刀片碰到石块时发出的枪击般的噼啪声,把石头抛向空中的样子以及给手上带来的震动感。

麻木。如果被响尾蛇咬到而濒临死亡时,应该就是这种感觉,他想。

他忽然意识到店员正在和他说话。

"什么?"汤普森问。

"给你个好价钱。"店员指着割草机说。

"不了,谢谢。"

走到外面,他又想,为什么那台机器那么吸引他?为什么自己这么想要它?然后,他忽然明白了,这个令人烦恼的念头完全和家庭记忆毫无关系。也许是因为那个割草机其实是一个小铡刀,这是一种非常有效的杀人方法。

也许就是这个原因。

他并不喜欢这个念头。但事情就是这样。

麻木……

汤普森断断续续地吹着口哨,那是他年轻时代的一首歌。他走到街上,一只手提着购物袋,另一只手提着皮箱,里面装着他的手枪、警棍及其他做买卖用的工具。

他沿着街道向北走去,进入小意大利区,工作人员正在清除昨天游行留下的东西。他看到几辆警车,警觉起来。两名警察正在和一个水果摊的韩国老板及老板娘谈话。他很想知道他们在谈些什么。他继续向前,来到一处公用电话。又查了他的语音信箱,但是没有关于吉纳瓦在什么地方的消息。不过他并不担心,他的联络人对哈莱姆区十分了解,汤普森知道,找到那个女孩在哪里上学、住在什么地方,只是时间问题。而且,他也可以利用之前这段自由时间。他还有另一件事要做,这件事计划得比杀吉纳瓦·塞特尔更早,而且同样重要。

其实,是更重要。

有趣的是,现在他才想到这一点——这件事也是牵涉到孩子。

"喂?"贾克斯对着手机说。

"拉尔夫。"

"怎么样了,小子?"贾克斯很想知道这个皮包骨的小法老现在是不是正倚在什么东西上,"你收到我们的朋友的消息了吗?"他指的是德莱尔·马歇尔。

"是的。"

"涂鸦王的事搞定了?"贾克斯问。

"是。"

"好。那么我们现在进行到哪儿了?"

"嗯,我找到你要的东西了,老兄。是——"

"别说。"谈到可用于控告的证据时,手机简直是魔鬼的发明。他告诉那个男人一百一十六街的一个十字路口。"十分钟。"

贾克斯挂了电话,向街上走去。街上有两个穿着长长的外袍的妇女,戴着做工精致的教堂帽子,手里拿着一本已经磨损的《圣经》,她们一看到他,连忙让路让他通过。他完全不理会她们脸上不安的表情。

贾克斯抽着烟,一瘸一拐地走着,他受过枪伤,不是故意要学黑道人物才这样走路的。他吸进空气,因为回到家而情绪高昂。哈莱姆……看看周围的店铺、餐厅和街上的小贩。你可以在这里买到任何东西：西非编织的布、埃及T字形饰品，博尔加[1]的篮子、面具和旗帜，还有镶了框的剪影，里面的人都站在非洲民族议会前面。还有海报：有马拉孔·X[2]、马丁·路德·金、蒂娜、图帕克、碧昂丝、克里斯·洛克、奥尼尔……还有很多杰姆·马斯特·杰伊的照片。这个聪明慷慨的Run-DMC乐队说唱巨星，几年前，在皇后区自己的录音室里，被一个混蛋枪杀。

贾克斯凭记忆左右察看。他注视着另一个角落。嗯，这里，现在是快餐店了，这是他第一次犯罪的地方，当时他十五岁，那次犯罪让他走上了臭名昭著的不归路。因为他抢的不是酒、香烟、珠宝或现金，而是从一家五金行抢了一箱"可丽龙"喷漆。在接下来的二十四小时里，他用这些漆在曼哈顿和布朗区到处留下了"Jax157"[3]的涂鸦，因此犯下了盗窃、非法侵入和毁坏财产等多项罪名。

在接下来的几年里，贾克斯将他的标签印在上千个不同物体的表面上：人行天桥、桥梁、高架铁路、墙壁、告示牌、店铺、城市公共汽车、私人大巴、办公大楼——他甚至在洛克菲勒中心也涂了，就在金色雕塑的旁边，随即就被两名牛一样的保安按倒，用辣椒剂和棍子好好教训了一通。

年轻的阿朗佐·杰克逊只要有五分钟独处的时间和一处光滑的表面，"Jax157"的标签就会出现。

这个父母离异的孩子挣扎着想混到高中毕业，但他讨厌一切

---

[1] 博尔加（Bolga），加纳著名的手工艺品中心。
[2] 马拉孔·X（Malcolm X，1925—1965），美国民权运动中的重要人物。
[3] Jax即"贾克斯"。

正常的工作,不断惹麻烦,最后发现自己喜欢当个写手(涂鸦者都是"写手",而不是"艺术家"——凯斯·哈宁[1]、苏荷的画廊,还有广告公司都是这么告诉大家的)[2]。他和本地的一群家伙混了一段时间,但有一天,他改变了主意。那天,他们正在一百四十街一带闲荡,忽然有几个人开车飞驰而过,砰、砰,站在他身旁的吉米·斯通太阳穴上出现了两个洞,还没有倒在地上就死去了。这一切可能只是为了一小包毒品,或者,根本什么原因都没有。

真是见鬼。从此贾克斯独自走上自己的路。赚得少,但安全多了(除了在维拉萨诺大桥[3]或一辆行驶中的火车上喷漆之外——这段故事连监狱里的兄弟们都听过)。

虽然没有正式宣告,但阿朗佐从此改名为贾克斯,投身于他的技术。开始时,他只是将他的标签画在全市各个地方。但他早就知道,如果这就是你仅有的能耐,就算在全纽约的每个区都涂上自己的标签,你也只不过是一个跛脚的"玩具",那些涂鸦界的老大是不会正眼看你的。

于是他干脆从学校辍学,白天在快餐店工作赚钱买喷漆,或者去偷他能偷到的东西,贾克斯很快就学会了T-up[4],这比涂标

---

[1]凯斯·哈宁(Keith Haring, 1958—1990),美国著名的涂鸦大师。
[2]大家最认同的说法是涂鸦(graffiti),一九六六年起源于美国的费城和宾夕法尼亚州。开始时,涂鸦没有一幅作品的概念,只是简单地写标记(tag)等,这些涂鸦者的"标记"除了自己的绰号,还有自家门牌号码之类。二十世纪七十年代,越来越多的涂鸦者开始在字形、效果等上钻研。到八十年代,他们在汽车、火车等不同的表面上做涂鸦,墙不再是唯一的介质了。真正意义上的涂鸦者大多数与帮派无关,他们是来自底层的穷人。为了和帮派的"贴标签者"以及头脑简单的涂鸦者划清界限,他们把自己称为写手(writer),而不是"画家"(painter)。
[3]维拉萨诺大桥(Verrazano Bridge),连接布鲁克林与斯塔顿岛的大桥,长四千二百六十英尺。
[4]指只勾边、不上色的简单涂鸦。

签快，而且字也大多了。后来，他成了一个真正的涂鸦大师：他可以涂写与地铁车厢同一高度的字。贯穿全市、线路最长的Ａ线地铁是他最喜欢的。无数的来访者乘Ａ线地铁从肯尼迪机场到市中心时，在车上欢迎他们的不是"欢迎来到大苹果"，而是一个神秘的信息：Jax157。

贾克斯二十一岁时，将涂鸦作品覆盖了整整两节地铁车厢的一侧——几乎要画满整个车厢，这是每个涂鸦王的梦想。他也完成了一些作品。贾克斯曾经尝试创作一幅涂鸦代表作，但他能想到的不仅仅是一幅作品。他要某种能够令人窒息的东西，这种东西能让一个排水沟旁的毒虫，或者一名从新泽西坐城际火车到华尔街上班的人都会驻足凝视良久，并且想着：天哪，这可真他妈的酷！

那些日子真是不错，贾克斯回想着。他曾是一名涂鸦王，曾经身处自哈莱姆文艺复兴以来最有影响的黑人文化运动——嘻哈运动的中心。

当然，这场文艺复兴一定会有定义。但对贾克斯来说，那些都是聪明人的事。文艺复兴是脑袋想出来的，但嘻哈却是从灵魂深处爆发出来的。它不是来自学院或作家的象牙塔，而是来自混乱的街道，来自那些生活贫困、家庭破碎的孩童，他们愤怒、挣扎、绝望，每天游荡在满是药贩子丢弃的小药瓶和血迹斑斑的人行道上。它是那群默默无闻的人发出的怒吼……嘻哈源源不绝地将电力灌注到你的身体和灵魂里：在DJ播放的音乐中，在嘻哈乐手饶舌的说唱中，在霹雳舞者的舞蹈中，以及，在贾克斯贡献的涂鸦中。

这里其实是一百一十六街，他停下来，凝神看着以前由伍尔沃斯家族拥有的"五角商店"原址。那家商店在著名的一九七七年大停电后的混乱中没有幸存①，但在那块地方冒出来的却是一个美妙的奇迹——全国首屈一指的嘻哈俱乐部，哈莱姆世界。三层楼有你能想象到的所有音乐——激进的、令人上瘾的、电声的。霹雳舞者像舞蹈家一样旋转，身体像暴风雨下起伏的波浪。DJ 为挤满了人的舞池旋转着黑胶唱片，而嘻哈乐手更是在和麦克风做爱，跟随着心跳的节奏，他们那原始的、让所有人震颤的音乐溢满了所有空间。哈莱姆世界就是歌手相互飙歌之风的起源地。贾克斯很幸运，看到了不同时期各领风骚的名人：the Cold Crush Brothers、Fantastic Five②……

当然，哈莱姆世界也早就不存在了。而同样不复存在的——磨损了，或是褪色了，或是被其他人的涂鸦盖住了——是贾克斯数以千计的标记和作品；同样消失的，还有那些在嘻哈时代早期的传奇涂鸦人物的作品，如 JULIO、KOOL 及 TAKI③，这些都是涂鸦界的王者。

噢，那些是令人哀伤的逝去的嘻哈。现在它已经变成了黑人娱乐电视台、身价百万的说唱歌手开着镀铬跑车、《坏男孩II》、赚钱的生意、城区的白人小孩、iPod、MP3 下载和卫星电台。它就像……对了，贾克斯看着一辆双层游览车缓缓地停在附近的路边。车的一侧写着：说唱—嘻哈游，见识真正的哈莱姆区。乘客有黑人、白人和亚洲观光客。他听见游览车司机熟练地解说，

---

①一九七七年，纽约市及其北部郊区停电。这次停电整整持续了二十五个小时，纽约的地铁、机场、电信设施和公共交通基本陷入瘫痪。当时的纽约城正处于经济不景气和高失业率的双重困扰之下，而长达一天的停电更加激发了人们对于现状的不满。当晚夜幕降临后，整个纽约陷入一片混乱。不法之徒借着黑暗的掩护四处游荡，抢劫、纵火、暴力事件此起彼伏。短短一夜间，一千七百多家店铺被洗劫一空，上百人因为遭暴力袭击入院治疗。
②均为著名的嘻哈说唱团体。
③早期的涂鸦内容以文字为主，而且通常是匿名的。涂鸦者用街道号码取代签名，比如 TAKI 183、JULIO 204、FRANK 207，划地盘的意味十分浓厚。大部分涂鸦青年是来自布朗克斯、布鲁克林和哈莱姆区的街头少年。

还说他们很快就会停在一个"正宗灵魂食物"的餐厅吃午餐。

但贾克斯并不同意那种旧日风光不再的论调。上城的心依然纯净,没有任何东西能触碰它。比如棉花俱乐部,他想着,这个融合了二十世纪二十年代爵士、劲歌热舞和钢琴跳跃弹奏于一堂的地方。每个人都以为它就是真正的哈莱姆,对不对?但有多少人知道,它只让白人入场(即使是最有名的哈莱姆居民,W.C.汉迪,这位美国最伟大的作曲家,也被挡在门外,虽然当时里面演奏的正是他的作品)。

那么,后来怎么样呢?棉花俱乐部早就他妈的不见了。但哈莱姆并没有消失,而且永远也不会消失。哈莱姆的文艺复兴过去了,嘻哈乐也变了。现在渗进他周围街道的是一些全新的运动。贾克斯很想知道这到底是些什么,而且自己能不能看到这一切——如果这次吉纳瓦·塞特尔的事处理得不好,二十四小时内他可能就会丧命或者回到监狱。

享受你们的灵魂食物吧,他心里想着,看着游览车从转弯处消失。

向北又走了几个街区,贾克斯终于找到了拉尔夫。他果然正靠在一个被木板封起来的建筑物上。

"伙计。"贾克斯说。

"怎么样了?"

贾克斯继续走着。

"我们要走去哪里?"拉尔夫问,他加快了脚步,和这名大块头男人并肩而行。

"今天是散步的好天气。"

"很冷。"

"走走就暖和了。"

他们又走了一会儿，拉尔夫嘀嘀咕咕的，而贾克斯完全不理会。他在木瓜王餐厅买了四个热狗和两份果汁，也没问拉尔夫饿不饿，是否吃素，或他喝芒果汁会不会吐。贾克斯付了钱，朝外走去。他将这个瘦骨嶙峋的男人的午餐放在他手上，说："不要在这里吃，跟我走。"贾克斯上下看了看街道，确定没有人在跟踪，便再次迈开脚步，快速地走着。拉尔夫跟在后面问："我们这么走，是因为你不信任我吗？"

"对。"

"为什么你突然间不相信我了？"

"因为自从我上次见了你后，你有的是时间出卖我。这有什么奇怪的？"

"今天是一个散步的好天气。"拉尔夫说着狠狠咬了一口热狗。

他们又走了半个街区，到了一条看起来似乎废弃了的街道，然后又往南。贾克斯停了下来，拉尔夫也停了下来，斜靠在一幢褐石建筑物的黑铁篱笆上。贾克斯吃了热狗，喝着芒果汁。拉尔夫继续狼吞虎咽地吃着他的午餐。

他们吃着、喝着，看起来就像两名附近的建筑工人或擦玻璃的工人在休息，没有一点可疑的地方。

"那个地方做的热狗还真他妈的好吃。"拉尔夫说。

贾克斯吃完了食物，在夹克上擦了擦手，上下摸了摸拉尔夫的T恤和牛仔裤。没有窃听器。"谈谈正事吧，你找到了什么？"

"那个叫吉纳瓦的妞儿，是吗？她在兰斯顿·休斯上学。你知道吗？高中。"

"当然，我知道。她现在在那里吗？"

"我不知道。你是问哪里，不是什么时候。我只是听这一区里小伙计们这么说的。"

区……

"他们说有人送她回来,还留下来照看她。"

"谁?"贾克斯问,"警察?"他奇怪自己为什么会这么问。当然是警察。

"似乎是。"

贾克斯喝完他的果汁,"另一件事呢?"

拉尔夫皱着眉。

"我说的那件事。"

"哦。"那个小法老四下看了看,然后从口袋里掏出一个褐色纸袋,塞到贾克斯手里。贾克斯可以觉出这是一把自动手枪,而且很小,正是他想要的。散落的子弹在袋子的底部相互碰撞。

"怎么样?"拉尔夫小心翼翼地问。

"就这样。"贾克斯从口袋里掏出几张百元钞票交给拉尔夫,然后他身子前倾向那个男人靠过去。他闻到啤酒、洋葱和芒果的味道。"听着,我们的交易结束了。如果我听到你把这件事告诉任何人,甚至只是提到我的名字,我都会找上你,把你那烂屁股割下来。你可以去问问德莱尔,他会告诉你,我绝对心狠手辣。你知道我在说什么吗?"

"是的,先生。"拉尔夫小声对着芒果汁说。

"现在,给我从这里滚开。不,走那条路,不许回头看。"

然后,贾克斯朝相反的方向移动,回到一百一十六街,消失在购物的人群中。他低着头,尽管脚不好,但还是快步走着,不过没有快到引人注意的地步。

街上又一辆游览车发出长长的尖叫声,停在早已死亡的哈莱姆世界前,这辆色彩俗丽的车里面传来有气无力的说唱音乐。

但此时用血做颜料的涂鸦王没有再想着哈莱姆、嘻哈乐和他罪恶的过去。他唯一想的是要花多长时间才能到达兰斯顿·休斯高中。

12

那个瘦小的亚洲女人戒备地看着萨克斯。

也难怪她会如此不安,警探想,她被六个体格是她两倍的警察包围,另外还有六个警察在她店外的人行道上待命。

"早上好,"萨克斯说,"我们在找这个男人。我们必须找到他,因为他可能犯下了一些严重的罪行。"她说话速度比平时慢,她以为这是正确的做法。

结果,却变成了一种小小的失礼。

"我知道,"那个女人的英语非常好,带一点法语腔,"我已经把所有能想到的情况告诉了那些警察。我当时很害怕。就是他试戴毛线帽的时候,你知道。他将它拉下来,就像面罩一样时。可怕。"

"我想是的,"萨克斯说,说话也恢复了正常的速度,"嗯,你是否介意我们采下你的指纹?"

这是要用来比对在图书馆现场找到的收据和商品上的指纹。那个女人同意了,然后他们用便携分析仪证明了那些指纹果然是她的。

萨克斯问道:"你肯定不知道他是谁,或者他住在哪里吗?"

"完全不知道。他只来过这里一两次。也许更多吧,但他是那种你永远不会注意的人,普通人。不笑,也不皱眉,什么也不说,非常普通。"

萨克斯想，对一个杀手来说，他长得还不赖。"那其他的员工怎么说？"

"我问过他们了，没有人记得他。"

萨克斯打开箱子，将指纹分析仪放回去，并抽出一台东芝牌的电脑。一分钟之内电脑便启动完毕，并且打开了EFIT[①]软件。这是电脑化的拼图认人系统，用来重新建构嫌疑犯的面孔。过去的手动系统是由警察将事先印好各种脸部特征和头发的卡片进行组合后拿给证人看，制作出一个与嫌疑犯相似的肖像。而EFIT使用软件来做这件事，产生像照片一样的影像。

萨克斯在五分钟内就做好了一张组合相片，上面是一个四十多岁的白人男子，下颌线条分明，胡子刮得很干净，一头淡褐色的短发。他的样子像你会在大都会地区可以看到的任意一个生意人、承包商或商店店员。

普通人……

"你是否记得他穿什么？"

这是EFIT的配套程序，它可以让嫌疑犯的影像穿着各种不同的服装——就像替纸娃娃穿衣服一样。但是，除了一件黑色的雨衣外，那个女人什么都想不起来了。

她加了一句："哦，对了。我想他有南方口音。"

萨克斯点点头，把这条信息录入她的笔记本电脑里。然后，她接上一台小型激光打印机，很快就印出二十多份五英寸乘七英寸大小的纸，上面有不明嫌疑犯一〇九的长相，简短说明了其身高、体重、可能穿着雨衣，有南方口音，还警告说这名凶手会袭击无辜者。她将这些印出来的图片交给鲍尔·霍曼。留着平头，

[①] EFIT (Electronic Facial Identification Technique)，电子面孔鉴别系统。

发色灰白的霍曼，以前是训练中心的教官，现在是纽约警察局特勤小组（也就是特警队）的队长。他立刻就将这些图片交给他手下的警察，以及和搜寻队一起来的制服巡警。霍曼将巡警和火力强大的特勤小组警察编制打散重组，让他们开始在社区进行查询。

十几名警察马上散开了。

纽约市警察局，这个时尚之都的警察部队，并没有将他们的战术部队变得像军队一样，由个人携带强大的火力，而是将武器放在巡逻车和厢型车中，装备放在一辆大型蓝白二色的特勤小组卡车里，跟着他们到处跑。现在，一辆这样的卡车就停在这家商店附近。

萨克斯和塞利托穿上了胸口有防震片的护甲，然后向小意大利区走去。在过去的十五年里，这个地区发生了巨大的变化。以前这里是意大利裔劳工移民的聚居地，现在由于南边中国城的扩大以及北部和西部年轻专业人才的发展，这个区域越来越小，几乎就要消失了。在莫贝里街上，两名警探经过了象征这种改变的一个标志：这幢建筑物以前是拉文奈特社交俱乐部，是以约翰·高蒂为首的甘比诺家族[①]的大本营。这家俱乐部后来由政府控制，不可避免地有了"联邦俱乐部"的绰号，但现在，它只是寻找租户的一幢商业大楼。

这两名警探挑选了一个街区开始调查。他们走向街上的小贩、商店的店员、逃课在星巴克喝咖啡的学生、坐在屋前台阶或椅子上的退休老人，亮出警徽及不明嫌疑犯一○九的图像，挨个儿询问。他们有时还会听到其他警察的报告。"没有……格兰德街

[①]甘比诺家族是纽约历史最悠久的黑帮家族，也是五大黑帮之一。其前任"教父"约翰·高蒂二○○二年病死于狱中。

没有，完毕……知道了……赫斯特没有，完毕……我们现在正向东……"

塞利托和萨克斯继续沿着既定路线行进，运气并不比其他任何人好。

身后忽然传来"砰"的一声巨响。

萨克斯倒吸了一口气——不是因为那个声音，她立刻就知道那只是卡车逆火——而是因为塞利托的反应。他听到声音，立刻就往旁边一跳，躲在一个电话亭的后面，手扶在左轮手枪的枪柄上。

他眨着眼，咽了咽口水，无奈地笑了笑。"该死的卡车。"他咕哝着。

"是啊。"萨克斯说。

他抹了抹脸，然后他们继续。

汤普森·博伊德坐在他的安全屋中，闻着附近小意大利区一家餐厅传来的蒜香味，正专注于一本书，他仔细阅读上面的指南，然后检查一个小时前他在五金行买的东西。

他在一些书页上贴上了黄色的方便贴，并且在空白处写了一些笔记。刚才读的那个程序有些棘手，但是他知道自己可以完成。不管事情难易，只要花时间，没有任何你做不到的事。他的父亲曾经这样教导他。

问题只在你将小数点点在哪里……

他推开桌子站起来。这张桌子、一把椅子、一盏灯和一张小床，是这间屋子里仅有的几件家具；另外还有一台小电视、冰箱，以及一个垃圾桶。屋里还有一些他工作需要的物品。汤普森将乳胶手套从右腕处剥下来,扔掉,让皮肤透透气。然后是左手(你总是得做一个安全屋也会随时被抄的准备,所以你要小心预防,要戴手套或者设陷阱,总之不能留下能将你定罪的证据)。他今天用眼很多。他眯起眼睛,在里面点眼药水,刺痛感逐渐消退。他闭上眼睛,轻声吹起电影《冷山》里的那首狩猎之歌。

士兵们对着士兵开枪、大爆炸、刺刀,那部电影中的种种画面在他脑中闪过。

嘶……

那首歌,还有那些画面,都不见了,取而代之的是一段古典旋律,波莱罗舞曲①。

旋律从何而来,他也弄不清楚,就好像他的脑袋里有一台已经排好播放顺序的CD播放机。但是,他知道这首波莱罗舞曲的出处。他父亲的一张唱片上有段旋律。在工作棚里,那个大个子、留着平头的男人,一遍又一遍地在那台绿色塑料唱机上放着这段旋律。

"听这里,儿子。它转调了。等着……等……就是这里!你听到了吗?"

那个男孩相信自己听到了。

汤普森睁开双眼,又回到书上。

过了五分钟:嘶……波莱罗消失了,另一首旋律从他噘起的嘴唇间流淌出来:辛迪·劳帕②在二十世纪八十年代唱出名的歌曲《一次又一次》。

汤普森·博伊德一直很喜欢音乐,很小的时候就想学习乐器。好几年中,他母亲都带他去上吉他和长笛课。在她出了意外

---

①波莱罗舞曲(Bolero),一种轻快的西班牙舞曲。
②辛迪·劳帕,美国流行歌手、制作人、演员。

后，他的父亲即使耽误工作，也会亲自开车载他去。但是汤普森要有进一步的发展却很困难：不管对于吉他上的指板、长笛的按键还是钢琴来说，他的手指过于粗短，而且他完全没有唱歌的天分。不管是教堂的唱诗班、西部歌曲，还是乡村歌曲，都不行，他的声音还比不上一个破音箱里发出的杂音。所以，过了一两年，他就把音乐丢在一旁，而把时间花在得州阿玛利诺大多数男孩做的事上：与家人相处，在他父亲工作的工作棚里敲铁钉、画设计图、抛光，还有玩橄榄球、打猎、跟害羞的女孩约会、在沙漠中步行。

他将自己对音乐的热爱和失落都隐藏了起来。

但这种东西通常不会藏得很深，迟早会再冒出来。

在他身上，这件事发生在几年前，当时他在监狱里。在安全戒备最严格区域的一名狱警忽然跑来问汤普森："那个，他妈的是什么？"

"你说什么？"这个一向不起眼的"凡人乔"问。

"那首歌，你刚才吹的那个。"

"我刚才在吹口哨吗？"

"妈的，当然是。你不知道吗？"

他对狱警说："只是不由自主吹的，没过脑子。"

"该死，挺好听的。"那名狱警走开了，汤普森在那里对着自己发笑。怎么样？自出生以来，一直都有个乐器跟随着他。汤普森到监狱图书馆查阅这方面的资料。他知道，人们将会称他为"口哨演奏家"，以区别于一般吹口哨玩的人。比如说在爱尔兰乐队里，口哨演奏家很稀有，大部分的人吹口哨的音域都很窄，这些专业音乐家生活得很好，他们开音乐会、拍广告，还有电视和电影（当然，每个人都知道《桂河大桥》的主题曲。你甚至想都不用想，就可以吹出前几个音符，至少在脑子里浮现）。甚至还有吹口哨竞赛，那是最著名的国际大奖赛，会有数十位口哨演奏家参加，他们中很多人都会和交响乐团定期在世界各地演出，还有他们的单独表演。

嘶……

另一段旋律进入他的脑中。汤普森·博伊德慢慢吹出那些音符，吹出了一个轻柔的颤音。他注意到自己把点二二手枪放到了手拿不到的地方。这样可不是在按书上说的做……他将手枪移近了一点，然后又将注意力集中到那本技术手册上，在书页上贴了更多的方便贴，不时看一看购物袋，确定他有了所有需要的东西。他知道自己有需要的技术。但是，和他以前接触到新东西时一样，在动手前要把所有不熟悉的东西学会。

"什么都没有，莱姆。"萨克斯对着她丰满嘴唇旁的麦克风说。

他先前的好情绪早已像蒸汽一样挥发了，急切地问道："什么都没有？"。

"没有人见过他。"

"你们在哪里？"

"我们基本已经覆盖了整个小意大利。朗和我在南端，坚尼街。"

"见鬼。"莱姆低声说道。

"我们可以……"萨克斯忽然停了下来，"那是什么？"

"什么？"莱姆问。

"等一下。"她对塞利托说，"快。"

她亮出警徽，以在挤满了车子的四车道上强行开路。她查看四周,然后往南向伊丽莎白街走去。这是一条阴暗的街道,两边满是廉价公寓、零售商店和仓库。她又停了下来。"闻到了吗?"

莱姆小心地问道:"闻?"

"我在问朗。"

"是的,"大个子侦探说,"那是什么?一种甜甜的味道。"

萨克斯指向坚尼街以南,伊丽莎白街上的第二扇门。这是一家草药、肥皂及熏香批发公司,一股浓郁的香气从打开的大门飘了出来。是茉莉花——这是他们在强奸用品袋上找到,也是吉纳瓦自己在博物馆闻到的香味。

"我们也许有一条线索了,莱姆。我再打电话给你。"

"是的。是的,"批发公司的那名瘦削的中国人看着电子技术组合出来的不明嫌疑犯一〇九的照片,"我见过他几次。在楼上。他不常来。他做了什么?"

"他现在在楼上吗?"

"不知道,不知道。我想我今天见过他。他做了什么?"

"在哪一间公寓?"

那名男子耸耸肩。

这家草药进口公司占据了一楼,但在光线昏暗的入口处底端,经过一扇安全门,有一道藏在黑暗里的楼梯。塞利托拿出对讲器,切入行动频道,"我们找到他了。"

"是谁?"霍曼急促地问。

"哦,抱歉,我是塞利托。我们在坚尼街以南的第二幢建筑,在伊丽莎白街上。我们得到对其中一名租户的辨识信息。现在他也许还在建筑物中。"

"特勤小组命令,所有单位。收到了吗?完毕。"

对讲机里传来各组的确认回答。

萨克斯报了自己的身份,并且说道:"关掉警铃,避开伊丽莎白街。他可以从正面的窗户看到街上。"

"收到,五—一八—一八—一五。地址是什么?我要准备一份突击搜查令。完毕。"

萨克斯给了他街道地址。"结束。"

不到十五分钟,所有小组到位,S&S①警察使用望远镜、红外线和音波感应器来检查建筑物的前后两面。S&S组的组长说:"建筑物共有四层。进口公司仓库在一楼。我们可以看到二楼和四楼内部,这两层楼里住的是亚裔家庭。一对老年夫妇在二楼,四楼有一个女人和四五个孩子。"

霍曼问:"那三楼呢?"

"所有窗户都有窗帘遮挡,但是红外线扫描到了热量。可能是电视或取暖器,也可能是人。我们还听到一些声音,是音乐,以及听起来像是地板的嘎嘎声。"

萨克斯看着那幢建筑的门牌。主楼外,在装对讲机按钮的板子上是空白。

一名警察到达,交给霍曼一张纸。这是由纽约州法院一位法官签署的搜查令,并且已经由传真送达特勤小组的指挥车上。霍曼看了一遍,确认地址是正确的——错误的突击搜查会使他们必须承担所有的损失,而且对手上的案子造成重大危害。但是这份文件没有问题。霍曼下令:"两支小队进入,每队四人,分别走前面的防火梯和后面的消防逃生口。前面用攻门筒。"他从警察

---

① S & S, search and surveillance,搜寻与监视。

中挑了八名，将他们分成两队。A 队负责从前门进入，B 队看守消防逃生口。他告诉第二队："数到三就朝窗户射击，两秒后用闪光弹攻击。"

"收到。"

"数到零就撞开前门。"他对 A 队的队长说。然后他又调配其他的警察看守无辜者的门户，并随时准备支援。"现在开始行动。快，快，快！"

攻坚队——大部分是男性，有两名女性——依照霍曼的命令开始行动。B 队绕到建筑物背后，萨克斯和霍曼，以及一名配备攻门筒的警官加入了 A 队。

在一般情况下，调查犯罪现场的警官是不允许参加一支攻坚队的。但是霍曼见识过萨克斯亲临火线，知道她可以自己发挥。而且更重要的是，紧急勤务小队的成员都欢迎她加入。虽然他们从未承认——至少没对她承认过，但他们认为萨克斯是他们中的一员，非常愿意和她一起参加行动。这当然不会带来损害，萨克斯是警方最佳手枪射手之一。

对萨克斯来说，她也很喜欢参加破门而入这种行动。

塞利托自愿留在楼下，注意街上的动静。

萨克斯与其他警察爬到三楼，这时她患关节炎的膝盖有点疼痛。她走近门口，仔细听着。她对霍曼点头，小声说："我能听到一些声音。"

霍曼朝着对讲机说："B 队，报告。"

"我们已经就位，"萨克斯从她的耳机里听到，"看不到里面，但我们已经准备行动。"

指挥官看着身边的警察。一个拿着攻门筒——三英尺长的加重爆破筒——的大个子警察点点头。他身旁另一个缩着身子的警察用手指抓住门把，查看门是否锁着。

霍曼小声地对着麦克风数道："五……四……三……"

一片寂静。这时他们应该听到的是打碎玻璃和手榴弹爆炸般的声音。

什么都没有。

而眼前这里也出了错。抓着门把手的警察在猛烈地颤抖、呻吟。

天哪，萨克斯吃惊地瞪着他。这家伙是得了痉挛还是什么？一名患有癫痫症的战术攻坚警察？为什么这该死的毛病没有写在他的病历上？

"怎么了？"霍曼对他低声问道。

那个人并没有回答。他颤抖得更厉害了，眼睛睁得很大，但只能看见眼白。

"B队，报告，"指挥官对着无线对讲机呼叫，"情况如何？完毕。"

"长官，窗户被封起来了，"B队的带队回答，"是合板。我们无法把手榴弹扔进去。完毕。"

门口的警察现在已经倒地，他的手还黏在门把手上，依然颤抖着。霍曼用一种急切的声音低声说："我们在浪费时间！把他拖走，把门撞开。快！"另一名警察抓住了突然发病的同事。

第二名警察也开始全身颤抖。

警察们往后退。有一人喃喃说道："怎么——"

就在此时，第一个警察的头发开始起火了。

"他把门通了电！"霍曼指着门前地上的一块金属板。在老旧的建筑物中，你常常可以看到这样的情况，他们把这种东西当作修补硬木地板的便宜材料。而这一块，却被不明嫌疑犯一〇九当作电击的陷阱；高压电将两个警察都电倒了。

火苗蹿上第一个警察的头顶、眉毛和手背，然后从他的衣领处冒出来；另一个警察也已经昏迷，但当电流经过他的身体时，他还是可怕地抖动着。

"耶稣啊。"一名警察用西班牙语小声说着。

霍曼将他的 H&K 轻机枪交给身边的一名警察，自己拿起攻门筒，用力击打在那名警察抓着门把的手腕上。这或许会打断他的骨头，但使他的手指松开了。电流中断，两人都倒在地上。萨克斯将火扑灭，但走廊里已经充满了头发和肌肉烧灼的难闻气味。

两名后援警察开始对他们昏迷的同伴进行心肺急救，另一名A队的警察抓住攻门筒，用力向门撞去。门一下就被撞开了，警察冲进室内，高举枪械。萨克斯也跟着冲了进去。

只需五秒钟，他们就知道这间公寓是空的。

13

鲍尔·霍曼对着他的无线对讲机说话："B队，B队，我们进来了。没有嫌疑犯的踪迹。下楼，搜查巷子。记住——他会在最后的现场附近等待；他会对无辜的人下手，他也会对警察下手。"

一盏台灯已经烧毁，当萨克斯触摸那把椅子的椅垫时，她发觉它还是温的。书桌上放着一台小闭路电视，闪动的屏幕画面显示着前门处的走廊。他在外面什么地方装了一个监视器，所以看到了他们。就在刚才，那名杀手逃走了。但去了哪里？警察们四下查看，寻找他逃跑的路线。消防逃生口旁边的窗户用合板覆盖着，另一扇窗户是敞开的，但离地面三十英尺。"刚才他还在这里，这个该死的家伙是怎么逃走的？"

很快就找到了答案。

"看这里！"一名警察叫道。他刚才正在查看床下。他把那张小床从墙边推开，找到一个大小恰好能让一个人爬过去的洞。看起来，不明嫌疑犯似乎撬开了灰泥板，挖开了这间公寓和隔壁之间的砖墙。当他在电视监视器上看到他们时，他踢开了墙壁另一侧的灰泥板，逃到了隔壁。

霍曼派了更多警察去检查天花板和附近的街道，其他人则找到了通向隔壁的入口，将它封锁起来。

"来一个人进到这个洞里。"特勤小组的指挥官命令。

"长官，我去。"一名小个子警察说。

但即使他卸下那一身厚重的装备，也还是无法爬进那道缝隙。

"我去，"萨克斯说，她是在现场的所有警察中最苗条的一个，"但是不要让其他人进入这个房间，以保存证据。"

"收到了。我们先让你进去，然后从这里撤出。"霍曼命令将那张床推到一旁。萨克斯跪下来，用手电筒往洞里照，在洞的另一边，是一条通往货仓或工厂的狭窄通道。要在狭窄的空间中爬行四英尺，才能过去。

"要命！"阿米莉亚·萨克斯低声抱怨。她能以时速一百六十英里的高速飙车，也能和躲在角落的歹徒交火；但只要遇到和幽闭恐惧症有关的事时，她就会全身发软。

头先进，还是脚先进？

她叹了口气。

头先进会比较恐怖，但也比较安全；在他拔出枪瞄准前，她至少还有几秒钟去找到他开枪的位置。她看着那狭小、黑暗的空间，深深地呼了一口气，把手枪抓在手上，开始向前走。

我他妈的到底是怎么了？朗·塞利托心里想着，这会儿他正站在草药进口商隔壁的货仓前，这幢建筑物的前门由他负责守住。他盯着那个出入口和几扇窗户，寻找逃脱的凶手，祈祷他会露面，让自己干掉他。

也许是祈祷他不要出现。

我他妈的到底是怎么了？

在加入警队的多年间，他参与过数十起枪战，从因为嗑药而头脑不清的疯子手上夺下过武器，有一次甚至还扭住一个要从熨斗大厦①顶楼跳楼自杀的家伙，当时距离那装饰华丽的边缘仅六英寸的距离，再往前一步，他就去天堂了。当然，有时候他也会受到惊吓，但他总是能迅速做出反应。从来没有一件事像今天早上巴里的死一样影响着他。他不否认，在火线前沿的确曾经令他紧张，但这件事却完全不同，那一刻，他离某个人那么近……死亡的一刻。他无法将那个图书管理员的声音从脑子里赶出去，那是他活着的时候说的最后一句话。

我什么都没看到。

也无法将那三颗子弹打在胸膛上的声音从脑子里赶出去。

啪……啪……啪……

声音很轻、很微弱，几乎听不见。但他从没听过这样的声音。朗·塞利托现在有些发抖，觉得胃里在翻腾。

还有那个男人棕色的眼睛……被子弹打中时，那双眼睛正看着塞利托。那一刻，那里面有惊讶，然后是痛苦，然后……什么都没有了。那是塞利托所见过最奇怪的事。不是要睡着时的迷离，也不是散乱。唯一的形容是：在那一刻，在他的双眼里有一

---

①熨斗大厦（Flatiron Building），建于一九〇二年，当时是纽约最高的建筑。

种复杂而真实的东西,一转眼便成了一片空白,接着他在人行道上倒了下去,便什么都不剩了。

那时,警探还是呆立着,看着这个毫无生气的人倒在他面前——尽管他知道自己应该去追那名枪手。那些紧急救护人员要把他推到一旁以便接近巴里,那时他还是无法移动。

啪……啪……啪……

接下来,在要打电话给巴里的亲属时,塞利托又犹豫了。多年来,他打过很多种艰难的电话。当然,没有一次是容易的。但是,今天他就是无法面对这件事。他找了一些拙劣的借口,说他的电话有问题,然后让其他人来承担这个责任。他怕自己会说不出话来,怕自己会哭出来,而这是在他几十年的警察生涯中从未发生过的事。

现在,他从对讲机上听到了追踪凶手的任务失败。

听着,啪……啪……啪……

妈的,我只想要回家。

他想和雷切尔在一起,两人坐在布鲁克林家中的前廊下,喝着啤酒。呃,喝啤酒可能太早了,咖啡吧。不过,也许是一杯啤酒,甚至是一杯苏格兰威士忌,也不算太早。他想坐在那里,看着绿草和树木;聊聊天,或者,也许什么都不说,只是和她在一起。忽然,警探的思绪转到他那十几岁的儿子身上,他现在和塞利托的前妻住在一起。有三四天没有给他打电话了,必须要打。

他——

妈的。塞利托忽然发现自己站在伊丽莎白街的中间,背对着他本应守着的建筑物,不知道自己在想些什么。天哪,你在干什么?那名枪手在这附近失踪了,而你居然在做白日梦?他可能躲在那边的一条巷子里,或是另一条,就像他今天早晨那样。

塞利托俯下身子，去查看那些不知因为被烟熏还是加了遮阳罩而显得很暗的窗户。那个家伙现在可能就在某一扇窗户的后面，手里拿着他那把该死的小枪，往下看着。啪……啪……当子弹里的细针爆开时，肌肉被撕开。想到这里，塞利托不由得颤抖了一下，同时往后退，藏身在两辆送货卡车之间，避开窗户的视野范围。他在卡车的一侧向四下里查看，他在看黑暗的窗户，在看大门。

但他看到的并不是这些。他看见的是面前那名图书管理员棕色的眼珠，就在眼前，几英尺之外。

我什么都没……

啪……啪……啪……

生命变成了死寂。

那双眼睛……

他在西装裤子上擦了擦握枪的手，告诉自己出汗只是因为穿着防弹衣的关系。这该死的天气到底怎么了？就十月来说，它实在太热了。谁他妈的能不出汗？

"我没看到他，完毕。"萨克斯对着麦克风小声说。

"什么？"霍曼的声音里满是静电干扰声。

"没有他的踪迹，完毕。"

不明嫌疑犯一〇九逃入的那间货仓是一个很大的开放空间，分隔成很多网状通道。地上是一板板的瓶装橄榄油和番茄酱罐头，全部都用薄膜封装好。她所处的狭窄通道在边上，离地面大约三十英尺——和不明嫌疑犯在隔壁建筑物的公寓高度相同。这是一个正在使用中的货仓，不过可能只是偶尔才用，因为这里没有工作人员最近进入的迹象。虽然没有开灯，但从肮脏的天窗透入的光线足够她看清这个地方。

地板打扫得很干净，她找不到能够泄露不明嫌疑犯一〇九去向的足迹。除了前门和运送货物的后门之外，一楼还有另外两个侧门。有一扇门上面写着洗手间，另一扇上面没有标记。

她慢慢移动着，手上的格洛克手枪举在眼前，她的强光手电筒的光束也在寻找着一个目标。阿米莉亚·萨克斯很快就搜查完了各个通道及货仓开放区，并向霍曼作了报告。接着，特勤小组的警察们从装货门进入了货仓，立刻分散。萨克斯因为支援火力加强而放松了，她用手势示意那两扇侧门。警察们立刻向目标集中。

对讲机里传出霍曼的声音："我们仔细搜查过了，但是外面没有人看到他。他可能没出来。完毕。"

萨克斯轻声表示收到。她走下楼梯，来到一层，加入到警察中。

她指向那间厕所。"数到三。"她小声说道。

他们点头。一个警察指着他自己，但是萨克斯摇摇头，表示她要冲在前面。萨克斯很恼怒。那个家伙竟然跑了，他把强奸用品袋放在一个印着笑脸的袋子里，他为了分散注意力就滥杀无辜。她要这个家伙伏法，而且她要亲手抓到他。

当然，她穿着防弹衣，但她还是不由得想到如果那些装着细针的子弹击中她的脸或手臂，会发生什么情况。

或者击中喉咙。

她举起一根手指。

一……

迅速进入，压低身体，在承重两磅半的手枪扳机上加上两磅的力量。

姑娘，这事你有把握吗？

林肯·莱姆的面孔出现在脑海中。

二……

接着，她当巡警的父亲临终前传授给她生命的哲学，"记住，艾米，只要你移动，他们就抓不到你。"

所以，移动……

三。

她点点头。一名警察一脚将门踢开——没有人会再靠近任何一个金属门把——萨克斯迅速向前冲，接着痛苦地蹲下，同时用手电筒照遍了这间小而有窗户的厕所。

空的。

她退出，转向另一扇门。同样的程序。

数到三，又一次用力踹门。那扇门被向里砸开了。

枪和手电筒都举了起来。萨克斯想着，老兄，没那么简单，不是吗？她看着一段向下延伸进入一片黑暗的长楼梯。她注意到这个楼梯下面是空的，因此不明嫌疑犯可以站在他们后面，将子弹打进他们的脚踝、脖子或背部。

她小声说："暗。"

那些警察关掉手电筒，将它装在机关枪的枪筒上。萨克斯在最前面，她的膝盖很痛。有两次她几乎因为失去平衡而摔倒。四名特勤小组的警察跟着她。

"四角队形。"她小声说，虽然她知道，从理论上说她并不是负责人，但现在她必须这么做。部队并没有质疑她的指挥。他们肩靠肩地调整队形，形成一个正方阵，每个人都脸朝外，各自盯着地下室的四分之一部分。

"亮！"

几把枪在寻找目标时,强力卤素灯泡的光束充塞了这个狭小的空间。

她没有看到威胁,也没有听到声音——除了该死的心跳声外。

这是我的心跳声。

地下室里有一个暖气炉、水管、油槽、大约一千个空啤酒瓶和成堆的垃圾,还有好几只被激怒的大老鼠。

两名警察在那些发出恶臭的垃圾袋中翻找,但显然那家伙不在那里。

她用对讲机告诉霍曼他们找到了什么,没有一个人看到不明嫌疑犯的半点踪迹。接下来,所有警察要回到充当指挥所的紧急勤务卡车处集合,继续搜寻社区,萨克斯会留下来搜查现场,寻找证据——但大家都知道,早上在博物馆时,凶手并未走远,他也许还在附近。

……小心背后。

她叹了口气,将武器放回,转身向楼梯走去。接着,她停下脚步。如果她从同样的路线回到一楼——这对她的膝盖来说简直是场噩梦——她就得再走一段才能到街道上。有一个比较容易的替代方案是走一段较短的路,直接到人行道上。

她想,有时候,你就只是要放纵一下。

朗·塞利托开始专注地盯着其中的一扇窗户。

他听到了对讲机上的内容,知道货仓里已经安全了,但是他很想知道特勤小组是否真正仔细搜查了每个角落和缝隙。无论如何,这个早上在博物馆,大家也都错过了不明嫌疑犯。他轻易就进入了他的射程内。

啪，啪，啪。

那一扇，右边，二楼……塞利托好像看到它抖动了一两次。

也许只是风，但也许是有人试图打开窗户。

或是隔着窗子在瞄准。

啪。

他颤抖着，往后退去。

"喂，"他叫住一名刚从草药进口商那里出来的特勤小组警察，"看一下，那扇窗户里有东西吗？"

"哪里？"

"那个。"塞利托从掩护处探出一点点，指着那个黑色玻璃方块。

"没有。但是那个地方已经搜查过了。你没听到吗？"

塞利托从掩护的地方又多探出一点，听到啪、啪、啪的声音，看到棕色的眼睛逐渐失去生气。他眯着眼睛，抖了一下，小心翼翼地看着那扇窗户。然后，他忽然感觉到左边有动静，并且听见一扇门打开的声音。一道光反映出某种金属色。

是他！

"天哪！"塞利托轻声说道。他一面伸手拔枪，一面蹲下来，同时迅速转向那个闪光的地方。但是，他并没有遵守快速拔枪时必须将食指放在扳机护弓外的程序规定，反而在惊慌中一把抽出了他的科尔特自动手枪。

但这也是为什么那把枪能迅速击发的原因，子弹朝那个点飞去。而阿米莉亚·萨克斯此时正从货仓地下室的门走出来。

14

汤普森·博伊德站在离他的安全屋十个街区远的坚尼街和第六大道的角落里,等着红绿灯变信号。他一边喘着气,一边擦着脸上的汗。

他没有发抖,也没有受到惊吓——呼吸急促和汗水是他向安全地带疾速狂奔的结果——但他很想知道他们是如何找到他的。他跟人联络和使用电话总是非常小心,而且他总是会留心自己是否被跟踪。因此,他猜想他们一定是根据物证找来的。这很有道理——他很确信,在博物馆图书馆现场像响尾蛇一样走来走去、穿着白衣的女人,也出现在了他伊丽莎白街公寓外的走廊上。他在博物馆留下了什么?强奸用品袋中的某件东西吗?还是他的鞋子或衣服留下的蛛丝马迹?

他们是他所遇到过的最优秀的调查人员。他必须牢记这一点。

他注视着来往车辆,回想起刚才的逃跑。看到那些警察走上楼梯时,他迅速就将那本书和从五金店买来的东西放进购物袋,抓起他的随身包及枪,再打开开关,将门把通上电。然后他踢开假墙,逃进隔壁的货仓,从那里爬上屋顶,再向南逃到街区的末端。他从一个消防逃生口下到地面,接着转向西,依照他早就规划好并且练习过几十次的路线,开始奔跑。

现在,他站在坚尼街和第六大道的交会口,混在等红绿灯的人群中,听见鸣着警笛的警车加入搜寻他的行列。他的脸上没有表情,他的双手没有颤抖,他不生气,也不惊慌。他必须如此。他曾经一次次地见过这样的情况:很多他认识的职业杀手之所以被擒,就是因为他们在警察的面前惊慌失措,失去了冷静,在一般性的问话中崩溃。在这种情况下,或者说在工作中慌乱紧张的人，就会留下证据或证人。情感——爱、生气、害怕——会让你脆弱。必须冷酷。

麻木……

看到好几辆警车在第六大道上加速行驶，汤普森紧紧握住他藏在雨衣口袋里的手枪。这些警车疾速转过街角，向东上了坚尼街。他们正全力搜捕他。汤普森知道，这并不令人意外。纽约最优秀的警察对有人竟敢对他们运用电刑大为恼火（虽然在汤普森看来，这其实是那名警察自己不够谨慎而犯下的错误）。

当他看到另一辆警车在三个街区外的一个停车标志前刹车停下时，忽然感觉到一丝担忧。警察下车，并且开始询问路上的人。接着，另一辆警车在离他约两百英尺处停下，而且警察正朝这个方向走来。他的车停在哈得孙河附近，约有五分钟的距离。他必须现在就上车。但是，交通灯仍然是红色的。

更多的警笛声响起。

这开始变为一个问题了。

汤普森看着身边的人群，他们大部分都往东看，注视着那些警车和街上的警察。他需要某些能分散注意力、能掩护他穿过街道的东西。只要有点什么……不必太引人注目，能分散人们的注意力一会儿就行。比如垃圾桶里起火、汽车警报、打碎玻璃的声音……还有别的主意吗？他向左往南边看了一眼，注意到一辆大巴正向第六大道驶去，现在正在靠近大批行人聚集的十字路口。是在垃圾桶里放火，还是这个？汤普森·博伊德决定了。他若无其事地走到人行道边缘，站在一名苗条的、二十多岁的亚裔女孩后面。他只在她的后背下方轻轻一推，就把她送到了大巴的前面。她在惊慌中挣扎、喘气，然后就滑下了人行道。

"她摔倒了！"汤普森大叫，"抓住她！"

那辆大巴右侧的后视镜撞上她的肩膀及头部，将她的身体撞出去，沿着人行道打了几个滚，她的哀号声戛然而止。血溅在了车窗和附近的一些行人身上。大巴发出尖锐的刹车声，人群中的几个女人也发出同样的尖叫。

大巴在坚尼街的路中间滑行了一段后停了下来，堵塞了交通，它必须停在那里等待意外事故调查。在垃圾桶里放火、打破一个瓶子、触发一辆车的警报……这些可能都会起作用，但他还是觉得杀了那个女孩会更有效。

交通立刻瘫痪，那两辆在第六大道上正要接近的警车也停了下来。

他慢慢地穿过街道，把那一群吓坏了的路人留在身后，他们在哭泣或尖叫，或是在惊骇地瞪着那个蜷曲在一道铁链围栏下的血淋淋的身体。她那双已经看不见东西的眼睛空洞地瞪着天空。显然，所有的人都认为这场悲剧不过是一场可怕的意外。

人们向她奔过来，有人用手机打九一一……混乱。汤普森现在冷静地穿过街道，在那些停着的车辆中穿梭。他已经把那个亚裔女孩抛到了脑后，开始考虑更重要的事：他失去了一个安全屋。但是至少他带着武器和在五金行买的东西，以及他的手册逃脱了。在藏身的公寓里，没有任何线索可以指向他、或是那个雇他的人，即使是那个一身白的女人也找不到任何与他有关联的东西。不，那不是一个严重的问题。

他在一个公用电话旁停了下来，打电话给语音信箱，并且收到了一些好消息。他知道了吉纳瓦·塞特尔在哈莱姆区的兰斯顿·休斯高中上学。他同时也发现她受到来自警方的保护，当然，这并不令人惊讶。汤普森很快就会找出更多的细节——比如说她住在哪里，如果运气好的话，甚至会有一个机会自动出现，那个女孩会被射杀，任务完成。

汤普森·博伊德继续走向自己的车，那是一辆三年新的别克，刷着无趣的蓝色，一辆普通的车，是给"凡人乔"用的平凡的车。他汇入车流，远远绕过大巴车祸现场。他向第五十九街大桥驶去，脑子里不断想着过去一个小时里他从书中学到的东西，就是那些贴了方便贴的地方，想着如何运用他学到的新技巧。

"我不……我不知道该说什么。"

朗·塞利托抬头看着队长说，他一听说意外枪击事故就从市警察局直接赶来了。塞利托坐在路边，头发垂在一旁，大肚子挤在皮带上，纽扣绷开了，露出粉红色的肉。他穿着磨损严重鞋子的脚向外耷拉着。现在一切都乱套了。

"怎么回事？"这位身材高大、秃头的非裔美国人队长的手里拿着塞利托的左轮，垂在身体一侧，子弹没有上膛，弹夹打开。他正在履行纽约市警察局规定的武器射击后的处理程序。

塞利托看着高个子警官的眼睛，说："我拔枪不当。"

队长缓缓地点点头，转向阿米莉亚·萨克斯，"你还好吗？"

她耸耸肩，说："没什么。子弹离我很远。"

塞利托看得出队长知道她想淡化这件意外事故，故意轻描淡写。她的保护使这名大个子警探更加痛苦。

"但你当时是在射击线上。"队长说道。

"这并没什么——"

"你是在射击线上吗？"

"是的，长官。"萨克斯说。

萨克斯知道，那发点三八小口径的子弹还差三英尺才会打中她。她知道。

离我很远……

队长查看了货仓。"即使这件事没有发生,那名歹徒还是会逃脱吗?"

"是的。"鲍尔·霍曼说。

"你肯定这和他的脱逃无关吗?这件事是要上报的。"

特勤小组指挥官点点头。"从现在的情况看来,似乎不明嫌疑犯爬上了货仓的屋顶,然后向南或向北逃跑——可能是向南。那一枪——"他指了指塞利托的左轮,"是在我们控制了隔壁建筑之后。"

塞利托又一次想着,我这是怎么了?

啪,啪,啪……

队长问:"你为什么拔枪?"

"我没想到会有人从地下室的门走出来。"

"你难道没有听到对讲机上说这幢建筑已经被控制了吗?"

一阵犹豫。"我没有听到。"朗·塞利托上一次对上司撒谎是为了要保护一名在营救被绑架的人质时没有遵守程序的新手,当时他是故意的,而且那是一个善意的谎言。但这次却是在替自己遮丑,这简直就像断了骨头一样地难受。

队长看了看现场。好几名特勤小组警察在走动。没有一个人看着塞利托,他们似乎为他感到尴尬。队长终于说道:"没有人受伤,没有严重的财产损失。我会写一份报告,不过枪击审核委员会审查之后就不一定了。但我不建议这么做。"

塞利托感到全身一阵放松。对于一次意外枪击事故而言,被枪击审核委员会调查所带来的名誉损失和被政务处调查差不多。即使你是清白的,给你带来的不愉快也会维持很长一段时间。有时，甚至是永远。

"想要休个假吗？"队长问。

"不，长官。"塞利托坚定地表示。

对他，和对任何一位警察来说，全世界最糟的一件事就是这种事件后的低潮时期。他会忧心忡忡，会喝酒、吃垃圾食品，会影响身边每一个人的情绪。他也会比现在更加不安（他还想起今天那辆卡车逆火时，他曾经像个女学生一样地跳起来，这简直是耻辱）。

"我不知道。"队长有权力下令进行强制性的停职休假。他想询问萨克斯的意见，但那是不合规定的。她还是一名资历较浅的警探。不过，队长迟迟不做决定其实是要给她一个机会发表意见。也许，说一声，嘿，朗，这可是个好主意；或者，没关系，你不在的时候我们也能行的。

但她什么也没说。大家心里都明白这是在支持。队长问道："我知道今天有人就在你面前被杀了，是不是？那和这件事有任何关系吗？"

不能说是，也不能说不是……

"很难说。"

这会是另一场冗长的讨论。但是你能对高级长官说什么？他们在纽约警察局的晋升是用身经百战换来的，他们对街头的生活了如指掌，也知道这对警察会产生什么影响。"好吧，我让你继续工作。但是，你得去找心理医生谈谈。"

他觉得脸上发烧，但是他说："好的。我马上就去预约。"

"很好。让我知道进展。"

"是的，长官。谢谢。"

队长把枪还给他，然后和鲍尔·霍曼一起走回指挥所。塞利托和萨克斯一起向刚刚抵达的犯罪现场小组快速反应车走去。

"阿米莉亚……"

"没事的,朗。意外总是有的,都过去了。友谊性的射击随时会发生。"根据统计,警察被自己或同事子弹打伤的概率高于被歹徒打伤。

大个子警探摇摇头。"我只是……"他不知道该从何说起。

他们走向那大巴时,沉默了好一阵。最后萨克斯说:"有一件事,朗,这件事会传出去。你知道那会是什么样子。但平民不会知道这件事,至少不会从我这里。"由于不熟悉警察内部的八卦圈子,因此林肯·莱姆只能从他们两人中的一个人那里得知这件意外。

"我没想要求这个。"

"我知道,"她说,"只是要告诉你我会如何处理此事。"她开始将鉴定犯罪现场的设备搬下车。

"谢谢。"他哑着声音说。接着,他发现自己左手的手指又回到了脸上那块被血迹溅到的地方。

啪,啪,啪……

"这里很小,莱姆。"

"开始吧。"他通过戴在头上的耳机麦克风说。

萨克斯穿着白色的特卫强连身服,在这个小公寓里走格子。他们知道,这里是安全屋,因为这里东西很少。大部分职业杀手都会有这样一个地方。他们在此处保存枪械及补给,把它当作在附近作业时的中转站,也是当工作出现意外时的一个藏身地。

"里面有什么?"他问道。

"一张小床，一张桌子，一把椅子以及灯。一台电视和外面走廊的摄像头连线。这是一种视频系统，但是他把有序列号码的贴纸拿掉了，所以我们不知道他是何时何地购买的。我找到一些他用来装配门上电流设备的电线和继电器。静电法取得的鞋印与贝斯牌步行鞋相符。我在每一个地方都洒了粉，但一个指纹都找不到。在自己的藏身处还戴着手套——他是怎么了？"

莱姆思索着。"除了说这家伙他妈的相当聪明之外还能有什么？也许他并不是特别小心戒备，只是他知道，这里迟早会被发现。我就想找到一枚指纹。他一定在什么地方的档案里，也许在很多地方都有他的记录。"

"我找到了那副塔罗牌，但是上面并没有商店的标签。而且，唯一不见的就是第十二张，也就是他留在现场的那一张。好了，我要继续搜索了。"

她继续谨慎地走格子——即使公寓这么小，而且站在中间，转三百六十度，就能看到屋子大部分地方。萨克斯找到一个隐藏的证据：当她经过小床时，注意到枕头下有一小块白色东西凸出来。她取出来，小心地将折叠的纸张打开。

"找到一些东西了，莱姆。是非洲裔美国人博物馆所在的街道地图。上面列有那条街上所有的小巷，周围建筑物的入口、出口，还有上下货区、停车场、消防栓、检修孔、公用电话等详细信息。这个人是个完美主义者。"

没有多少杀手会为了受雇杀人而这么费尽心思。"上面有一些污迹，还有一些褐色的碎屑。"她嗅了一下，"是大蒜。碎屑看起来像是食物。"她将地图放入一个塑料袋中，继续搜寻。

"我找到一些纤维，和那些棉绳上的一样，还有一点灰尘。就这些了。"

"希望我能看看那个地方。"他的声音逐渐低了下去。

"莱姆?"

"我正在想象画面。"他低声说。又是一阵停顿。然后,"桌子上有什么?"

"没有东西。我告诉过——"

"我不是说放在桌上的东西。我是指,是不是有墨水渍?乱画的痕迹?刀子?咖啡杯?"他刻薄地加了一句,"如果歹徒们粗鲁得连电费都不付就跑了,我们只好有什么拿什么了。"

是的,好心情已经正式终结。

她查看木质的桌面。"是的,上面是有痕迹。是刮痕和擦痕。"

"它是木头的?"

"是的。"

"取一些样本,用刀子刮一刮桌面。"

萨克斯在检验工具箱里找到一把柳叶刀。它和外科手术中用的一样,而且经过消毒,密封在纸及塑料中。她小心地用刀子刮着桌面,然后将刮下的东西放在几个小塑料袋中。

当她往下看时,注意到桌子的边缘有一点发亮的东西。她仔细看着。

"莱姆,找到一些滴下来的液体,是清澈的液体。"

"在你取样前,先用一些'幻象'测试一下,用二号喷剂。这家伙太喜欢玩致命的玩具。"

"幻象"技术是很便利的爆炸物探测系统。二号喷剂是用来探测B类爆炸物的,其中包括高度不稳定、清澈的液态硝化甘油,这东西哪怕只是一滴也会炸掉你的手。

萨克斯取出工具,测试样本。如果这是爆炸物,它会转成粉红色。但并未出现改变。她又用二号喷剂测试，只是想确认一下——这会显示出任何含有硝酸盐的成分，这是大部分爆炸物的主要成分，不仅仅存在于硝化甘油之中。

"阴性，莱姆。"她将第二滴液体收集起来，送进一个玻璃试管，然后将它密封。

"我想就是这些了，莱姆。"

"将它们全部带回来，萨克斯。我们必须得对这家伙加把劲了。如果他能这么轻易地逃过特勤小组的追捕，那么这就表示他能很快再接近吉纳瓦。"

15

她大获全胜。

完美。

二十四道选择题——全部答对，吉纳瓦知道。而且只要求写四页的问答题，她写了七页。

真棒……

她正在和贝尔警探聊着她自己的事，后者点点头——这告诉她，他并没有注意听，而是在观察那些走廊——但他至少脸上挂着微笑，因此，她便当作他在注意听。奇怪的是，她还挺喜欢这种漫无边际的闲聊。她告诉他，老师如何在论文题中暗藏玄机，当勒奈特·汤普金斯发现自己看错考试科目时，又如何低声祷告："主啊，救救我。"除了拉基莎以外，没人有兴趣听她这样讲个没完。

现在，她还有数学考试要去征服。她虽然不太喜欢计算，但她了解她所学的东西——她研究过了，所以完全不在话下。

"嘿!"拉基莎上来和她并肩而行。"见鬼,你怎么还在这里?"她的两眼睁得大大的。"你今天早上几乎被人干掉,你却根本不当一回事。这可是一堆疯狂的垃圾,姑娘。

"哎哟,你听起来像是被人抽了一鞭子似的。"

拉基莎继续抬杠,吉纳瓦也知道她肯定会这样的。

"你已经拿到一个A了,干吗还要来考试?"

"如果我不考试,就不会是一个A了。"

这个高大的女孩皱着眉头看了一眼贝尔警探。"我要是你,就出去找找那个今天早上攻击我朋友的无赖。"

"我们已经有很多人在做这件事。"

"有多少人?他们在哪里?"

"基莎!"吉纳瓦小声说道。

但是贝尔微微笑了一下,"很多人。"

抬杠,抬杠。

吉纳瓦问她的朋友:"世界文明课的考试怎么样?"

"这个世界根本都不文明。这个世界完蛋了。"

"不过你没逃吧?"

"说了我会去的。你真是聋了,小妞。我可是全力以赴了,肯定可以拿个C;至少是C,没准还能拿个B。"

"有趣。"

他们来到了一个许多走廊交会的地点,拉基莎向左走。"回见,小妞。下午打电话给我。"

"没问题。"

吉纳瓦看着她的朋友急匆匆地穿过走廊时,忍不住大笑起来。拉基莎穿着紧身衣、胸部丰满、戴着吓人的指甲和廉价的假发,跟其他交际广泛的本地女孩完全一样。她听到L.L.Cool-

J①、特维丝塔②和碧昂丝等人的音乐，便会立刻怪异地舞动起来。她还会随时加入战斗——哪怕要面对一群帮派女（有时她会带着一把开箱小刀或一把折叠刀）。她有时还去当一下 DJ，在学校舞会放唱片时，就称呼自己是"聋女 K"。她也去俱乐部，而且保镖们都会让她通过二十一岁的年龄限制。

但其实这个女孩和很多黑人贫民区的孩子不一样。虽然她戴着吓人的指甲和三块钱的首饰，但有些事吉纳瓦很清楚：如果你仔细听她说话，你会发现她用的是标准英语。她就像那些黑人喜剧艺人，他们在表演时会很本土化，但是他们的语法却是错的。比如"我昨晚在萨米那里。"基莎会说："I be at Sammy's last night."但如果是真正的黑人英语——政治上正确的表达应该是"非裔美国人本土英语"——便不这么说。他们会讲："I was at Sammy's." be 这个词只用于表示正在进行或将来的行为中，比如："I be working at Blockbuster every weekend."（我每个周末都在百事达打工）或者："I be going to Houston with my aunt net month."（我下个月要和我姨妈去休斯敦）

或者，拉基莎会说："I the first one to sign up."（我第一个签到）但并不是非裔美国人本土英语的说法——你绝对不可以在第一人称时将 be 动词漏掉，只在第二或第三人称时才能这样用："He the first one to sing up."（他第一个签到）这才是正确的用法。但不仔细听，这女孩简直可以说是土生土长的本地人。

还有其他的事：很多住在廉价住宅区的女孩会吹嘘如何从商店里小偷小摸，但拉基莎连一瓶指甲油或一包头绳都不会拿。她

---

①原名 James Todd Smith (1968—)，著名嘻哈艺人。
②原名 Carl Terrell Mitchell (1973—)，著名歌手。

甚至从来不在街上跟任何可能会向观光客伸手的人那里购买首饰，而且"狩猎时节"——每个月社会福利金、家庭育儿金或其他社会福利支票开始寄到信箱的时候，如果她看到任何可疑青少年在公寓大厅闲逛，她会立刻掏手机打九一一。

拉基莎自力更生。她有两份工作——自己做假发和辫子，每周四天还在一家餐厅当柜台收银员（那家餐厅在曼哈顿，不过在哈莱姆区以南好几英里，这样她工作时不会碰上邻居，以免被他们揭穿她说自己是一二四街美女DJ的假话）。她花钱很节省，而且还把她赚来的钱用来帮助家里。

还有一个使拉基莎与其他很多哈莱姆女孩不同的地方，就是她和吉纳瓦都是有些人所说的"修女姐妹"，意思是，没有性行为（不过，亲密行为不算，但就像吉纳瓦的一个朋友说的："男孩子别想把那丑东西放进来，绝对不行"）。拉基莎和吉纳瓦这些女孩子在高中时都保持处女之身，这让她们变得极为罕见。在兰斯顿·休斯高中，女孩们绝大部分都和男孩们上床好几年了。

哈莱姆区的少女可以按照一个标准分为两类：婴儿车。有人推着婴儿车在街上走来走去，有的人则不是。至于你是读尼托扎克·尚吉[①]和西尔维亚·普拉斯[②]还是个文盲则并不重要；你穿的是橘色小上衣，戴的是店里买来的假发，还是白色上衣和打褶的裙子，也不重要……如果你身边有一个婴儿，那么你的人生方向和另一类女孩便是完全不同的。有孩子并不一定表示学校和职业生涯自动结束，但却常常是这样的。即使没有就此结束，一个有孩子的少女肯定有一段心力交瘁的艰难日子。

吉纳瓦有一个坚定的目标，就是一有机会便离开哈莱姆，然

[①] 尼托扎克·尚吉（Ntozake Shange, 1948— ），非裔美国女剧作家、表演艺术家。
[②] 西尔维亚·普拉斯（Sylvia Plath, 1932—1963），美国著名女诗人。

后在波士顿[①]或纽黑文取得一个或两个学位,然后就去英国、法国或意大利。任何可能破坏这个计划的风险,哪怕像有孩子这种极不可能发生的事,都是让她无法接受的。拉基莎对于高等教育倒是没那么大热情,但也有她的抱负。她想去上一个四年制的学院,然后以一个商业女强人的姿态横扫哈莱姆。她想成为上城商业圈的弗雷德里克·道格拉斯或马拉孔·X。

就是这些共同的观点使得这些姐妹和其他女孩截然不同。就像大部分深厚的友谊一样,这样的关系也挑战着世俗概念。有一次,拉基莎挥舞着戴满手镯的手,敲着涂成小圆点花纹指甲的手,还使用了"非裔美国人本土英语"中的第三人称单数语法,用这个现象做了完美的描述:"不管怎样说,吉恩。这不错,不是吗?"

是,没错,的确如此。

她和贝尔警探现在到了数学课堂上,他站在门外。"我会在这里。考完试留在室内。我会开车绕到前面来。"

女孩点点头,然后走进去。她迟疑了一下,转头往回看。"我想说句话,警探。"

"什么?"

"我知道我有时候很不配合。就是人们常说的固执。嗯,大部分时候,他们会说我是个讨厌鬼。不过,谢谢你所做的一切。"

"这只是我的工作,小姐。而且,在我保护过的人里,有一半连他们脚下走过的水泥地都不值。我很高兴能够保护一些好人。现在,快去做下一组二十四道选择题吧。"

她眨眨眼。"你刚才在听?我以为你根本没注意。"

[①]哈佛大学所在地。

"我当然在听,同时也在注意周围情况。但是我得承认,同时做两件事大概就是我的极限了,不要期待更多。好了,现在——你出来的时候我会在这里。"

"我会把午餐的钱还给你。"

"我说了那是市长请客。"

"可是,你是自己付的钱,并没有要收据。"

"哦,看看,你现在也会留心观察了。"

进入教室,她看到凯文·切尼站在后面,正和他几个朋友说话。他抬起头,对她笑了笑,然后向她走来。教室里几乎所有的女孩——不论漂亮的还是相貌平平的——视线都跟着他。当她们发现他是向吉纳瓦走去时,眼中露出震惊之色。

嘿,她心里暗自得意,好好记着这件事吧。

这下我是在天堂里了,吉纳瓦·塞特尔眼睛向下看,脸上因为血液的快速流动而发热。

"嘿,小妞。"他走上前来。她闻到他须后水的味道,心里想着那是什么牌子。也许她可以问出他的生日是哪天,买一瓶送他。

"嗨。"她说,声音有些发颤。她清了清嗓子,"嗨。"

好吧,这是她在全班同学面前的荣耀时刻——这会永远继续下去。但是现在,又一次,她所能想到的只是和他保持距离,确保他不会因为她而受到伤害。她告诉过他,待在她身边有多危险。忘了打嘴仗,忘了"你妈妈——"之类的笑话。严肃一点,告诉他你真正的感觉:你为他担心。

但是在她开口之前,他做了个手势要她到教室后面去。"过来,我有东西给你。"

给我?她想着。深深吸了一口气,跟着他走到房间的角落。

"这个,给你的礼物。"他在她手里放了一样东西。黑色的塑料制品。这是什么?手机?一个寻呼机?在学校里不允许带这些东西。但吉纳瓦的心还是剧烈跳动着,想知道他为什么要送自己这个礼物。这是让她在有危险时打电话给他吗?还是让他在任何想跟她联络的时候都可以打给她?

"真棒。"她仔细看着这个东西,发现这既不是手机,也不是寻呼机,而是某种像是掌上电脑之类的东西。

"里面有游戏,可以上网、发邮件。全都是无线传输。真不知道这些东西是怎么运作的。"

"谢谢。只是……呃,这个似乎很贵,凯文。我不明白……"

"哦,没事。你是靠自己赚来的。"

她抬头看着他。"赚来的?"

"听着。这没什么。我已经和朋友试过了。这台已经和我的连通。"他拍了拍自己的衬衣口袋,"你要做的,首先是记住,把它放在你的两腿之间。如果你穿裙子就更好了,老师们不会检查那个地方,否则他们会被投诉,是吧?现在,考试的第一道题,你按这个按钮。看到了吗?然后按空格键,接着输入答案。明白了吗?"

"答案?"

"然后,听好了,这很重要。你必须要按这个键,才能把答案传给我。这个小按钮里面装有天线。你不按,它就不传送。第二题,按二,然后是答案。"

"我不明白。"

他笑起来,不理解她怎么连这个都不懂。"你在想什么?我们之前说好了的,小妞。我在街上照顾你,你在班上照顾我。"

她恍然大悟,就像脸上被掴了一巴掌。她抬起头,直视他的眼睛。"你是说作弊。"

他皱着眉,看看四周。"别这么大声说这种鬼话。"

"你在开玩笑。这是一个笑话。"

"笑话?不,小妞。你得帮我。"

这不是在商量,是在命令。

她觉得自己快要窒息或者晕倒了。她的呼吸变得很急促。"我不干这个。"她把那东西递回去,但他并没有伸手接。

"你这是什么毛病?很多女孩子都帮过我。"

"艾丽西娅。"吉纳瓦生气地低声说道,她想起最近刚转学走的一个女孩,艾丽西娅·古德温,一个聪明的女孩,数学很好。她因为全家搬到新泽西而离开了学校。她和凯文曾经走得很近。所以事情其实是这样的:凯文失去了作弊的同伴,需要找一个新的,于是选中了吉纳瓦,她比上一个功课好,但远远没有她漂亮。她很好奇自己在他的名单上排在后面多少位。气愤和痛苦让她就像锅炉中的烈焰。这甚至比今天早上博物馆的事还要糟糕。至少那个戴着面罩的人没有假装是她的朋友。

犹大……

吉纳瓦气愤地说道:"你总是有忠诚的女孩们来喂给你答案……如果不是她们,你的学业平均成绩会是多少?"

"我可不笨,小妞,"他生气地低声说,"只是,我没必要来学这些狗屁东西。以后我会去打球,而且光靠代言我就会赚一大笔钱。所以为了大家,我最好是去练球,而不是在读书。"

"为了大家。"她冷冷地一笑,"你的成绩就是这么得来的——偷来的。就像你会在时代广场向路人下手偷金链子一样。"

"喂,小妞,告诉你,小心你的嘴巴。"他恶狠狠地低声说道。

"我不会帮你的。"她低声说。

他笑了，眯着眼睛看了她一会儿。"我会让你觉得很值。只要你想要，任何时候都可以上我这来。我会干得你很舒服。我甚至可以在你下面。这个我可是很专业的。"

"去死吧！"她叫道，扭头就走了。

"听着。"他低声咆哮着，同时伸出手紧紧抓住她的胳膊。她立刻感到一阵疼痛。"你的奶子就像十岁的小孩，而你却大摇大摆地自以为是长岛来的金发妞儿，以为你比别人都强。但谈到男人，像你这种小贱人实在不能太挑剔了，你知道我在说什么吗？你上哪儿找像我这么好的人？"

这种羞辱让吉纳瓦气得几乎说不出话来。"你真恶心。"

"好吧，小姐，没关系。你性冷淡，那也不要紧。我付钱就是。你要多少？一百，两百？我有的是钱。快点，说个价。我得通过这次考试。"

"那就去读书。"吉纳瓦叫道，同时她甩手把那个掌上电脑向他扔去。

他一只手接住，另一只手猛地把她拉到面前。

"凯文。"一个男人严厉的声音。

"妈的。"那个男孩厌恶地小声骂道，同时闭上眼睛，放开了抓着她的手臂。

数学老师艾伯拉姆斯走过来，拿过掌上电脑。他问道："这是什么？"

"他要我帮他作弊。"吉纳瓦说。

"这个贱人是疯子。这是她的，她——"

"过来，我们去办公室。"他对凯文说。

那个男孩冷冷地看着她，她也毫不客气地瞪着他。

那个老师问："你没事吧？吉纳瓦。"

她原本正在揉着刚才被凯文抓着的手臂,这时把手放了下来,点点头说:"只是想去一下厕所。"

"去吧。"他对着全班睁大眼睛看着的一群安静的学生说,"你们考试前有十分钟的准备时间。"老师带着凯文从后门出了教室。房间里立刻响起一阵说话声,好像有人突然关了电视上的"静音"按钮。过了几秒钟,吉纳瓦也走了出去。

走廊上,她看到贝尔警探双手抱在胸前,站在前门附近。他没有看到她。她进入了走廊,淹没在走向各自教室的学生人群中。

但吉纳瓦·塞特尔并没有去女厕所。她来到走廊尽头,推开那道门,进入空荡荡的校园,心里想着:这个世界上不会有任何人看到我在哭。

就在那里!离他不到一百英尺。

当看到吉纳瓦·塞特尔一个人站在校园里时,贾克斯的心猛烈地跳动起来。

涂鸦王就在街对面的一条巷子口,他在那里已经等了一个小时了,等着能看她一眼。但情况却比他期望中的好。她一个人。贾克斯看了看这个街区。学校前面有一辆没有标志的警车,里面有一个警察。但是还是有几条路可以到达那女孩所在的位置,而且那个警察并没有在留意校园,而且以他目前的位置来看,即使他转过身也看不到吉纳瓦。也许这要比他设想的简单多了。

他告诉自己,不要站在这里,开始行动吧。

他从口袋里掏出一条黑色头巾,从前往后戴在头上。他向东走去,在一辆破旧的平板卡车边停了一下,这名前罪犯扫视着操场（这让他想起了监狱里的活动场地，当然，是有铁丝网和看守塔的）。他判断自己可以穿过附近的一条街，然后利用人行道上停着的一辆食品商场的拖车作为掩护，那辆车的引擎还在转着。他可以在吉纳瓦和那名警察都没有注意的情况下，一直接近她到二十五英尺以内。那已经足够近了。

只要那个女孩继续低着头，他就可以在不被发现的情况下溜过那道铁链。但经历了这些事，她应该是受到了惊吓，如果看到他接近，她可能会掉头逃跑，并且大声求救。

慢一点，小心。

但是现在必须行动。你可再也不会有这样的机会了。

贾克斯开始向女孩走去，他小心地走着，以免他的跛足在地上拖曳，从而留下痕迹，泄露他的行踪。

16

难道事情就是这样的吗？

难道男孩们总想从你身上得到什么吗？

从凯文的事上看，他是要她的头脑。呃，如果她的身材像拉基莎一样，而他为了她的奶子或屁股而看上她，她还会同样的沮丧吗？

不，她生气地想着。那是不同的。那是正常的。学校的辅导老师谈到很多关于强奸、关于如何拒绝、如果一个男孩太着急时该怎么办，以及如果事情发生了，该如何处理。

但是他们从没说过如果一个人要强奸你的头脑时该怎么办。

妈的，妈的，妈的！

她咬着牙，擦掉泪水，将泪珠从指尖甩出去。忘了他，他是个混蛋。数学考试——那才是重要的事情。

d 分之 dx 乘以 X 至第 n 项等于……

左边有动静。吉纳瓦朝那个方向看过去，阳光让她眯起双眼，她看到一个人穿过街道，走在一幢出租公寓的阴影里——一个戴着黑色头巾、穿着暗绿色夹克的男人。他径直向校园方向走来，但接着又消失在附近的一辆大卡车后面。她首先惊慌地想道：那个图书馆的男人来找她了。但是，不对，这个男人是个黑人。放松，她看了一眼腕上的 Swatch 手表，打算回教室去。

只是——

她想到同学的眼光便感到一阵绝望。凯文的朋友会给她凶恶的眼神。那些女孩则会盯着她笑。

抓住她，抓住这个贱人……

忘了他们吧。谁管他们怎么想呢。考试才是最重要的。

d 分之 dx 乘以 X 至第 n 项等于 n X 至第 n 项减一……

当她开始走向侧门时，心里想着凯文会不会被留校察看，或者甚至被退学。她希望如此。

d 分之 dx 乘以……

就在这时，她听到从街上传来的脚步声。吉纳瓦停下，并且转过身。由于阳光过于刺眼，她无法清楚地看到任何人。是那个穿着暗绿色夹克的黑人朝她走来了吗？

脚步声停住了。她转过头，开始向学校走去。除了那道数学计算公式外，把其他念头全都抛到脑后。

……等于 nx 至第 n 项减一……

就在此时，她又听到了脚步声，现在移动得很快。有人正向她直冲过来。她看不清楚。那是谁？她举起手遮挡猛烈的阳光。

接着便听到贝尔警探的声音："吉纳瓦！不要动！"

他向前飞奔而来,另一个人,警察普拉斯基——在他的身旁。"小姐,发生了什么事?为什么你跑到外面来?"

"我——"

附近三辆警车响起了警笛。贝尔警探抬头看着那大型卡车。"普拉斯基!就是他。快,快,快!"

他们看着那个向后退的人影,那正是她几分钟以前看到的那个穿暗绿色夹克的人。他迅速跑进一条巷子,腿有一点跛。

"我去追。"那年轻警察跳冲上去。他穿过大门,追着那个男人消失在巷子里。接着,五六个警察出现在校园中。他们散开,围住了吉纳瓦和警探。

"怎么回事?"她问。

贝尔警探一边带着她迅速往警车方向走,一边说,他们刚刚从一名与莱姆合作、名叫德尔瑞的联邦调查局探员那里收到消息。他的一个线人发现,今天早上有个男人在哈莱姆区打探吉纳瓦的事,想知道她在哪里上学,以及住在哪里。那个人是一个非裔美国人,穿一件暗绿色的军用夹克。几年前他因为一起谋杀案被逮捕,现在他身上带有武器。由于图书馆的攻击者是白人,对哈莱姆区可能也不太熟悉,因此莱姆先生认为,他决定用一个熟悉这一地区的帮凶。

贝尔收到这个消息后,便进入教室去找她,结果发现她从后门溜出去了。但是那个假扮学生的卧底警察琼妮特·门罗一直在注意她,跟着她到了后门。于是她去提醒警察,吉纳瓦在那里。

警探说,现在他们必须立刻将她送回莱姆那里。

"但是考试。我——"

"在抓到那个家伙之前,没有考试,也不能上学,"贝尔坚决地说,"现在,小姐,跟我走。"

凯文的背叛让吉纳瓦非常生气,现在又被扯入一场混乱之中,这让她更加恼火。她双手抱在胸前,说:"我必须要参加这场考试。"

"吉纳瓦,你不知道我是什么样的倔脾气。我得保证你活着,为了这一点,就算要我把你抓起来、强迫你上车,我也肯定会这么做的。"他看起来很和善的黑色眼睛,现在却像岩石一样坚定。

"好吧。"她不情愿地低声说道。

他们继续向车子走去,警探查看着他们四周,检查阴影处。吉纳瓦注意到他的手紧紧靠着身体一侧,紧挨着他的枪。过了一会儿,那名金发警察向他们走来。"让他跑了,"他上气不接下气地说,"抱歉。"

贝尔叹了口气。"看到外貌了吗?"

"黑人、六英尺高、很壮实。跛脚,戴黑色头巾,没留胡子。四十岁左右。"

"吉纳瓦,你看到别的什么了吗?"

她闷闷不乐地摇了摇头。

贝尔说:"好了。我们先离开这里。"

她爬进警探的福特汽车后座,金发警察坐在她身边。贝尔警探坐在副驾驶的位子上。他们先前所遇到的辅导员巴顿太太匆匆赶来,皱着眉头问:"警探,出什么事了吗?"

"我们必须带吉纳瓦离开这里。有一个想要伤害她的人刚才就在附近。而且据我们所知,也许现在依然在。"

那位胖女士环顾四周,皱着眉说:"这里?"

"我们并不确定。我只是说有这个可能。只是最好小心一点。"警探说,"我们认为,大约五分钟以前他还在这里。他是个非裔美国人,体格很好,穿一件暗绿色夹克,戴头巾,胡子刮得很干净，脚有一点跛。他在校园对面的那辆大卡车旁边。你可否询问一下学生和教师，有没有人认识这个人或者看到了什么？"

"当然。"

他还问她是否有任何一个学校的安全摄像头可能拍到了那个人。他们交换了电话号码，然后，警探坐到了驾驶位置上，发动了引擎。"大家扣好安全带。我们可不是要去逛大街。"

当吉纳瓦系好安全带后，警探一踩油门，车子从路边迅速启动，开始在哈莱姆区破旧街道上飞驰。兰斯顿·休斯高中——她最后的安全和舒适的堡垒——消失在她的视线中。

阿米莉亚·萨克斯和朗·塞利托一起把她从伊丽莎白街安全屋采集到的证据分门别类，莱姆则在想着不明嫌疑犯一〇九的帮凶——那个刚才在学校靠近吉纳瓦的混蛋。

有一种可能，不明嫌疑犯仅仅利用这个人帮他进行监视，但是从这名前罪犯的暴力背景和他拥有武装的情况来看，他可能准备亲自动手杀她。莱姆希望这个帮凶在校园附近留下了一些证据，但是，没有——现场鉴定小组对那个区域进行了仔细搜寻，什么都没找到。一个搜寻小组在那条街上也没有找到见到他或看到他逃跑的目击者。也许——

"嗨，林肯。"一个男人的声音。

莱姆吓了一跳，抬头一看，面前站了一个人。那人四十多岁，一副宽阔的肩膀，一头银白色的短发有几绺挂在额前，身穿一件昂贵的暗灰色外套。

"医生，我怎么没有听见门铃声？"

"托马斯在外面，他让我进来的。"

罗伯特·谢尔曼是莱姆物理治疗的指导医生,他开了一家诊所,专门治疗脊柱受伤的病人。就是他开发了莱姆的治疗方法,即托马斯让莱姆进行的自行车、运动步行机、水疗和一些传统运动。

医生和萨克斯相互问候了一下,然后看着实验室,注意到这里的忙碌。从治疗的角度来看,他很高兴莱姆有一份工作。他常常说,参与某种活动会大大增强一个人的意志和提高的动力(尽管他有时也会劝告莱姆,要避免心力过于疲劳,而最近这件案子却正是这种情况)。

这位医生既才华横溢、和蔼可亲,还他妈的很聪明。但莱姆这会儿没时间理会他,现在他知道有两名武装歹徒在追杀吉纳瓦。他心不在焉地跟医生打了个招呼。

"我的接待人员说你今天取消了预约,我想知道你怎么样了。"

莱姆心想,这种关心用电话表示就行了。

但是如果那样的话,医生就不能面对面地给莱姆施加压力,让他去接受测试。

谢尔曼也确实给他造成了压力。他想知道莱姆的运动计划是否有效,这不仅是为了病人,也是因为医生自己要将这些信息纳入他正在进行的研究中。

"哦,一切正常,"莱姆说,"我们刚接到一个案子。"他示意了一下写字板。谢尔曼也朝它看去。

托马斯从走廊把头伸进来。"医生,要不要来点咖啡?还是汽水?"

"哦,我们不要占用医生的宝贵时间,"莱姆飞快地说,"现在他知道这里一切都很好。我想他这就要——"

"一个案子?"谢尔曼问,眼睛仍盯着写字板。

过了一会儿,莱姆不耐烦地说:"一件很困难的案子。有一个很坏的家伙在外面到处害人。在你来的时候,我们正在努力要找到他。"莱姆并不想让步,也不想为自己的粗鲁行为道歉。但与脊柱受伤病人打交道的医生和治疗师都知道,这些特别的病人都有些附带的毛病:易怒、态度恶劣,说话刻薄。谢尔曼医师完全不受莱姆的影响。他继续端详着莱姆,说:"不了,不用了,托马斯,谢谢你。我不会待太久。"

"你确定吗?"托马斯用头示意莱姆,"别理他。"

"我没事,真的。"

不过,即使他不要一杯提神的饮料,即使他不会待太久,他还是在这里,并没要马上就要离开的样子。事实上,他甚至还拉了一把该死的椅子,坐了下来。

萨克斯瞥了瞥莱姆。他给了她一个白眼,转过身背向医生,但医生却把椅子往前拉了拉。然后,他身子向前倾,低声说道:"林肯,你已经抗拒那些测试好几个月了。"

"最近一直都很忙。我们同时在办四件案子;现在,有五件了。这很花时间,你能想象……而且,这些是很吸引人的、很独特的案子。"他希望医生会问他一些细节,这样至少可以岔开话题。

当然,那个人可不会上当。脊柱伤害的专科医生从来不会吞下诱饵,这些手段他们早就见识过了。谢尔曼说:"让我说一件事。"

我他妈的如何能让你闭嘴?鉴定专家心想。

"你花在运动上的时间超过我其他的任何病人。我知道你抗拒测试是因为你害怕它没有任何效果。我说对了吗?"

"那可不一定，医生，我只是太忙了。"

谢尔曼大夫好像什么都没听到，他说："我知道的是，你将发现你所有的状况和机能都有相当大的改善。"

医生的话可能和警察的话一样诡计多端，莱姆心想。他回答说："希望如此。但如果没有，相信我，没有关系。我的肌肉已经大大改善了，骨头密度也改善了……心肺状况也比以前好。我要的就是这些，而不是能走路。"

谢尔曼上下来回打量他。"你真的这样觉得吗？"

"当然。"他看看四周，压低了声音说，"这些运动并不能让我走路。"

"不，当然不能。"

"既然这样，我为什么还要希望我的左脚小指有一丁点儿进展？这毫无道理。我会坚持运动，在五年至十年里让自己保持最佳状态，那时候你们这些家伙应该已经创造了某种移植或器官克隆之类的奇迹。到时我就会准备好开始走路。"

医生笑了，拍了拍莱姆的腿，这是个下意识的动作。谢尔曼点了点头，"我很高兴听你这么说，林肯。我最大的问题，就是病人因为发现所有的运动和辛苦的努力并不会彻底改变他们的生活，于是放弃了。他们想要全面胜利和治愈。他们不知道这种战争的胜利是用一场场小胜累积起来的。"

"我想我已经赢了。"

医生站起来。"我还是要做那些扫描检查。我们需要那些数据。"

"等我——嘿，朗，你在听吗？陈词滥调又来了！——等我忙完，就去。"

塞利托根本不知道莱姆在说什么，而且也不关心，只是两眼无神地看了他一眼。

"好吧,"谢尔曼医生说着向门口走去,"祝你办案顺利。"

"我们希望一切都会顺利。"莱姆高兴地说。

专打小胜仗的男人走了出去,莱姆立刻就转过身来面对写字板。

萨克斯接了一个电话,听了一会儿就挂掉了。"是鲍尔·霍曼。记得破门小组的那些警察吗?就是触电的那些人!第一个人被严重灼伤,但是总算活下来了。其他人都出院了。"

"谢天谢地,"塞利托说,他似乎大大松了口气,"伙计,那一定就像所有电流都从你身体穿过。"他闭上双眼,"那种烧灼,那种气味。天哪,他的头发他妈的被全烧光了……我要送他一些东西。不,我要亲自带一件礼物给他,也许是花。他会喜欢花吗?"

这种反应以及他稍早前的行为,完全不是平时的塞利托。警察会受伤或被杀害,在警界工作的每一个人早就以自己的方式接受了这个事实。很多警察会说:"感谢上帝,他还活着。"然后到最近的一个教堂去感恩。但是塞利托的方式通常是点点头,然后继续投入工作,而不是像现在这样。

"不知道。"莱姆说。

花?

梅尔·库柏大声说道:"林肯,奈德·西利队长的电话。"这位技师一直与负责VICAP报告的阿玛利诺市一宗凶杀案的得州骑警队保持联系,那件案子和图书馆事件很相似。

"用免提。"

梅尔照做了,然后莱姆说:"你好,队长吗?"

"是的,先生,"一个慢吞吞的声音,"莱姆先生?"

"没错。"

"我收到你同事的请求,说需要查理·塔克一案的资料。我找出了相关档案,但是东西并不多。你认为这和在你那里惹事的家伙是同一个人吗?"

"手法和这里今天早上发生的一起事件很相似。鞋子是同一品牌,款式也一样。而且他留下了一些假证据来误导我们,这和他在塔克谋杀案中留下蜡烛和神秘仪式的手法也一样。哦,而且这家伙有南方口音。几年后在俄亥俄州也发生了类似的凶杀案。但那宗是买凶杀人。"

"因此你们认为有人雇了这家伙去杀塔克?"

"也许。他是谁?"

"塔克?一个普通人。他刚从司法部退休,在我们这里的改造所上班,婚姻美满,还当了祖父,没有金钱上的问题,定期去教堂。"

莱姆的眉头皱了起来。"他在监狱里做什么工作?"

"警卫。在我们阿玛利诺最高防备监狱……哦,你认为可能是一名囚犯因为在里面发生的什么事雇了人来报复?狱警的虐待,或诸如此类的事?"

"可能,"莱姆说,"塔克曾经遭人投诉吗?"

"在档案里没有,也许你可以向狱方查一查。"

莱姆得到了塔克工作过的那所监狱典狱长的名字,然后说:"谢谢,队长。"

"这没什么。祝你愉快。"

几分钟后,莱姆就和阿玛利诺的北得州最高防备改造所的典狱长 J.T. 比彻姆通了话。莱姆介绍了自己,说他现在正和纽约市警察局合作。"现在,典狱长——"

"叫我J.T.吧。"

"好的，J.T.。"莱姆将情况解释给他听。

"查理·塔克？哦，那名被杀的狱警。是私刑，或者别的什么仪式。我当时还没来，我从休斯敦搬来前塔克就退休了。我把他的档案调出来，稍等。"过了一会儿，那名典狱长回来了，"档案在我手上了。没有，没有对他正式提出的投诉，只有一名犯人说塔克对他太过分。塔克没有停手前，他们发生了一点小摩擦。"

"那可能就是我们要找的人。"莱姆指出。

"那名犯人一星期后就被处死了，而塔克是在一年后才被杀的。"

"但也可能塔克又欺负其他犯人，然后他雇了某人来报仇。"

"有可能。只是，雇用一名职业杀手来做这件事，对我们这个地方来说复杂了一点。"

莱姆也表示同意。"是的，但也许那名歹徒自己就是犯人。他出狱后就去追踪塔克。你能不能问问你的狱警或其他的员工？我们在找一名白人男子，四十多岁，中等身材，浅褐色的头发；也许是因为暴力犯罪而被关过。可能是被释放或越狱……"

"没有越狱，没人能从这里逃走。"典狱长补充道。

"好，那么是被释放，在塔克遇害前不久出狱的人。这是我们目前知道的全部内容。哦，他对枪械很内行，枪法很准。"

电话里传来一阵轻笑。"这些资讯帮不上忙，这里可是得克萨斯。"

莱姆继续说道："我们有一张电脑合成的肖像。我们会用电子邮件传一份给你。你能不能找人来比对一下那段时间内释放的犯人？"

"是的，先生。我会派我的手下做这件事，她的眼力很好，但可能要花些时间,我们这里有过很多犯人。"他给了他们电子邮件地址,然后挂了电话。

就在挂电话时,吉纳瓦、贝尔和普拉斯基到了。

贝尔报告了那名帮凶从学校逃走的情况。他补充了几点细节,并且说会有人去详细询问教师和学生。此外,如果有监控录像,他们一定会找出来。

"我没有参加最后一场考试。"吉纳瓦生气地说,好像那是莱姆的错一样。这个女孩实在是考验人的神经。但莱姆还是很耐心地说:"有件事你也许有兴趣。你的祖先在跳进哈得孙河后活了下来。"

"真的?"她的脸亮了起来,急切地读着印出来的一八六八年杂志上的文章。然后她皱着眉说:"他们把他写得很过分,好像他早就计划好了似的。他不是这样的。我知道。"她抬起头,"而如果他被释放了,我们还是不知道他发生了什么事。"

"我们还在寻找,希望能找到更多的信息。"

技师的电脑发出一个声音,于是他走上前去查看。"这里也许有点什么。这是一位在阿姆赫斯特[①]的教授发来的,她在管理一个关于非裔美国人历史的网站。我之前发了电子邮件去询问查尔斯·辛格尔顿的事。"

"读给大家听听。"

"这是来自弗雷德里克·道格拉斯的日记。"

"这个人又是谁?"普拉斯基问道,"抱歉,我也许应该知道,可我只知道有一条街道是以他的名字命名的。"

吉纳瓦说:"他以前是奴隶。后来成为十九世纪废奴和民权

[①] 阿姆赫斯特,指马萨诸塞大学阿姆赫斯特学院。

运动的领袖,是作家和演讲家。"

新手面红耳赤。"我说过我应该要知道的。"

库柏身子向前倾,读出屏幕上的字:"一八六六年五月三日,绞架山的一个晚上——"

"啊,"莱姆打岔道,"我们那神秘的社区。""绞架"这个词再一次让他想起那张"吊人"的塔罗牌,那个面色平静的人被倒吊在绞架上。他看了一眼那张牌,然后将注意力转回到库柏身上。

"……大家正在讨论我们不遗余力追求的东西,第十四修正案[①]。我和纽约有色人种社区的几位成员,与荣誉州长芬顿先生及社区重建联合会的会员见面,其中有参议员哈里斯、格里米斯、费森登、众议员史蒂文斯、沃什伯德,以及民主党的安德鲁·T.罗杰斯,证明了他远非我们惧怕的那种党徒。

"芬顿先生先进行了一段令人感动的祈祷,然后我们开始向委员会呈上我们花很长时间做出的对于修正案草稿的各项意见。查尔斯·辛格尔顿先生把他的观点表达得尤其清楚,即修正案应该纳入一条,让所有的公民,不管是白人还是黑人、女人还是男人,都该有选举权,委员会将此纳入他们的考虑之中。长篇讨论一直进行到晚上。"

吉纳瓦从他的肩膀上看过去。"他还明确提出,"她大声念出来,"女性要有选举权。"

"这里还有一段记载。"库柏念道。

"一八六七年六月二十五日。事情进展缓慢,让我烦恼不已。第十四修正案在一年以前就送交联邦政府,已获得二十二票赞

[①] 美国宪法第十四修正案于一八六八年通过,它授予所有生于或移民美国的人公民资格,在美国历史上有着举足轻重的作用。

成，还差六票。但是我们遇到了顽强抵抗。

"威拉德·菲什、查尔斯·辛格尔顿和伊利亚·沃克正在那些尚未做出承诺的各州旅行，尽可能说服地方立法者支持这项修正案。但他们却处处碰壁，人们不仅对这条充满智慧的动议一无所知，而且还对他们表现出轻视、威胁及气愤。在做出那么多牺牲之后，仍未达到我们的目标……难道我们在斗争中的优势全是空的，那只是皮洛士式的胜利①吗？我祈祷我们民族的理想不会因此而枯萎，这是我们最重要的使命。"库柏从屏幕上抬起头，"就这些了。"

吉纳瓦说："所以，查尔斯和道格拉斯跟其他人一起为第十四修正案而努力。听起来他们似乎是朋友。"

他们是朋友吗？莱姆想着。报纸上的文章写的是真的吗？他这样努力地进入这个圈子，为的是打听自由人信托基金会的事，然后动手抢劫？

尽管对林肯·莱姆而言，真相是任何一项刑事鉴定的唯一目标，但他心里有一种期待，希望查尔斯·辛格尔顿并没有犯下这桩罪行。

他盯着证物板，看见上面的问题远远多于答案。

"吉纳瓦，你能打电话给你的姑婆吗？看她是否能找到更多信件，或者任何有关查尔斯的东西？"

女孩打电话给那个和莉莉姑婆住在一起的女人。没有人接电话，她留了言，让她们回电话到莱姆住处。然后她又打了另一个电话。接通后她的眼睛亮了起来。"妈妈！你们回来了？"

感谢上帝，莱姆想着，她的父母总算回来了。

---

① 皮洛士式的胜利（Pyrrhic victory），指得不偿失的胜利，或代价过高的目标。

但过了一会儿，她的眉头皱了起来。"没有……怎么了？……什么时候？"

可能有事情耽搁了，莱姆猜想。吉纳瓦向她母亲报告了情况，说她现在很安全，警方在保护她。然后她将电话交给贝尔警探，他花了一些时间向她母亲解释。接着又把电话还给吉纳瓦，让她和父母道别。她不情愿地挂上了电话。

贝尔说："他们滞留伦敦。航班取消了，又搭不到任何班机。他们会乘明天第一班飞机回来——但先飞到波士顿，然后他们再转下一班飞机回到这里。"

吉纳瓦耸耸肩，但莱姆可以看到她眼睛里的失望。"我要回家。还有学校的作业要做。"

贝尔向他的保护证人小组以及吉纳瓦的舅舅进行询问，然后报告说一切平安。

"你明天不去上学吧？"

她犹豫了一下，皱了皱眉。又要进行一场争论吗？

这时有人说话了，是普拉斯基，那个新手。他说："现在，吉纳瓦，这已经不再是你一个人的事了。如果今天穿着军用夹克的那个人能够靠近你，并且开枪射击，就有可能伤及其他学生，甚至有人可能被杀。当你在校外或街上的人群里时，他可能会再度下手。"

莱姆从她的脸上看出这些话对她起了作用。也许她想起了巴里博士的死。

所以，他是因我而死的……

"当然，"她轻轻地说，"我会待在家里。"

贝尔向她点点头。"谢谢。"同时感激地看了新手一眼。

警探和普拉斯基领着女孩出了门，其他人则转向从不明嫌疑犯安全屋里收集来的证据。

　　证据不多，这让莱姆有些沮丧。萨克斯在不明嫌疑犯的床上找到的非裔美国人博物馆街道地图上没有发现任何指纹。地图用的纸张是你在"订书钉"或"迪欧办公"这种文具和办公室用品店都可以买到的普通商品。墨水也是廉价货，难以追查。除了博物馆之外，这张图还有很多周围街道和建筑物的细节——莱姆推测，这是供那个男人设计脱逃路线用的。但是萨克斯已经仔细地搜索了那些地方，警探们也在珠宝交易中心和地图上包括的建筑物内进行了详细的盘查，以寻找可能的证人。

　　还有一些绳索纤维。他们怀疑，是用来做绞绳的。

　　库柏将一部分地图进行气相色谱分析，但在纸张上只找到一样东西——纯碳。"难道是在街道市集上买来的木炭？"他觉得奇怪。

　　"也许，"莱姆说，"或者，他可能将证据烧了。写在图表里，也许下面我们会找到一些关联。"

　　地图上的其他证据，污渍和碎屑，都是食物：酸奶、鹰嘴豆、大蒜和玉米油。

　　"炸豆泥三明治，"美食家托马斯说，"一种中东食物，常常和酸奶一起食用。很好吃。"

　　"而且非常普通，"莱姆刻薄地说，"仅在曼哈顿，我们就可以将来源缩小到约两千个地方，是不是？我们还有哪些该死的东西？"

　　在回来的路上，萨克斯和塞利托去了管理伊丽莎白街建筑物的房地产公司，得到了有关那间公寓出租的信息。办公室的那位女士说，租户用现金已支付了三个月的房租，外加上两个月的保证金，那人让她留着这笔钱（但不幸的是，这些钞票已经被花掉了；没有留下任何一张可以取得指纹）。他在租约上用的名字是比利·多德·汉米尔，之前的地址在佛罗里达。萨克斯用电脑合成的肖像和签租约的人颇为相似，不过那人还戴了棒球帽和眼镜。她还确认了那人有南方口音。

识别身份资料库的搜寻显示，在过去五年内，全国有一百七十三条有关比利·多德·汉米尔的资料。其中三十五岁至五十岁的白人，没有一个住在纽约。而在佛罗里达的不是年纪太大，就是只有二十多岁。四个比利·多德·汉米尔有犯罪记录，其中三个还在狱中，而另一个早在六年前就去世了。

"他是特地挑的这个名字。"莱姆看着电脑合成的图像，低声说道。

不明嫌疑犯一○九，你到底是谁？他心想。

你在哪里？

"梅尔，将照片传给J.T.。"

"给谁？"

"给我们在阿玛利诺的典狱长。"他对着那张照片点着头，"我还是认为这家伙以前是囚犯，曾和狱警发生冲突，结果狱警被他用私刑杀死。"

"明白了。"库柏说。发完电子邮件，他拿起萨克斯在安全屋找到的液体样本，小心翼翼地打开试管取样，准备进行气相色谱分析。

片刻之后，分析结果出现在屏幕上。

"这倒是个新东西。聚乙烯醇、聚维酮、苯扎二氯铵、葡萄糖、氯化钾、水、碳酸氢钠、氯化钠……"

"更多的盐，"莱姆大声说道，"但是这次可不是爆米花了。"

"还有柠檬酸钠和磷酸二氢钠。还有一些其他的东西。"

"对我来说简直就是希腊语。"塞利托耸耸肩,进了门厅,向洗手间走去。

库柏指了指那张单子说:"能知道它是什么吗?"

莱姆摇摇头。"我们的资料库呢?"

"什么都没有。"

"送到华盛顿去。"

"好的。"技师将此信息传送给联邦调查局实验室,然后再转向萨克斯找到的最后一项证据:从有污渍的桌面上刮下来的木屑。库柏同样准备了用于气相色谱分析的样本。

在他们等待结果时,莱姆再次看向证物板。当他看着上面的文字时,眼角余光瞄到有什么东西在迅速晃动。他吃了一惊,转过去面对它。但实验室的那个角落没有人。他刚才看到的是什么?

然后,他又看到了,这次看清楚了:一个柜子的正面玻璃映出来的影像。那是朗·塞利托,他一个人在走廊里,显然认为没有人能看到他。那个迅速做出动作的身影是这个胖侦探在练习快速拔枪。莱姆无法清楚地看见他的脸,但能看出他很痛苦。

这是为什么?

刑事鉴定专家捕捉到了萨克斯的目光,朝走廊扬了扬下巴。她走向门口,往外看去,发现警探又练习了几次拔枪,然后摇摇头,很沮丧。萨克斯耸耸肩。练习了三四分钟后,警探把他的枪收起来,进入了厕所,连门都没关;过了一会儿,他从里面出来了。

他回到实验室。"天啊,林肯,你什么时候才会在这里弄个好点的厕所?难道你不知道黄色和黑色在二十世纪七十年代就过时了吗?"

"你知道,我不怎么在厕所开会。"

大个子男人笑了起来,但笑的声音太大了。他刻意想开个玩笑,但听起来反而很虚假。

屏幕上显示出对安全屋桌子表面木屑样本的气相色层分析结果,于是莱姆立刻忘了塞利托的烦恼。他皱着眉。分析报告显示,那些在木质桌面上留下的污渍是纯硫酸,这是莱姆尤其不愿意见到的现象。从某个观点来看,它显然已经是配好备用的,因此根本不可能去追查某一单独物质的来源。

但更令人担忧的是,它也许是你能够买到的最具威力,也最危险的强酸;作为武器,即使很微小的量,也能在短短的几秒钟内让人致死或永远毁容。

伊丽莎白街安全屋现场

· 使用通电的陷阱。
· 指纹:没有。有手套印。
· 安全监视器及显示器;无线索。
· 塔罗牌,少了第十二张牌。无线索。
· 吉纳瓦·塞特尔被袭击博物馆及对面街道的手绘地图。
· 物证:
· 炸豆泥和酸奶。
· 从桌面刮下的木屑中有纯硫酸。
· 清澈的液体,不是爆裂物。送联邦调查局实验室。
· 更多绳索纤维。绞绳?
· 在地图中含有纯碳。
· 安全屋是比利·多德·汉米尔用现金付钱租下的。此人符合不明嫌疑犯一〇九的外貌描述,但没有找到关于真正的汉米尔的线索。

非洲裔美国人博物馆现场

·强奸用品袋：

·塔罗牌，一副牌中的第十二张——倒吊人，代表心灵探索。

·有笑脸的袋子。

·过于常见，难以追查。

·开箱小刀。

·特洛伊牌安全套。

·水管胶带。

·茉莉花香。

·花五块九毛五购买的不明物品。可能是一顶长毛线帽。

·收据，说明这家店是在纽约市，是折扣百货商店或药品店。

·可能是在小意大利区莫贝里街的商店购买。店员可以辨认不明嫌疑犯。

·指纹：

·不明嫌疑犯戴着乳胶或聚乙烯手套。

·强奸用品袋中物品上的指纹属于手掌小的人，指纹自动辨别系统比对后没有结果。可能是店员的。

·物证：

·棉纤维绳索，有人类血渍。绞绳？

·没有制造商。

·送 CODIS。

· 无与之相符的 DNA 比对结果。
· 爆米花和棉花糖，上有犬类动物尿液。

· 武器：
· 警棍或武术用器械。
· 手枪是一把北美枪械公司的点二二缘发式麦格农手枪，黑寡妇或小巨人。
· 自制弹药，开花式弹壳里塞满细针。IBIS 或 DRUGFIRE 上没有与之相符的比对。

· 动机：
· 不明。强奸可能只是烟幕。
· 真正的动机可能是偷窃装有一八六八年七月二十三日《有色人种每周画报》的缩微胶片，以及因为 G. 塞特尔对其中一篇文章有兴趣而杀她，有兴趣的原因不明。这篇文章的内容有关她的祖先查尔斯·辛格尔顿（见下表）。
· 被杀的图书馆馆员曾报告说，另外还有人也要看这篇文章。
· 调查图书馆员的电话记录以核实此事。
· 没有线索。
· 向其他雇员调查有关要求查阅文章的信息。
· 没有线索。
· 寻找该文章的复本。
· 几个消息来源都称有一男子要求查阅这篇文章。但没有线索可供调查。这本杂志的收藏大多已遗失或毁损。找到一份（见下表）。

・结论：G. 塞特尔可能还处于危险之中。

・案件描述送 VICAP 和 NCIC。
・五年前发生在得州阿玛利诺的谋杀案。类似的手法——刻意布置的犯罪现场（表面是仪式性谋杀，但是真正动机不明）。
・三年前发生在俄亥俄州的谋杀案。类似的手法——刻意布置的犯罪现场（表面是性攻击，但是真正的动机可能是雇凶杀人）。档案遗失。

不明嫌疑犯一〇九的描述
・白人男性。
・身高六英尺，体重一百八十磅。
・中年。
・声音普通。
・利用手机以接近被害人。
・穿三年或三年以上的十一号贝斯牌步行鞋，浅褐色。右脚稍呈外八字。
・特别的茉莉香气。
・黑色裤子。
・黑色滑雪面罩。
・在杀害目标和脱身时会杀害无辜。
・很可能是受雇的杀手。
・可能是曾在得州阿玛利诺服刑的囚犯。
・说话有南方口音。
・修剪整齐的浅褐色头发，面颊光滑。

- 没留指纹。
- 穿一件黑色雨衣。

不明嫌疑犯一〇九雇主的描述
- 目前并无资料。

不明嫌疑犯一〇九帮手的描述
- 黑人男性。
- 四十岁左右。
- 身高六英尺。
- 身材结实。
- 穿绿色军用夹克。
- 有犯罪记录。
- 跛脚。
- 持有武器。
- 面颊光滑。
- 戴黑色头巾。
- 在等待进一步的证人和监控录像带。

查尔斯·辛格尔顿的描述
- 前奴隶,G.塞特尔的祖先。已婚,有一子。主人给了他在纽约州的一个农场。同时还担任教师工作。早年曾参加民权运动。
- 据称查尔斯在一八六八年犯下盗窃罪,被偷走的缩微胶片上有关于此事的文章。
- 据称有一个可能与此案有关的秘密。担心这个秘密如果公开会带来悲剧性的结果。

· 参加过纽约市绞架山的会议。

· 卷入某种危险活动？

· 与弗雷德里克·道格拉斯及其他人一起工作，以求宪法通过第十四修正案。

· 《有色人种每周画报》上报道的罪行：

· 查尔斯撬开了纽约的自由人信托基金会的保险箱，并有证人看到他偷窃后离去。威廉·西姆斯探长将其逮捕。他的工具在附近被找到。盗窃的大部分财物都找回来了。他被判五年监禁但找不到他的服刑信息。人们认为他是利用与早期民权领袖的关系进入基金会的。

· 查尔斯的信件：

· 第一封信，给妻子：一八六三年席卷纽约州的反黑人浪潮，私刑、纵火。黑人拥有的产业有风险。

· 第二封信，给妻子：查尔斯在内战后期参加阿波马托克斯战役。

· 第三封信，给妻子：参与民权运动，因此感到威胁。因保守一个秘密而感到困扰。

17

带着购物袋和手提箱走在皇后区的街道上，汤普森·博伊德忽然停了下来。他假装在看一个自动售货机中的报纸，低着头，似乎在关心世界局势，但其实却斜着眼在看身后。

没人跟踪，没有人注意"凡人乔"。

他认为根本不可能有人跟踪他，但是汤普森·博伊德总是将风险降至最低。如果你的职业是死亡,那么就永远不能粗心大意,尤其在伊丽莎白街被那名白衣女子如此接近后,他更是特别小心。

它们轻轻一吻,就会要你的命……

现在,他加快脚步走回角落里。注意到并没有任何人忽然闪进建筑物或快速转身走开。

很好。汤普森继续朝原来的方向往前走。

他看了一眼手表,到他们约定的时间了。他走向一个公用电话亭,打电话给曼哈顿下城里的一个公用电话,"喂?"

"是我。"汤普森和接电话的人花了点时间周旋了一下——安全工作,就像间谍一样——双方都确认电话另一端就是他们要交谈的对象。他尽量掩盖自己说话腔调中的那种慢吞吞的特点,就像他的客户也会改变自己的声音一样。当然,这不足以骗过那些声波分析专家,不过你还是得尽量做你能做的事。

地方新闻已经发布了这个消息,因此对方已经知道第一次尝试失败。他的客户问:"情况有多糟?我们会有问题吗?"

杀手轻轻抬起头,向眼睛里滴了几滴眼药水。他眨了眨眼,直到痛楚的感觉消失,才用一种和他的灵魂一样麻木的声音说:"哦,现在你必须了解我们正在进行的事。它和生命中的每件事一样,不可能百分之百成功。事情不一定都如我们所料。那个女孩比我聪明。"

"一名高中女生?"

"那个女孩子有在街头混过的聪明劲儿,就是这么简单。她住在凶险的丛林里,有很敏锐的反应能力。"做出这种评论时,汤普森的心里有一点刺痛,觉得对方可能会认为他在说她是个黑人,有种族歧视的意味,不过他只是在说她住在这座城市的一个比较复杂的区域，必须非常机警。汤普森·博伊德也许是全世界最没有偏见的人，这是他父母教育的结果。他认识各种不同种族和背景的人，完全根据他们的行为和态度做出评判，而不是他们的肤色。他曾经为白人、黑人、阿拉伯人、亚洲人、拉丁裔人服务，也杀害过这些种族的人。在他的眼里，这些人没有区别。雇用他的人全都不会直接露面，行动果断而小心。被他杀死的人，则是经历了不同程度的丧失尊严和恐惧，而这些跟肤色或国籍毫无关系。

他继续说："这不是你想要的，也不是我想要的。但发生的事情却十分合理。现在我们知道，有专业的人在保护她。我们需要重新安排，然后继续我们的计划——不能冲动。下一次我们会抓住她。我安排了一个很熟悉哈莱姆的人，我们已经知道她在哪里上学，现在会打听出她住在哪里。相信我，一切都安排好了。"

"稍晚我会再查看留言。"那个男人说完立刻挂了电话，他们通话没有超过三分钟，这是汤普森·博伊德的极限。

按书上说的做……

汤普森挂了电话——没有必要将指纹擦掉；他仍戴着皮手套。他继续在街上走。这个街区曾经是一个舒适的老社区，街道的东侧是平房，西侧是公寓。附近有几个刚从学校放学的小孩。在这些房子里，汤普森仿佛可以看到电视上播着肥皂剧和下午的脱口秀节目，女人们在熨衣服、做饭。无论这座城市其他地方的生活如何变化，这个街区一直停留在二十世纪五十年代。这让他想到童年时代的拖车和小平房。那是一段美好而舒适的生活。

那是在他进监狱前的岁月，在他变得像失去了一条胳膊或被蛇咬到一样麻木之前的日子。

在他眼前的一个街区，汤普森看到一个十岁左右的金发小姑娘,穿着学校的制服,走进一幢浅褐色的房子。看着她走上那几级水泥台阶,从她的书包里拿出一把钥匙,打开门,走进屋内,他的心跳加快了——只是回忆了一两次。

他继续向那幢房子走去。它和其他的小屋一样洁净,甚至还要更干净一些。屋前装饰着一个骑师形象的柱子,骑师有黑人的五官,但肤色却漆成从政治上无可挑剔的棕褐色。还有一排陶瓷小鹿,正凝视着那一片小小的黄色草地。他慢慢地走过那幢房子,往窗户里看了看,然后又走上街道。一阵风吹来,将购物袋吹成弧状,里面的物品相互碰撞,发出单调的叮当声。喂,小心一点,他告诉自己,然后抓稳了袋子。

走到街区的尽头,他回过身查看背后。一个男人正在慢跑,一名妇女正要在路边停车,一个男孩在满是落叶的车道上玩篮球。没有人注意他。

汤普森·博伊德转身向那幢小屋走去。

在皇后区的小平房里,珍妮·斯塔克对她的女儿说:"不要把书包丢在走廊,放到小房间里去。"

"妈。"那名十岁的女孩叹了口气,声音拖得长长地说。她摇着那一头黄发,将她的制服外套挂在衣帽钩上,然后捡起沉重的书包,不高兴地嘀咕着。

"有家庭作业吗?"她漂亮的母亲问道。她三十多岁,有一头浓密卷曲的褐色头发,今天系了一条桃红色的束发带。

"没有。"布里特尼说。

"没有?"

"是没有啊。"

"上一次你说没有家庭作业，结果却有。"妈妈说。

"那次的不是家庭作业，是一篇报告，从杂志上剪一些东西下来就行了。"

"你必须在家里做的和学校有关的事，就叫家庭作业。"

"好吧，我今天真没有。"

珍妮知道没这么简单，她抬起了一边的眉毛。

"只是让我们带一些和意大利有关的东西去，给大家看，然后进行解释。你知道，是为了哥伦布日做准备的。你知不知道他是意大利人？我以为他是西班牙人或别的什么。"

这位两个孩子的母亲恰好知道这件事。她高中毕业，而且有护理专业的两年制学历。如果她愿意，她是可以去工作的，但是她当销售员的男朋友收入颇丰，希望她留在家里料理家务，照顾孩子，有空就和好朋友一起去逛逛街。

照顾孩子也包括检查她们的家庭作业，不管是什么作业，包括向同学展示和解释。

"就这样吗？亲爱的，你说实话了吗？"

"妈妈——"

"是实话吗？"

"是吧。"

"是就是，不要说是吧。你打算带什么去？"

"我不知道，也许从巴里尼熟食店找点什么。你知道吗？哥伦布似乎弄错了。他以为他找到的是亚洲，而不是美洲。而他来了三次，结果还是没弄清楚。"

"真的吗？"

"是吧……是。"布里特尼说着就不见了。

珍妮回到厨房，想着这个她还不知道的事。哥伦布真的以为他找到的是日本或中国吗？她把鸡肉裹上面粉，然后加上蛋，最后加上面包屑。她一边弄，一边沉浸在自己那个家庭亚洲之行的梦想之中——脑子里都是电视里的画面。就在这时，她无意间看了一眼屋外，透过窗帘缝隙，她看到一个男人正慢慢朝自己家走来。

这让她很不安。她男朋友的公司是为政府制造电脑零件的，他让她养成了非常警觉的习惯。他说，随时要注意有没有陌生人出现，要注意有人开车经过房前时有没有放慢速度，有没有人对孩子有异乎寻常的兴趣……遇到这种情况就马上告诉我。不久前的一天，他们带着两个女儿在邻近一条街的公园里玩，孩子们正在荡秋千时，有一辆车慢下来，司机戴着墨镜，不断地看向孩子。她的男朋友很紧张，立刻带着她们回了家。

他的解释是："间谍。"

"什么？"

"不，不是中央情报局的那种间谍。是商业间谍——来自我们的竞争对手。我的公司去年赚了六十亿，而我负责其中很重要的一部分。人们会很想知道我对市场行情的了解。"

"那些公司真的会那么做吗？"珍妮问道。

他回答说："你永远无法真正了解人这种生物。"

珍妮·斯塔克几年前被一只威士忌酒瓶打断骨头，胳膊里打过一支钢钉。她心想：是的，的确如此。此刻，她在围裙上擦了擦手，走到窗边向外张望。

那个人走了。

好了，不要吓唬自己了。这——

但是，等一等……她看到门前台阶上有动静，而且她确定自己看到门廊上有一个袋子——那是个购物袋。那个男人就在这里!

到底怎么回事?

她应该打电话给她的男朋友吗?

她应该报警吗?

但他们至少要十分钟才能赶来。

"妈妈,外面有人。"布里特尼叫道。

珍妮快步上前。"布里特尼,待在你的房间里。我去看一下。"

但是那个女孩正在打开前门。

"不!"珍妮叫道。

接着,她听到:"谢谢你,宝贝儿。"汤普森·博伊德用一种拉长了腔调的语气说道,他进到屋内,提着她刚才看到的购物袋。

"你吓了我一跳。"珍妮说。她走到门厅,他吻了她。

"找不到我的钥匙了。"

"你今天回来得好早。"

他做了个无奈的表情。"今天早上的谈判出了些问题,推迟到明天了。所以我回来在家里做点事。"

珍妮的另一个女儿,八岁的露西,也跑向门厅。"汤米!我们可以看'法官茱蒂'①吗?"

"今天可不行。"

"哦,让我看吧。袋子里是什么?"

"那是我要做的工作。你可以来帮我。"他说着把袋子放在门厅的地上,然后严肃地看着女孩子们,说:"你们准备好了吗?"

---

①法官茱蒂,美国著名模拟庭审节目。主持人茱蒂·谢德林(Judy Sheindlin)曾经担任职业法官,有着丰富的庭审经验。她的主持风格强悍、幽默、辛辣,对节目的成功起到至关重要的作用,使模仿者难以成功。

"我好了！"露西说。

布里特尼却什么也没说，但那只是因为觉得附和自己的妹妹不够酷，她当然也会帮忙。

"将会议延期后，我就出去买了这些东西，我一早上都在看。"汤普森将手伸到购物袋里，掏出了油漆、海绵、滚筒，还有刷子。然后，他将那本贴满了黄色方便贴的书高高举起，《家庭装潢很容易第三册：如何装潢你孩子的房间》。

"汤米！"布里特尼说，"是为我们的房间买的？"

"是啊，"他拉长了音调说，"你妈妈和我当然不会想在我们房间的墙上画个小飞象。"

"你要画小飞象？"露西皱起眉头，"我不要小飞象。"

布里特尼也不要。

"你们想要什么我就画什么。"

"先让我看看！"露西从他的手中把书夺走。

"不，我先看！"

"我们一起看，"汤普森说，"让我先把外套挂起来，把箱子放好。"他走向房子的前半部，那里是他的办公室。

珍妮·斯塔克回到厨房，心里想着，他的确经常出差、对工作偏执，他那颗心悲喜不定，他算不上是个好爱人，但她知道，他作为男朋友已经很不错了。

贾克斯在兰斯顿·休斯高中校园逃脱了警察追捕后，跳上了一辆出租车。他告诉司机往南开，要快，如果能闯过红灯，就多给十块钱。五分钟后，他确定已经远远甩掉了追他的人。

他能逃掉是走运的。警方显然会采取一切手段不让人靠近那名女孩。他觉得有些不安，似乎他们已经知道他了。那个混蛋拉尔夫究竟会不会出卖他？

好吧，贾克斯必须得聪明一些。这正是他现在要做的事。和在监狱里一样，弄清楚情况之前千万不可轻举妄动。

他知道该去哪里寻求帮助。

城里的男人们喜欢聚集在一起，无论年轻或年老，无论是黑人、西班牙裔还是白人，无论他们住在东纽约、湾脊还是阿斯托利亚。在哈莱姆，他们会聚集在教堂、酒吧、爵士俱乐部和咖啡馆、起居室、公园椅子还有门口的台阶上。夏天，他们会在门前的台阶和防火梯上；冬天，就转在烧垃圾的大桶旁。还有理发店——就像几年前的一部电影（贾克斯的名字其实叫阿朗佐，是从阿朗佐·亨德森的名字而来；这名佐治亚州的前奴隶开了一家广受欢迎的连锁理发店而成为百万富翁，而贾克斯的父亲曾经希望阿朗佐的努力和才华能对这孩子产生一些影响，但结果却是徒劳）。

但在哈莱姆，男人们最喜欢聚集的场所，是篮球场。

当然，他们是到那里去打球。但他们也会去那里闲聊、解决全球问题、谈女人的好处和坏处、争论体育比赛，并且以一种现代的、随心所欲的方式来讨论和夸夸其谈——这是黑人文化中讲故事时用的一种传统艺术的虚构手法，例如恶名昭彰的斯塔克李[①]，还有靠游泳抵达安全地带的泰坦尼克号幸存的烧煤工。

贾克斯现在找到了离兰斯顿·休斯高中最近的一个有篮球场的公园。虽然秋天的凉意很浓，阳光昏暗，但这里还是挤满了

[①] 斯塔克李（Stackolee），原名李·谢尔顿（Lee Shelton），是一名黑人马车夫和皮条客，他被控于一八九五年的圣诞节前夜在密苏里州的圣路易斯杀死了威廉·利昂斯。很多布鲁斯和黑人音乐都以这个故事为主题。斯塔克李于一九一二年死于肺结核。

人。他装作很随意地站在一个小圈子前,脱掉了可能被警察追踪的军用夹克,将它里朝外搭在手臂上。他斜靠着铁链围起来的篱笆,抽着烟,看起来就像是一个大号的法老拉尔夫。他摘下头巾,用手指梳理着前额的头发。

刚整理好自己的外表,他就看到一辆巡逻车沿着操场对面的街道慢慢驶过。贾克斯待在原地不动。没有什么比快步离开更能迅速招来警察的了(他曾经有数次被警察以 WWB[①] 拦下,并被控犯有刑事罪)。在他面前的球场上有几个高中男孩在磨损的灰色沥青的球场上神奇地移动着,而旁边还有十几个人正在观看。贾克斯看着那颗颜色黯淡的褐色皮球砸向地面,然后传来回声。他看着那些手勾起来,那些身体相互碰撞,那个球向篮板飞去。

那辆巡逻车不见了,贾克斯也推开铁链,走近那些站在球场边的男孩。这位罪犯看着他们。没有便衣,也没有带枪的帮派成员。只是一帮孩子——有的人有文身,有的人没有;有人戴着链子,有人只挂着一个十字架;有人不怀好意,有人一看就是好孩子。他们看女生,欺负比他们年纪小的孩子。聊天,抽烟。他们很年轻。

贾克斯看着他们,不由得陷入沉思。他一直想要一个大家庭,但就像很多其他事一样,这个梦想破灭了。由于寄养制度,他失去了一个孩子;而另一个孩子,也在他女朋友去一二五街诊所时注定了失去的命运。多年前的一个一月,贾克斯很高兴地听到他的女朋友宣布自己怀孕了。三月,她觉得有些腹痛,于是去了免费诊所,那是他们在需要医疗保健时唯一的选择。他们在肮脏拥挤的候诊室里等了几个小时。终于轮到她看医生时,她已经

[①] WWB, Walking While Black 的缩写,意为"走动的黑人",这是一种含有种族歧视的说法。

流产了。

贾克斯抓住那名医生,揍得他浑身是血。"不是我的错,"那名小个子印度医生缩在一个推车旁,"是他们削减了预算。是市政府。"贾克斯陷入了愤怒与沮丧,一心想要找个人问清楚,以确定这种事不会再发生——无论是她还是别人。医生解释说,至少他们还保住了他女朋友的性命。如果其他对贫民的医疗预算削减也开始实施的话,他们可能连这点都做不到。

该死的政府可以这样对待人民?整个市政府和州政府的资金不就是应该用于人民的福利吗?他们怎么能就这样让一个小婴儿死去?

无论是医生,还是给他戴上手铐将他带走的警察,都没有回答这些问题。

记忆中的哀伤和涌上来的愤怒,使得他更加下定决心,无论如何一定要完成自己正在进行的事。

贾克斯沉着脸,盯着操场上的一群男孩,他向一个看起来像是他们领袖的人点了点头。那个男孩穿着宽松裤、高帮球鞋和运动衫。他的发型很怪,一边薄,一边厚。那个男孩看着他,问:"怎么了,老爷爷?"

其他人发出一阵大笑。

老爷爷。

在老哈莱姆——嗯,也许是那个时代的每个地方——成年人会受到尊敬,但现在你得到的却是讥笑。他可以从袜子里掏出家伙,打得这小子满街乱跳。但是在街上混了几年,又在监狱里待了几年,让他能适应一切,让他知道,这不是好办法。他一笑,然后低声说:"钞票?"

"你想要钞票?"

"我想要给你钞票——如果你小子有兴趣的话。"贾克斯轻拍他的口袋,里面放着一大沓厚厚的百元钞票,鼓鼓的。

"我可什么都不卖。"

"我不要买你心里想的那个东西。来,我们散散步。"

那个孩子点点头,然后他们离开了球场。一边走,贾克斯察觉到男孩在仔细打量他,注意到他的跛脚。对了,这表示"我被枪打中了",但也很容易被视为是帮派分子在故意耍酷。然后他看着贾克斯的眼睛,那双眼睛冷得像石头,接着又看着他的肌肉和监狱刺青。也许他在想:从年龄上看,贾克斯的年纪足可以让他当上个老牌帮派分子——惹到他,你就惨了。老牌帮派分子有 AK 式攻击步枪和乌兹冲锋枪,有悍马车,还有十几个手下供他差遣。老牌帮派分子会利用十二岁的孩子去干掉证人和竞争对手,因为法庭不会将这些孩子与那些十七八岁的人同等对待,判处终身监禁。

一个老牌帮派分子可能会因为你称他"老爷爷"而将你痛揍一顿。

那个孩子看起来有些不安了。"喂,伙计,你到底想要什么?我们要去哪里?"

"就到那边。不想当着全世界的面说话。"贾克斯在一堆树丛后停下,那个男孩不安地看着四周。贾克斯笑道:"我不会干掉你的,小子,放心吧。"

那个男孩也笑了,但笑得很紧张。"我知道,伙计。"

"我需要找到一个人的老窝。是个在兰斯顿·休斯上学的人。你们在那里上学吗?"

"是啊,我们大部分都是。"他朝球场上的那群人扬了扬下巴。

"我在找今天早晨上了新闻的那个女孩。"

"她？吉纳瓦？看到了谋杀案还是什么的？那个全Ａ的小贱人？"

"我不知道。她得了全Ａ？"

"是啊。她很聪明。"

"她住在哪里？"

他不说话了，很谨慎。心里在盘算着，如果他问了他想知道的事，会不会被宰？他觉得不会，"你刚才是不是说到钱？"

贾克斯塞给他几张钞票。

"我并不认识那个贱人，伙计。不过我可以帮你找到一个认识她的朋友，一个叫凯文的黑人。想让我给他打个电话吗？"

"好啊。"

男孩从短裤口袋里掏出一部小巧的手机。"喂，伙计，是威利……那半场……是。听着，这里有个家伙口袋里有钱，在找你的贱人……吉纳瓦。就是那个姓塞特尔的……嘿，冷静点，伙计。开玩笑的，你知道我在说什么吗？……对。现在，这个家伙，他——"

贾克斯从威利的手里一把夺过手机，说："两百块，你告诉我她的地址。"

一阵犹豫。

"现金？"凯文问道。

"错，"贾克斯回道，"是他妈的美国运通信用卡。废话，当然是现金。"

"我到球场来，你现在手上就有钱吗？"

"对，如果你有兴趣的话，它们正和我的科尔特坐在一起。我说的科尔特，可不是指科尔特啤酒。"

"我这就来,老兄,只是问问。我也不是来玩儿的。"

"我会和你的伙伴玩一会儿。"贾克斯看着紧张不安的威利,笑着说。他挂了电话,将它扔回给那个男孩。然后他回到原来的铁链篱笆处,靠在上面继续看比赛。

十分钟后,凯文到了——和威利不同,他是一名真正的花花公子,高大、英俊、自信,看起来像是哪个贾克斯想不起名字的男演员。为了向老家伙炫耀,表示他并不太急着去赚那些钱——当然也是为了吸引那些打扮热辣的女孩——凯文慢慢地走过来。他停下脚步,和一两个男孩子轻触拳头、拥抱,嘴里说了几次:"嘿,兄弟。"然后,他走上球场、控球,做了几次漂亮的灌篮。

这家伙会打球,毫无疑问。

最后,凯文终于绕到了贾克斯身边,看着他。贾克斯想,有外人踏上某个地盘时通常会有人这样做——不管是在球场还是在酒吧,甚至在阿朗佐·亨德森那家维多利亚风格的理发店里。凯文想看出贾克斯将武器藏在哪里,他身上到底带了多少钱,以及他是干什么的。贾克斯问:"告诉我,你还要这样瞪我多久,好吗?因为事情已经开始有些无聊了。"

凯文没有笑。"钞票在哪里?"

贾克斯将钱塞给他。

"女孩子在哪里?"

"过来,我指给你看。"

"只要地址。"

"你怕我吗?"

"只要地址。"眼睛眨都没眨。

凯文笑了。"老兄,我不知道门牌号码,只知道那幢房子。去年春天我送过她回家,我得指给你看。"

贾克斯点点头。

他们往西走,然后再向南,这让贾克斯有些惊讶。他以为女孩应该是住在一个比较脏乱的区——哈莱姆河以北,或者以东。这里的街道虽然不能说雅致,但至少很干净,许多建筑看起来都重新翻修过了,也有不少正在动工的新房子。

贾克斯皱着眉头,看着整洁的街道,说:"你确定是吉纳瓦·塞特尔?"

"就是你在问的那个母狗,就是我要指给你看的那个窝……嘿,伙计,你想买一点麻,或者一些粉吗?"

"不。"

"真的?我可有好货。"

"太可惜了,你年纪轻轻耳朵就聋了。"

凯文耸耸肩。

他们来到晨边公园旁边的一个街区。再往下走,就是哥伦比亚大学的校园了,是多年前他常常用Jax157造访的地方。

他们正要绕过街角,但两个人都停了下来。

"喂,看看那边。"凯文小声说。一辆福特皇冠轿车——显然是一辆没有标志的警车——停在一幢老房子前面,是双行停车。

"那就是她的窝?前面有汽车的那一幢?"

"不是。这两幢楼靠得很近,是那一幢。"他用手指着。

那幢楼虽然很老,但保护得很好。窗台上有花,一切都很整洁;窗帘很漂亮,房子也粉刷得像新的一样。

凯文问道:"你要干掉那个贱人吗?"他打量着贾克斯。

"要干什么是我的事。"

"你的事,你的事……当然是你的事,"凯文用低沉的声音说,"只是……我问你是因为,如果她被干掉——对这一点我没问题，我是说——如果她出了什么事，嗯，想想：我知道那是你。可能会有人来找我谈。所以，我想，既然你带着那么多的钱到处转，也许我可以多拿一点，这样我就会忘记我曾经见过你。不然的话，我有可能记得很多有关你的事，还有你对于那个小贱人有多大兴趣。"

贾克斯可是经过大风大浪的。他是涂鸦王，参加过沙漠风暴行动、在监狱内外都认识不少帮派分子、曾被子弹射中……如果说这个疯狂的世界还有一条规则的话，那就是，即使你以为人们已经很笨了，但他们总是愿意比你想象的更笨一点。

就在一瞬间，贾克斯用左手抓住那个男孩的领子，然后用拳头重重地打向那个男孩的肚子，三下、四下、五下……

"操——"那个男孩只说出了这个字。

这是监狱里的打斗方式——绝不能给对手有一丝喘息的机会。

一拳，又一拳，又一拳……

贾克斯放开他，那个男孩滚进巷子里，痛苦地呻吟着。像棒球手伸手捡球一样，贾克斯从容不迫地从袜子中拔出了枪。在吓坏了的凯文绝望的注视下，这名前罪犯拉开这把自动武器的枪栓，子弹上膛，然后用头巾在枪管上缠了好几圈。这是贾克斯从S区的德莱尔·马歇尔那里学来的，这是掩盖枪声最好也最便宜的方法之一。

18

晚上七点三十分，汤普森·博伊德在露西房间的墙上画完了一只卡通熊。他往后退了几步，看着自己的作品。他已经完成了那本书上教他的东西，而且它看起来还真的很像一只熊。这是他这辈子第一次在学校以外的地方画画——这也是他为什么今天早些时候在安全屋那么用心研究那本书的原因。

女孩们似乎都喜欢。他觉得自己应该对这幅画感到满意，但他不太有把握。他对着画看了好一会儿，等着心里涌起那种骄傲的感觉；但是，并没有。哦，好吧。他走进门厅，看了一眼他的手机。"一条信息。"他下意识地念道。他打通电话，说："嗨，我是汤普森，你还好吗？我看到你来过电话。"

珍妮看了他一眼，然后转身去擦干碗碟。

"不，你在开玩笑吧？"汤普森低声轻笑。对于一个不会笑的男人来说，他觉得自己的笑声听起来很真实。当然，他今天早上在图书馆也做过同样的事，假装在笑，让吉纳瓦放松警惕，不过那件事并不太成功。他提醒自己不要反应过度。"老兄，那可真是太糟糕了，"他对着对方早已挂掉的电话继续说话，"当然。应该不用太长时间吧？明天还要再进行谈判，对，就是我们延期的那个……十分钟吧，我在那里和你见面。"

他将手机合上，对珍妮说："维恩在乔伊那里，他的车胎爆了。"

维恩·哈伯曾经存在过，但现在不存在了。几年前汤普森就把他杀了。但因为维恩死之前汤普森就认识他，于是便把他虚构成一个儿时的邻居和好伙伴，他们有时会见个面。和死去的维恩一样，汤普森描述的维恩开着一辆丰田速霸跑车，有一个叫勒妮的女朋友，喜欢谈码头上和肉铺的生活，还有邻里社区的一些趣事。汤普森知道很多维恩的事，而且能记住很多细节（他知道，如果撒谎，就要撒一个大的，要大胆自信，且注重具体细节）。

"他开着他的速霸碾过了一个啤酒瓶。"

"他还好吗？"珍妮问。

"他当时正在停车。这家伙自己没办法把轮胎螺帽起下来。"

无论是死了还是活着,维恩·哈伯都是个懒散的人。

汤普森把刷子和纸盒拿到洗衣房,将它们放在盆子里,再放水浸泡刷子。然后他穿上外套。

珍妮问他:"你回来的时候能不能顺路买点低脂牛奶?"

"一夸脱?"

"可以。"

"还要一些面包!"露西喊着。

"什么口味?"

"葡萄味。"

"没问题。布里特尼呢?"

"樱桃!"女孩说,这时她的记忆提醒了她,于是又加了一句,"请。"

"葡萄、樱桃和牛奶。"他根据家里三个女孩点的东西,用手指一一点了她们一下。

汤普森来到外面,走向一条通向皇后区街道的蜿蜒小道,边走边不时回头查看,确定自己没有被跟踪。他将寒冷的空气吸进肺里,再以一种轻柔的音乐——席琳·狄翁为电影《泰坦尼克号》唱的主题曲——吐出热气。

杀手告诉珍妮他晚上要出门的时候,也在注意观察着她。他注意到珍妮对这个不存在的维恩表现出的关心,而且丝毫没有起疑,尽管这个人她从未见过。但这种情形很普遍。今天晚上,他是要去帮助一位朋友;而有的时候,他说他要去赌马下注,或是说他要去乔伊的店看看那里的男孩们。他不断变换着谎言。

这个消瘦的卷发女人从不过问他去哪里,也不多问他所谓的电脑销售工作,即使这个工作使他常常不能待在家里。他的生意为什么如此神秘，以至于他将家中办公室的门终日紧锁，这些细节她也从不过问。她既聪明又机灵，这是两种完全不同的东西，其他大部分具备这两种素质的女人都会坚持参与他的生活。但珍妮·斯塔克从不。

他是在几年前在阿斯托利亚的一个午餐店遇上她的，当时他刚刚受雇完成了一桩杀死一名纽瓦克毒贩的工作。在那家希腊餐馆，他就在珍妮旁边，请她将番茄酱递给他；接着便发现她的胳膊受伤了，根本拿不到番茄酱，于是向她道歉。他问她是否还好，是怎么受伤的？她没有回答，但眼睛里已溢满泪水。他们便一直聊了下去。

很快，他们便开始约会。胳膊受伤的原因也真相大白，于是汤普森在一个周末去拜访了她的前夫。过没多久，珍妮告诉他，发生了一个奇迹：她的前夫出城了，连原本每周一次打给女儿们的电话也就此中断，她们再也没接到他醉酒后对她们母女大发脾气的电话。

一个月后，汤普森搬进来和她们同住。

对珍妮和她的女儿来说，这是一个很好的安排。这个男人不会狂叫怒骂，不会用皮带抽任何人，他支付房租，在答应出现的时候一定会出现——因此，她们觉得他是世界上最好的人（监狱教会汤普森知足常乐）。

这不但对她们是很好的安排，对职业杀手来说也是很好的安排：一个有太太或女朋友以及孩子的杀手，比孤身一人的嫌疑要小得多。

但是汤普森和她在一起，还有一个原因，这比简单的后勤补给和提供方便更加重要。汤普森·博伊德在等待，等待某种早已从他生命中消失的东西，等待这种东西的归来。他相信，珍妮·斯塔克,这个没有过分要求和过高期望的女人,能够帮助他重新找回。

那么他失去的是什么呢?很简单——汤普森·博伊德在等待麻木感消退,在等待他灵魂里的感觉重新回来,就像你的脚麻木后又恢复知觉一样。

汤普森对自己在得克萨斯州度过的童年有着许多回忆,包括他的父母、桑德拉姑妈、表兄弟姐妹,还有学校里的朋友。他们坐在油管上看得州农工大学的足球赛;他们围在西尔斯牌电风琴旁边,汤普森按着和弦按钮,父亲或姑妈则用他们粗短的手指(这是博伊德家族的遗传)弹奏着乐曲;大家一起唱着《基督的士兵向前进》《黄丝带》或《绿色贝雷帽》的主题曲,尽情地玩耍;在父亲干净整洁的工作棚里跟他学习如何使用各种工具;和这个大块头男人一起在沙漠中漫步,朝向夕阳前进;还有火山熔岩造成的河床、土狼,以及游动得像音乐但一吻就能让人致命的响尾蛇。

他想起母亲参加教会活动,她的三明治、日光浴,将得州的沙尘从拖车的门边扫开,和她的女伴们坐在铝质椅子上聊天。他的父亲也参加教会活动。他还收集黑胶唱片,还有周六时和他儿子在一起,工作日到处盲目开掘油井时在井口铁架上的样子。他还想起那些美好的周五夜晚,他们一起去六十六号公路上的金光咖啡馆享受汉堡和炸薯条;还有从喇叭里传来的得州摇摆舞音乐。

汤普森·博伊德那时候没有麻木。

即使六月的龙卷风夺走了他们的拖车和他母亲的右臂,甚至几乎夺走她性命的艰难时期,即使他父亲在如沙尘暴般横扫潘汉德尔①的失业潮中没有了工作,汤普森都没有变得麻木。

当他看着母亲因为在阿玛利诺的街上被一个孩子称为"独臂人"而哭泣时,他也没有麻木。汤普森跟着那个孩子回家,使他永远也不会再嘲笑别人。

接下来便是监狱中的岁月。在那充满清洁剂刺鼻气味的过道里,麻木悄悄袭来,吞噬了他的感觉,让它睡去。这种麻木深入骨髓,以至于他听到父母及姑姑同时被一名打瞌睡的司机撞死,仍然无动于衷。在那次车祸中,唯一留下的是男孩为父亲四十岁生日做的一个擦鞋工具箱。那是如此深沉的情感休眠,让他在离开监狱后,找到了狱警查理·塔克,汤普森·博伊德毫无感觉地看着那个男人慢慢死去,看着绳索以上的脸渐渐变紫。狱警又拼命挣扎着要抓住那根绳索,想要撑起身子、挣脱束缚——但不管你多强壮,都不可能办到。

他麻木地看着那个狱警的身体慢慢地从扭曲变成静止。他将蜡烛放在塔克脚旁的地上,使谋杀看起来变态而邪恶;他看着那个男人如上了一层釉似的眼珠,依旧麻木。

麻木……

但汤普森相信他能让自己恢复,就像他修好浴室的门和阳台上的梯子一样(这两者都是事务,唯一区别只是你在何处点小数点)。珍妮及孩子们会将这种感觉带回来。他要做的只是经历这一切。就和其他正常的、不麻木的人一样:给孩子们打扫房间、和她们一起看"法官茱蒂"、带她们去公园野餐,把她们想要的东西带回来,葡萄、樱桃、牛奶。偶尔也会说说粗话,肏、肏、狗屎……因为这也是正常人在生气时会说的话,任何一个生气的

---

①潘汉德尔(Panhandle),得克萨斯州的一个小镇。

人都会对事物有感觉。

这也是他吹口哨的原因——他相信音乐会将他带回到入狱前的旧日时光。喜欢音乐的人不会麻木,吹口哨的人感受事物;他们有家人;他们会扭头向陌生人微笑;他们是你在街上遇见时可以停下来聊几句的人,是你可以从汉堡餐盘中拿一根薯条给他的人,是在隔壁房间大声放音乐的人。难道他们是音乐家吗?那又怎样呢?

按照书上说的做,麻木感就会消退,感觉就会回来。

他不禁想到,他为自己做的让灵魂恢复感觉的安排能奏效吗?他用口哨背诵着他需要记住的事——葡萄和樱桃、咒骂、笑?也许有一点,他想。他记得那天早上看到的那名来来回回走着的穿白衣的女子。他可以坦率地说,他喜欢看她工作。这是一点小小的愉悦,但这是一种感觉,非常好。

等一等,应该说:"真他妈的好。"他小声说着。

那就是一句骂人的话。

也许他应该再试试性这个东西(通常一个月一次,在早上,他还能做到,但事实上他并没有兴趣——如果没有感觉,即使伟哥也帮不上什么忙)。他在考虑着。是的,他要这样做:用几天时间和珍妮试试看。这个想法令他不安,但也许他应该试试。那会是一个很好的尝试。对,他应该试试,看看感觉会不会好些。

葡萄、樱桃、牛奶……

汤普森在一家希腊熟食店前的公用电话处停下脚步。他再次拨了语音信箱的号码,然后输入密码。他听到一则新消息,告诉他说差一点有机会在学校里杀了吉纳瓦·塞特尔,但保护她的警察太多了。信息继续播放,提供了她的住址,一百一十八街,并且报告说附近至少有一辆没有标志的警车和一辆巡逻车,偶尔还变换位置。保护她的警察从一人到三人不等。

汤普森将那个地址记在心里,删掉了信息,然后继续他迂回的步行,最后来到一幢六层的公寓大楼前,这幢建筑似乎比珍妮住的小平房还要破旧。他绕到后面,打开门,爬上楼梯,来到他的公寓,这才是他的主要安全屋。他走进室内,解除了用来防止闯入者的警报系统。

这个地方比伊丽莎白街的那个安全屋条件好些。地上铺着浅色的条状地板,还精心搭配了烟丝色的地毯,闻起来也像是烟丝的味道。屋里有几件简陋的家具。这个地方让他想起以前他和父亲利用周末在阿玛利诺小木屋建造的娱乐室,小木屋取代了被龙卷风撕成碎片的拖车。

他从一个大储物柜中小心地拿出几罐东西,将它们放在桌子上,嘴里吹着《风中奇缘》的主题曲。女孩子们很喜欢这部电影。他打开工具箱,戴上厚橡胶手套、面罩和护目镜,开始组装他的工具,明天会用来杀死吉纳瓦·塞特尔——以及她身边任何一个人。

嘶……

他嘴里的曲调变了,不再是迪士尼,而是鲍勃·迪伦的《永远年轻》。

他完成安装后又仔细地查看了一遍,很满意。他放下手上的东西,走进浴室,将手套脱下,将他的双手洗了三次。当他在心里开始背诵今天的咒语时,口哨声逐渐减弱了下去。

葡萄、樱桃、牛奶……葡萄、樱桃、牛奶。

他一直在准备着麻木消退的那一天。

"你怎么样,小姐?"

"还好,警探。"

贝尔先生站在她房间外的走廊里,看着她的床铺,上面放满了课本和教义。

"天哪,我不得不说,你很用功。"

吉纳瓦耸耸肩。

"我现在要回家去陪儿子了。"

"你有儿子?"

"是的,两个。也许你哪天可以和他们见面,如果你愿意的话。"

"当然。"她说,心里想着:这是永远也不可能的事。"他们和你的太太在家吗?"

"他们在祖父母家。我结过婚,但她过世了。"

听到这话,吉纳瓦的心颤了一下。她可以看到这些语句背后的痛楚——虽然他说的时候非常镇定。似乎他专门练习过如何在说这些话时不哭出来。"我很难过。"

"哦,那是好几年以前的事了。"

她点点头。"普拉斯基警察在哪里?"

"他已经回家了。他有一个女儿,而且他的太太怀孕了。"

"是男孩还是女孩?"吉纳瓦问。

"这我还真的没法告诉你。他明天一早就回来。我们到时候可以问他。你舅舅就在隔壁房间,林奇小姐今晚也会留在这里陪你。"

"巴布?"

"是的。"

"她人很好。她跟我讲了一些她养狗的事,还有一些新的电视节目。"吉纳瓦低头看着书本,"我没有太多看电视的时间。"

贝尔警探笑了。"我儿子要是能受一点你的影响就好了,小姐。改天我一定要让你们见见面。从现在起,不论什么理由,你觉得有需要就大声喊巴布。"他犹豫了一下,"即使是你做了一个噩梦。我知道这不容易,你的父母都不在家。"

"我一个人没关系的。"她说。

"这一点我不怀疑。不过,需要的时候尽管放声大叫。这正是我们在这里的职责。"他走到窗户边,透过窗帘往外看,确认窗户锁好了,然后把窗帘拉拢。"晚安,小姐。别担心,我们会抓住这家伙的,只是时间问题罢了。没有人比莱姆先生以及他的团队更优秀。"

"晚安。"他终于要走了。也许他是好意,但她不喜欢被当作一个小孩子看待,也讨厌有人不断提起她目前的可怕处境。她将床上的书清理掉,整齐地堆在门边,以便万一她需要迅速离开的时候,就算在黑暗里也能找到它们,带着它们一起走。她每天晚上都这么做。

她将手伸进皮包,发现了女魔术师卡拉给她的干紫罗兰。她久久地凝视着它,然后小心地将它放在架子最上面的一本书里,然后合上。

她进到浴室,很快地洗澡刷牙,然后清洗了珍珠色的浴缸。又想到基莎卫生间里那一片狼藉的景象,不禁笑了起来。在过道里,巴布·林奇向她道了晚安。回到了卧房,吉纳瓦锁上门,然后犹豫了一下,觉得自己很傻,不过还是把书桌旁的椅子推到房门的把手下抵着。她脱了衣服,换上短裤和一件褪色的T恤,上了床。关灯后,她焦虑不安地在床上躺了二十分钟,想到她的母亲,还有她的父亲,然后是基莎。

凯文·切尼的影子闯进她的脑海,她愤怒地将它赶了出去。

她的思绪最后停留在她的祖先查尔斯·辛格尔顿身上。

奔跑,奔跑,奔跑……

跳进了哈得孙河。

她想着他的秘密,究竟是什么事如此重要,让他会不惜一切代价地隐藏它?

她想到他对妻子、儿子的爱。

但是早上在图书馆那个可怕的男人不断地闯进她的思想中。哦,她在警察面前表现得无所谓,但其实她非常害怕。那个滑雪面罩、棍子打到人形模特时发出"哐"的一声、他在后面追她时的脚步声。现在还多了一件事,就是出现在学校里的那个携枪的黑人。

这些念头迅速打消了她的睡意。

她睁开眼,清醒地躺着,毫无倦意,想着几年前的另一个不眠之夜。那天晚上,七岁的吉纳瓦爬下床,溜到起居室。她打开电视看无聊的肥皂剧,大约看了十分钟,她父亲进来了。

"你在这里做些什么,看那个节目吗?"他对着亮光眨眨眼。

"我睡不着。"

"读一本书吧,对你比较好。"

"我现在不想看书。"

"好吧,我来为你读。"他走到书架前,"你会喜欢这一本,这是有史以来最好的书之一。"

他坐进扶手椅里,椅子被他的体重压得发出吱吱嘎嘎的声音,吉纳瓦看了一眼那本软软的平装书,但没看到封面。

"躺舒服了吗?"他问道。

"嗯。"她睡在沙发上。

"闭上眼睛。"

"我不困。"

"闭上眼睛,你会看到我读的画面。"

"好吧。那是什么——?"

"嘘。"

"好吧。"

他开始读那本书——《杀死一只知更鸟》。在接下来的一个星期里,睡觉前朗读这本书几乎成了一种仪式。

吉纳瓦·塞特尔认定那是有史以来最棒的书之一——尽管那时,她已经读过或听过很多书了。她也喜欢里面的主角——那个沉着、坚强、鳏居的父亲,还有里面的兄弟姐妹——吉纳瓦一直希望自己能有一个手足。她也喜欢这个故事,里面写到的面对仇恨和愚昧的勇气,更是深深吸引着她。

哈柏·李的这本书依然留在她的记忆中。有趣的是,当她十一岁再去读这本书时,她懂得了更多。十四岁时再读,她又理解得更深。去年,她又读了一遍,并且以它为题写了一篇英语课的论文。她得到了 A+。

《杀死一只知更鸟》是放在卧室门边的那堆书里的一本,是她"如果失火了抓起就跑"的东西之一。即使没有在读,她还是会把它放在书包里带着。她把卡拉的紫罗兰幸运符夹在了这本书里。

不过,今晚她从那堆书里挑了另外一本,是查尔斯·狄更斯的《孤星血泪》。她躺着,将那本书放在胸前,翻到她用一根压扁的稻草做书签的地方(她从来不折叠任何书的书页,即使是平装本)。她开始读。起初,房子里的嘎吱响声让她毛骨悚然,那个戴滑雪面罩男人的影子也回来了,但她很快就沉浸在了故事里。大约过了一个小时,吉纳瓦的眼皮开始沉重,然后终于入睡了——不是因为母亲晚上的一个吻,或是父亲用低沉的声音朗诵的祷词,而是因为一位陌生人优美绵长的文字。

19

"该上床了。"

"什么?"原本盯着电脑屏幕的莱姆抬起头问道。

"床。"托马斯重复道。他有点小心翼翼。有的时候,让莱姆停下工作简直是一场战斗。

但是这名鉴定专家却说:"好,上床。"

事实上,他已经筋疲力尽了,同时也很气馁。他正在读一封阿玛利诺的J.T.比彻姆典狱长发来的邮件,报告说在他的监狱中,没有人认出电脑组合出来的不明嫌疑犯一〇九的图像。

鉴定专家口授了一封简单的感谢函,退出了网络。然后,他对托马斯说:"再打一个电话,我就心甘情愿地上床。"

"我上去准备,"助理说,"楼上见。"

阿米莉亚·萨克斯已经回到自己的住处,今天她在那里过夜,并探视住在附近的母亲。她母亲最近病了,心脏问题。萨克斯现在留在莱姆家过夜的时候比较多,但是她仍保留了自己在布鲁克林的公寓,她在那里还有自己的家人和朋友。(詹妮弗·罗宾逊——早上送那两名少女过来的女巡警——就住在那条街上)另外,萨克斯和莱姆一样,偶尔也需要独处的时间,这种安排对他们俩都很合适。

莱姆打电话过去,和她母亲简短地交谈了几句,祝她早日康复。然后萨克斯接起电话,他说了一些最新进展——尽管很少。

"你还好吗?"萨克斯问他,"你听起来似乎有心事。"

"只是累了。"

"哦。"她根本没有相信,"睡吧。"

"你也是。好好睡。"

"爱你,莱姆。"

"爱你。"

挂了电话后,他驱动轮椅向证物板过去。

然而,他并没有在看托马斯做的详细案件记录,而是凝视着写字板上那张电脑打印出来的塔罗牌图案——那第十二张牌,倒吊的人。他又读了一遍那段有关这张牌释义的文字,看着那个男人平静的、倒置的脸。然后他再驱动轮椅,来到连接一楼实验室和二楼卧室的小电梯,直视着电梯上升,然后出了电梯。

他思考着那张塔罗牌。和他们的魔术师朋友卡拉一样,莱姆并不相信异灵或灵媒(他们俩都是自概念的科学家)。但是他却不由得被那张牌上的绞刑台图案所吸引,它正是本案的物证之一,而"绞架"这个字,更是与本案有着明显关联。至于"倒吊人",也是一种奇妙的巧合。刑事鉴定专家当然知道所有死亡的方法,莱姆清楚地知道绞刑是如何实施的。它一下便能折断与头部紧邻的颈骨(在实际的绞刑中,真正造成死亡的原因是窒息,但不是因为勒住了喉咙,而是由于通往肺部的神经元信息被切断)。这和几年前莱姆在地下铁犯罪现场遭遇到的情形非常相似。

  绞架山……倒吊人……

  这张塔罗牌的含义是事件最重要的一个方面:它在占卜中出现时表示一段心灵探索的旅程,它将引向一个决定、一次转机或方向的改变。这张牌常常预示一种向经验屈服、结束一场挣扎,和接受现实。当占卜中出现这张牌时,你必须倾听你的自我,即使这个信息似乎违背了你的逻辑。

他觉得很有意思,因为他最近进行了很多探寻——在不明嫌疑犯一〇九的案子和这张占卜牌出现之前。林肯·莱姆需要做一个决定。

方向的改变……

现在,他没有留在卧室,而是去了引起他内心震荡的中心——治疗室,在这里,他花了数百个小时努力执行谢尔曼医生的运动计划。

他将轮椅停在门廊上,看着昏暗的房间里的康复设备。然后他垂下眼睛看着自己被绑在红色"暴风箭"轮椅扶手上的右手手腕。

决定……

继续,他告诉自己。

现在试。移动你的手。

深呼吸,眼睛盯着右手。

不……

他的双肩垂了下去——在它们能动的范围内——他看着房间里面,想着所有那些令人筋疲力尽的运动。当然,这样的努力改善了他骨头的密度、肌块和身体循环,降低了感染和神经血管症的发病率。

但是医学专家会用一个委婉说法来总结真正的运动问题:功能性效益。莱姆自己的说法则简单明了:感觉和移动。

那正是今天稍早时候他与谢尔曼医生谈话时拒绝讨论的康复话题。

坦白说，他对医生说谎了。尽管他没跟任何人坦陈过，但他心里急切地想知道一件事：那些艰苦运动可以让他重新恢复感觉，能让他移动一下那些几年来动都不曾动过的肌肉吗？能让他转动"博士伦"显微镜上的旋钮，让焦点集中在一根纤维或一根毛发上吗？能让他感受到阿米莉亚·萨克斯放在他掌上的手吗？

至于感觉，也许是有一点进步。但对一名沉浸在幻想的痛苦和虚假的感觉中的四肢瘫痪的病人来说，这些都是大脑来嘲弄和扰乱他的陷阱。你可以感受到苍蝇在皮肤上爬行，但其实根本没有苍蝇落在皮肤上。你没有任何感觉，但你往下看，却发现一小滴沸腾的咖啡已将你的皮肤烫伤了。尽管如此，莱姆还是相信他的感觉有了一点进步。

啊，至于那最大的成就——移动呢？这才是脊柱受伤病人复原的皇冠上那颗最闪亮的宝石。

他又一次垂下眼睛看着他那只自意外发生以来就再也不能动的右手。

这个问题其实有简单而肯定的答案。没有幻想的痛苦，没有"我想我可能感觉到了某些东西"的反应。现在就可以回答，是或不是。他不需要核磁共振扫描、动态电阻表或任何医生黑色小皮包里的精密仪器。现在，他只需沿着神经的高速公路向肌肉发送微弱的脉冲波，然后看会发生什么。

那个信息传递者能不能顺利抵达目的地，使得手指弯曲——这一移动可与世界跳远纪录相媲美？还是它会撞上一束坏死的神经而停下脚步？

莱姆相信自己在生理和心理上都是一个勇敢的人。在出意外前，他为了工作什么都能做。有一次，尽管可以躲到掩体后，但为了保护犯罪现场，他和另外一名警察与四十多个暴徒对抗，阻止他们在一个发生枪击案的商店里趁火打劫；还有一次，他曾经在一名躲在五十英尺外的歹徒开枪滥射的情况下，进行犯罪现场勘查，希望能够找到线索，让他们找到一名被绑架的小女孩；还有一次，他甚至赌上了全部的职业生涯，逮捕了一名资深警察，只因为那个警察为了对新闻媒体大开方便之门，污染了一个犯罪现场。

但是现在，他的勇气离他而去了。

他的眼睛紧紧盯着右手。

是，不是……

如果他试着移动他的手指，会毫无结果；如果在这场令人筋疲力尽的战役中赢得谢尔曼医生所说的一场小胜仗，他相信那将会是他的末日。

阴郁的想法会再度袭来，就像海滩上的浪潮一样越涌越高，最终他得再一次去找医生——哦，但不是谢尔曼，要一位完全不同的医生，来自一个安乐死团体"遗忘协会"的人。几年以前，他曾经想结束自己的生命；当时他还不像现在这样独立做一些事，也没有那么多电脑，没有声控的电子控制系统和电话。讽刺的是，现在他的生活方式更好了，他也更有杀死自己的能力了。这位医生可以帮他触发电子控制系统上的一些装置，在旁边留下药丸或枪械。

当然，和几年前不同的是，现在他的生命中有了别人。他的自杀会给萨克斯带来极大伤害，但死亡一直是他们爱情中的一个方面。血管中的警察基因，让她即使没有必要，也会常常在逮捕嫌疑犯的行动中冲在前面。她曾多次因为在枪战中所表现出来的勇气而受嘉奖，而且她开起车来就像是一道灼热的闪电——有些人甚至说她的体内有自杀倾向。

而莱姆，在他们相遇时，在几年前一件凶残暴力的杀人案子中，就已经非常接近自杀的边缘。萨克斯当时就明白这一点。

托马斯也会接受的。莱姆在第一次面谈时就告诉这名助理："我可能活不了太久，你最好一拿到薪水支票就赶快去兑现。"

但是，他还是不愿意去想自己的死亡会对他们和其他朋友造成什么影响。更不要说想象自己再也不能施展那些他心目中的灵魂技艺，以致案子得不到破解，受害人因而死去。

这就是为何他不断推迟测试的原因。如果情况没有改善，他可能会被推过边界。

是……

这张牌常常预示一种向经验屈服、结束一场挣扎和接受现实。

……或者不是？

当占卜中出现这张牌时，你必须倾听你的自我。

现在就是林肯·莱姆做出决定的时刻：他放弃了。他要停止运动，不再考虑接受脊髓手术。

毕竟，如果没有希望，就不会失望。他已经为自己创造了一种良好的生活，虽然并不完美，但仍是可以接受的了。林肯·莱姆会接受他的人生，也会满足于成为查尔斯·辛格尔顿拒绝成为的人：一个不完整的人，一个五分之三的人。

或多或少得到了满足。

莱姆用他的左手无名指控制将轮椅掉转头，向卧室驶去，刚好遇到门廊里的托马斯。

"你准备好上床了吗？"助理问道。

"事实上，"莱姆愉快地说，"准备好了。"

第三部 绞架山
(十月十日，星期三)

20

早上八点，汤普森·博伊德从阿斯托利亚小屋附近巷子的车库里取出他的车。昨天逃出伊丽莎白街的安全屋后，他就将车停在这里。他驾驶着这辆蓝色别克驶入拥挤的车流，向皇后区大桥开去，进入曼哈顿后，便往上城驶去。

他回想着从语音信箱听来的地址，进入了西哈莱姆，把车停在离吉纳瓦家两个街区远的地方。他身上带着那把北美枪械公司出品的点二二手枪、警棍和手提袋，但今天袋子里装的可不是讲装潢的书，而是昨天晚上他制作的东西。他小心地拎着袋子，慢慢在人行道上走着。他不时上下打量着街道，看到去上班的人群，有黑人也有白人，很多都穿着西装，还有前往哥伦比亚大学上课的学生们——留胡子的、背背包的、骑自行车的……但他没有发现任何威胁。

汤普森·博伊德在人行道边停下来，观察那个女孩住的房子。

一辆皇冠轿车停在离女孩住所好几户远的地方——他们很聪明，并没有暴露她住的房子。绕过街角，另一辆没有标志的车停在消防栓附近。博伊德似乎看到屋顶上有动静。是狙击手吗？也许不是，但上面一定有人，而且肯定是一名警察。看来他们很重视这件案子。

"凡人乔"转了个弯，回到他那辆普通平凡的车子里，发动引擎。一定要有耐心。在这里动手太冒险了，他必须等待适当的时机。收音机在播放哈利·肖宾①的《摇篮里的猫》。他关了收音机,自己继续吹着这首歌的曲调,吹得流畅而准确。

她的姑婆找到了一些东西。

在吉纳瓦的公寓里,罗兰·贝尔接到了林肯·莱姆的电话。莱姆告诉他,吉纳瓦父亲的姑妈莉莉·霍尔在她家的储藏室里找到了几箱旧的信件、纪念品及一些手工制品。她不知道这些东西有没有帮助,她的眼睛完全不行了,但是这些纸箱子里塞满了各种文件。吉纳瓦和警察是否要看一下?

莱姆想要派人去把这些东西都取来,但是姑婆却不同意。她只会把这些东西亲手交给她的曾侄孙女,其他的人她都不相信。

"包括警察吗?"贝尔问莱姆,听到的回答却是:"尤其是警察。"

阿米莉亚·萨克斯插话说了真正的原因:"我想她是要见见她的曾侄孙女。"

"哦,是的。我明白了。"

果然,吉纳瓦也很想去。罗兰·贝尔更喜欢保护那些情绪紧张的人,他们不会走上纽约市的水泥人行道,而是宁愿守着电脑游戏或长篇小说躲起来。只需要将他们安置在一个没有窗户、没有来访者、没有屋顶通道的室内,每天叫中餐或比萨外卖就行了。

但是吉纳瓦·塞特尔和他以前保护过的人都不一样。

请找戈茨先生……我是一起犯罪事件的证人,而我被警方留

---

①哈利·肖宾(Harry Chapin,1942—1981),美国歌手、歌曲作家、人道主义者。

置了。这违背了我的意愿，而且——

警探安排了两辆车进行保护。贝尔、吉纳瓦和普拉斯基待在他的皇冠轿车内；路易斯·马丁内斯和巴布·林奇在他们的雪佛兰车中。他们离开的时候，另一名留在蓝白色的警车里的便衣会继续留在吉纳瓦公寓附近。

在等待第二辆巡逻车时，贝尔问吉纳瓦，她的父母是否有任何新消息。她说目前他们正在希思罗机场，等待下一趟航班。

作为两个男孩的父亲，贝尔对于将女儿交给舅舅照顾，自己却在欧洲闲荡的这对父母很不以为然（尤其是这个舅舅。不给女孩午餐钱？这可真是过分）。贝尔是一个工作繁重的单身父亲，但他仍然每天替孩子们做早餐，包好午餐盒，而且几乎每个晚上都做晚饭，尽管做得不好（"阿特金斯式减肥餐"从来不在罗兰·贝尔的美食字典中）。

但是他的工作是保护吉纳瓦·塞特尔的生命，而不是对不知道如何照顾孩子的父母妄加评论。他现在将个人想法放在一边，走出室外，手放在他的贝瑞塔上，眼睛扫视着附近建筑物的正面、窗户和屋顶，以及附近的汽车，看看周围是否有任何不寻常的地方。

当马丁内斯和林奇上了雪佛兰，外面轮到值勤的警车向前移动，停在吉纳瓦公寓的转角处。

贝尔对着他的无线电对讲机说："安全。将她带出来。"

普拉斯基出现了，带着吉纳瓦进了皇冠轿车。他自己也跳上车，坐在她身边，贝尔坐上了驾驶座。两辆车一前一后穿过城区，来到第五大道以东，西班牙哈莱姆区的一幢老式出租房前。

这个地区的主要居民是波多黎各和多米尼加人，不过也有来自其他拉丁国家的人，如海地、玻利维亚、厄瓜多尔、牙买加和中美洲——有的是黑人，有的不是。还有来自塞内加尔、利比里亚和中美洲国家的新移民，合法的和不合法的都有。发生在这里的大部分仇恨犯罪案件并不是白人针对西班牙裔或黑人，而是在美国出生的人对抗新移民，不管他们的种族或国籍是什么。这个世界就是这样，贝尔悲哀地想着。

警探将车停在吉纳瓦示意的地方，然后等着其他警察从跟在后面的警车里出来，检查街道的情况。路易斯·马丁内斯竖起了大拇指，然后和其他警察一起簇拥着吉纳瓦进入屋内。

这幢房子很破旧，在大厅里可以闻到啤酒和肉类酸腐的味道。吉纳瓦似乎对这个地方的情形有些尴尬。和在学校一样，她建议警探在外面等着，但也没有坚持，似乎在等他说："我最好和你一起进去。"

他们来到了二楼，她敲了敲门，一个苍老的声音问道："谁啊？"

"吉纳瓦，我是来看莉莉姑婆的。"

传来打开两道门锁和两道门链的声音。门开了，一名穿着褪色洋装的苗条女子谨慎地看着贝尔。

"早安，沃特金斯太太。"

"你好，亲爱的。她在起居室。"她又不安心地看了警探一眼。

"这是我的一个朋友。"

"他是你的朋友？"

"是的。"吉纳瓦告诉她。

女人的表情在说她不赞成女孩与一个年纪是她三倍的男人在一起，即使他是一名警察。

"罗兰·贝尔。"他出示了证件。

"莉莉说了一些和警察有关的事。"她不安地说。贝尔脸上保持着笑容,但什么也没说。那个女人重复道:"嗯,她在起居室。"

吉纳瓦的姑婆是一位虚弱的老妇人,身穿粉红色的洋装,戴着一副镜片厚重的眼镜在看电视。她看见女孩,脸上露出笑容。"吉纳瓦,亲爱的,你好吗?这位是谁?"

"我是罗兰·贝尔,女士。很高兴能和您见面。"

"我是莉莉·霍尔。你就是那位对查尔斯有兴趣的人吗?"

"是的。"

"我希望我能知道更多。有关他的事,我知道的已经全都告诉吉纳瓦了。他有了自己的农场,然后被捕。我听说的就是这些。我甚至不知道他究竟有没有入狱。"

"似乎是入狱了,姑婆。但我们不知道后来发生了什么事,现在我们就是要找出这些。"

她身后沾有污渍的花卉图案壁纸上挂着三幅照片:小马丁·路德·金、约翰·肯尼迪,以及那张有名的照片:杰奎琳·肯尼迪带着小约翰和卡洛琳在哀悼。

"这就是那几个箱子。"姑婆指着三个纸箱、落满灰尘的书和一些木头塑料物件。他们在一张咖啡桌前坐下,桌子的腿坏了,用水管胶布裹了起来。吉纳瓦站在那些纸箱前,看着最大的那个。

莉莉看着她。过了一会儿,她说:"我有时候能感觉到他。"

"你……?"贝尔问道。

"我们的亲人,查尔斯。我可以感觉到他,就像其他的魂灵一样。"

魂灵……贝尔知道这个词来自北卡罗来纳,是黑人称"鬼魂"的一个古老用语。

"我感觉他无法安息。"姑婆说。

"这我可不知道。"她的曾侄孙女笑着说。

是的,贝尔想,吉纳瓦根本就不是那种相信鬼魂或任何超自然现象的人。不过他不十分肯定。警探说:"嗯,也许我们正在做的事能让他安息。"

"你知道,"姑婆推了推鼻子上的眼镜,"既然你对查尔斯这么有兴趣,我们在国内还有其他一些亲戚。你记得你父亲住在麦迪逊的堂兄吗?还有他的太太鲁比。我可以打电话给他问问。还有住在孟菲斯的吉娜·路易丝。我可以打,但我自己没有电话。"她扫了一眼厨房旁边的一个电视桌上放着的老式公主型电话,不高兴的表情说明了她和一起住的女人之间曾为此有过争吵。姑婆又说:"还有电话卡,都那么贵。"

"我们可以打,姑婆。"

"哦,我不介意和亲戚们聊聊。很久没联系了,我真想念他们。"

贝尔把手伸进牛仔裤口袋。"女士,既然这是吉纳瓦和我一起查询的事,我去替你弄张电话卡来吧。"

"不,"这是吉纳瓦的声音,"我来。"

"你不——"

"我来。"她坚持,贝尔只好把钱收回去。她给了姑婆一张二十美元的钞票。

姑婆几乎虔诚地看着钱,说:"我去买张电话卡,今天就打电话。"

吉纳瓦说:"如果你发现任何东西,就按着你之前打过的号码再打给我们。"

"为什么警方对查尔斯这么有兴趣？他死了至少有一百年了。"

吉纳瓦看着贝尔，摇了摇头；姑婆不知道吉纳瓦身处险境，而曾侄孙女也不想让她知道。戴着可乐瓶底般眼镜的老妇人没有看到他们交换眼神。吉纳瓦说："他们在帮我证明查尔斯并没有犯下被控告的罪名。"

"现在？这么多年之后？"

贝尔不能肯定她是否真的相信了曾侄孙女的话。警探的姑妈和这位老妇人年纪相当，但却精明得像一根针，没有任何事能逃过她的眼睛。

但是莉莉说："你们真是太好了，贝拉，让我们替他们煮点咖啡，给吉纳瓦来杯可可，我记得她喜欢这个。"

罗兰·贝尔透过窗帘缝隙小心地往外张望，吉纳瓦则开始在箱子里搜寻起来。

在这条哈莱姆的街道上：

两名男孩在飙滑板，正从褐石住宅的高扶栏上滑下，挑战着重力和逃学两条定律。

一个黑人妇女站在一个门廊下，给几株在最近的霜冻中幸存，并且盛开的红色天竺葵浇水。

一只松鼠在附近最大的一个土堆里埋藏或挖着什么，那是一块五英尺乘四英尺的发黄的草地，中间扔着一台旧洗衣机。

在东一二三街的基督复临教堂边，后面是三区大桥的上升段，三名警察尽职地守着一处老旧的褐石住宅和附近的街道。其中两个人，一男一女，穿的是便装；巷子里的警察则穿着制服，他在那条小街上来来回回,像是一个新招来的警卫。

这是汤普森·博伊德观察到的情形,他跟踪吉纳瓦·塞特尔和她的保镖来到这里,现在正站在街对面往西几个门的一幢木板建筑里。他从一块贴着家庭净值贷款广告的残破木板的裂缝里向外窥视。

他们将女孩带出住宅,走到开放场所,这让他觉得很好奇。这跟书上说的不一样,但这是他们的问题。

汤普森考虑到后勤问题,他估计这是一趟短途的旅程——打了就跑。那辆皇冠和另一辆巡逻车双行停车,而且并没有隐瞒他们的行踪。他决定利用一下目前的情势,迅速行动。汤普森快速从后门出了那幢破败的建筑,绕过那个街区,在一家杂货店前停下买了一包烟。接着,他闪入吉纳瓦目前所在出租房后面的一条巷子里,向外窥视。他小心将购物袋放在沥青路面上,向前移动了好几英尺。他躲在一堆垃圾袋后,注视着那名正在巡逻的金发警察。杀手开始计算那名年轻人的脚步。一、二……

数到十三时,那名警察到达建筑物背后,然后掉头。他的警卫任务涵盖了许多地方,他肯定被告知要留意整条巷子,前后都要注意,同时也要留心对面建筑物的窗户。

他用十二步走到了前面的人行道上,然后掉头往回走。一、二、三……

他又走了十二步,到达建筑物背后。四下察看,然后再开始往前面走,又是十三步。

下一次走是十一步,接着是十二步。

虽然不像时钟般精准,但也很接近了。那个警察转身后,汤普森·博伊德至少有十一步的时间,在不被看到的情况下溜到建筑物背后。然后,在他再次出现在后面的巷道之前,汤普森还有十一步的时间。他拉下了滑雪面罩。

那名警察现在转身,又一次朝外面的街道走去。

汤普森急速离开掩体,冲向公寓大楼的背后,一边数着……

三、四、五、六……

他的贝斯鞋走路没有声音,汤普森盯着那名警察的背后,他并没有在四下察看。杀手在数到八时到了墙壁处,轻轻地靠着它,调整呼吸;然后他转身对着那条小巷,那名穿制服的警察应该很快就会出现。

十一。警察应该刚到达街道,然后掉头转身,准备往回走。

一、二、三……

汤普森·博伊德放慢呼吸。

六、七……

汤普森·博伊德双手紧紧抓住警棍。

九、十、十一……

双脚在满是沙砾的鹅卵石地上发出摩擦声。

汤普森快步走出小街,像是打棒球似的挥舞警棍,快得就像一条响尾蛇忽然一动。他注意到那个男人脸上惊骇的表情。他听到棍子挥过发出的呼呼声和那名警察的喘气声,而所有声音就在警棍打击到他前额的那一瞬间停止了。那个男人膝盖着地,喉咙里发出咯咯声。杀手又用力向他的头顶狠击下去。

警察脸朝下扑倒在污浊的地面上。汤普森拖着那浑身颤抖、仍残存着意识的年轻人,绕到建筑物的背后;在这里,别人无法从街道上看到他。

在第二声枪声响起时,罗兰·贝尔跳起跃向公寓的窗户,小心地向外看。他解开他的夹克，抓起无线对讲机。

他没有理会莉莉姑婆眼睛睁得巨大的朋友，她说："上帝啊，出了什么事？"

姑婆本人则静静地看着警探腰间的大手枪。

"我是贝尔，"那警探对着麦克风说，"情况如何？"

路易斯·马丁内斯上气不接下气地回答："枪声，来自建筑物背后。普拉斯基在那里。巴布过去检查了。"

"普拉斯基，"贝尔对着他的无线电对讲机呼叫，"回答。"

没有声音。

"普拉斯基！"

"这是怎么了？"莉莉姑婆问道，她吓坏了，"上帝啊。"

贝尔竖起一根手指。他对着无线电对讲机说："报告位置。"

"我还在前面的走廊里，"马丁内斯回答，"巴布没有回应。"

"移动到一楼走廊中央，注意后门。如果是我，会从那里进来。但是两边的出入口也不能放松。"

"收到。"

贝尔转向吉纳瓦及两位老妇人。"我们要走了，现在。"

"但是……"

"就是现在，小姐。如果有必要，我会把你扛走，但那样只会让我们更危险。"

最后巴布·林奇的声音终于从对讲机里传来。"普拉斯基倒下了。"她呼叫代号10-13，意思是警察需要协助，并且要求救护人员。

"后门的通道口是完好的吗？"他问。

林奇回答："门是关上并锁着的，我只能告诉你这些。"

"原地待命，掩护后面的巷子。我要带她出来了。"

"我们走。"他对女孩说。

虽然没有什么反抗情绪，但她还是指着那两个妇人说："我不能离开她们。"

"你现在就告诉我，这是怎么回事？"她的姑婆说着，生气地瞪着贝尔。

"这是一件警方的案子。可能有人想伤害吉纳瓦。我要你现在就离开。这里有没有朋友的公寓可以让你们躲一阵子？"

"但是——"

"我必须坚持，女士，有没有？快告诉我。"

她们用一种恐惧的眼神相互对看了一眼，然后点点头，"安玛丽那里，我想，"姑婆说，"就在走廊上。"

贝尔走到门口，向外看去。空荡荡的走廊仿佛对他张着大嘴。

"好，现在，走。"

两位年长的妇人沿着走廊快步走着。贝尔看到她们在敲一扇门。门开了，传来一阵低语声，然后一张黑人老妇的脸探出来向外看了看。接着那两个妇人消失在门里，门关上了，随之传来门链和门锁的声音。警探和女孩匆匆下了楼，贝尔在每个楼梯口都停了一下，确认下一层楼是安全的，那把大型的黑色自动武器一直没有离手。

吉纳瓦什么也没说。她的下颌紧绷，愤怒再一次在她的心里燃烧起来。

他们在大厅停住。警探让吉纳瓦躲在他身后的阴影中，然后大叫道："路易斯？"

"这一层楼是安全的，头儿，至少目前如此。"那名警察从通往后门的一条昏暗走廊中间的一个门冒出来，刻意压低了说话声音。

巴布冷静地说："普拉斯基还活着。我感觉他还抓着枪——

他开了一枪。那就是我们听到的枪声,看不出来他打中了任何东西。"

"他说了什么吗?"

"他已经昏迷了。"

贝尔想,所以,那个家伙可能已经逃了。

或者,也许他在计划一些别的事。在这里等支援会不会更加安全?这是一个合乎逻辑的答案。但是,真正的问题是:这是不明嫌疑犯一〇九心中想的那个问题的正确答案吗?

贝尔做了一个决定。

"路易斯,我要带她离开这里。现在,我需要你的帮助。"

"知道了,头儿。"

汤普森·博伊德再次置身于吉纳瓦和警察走进去的那幢公寓大楼街对面被烧毁的建筑物中。

目前为止,他的计划很顺利。

汤普森袭击了那名警察后,又从他的格洛克手枪里退出一颗子弹。他用橡皮筋将它和一根燃着的香烟绑在一起,香烟是很有效的引信。他把这个自制的爆竹放到巷道里,然后再把枪放回那个失去知觉的警察手中。

他扯掉面罩,闪进了建筑物东侧的另一条巷子,从那里走上街道。当香烟烧完,并且触发那颗子弹时,那两名便衣就会消失,然后他就会跑到皇冠轿车旁。他有开锁工具,能将汽车门撬开,但其实并不需要,这辆车的门没有锁。他从购物袋中取出了几样他昨天晚上准备好的东西,将它们安装在驾驶座下面,然后小心地关上了车门。

他制作的这个装置相当简单：在一个宽而浅的玻璃罐子里装入硫酸，中间放置了一个矮矮的玻璃烛台。它的上方是一个铝箔球，里面装有几勺精心研磨的氰化物粉末。汽车的任何晃动都会摇动那颗铝球，让它掉进硫酸中。硫酸会将铝箔球表面腐蚀，将毒药溶解。这时，致命的气体会向上蔓延，在人们有时间打开车窗或车门前，就先制伏车中的人。很快，他们就会死亡——或者是脑死亡。

他经由那块告示牌和那幢建筑物仅存的前墙之间的裂缝往外看。那名褐发警探在门廊处，他似乎负责所有的护卫细节。在他旁边是那名男便衣，他们中间就是那个女孩。

他们三人在门廊处停了下来，等着那名警探查看街道、屋顶、汽车及巷道。

他的右手拿着一把枪，另一只手拿着钥匙。他们准备走向那辆能置人于死地的车。

完美。

汤普森·博伊德转过身，迅速离开了那幢建筑。他必须和这个地方保持一段距离。其他警察已经在路上了，他可以听见警笛声越来越响。当他溜到那幢建筑物背后时，听到那个警探的车发动了，然后传来轮胎摩擦地面的声音。

他深深吸了一口气，想着那辆车里的乘客。他能想到这件事，有两个原因：首先，他当然希望能完成这项艰辛的工作。但另一个原因是，他想传达给他们信息——死于氰化物可能会极度痛苦。他希望他们快速地、毫无痛苦地死亡，这是一个有正常情感的、不再麻木的人应有的想法。

葡萄、樱桃、牛奶……

深呼吸。

感觉到引擎的咆哮，震着她的双手、两腿和背部，阿米莉亚·萨克斯加速向西班牙哈莱姆的方向开去。在她换到第三挡时，车速已经达到每小时九十六公里。

她在莱姆那里听到报告：普拉斯基倒下了，杀手还想办法将某种装置放进了罗兰·贝尔的车内。她跑下楼，发动了她那辆红色的一九六九年卡马诺跑车，向发生攻击的东哈莱姆现场飞驰而去。

车呼啸着穿过绿灯，在红灯时减速至三十英里左右，看看左右，上挡，猛踩油门！

十分钟后，她插到了东一二三街，逆着车流开，以分毫之差避过一辆货运卡车。她看到前面救护车的灯光，还有三辆当地的巡逻车。同时，还有十几个制服警察和几名特勤小组成员正在巷道中进行搜查。他们很小心地移动着，好像自己是枪口下的士兵。

小心背后……

她将跑车"唰"地停下，轮胎冒出一阵白烟；她跳出车，扫视着附近的巷道和窗户，看有没有杀手及其武器的痕迹。她小跑着进入巷道，亮出警徽，救护人员正在对普拉斯基进行急救。他躺在地上，而他们正在清理他的呼吸道——至少他还活着，但是流了很多血，脸也肿得很大。她还指望他能告诉他们一些事，但是他却昏迷不醒。

看来他是被攻击者突然袭击，那个人大概躲了起来，等着他往巷子里走。新手太靠近建筑物的这一侧。当那个男人用警棍猛击他头部时，没有任何预兆。你要在人行道和巷道的中间走，这样才会防止有人跳出来忽然攻击你。

你以前不知道……

她不知道他还能不能活着学到这个教训。

"他怎么样了?"

那名救护人员没有抬头。"很难说。他还能活着就很幸运了。"然后,他对同事说,"好,现在我们移动他。对,现在。"

他们将普拉斯基抬上一块板,送进了救护车,然后萨克斯让所有人都撤离了现场,以保存任何可能的证据。过了一会儿,她又回到巷口,穿上了特卫强连身服。

正当她拉上拉链时,一个来自地方分局的警察走过来说:"你是萨克斯,对吗?"

她点点头。"歹徒有任何踪影吗?"

"什么都没有。你要开始勘查现场了吗?"

"对。"

"你要看贝尔警探的那辆车吗?"

"当然。"

她开始向前走去。

"稍等。"那个人递给她一个面具。

"这么严重?"

他拿出自己的面具戴上。透过那厚厚的橡胶,她听到他焦虑的声音:"跟我来。"

21

在特勤小组的支援下,两个来自第六分局防爆小组的成员正蹲伏在罗兰·贝尔皇冠轿车的后座。他们并没有穿着防爆衣,而是穿着全套生化灾害的防护服。

阿米莉亚穿着比较薄的白色防护服,往后退了十码。

"你找到了些什么,萨克斯?"莱姆的声音忽然从麦克风里传来。她惊得跳了起来，然后将音量调低。她的无线电对讲机已经接到防毒面具里了。

"我还没有靠近，他们还在拆除那个装置——是氰化物和硫酸。"

"也许就是我们在那张桌子上找到的氰化物。"他说。

拆除小组小心移开了那个玻璃和铝箔的装置，将它放入一种专门用于容纳特殊危险品的容器中，密封起来。

接着又传来一段对话，是来自防爆小组的一名警察："萨克斯警探，我们已经清理完毕，现在已经安全了。如果愿意，现在就可以勘查这辆车。但在车内还是要戴面具，里面虽然没有毒气，但是那些酸气可能会造成危险。"

"好的，谢谢。"她向前走去。

莱姆的声音又一次传来。"等一下……"过一会儿，他回到电话边，"他们安全了，萨克斯，现在在分局。"

"好。"

"他们"，就是指皇冠轿车内的毒气装置要加害的对象，即罗兰·贝尔和吉纳瓦·塞特尔。他们一度接近死亡的边缘。但当他们准备从姑婆的公寓跑进车里时，贝尔忽然觉得普拉斯基被攻击的现场有些诡异。巴布·林奇发现新手还握着武器。但是，这个不明嫌疑犯把枪留在一名倒下的警察手里，这种做法显然不够聪明，即使这名警察已经昏迷不醒。哪里不对。即使他不想把这把枪带走，至少也应该将它处理掉。于是贝尔判断，是不明嫌疑犯本人开了一枪，然后把枪留下，让他们以为是新手开的枪。目的是什么？是想把那些警察从公寓前面引开。

为什么要这样做？答案很明显——这样他们的汽车便无人看守了。

皇冠轿车被人打开过，这说明不明嫌疑犯可能已经在车里放置了某种爆炸物。于是，贝尔拿着钥匙发动了马丁内斯和林奇的那部雪佛兰，迅速带着吉纳瓦离开危险区域，并且警告所有人，在防爆小组进行查看前都不要靠近那辆没有标志的福特车。他们用光纤相机对皇冠汽车的下方和内部进行搜寻，结果在驾驶座下面发现了这个装置。

现在萨克斯要进行现场勘查：汽车、通往汽车的通道、普拉斯基受到攻击时的小巷。她并没有找到太多的东西，只发现了贝斯牌步行鞋的鞋印，可以证实攻击者就是不明嫌疑犯一〇九；另外还有一样东西，是个手工制品：普拉斯基的警用佩枪中退出来的一颗子弹被用橡皮筋和一根燃着的香烟绑在一起。不明嫌疑犯将它留在小巷里燃烧，自己悄悄绕到建筑物的前面。子弹被引燃发出枪击声时，警察被吸引到建筑物后面，于是他便有机会把装置放进贝尔的车里。

可恶，这家伙真是狡猾，她心里想着，不免有些无奈的钦佩。

没有发现他那个穿军用夹克的黑人搭档出现或仍在附近的迹象。

她再次戴上面具，仔细检查那个毒气装置中的玻璃组件，但上面没有发现指纹或其他的线索，这一点并不让人意外。也许那氰化物和硫酸能告诉他们一些信息。她沮丧地将搜索结果报告给莱姆。

他说："你搜索了哪些地方？"

"汽车和普拉斯基巡逻的小巷，还有进出那条小巷道的出入口，以及他走近皇冠轿车的街道——两个方向都查了。"

莱姆一时没说话，思考着。

她有些不安，是她遗漏了什么吗？"你在想什么，莱姆？"

"你是按照书上说的进行搜索的,萨克斯。这些做得都是对的,但你有没有从整体上观察现场?"

"你书上的第二章。"

"很好。至少有人读了。但你有没有按照我说的做?"

虽然在搜索一个犯罪现场时,时间始终是重要因素,但在遇到某些特别的犯罪情况时,莱姆一直坚持多花一点时间获得对现场的整体感觉。他在他的刑事鉴定科学教科书中引用的例子是发生在格林尼治村的一起真实的凶杀案。第一犯罪现场是那名被勒死的被害人的公寓,也是发现尸体的地方。第二犯罪现场是凶手逃走的消防逃生口。然而,莱姆却在第三个现场,一个丝毫不像犯罪现场的地方——数个街区之外的一家同性恋酒吧——找到了与凶手指纹相符的比对。没有一个人会想到要去搜索那个酒吧,只有莱姆在被害人的公寓里发现了一些同性恋色情录像带;于是到最近的一家同性恋酒吧进行详细查询,结果一名酒保认出了那名被害人,并且记得当晚早些时候,他曾和一个男人同喝了一杯饮料。实验人员从那两个男人那天座位附近的吧台找到一本约会指南,从上面采集了指纹;最终,指纹引导他们找到了凶手。

"让我们想一想,萨克斯。他制订了这个计划——虽然是即兴创作,但却很精密——分散我们的人手,趁机将装置放进汽车内。这表示他一定知道所有人都在何处、在做什么,以及他如何可以有足够的时间去放置这个东西。这些告诉了我们什么?"

萨克斯已经在扫视街道了。"他在观察。"

"是的,非常好,萨克斯。还有,他可能去了哪些地方?"

"街对面应该有最好的观察点。但是有几十幢建筑他都可能进入。我不知道是哪一幢。"

"的确。但哈莱姆是一个社区,对吗?"

"我……"

"明白我在说什么吗?"

"不十分清楚。"

"家庭,萨克斯。这里都是住家,一大家子人住在一起,不像那些单身的雅皮士。如果有人闯进家里,不会没人注意到;同样,如果有人鬼鬼祟祟地躲在门廊或街道里,也不会没人注意。这个词不错,鬼鬼祟祟,不是吗?说明一切。"

"你想说什么,莱姆?"他的好心情回来了,但她却有些生气,因为他更关心的是案件中的难题,而不是普拉斯基康复的可能性,或罗兰·贝尔和吉纳瓦·塞特尔几乎被杀这样的事。

"不是某间公寓,也不是某个屋顶——这些地方罗兰的人一直盯着。他是从别的地方进行观察的,萨克斯。你认为可能在哪里?"

她再次扫视街道……"一幢废弃的建筑物上有一块广告牌,上面满是涂鸦和手写的传单——很多传单,你知道,很难发现有人从里往外看。我过去看一下。"

她仔细地检查是否有不明嫌疑犯一〇九躲在附近的迹象,没有,她穿过马路,走到那幢旧房子背后,那里似乎是一家烧毁的商店。从后面的窗户爬进去,她看到地板上都是灰尘——是保留脚印的完美表面,当然,她立刻就看到了不明嫌疑犯一〇九贝斯步行鞋的鞋印。但她还是在特卫强防卫服配套的靴子上绑了橡皮筋——这是莱姆发明的小技巧,以确保勘查犯罪现场警官的鞋印不会与嫌疑犯的相混淆。警探手里握着格洛克,盯着室内。

她跟随不明嫌疑犯的脚印来到建筑物的前面,不时停下来,倾听着。萨克斯听到一两声迅速移动的声响,这在脏乱的纽约并不陌生,她立刻就知道,入侵者是一只老鼠。

来到建筑物的前面,就在他之前站立的地方,萨克斯从木质夹板拼成的广告牌上的一道裂缝往外看,注意到,没错,这真是一个观察街道的极好的视角。她拿起一些基本的刑事鉴定设备,回到屋内,在墙上喷了紫外线喷剂,然后用多波段光源灯照射。

但是她只找到一些乳胶手套的痕迹。

她告诉莱姆她的发现,然后说:"我会从他站的地方收集证据,但我没有看到什么。他似乎不会留下任何东西。"

"太专业了,"莱姆轻轻叹了口气,说,"每一次我们以为自己比他聪明时,他却早已超过我们了。好吧,就把你收集到的东西带回来,萨克斯。我们先看看。"

在等着萨克斯回来的同时,莱姆和塞利托做了一个决定:虽然他们相信不明嫌疑犯一〇九已经离开了那幢公寓的周围地区,但还是安排吉纳瓦的姑婆莉莉·霍尔,以及她的朋友在这段时间里搬到旅馆去住。

至于普拉斯基,他现在正在加护病房,依然昏迷不醒。医生们目前还不能判断他能否保住性命。塞利托在莱姆的实验室听到这个消息时,愤怒地将电话听筒摔回座机上。"他只是个他妈的新手,我不应该把他派到贝尔的团队去。我应该自己去的。"

这有点奇怪。"朗,"莱姆说,"你也是一步步升上来的。你是什么时候学会这些护卫细节的?有二十年了吧?"

但这个大个子警察没有接受安慰。"让他担任无法胜任的事,我真是笨,该死。"

他又一次地摸向脸上那块发热的地方。这名警探今天似乎特别暴躁,而且萎靡不振。他今天比平时穿得少:浅色衬衣和深色外套。但莱姆很想知道,这是不是他昨天穿的那套衣服——看起来似乎是,没错,他外套袖子上仍有一个干了的血渍,好像他在穿着这套衣服忏悔一样。

门铃响了。

过了一会儿,托马斯带了一个瘦高的男人进来。这个人皮肤苍白,身姿很难看,胡子杂乱,棕色卷发。他穿一件浅色灯芯绒的外套,棕色便裤,勃肯鞋①。

他扫视了一下实验室,然后打量着莱姆,表情严肃地问:"吉纳瓦·塞特尔在这里吗?"

"你是谁?"塞利托问。

"我是韦斯利·戈茨。"

啊,是法律终结者——原来不是虚构的,莱姆有些惊讶地发现了这一点。塞利托查看了他的证件,然后点点头。

这个男人不断用长长的手指扶他那厚重的金属框眼镜,要不就是无意识地扯他的长胡子,他的眼神从不会和人交汇半秒钟以上。这个心神不宁的男人使莱姆想起吉纳瓦的朋友,那个总是在嚼口香糖的拉基莎·斯科特。

他递给托马斯一张名片,托马斯拿给莱姆看。戈茨是哈莱姆法律服务中心的董事、美国公民联合会的成员。名片下方的漂亮印刷字体说明他有在纽约州从业,以及在纽约和华盛顿的联邦法院及美国高等法院出庭的资格。

---

①勃肯鞋(Birkenstock),德国著名鞋子品牌,有二百三十多年的历史。

看到莱姆和塞利托询问的眼光,他说:"我出城了。回来后收到吉纳瓦昨天打电话到我办公室的留言,说她成了证人,我只是来看看她怎么样了。"

"她很好,"莱姆说,"有人想要她的命,但我们有一个全职保镖跟着她。"

"她被留置在这里吗?是在违背她意志的情况下吗?"

"不是留置,不是,"鉴定专家坚决地说,"她在自己家里。"

"和她的父母一起吗?"

"一个舅舅。"

"这是怎么回事?"毫无笑容的律师问道,他的眼睛从一张脸移到另一张脸,然后又看着证物板和各种设备电线。

和往常一样,莱姆不愿意和陌生人讨论一件正在处理中的案子,但是这名律师可能有一些有帮助的信息。"我们认为,有人可能担心吉纳瓦正在研究的一个课题,是关于她的一位祖先的。她向你提过这件事吗?"

"哦,是关于一名前奴隶的吗?"

"就是这个。"

"我就是因为这个遇到她的。上个星期,她走进我的办公室,问我在哪里可以找到纽约市旧的犯罪记录——要十九世纪的。我让她在我的几本旧书里找,但是几乎不可能找到那么久以前的法院记录。我帮不了她。"那个消瘦的男人抬起一边的眉毛,"但她却要按小时付我咨询费——我的大部分客户不会这样做。"

戈茨又环视了一下房间,似乎对于目前的状况还算满意。"你们就要抓到这个家伙了吗?"

"我们有一些线索。"莱姆没有承诺什么。

"好吧,告诉她我来过了,可以吗?如果她还有任何需要,随时可以打电话给我。"他指了指名片,然后就离开了。

梅尔·库柏笑道:"我出一百块赌他哪天会替一只斑点猫头鹰打官司。"

"没人和你赌,"莱姆嘀咕道,"而且,我们哪有精力管这种事?回到工作上,行动起来!"

二十分钟过后,贝尔和吉纳瓦都到了,拿着巡警从分局送来的一箱文件和从她姑婆那里找来的东西。

莱姆告诉她韦斯利·戈茨来过了。

"来看看我怎么样了,是吗?我告诉过你,他很厉害。如果我要打官司,就会雇用他。"

破坏力很强的律师……

萨克斯带着从现场收集的物证进入室内,向吉纳瓦和其他人打招呼。

"让我们看看找到的东西。"莱姆急切地说。

不明嫌疑犯一〇九用来制造"枪击"以分散警方注意力的是一支"荣誉"牌香烟,十分普通且无法追查。那支香烟被点燃了,没有抽过——或者至少他们查不出过滤嘴上有齿印或唾液。这表示他很可能不吸烟。当然,香烟上也没有指纹。他用来将子弹和香烟绑在一起的橡皮筋也没有任何特别之处。氰化物没有制造商的标记,硫酸更是到处都能买到。这个将硫酸和毒药混合、置于贝尔车中的巧妙装置更是用家常的东西组成:玻璃罐、铝箔纸及玻璃烛台。所有东西上都没有标志,也没有可以追查到某个地方的说明。

在那幢杀手用于观察的废弃建筑物中,萨克斯还找到和伊丽莎白街安全屋中一样的神秘液体(莱姆还在不耐烦地等着联邦调查局的分析结果)。除此之外,她还发现了一些橙色的油漆碎屑,这种东西通常用于路边警示牌以及建筑工地和正在拆除的房子处的警示标记。萨克斯肯定这种碎屑是来自不明嫌疑犯的,因为在两处不同的鞋印旁都找到了这种碎屑,但在房子的其他地方则没有。莱姆怀疑不明嫌疑犯也许假扮成高速公路、建筑工地或水电设备工人。或者,也许那就是他真正的工作。

同时,萨克斯和吉纳瓦开始埋头搜寻那一箱从姑婆家里带来的家庭纪念物。里面有几十本旧书和杂志,还有报纸、纸片、笔记、收据、纪念品及明信片。

最后,她们找到一张黄色的信纸,上面写满了查尔斯·辛格尔顿独特的手写字体。不过,这一页信纸上的字迹远远没有之前几封信上的那么优雅。

从当时的情况来看,这是可以理解的。

萨克斯大声地读出来:

"一八六八年七月十五日。"

"自由人信托基金被偷的第二天,"莱姆注意到,"继续。"

"维奥利特——这是多么疯狂的事啊!我渐渐发觉,原来这些事件是个阴谋,是要在我的同胞和为自由而战的光荣的士兵们面前败坏我的名誉。

"今天,我知道了在哪里可以找到正义,就在今天晚上,我带着我的科尔特手枪,去了波特墓园。但我的努力却变成了一场灾难,而我救赎的希望,现在却永远埋在泥土之下了。

"我今天晚上要躲避警察,他们正在到处找我。到了早上,我会偷偷前往新泽西。你和我们的儿子必须逃走,我担心他们也许会报复你们。明天中午我们在新泽西的约翰·史蒂文斯码头碰面。然后,我们再一起前往宾夕法尼亚——如果你妹妹和她丈夫愿意收留我们的话。

"我现在藏在马厩里,上面的房子里住着一个男人,似乎对我的处境很是同情。他保证一定会将这封信送给你。"

萨克斯抬起头。"这里涂掉了几个字,我看不出来。"然后她继续念道,"现在天已经黑了,我又饿又累,就像在接受考验的约伯①一样。但我的眼泪——你在这张纸上可以看到痕迹,亲爱的——却不是来自疼痛,而是出于悔恨,悔恨我给我们带来了如此悲惨的命运。这一切,全都是为了我的秘密!如果我向市政府的高层人士大声说出事实,也许这些令人悲伤的事就不会发生。但现在说出真相已经太迟了。请原谅我的自私,以及我的隐瞒所造成的灾难。"

萨克斯抬起头。"他这次的签名只是'查尔斯'。"

写信后的第二天早上,莱姆回想起来,便发生了吉纳瓦受到攻击时正在阅读的杂志上写到的追捕事件。

"他的一个希望?'埋在泥土之下了。'"萨克斯举着那封信,莱姆又看了一遍,"没有特别提到那个秘密……在波特墓园到底发生了什么事?那边不是穷人的坟场吗?"

库柏上网浏览了一下,说:"这个城市的穷人墓在哈特岛上,靠近布朗克斯区。这个岛以前是一个军事基地,就在查尔斯带着科尔特去执行神秘使命之前,这里才刚刚开放。"

"军事?"莱姆皱着眉头问道,有些事在他的记忆中一闪,"让我看看其他的信。"

库柏把它们拿出来。

"看,查尔斯的部队也曾经在这里聚集。不知道这其中有没

---

①约伯(Job)是《圣经》中的人物,他非常敬仰上帝,但上帝为了和撒旦打赌,降灾难于约伯,使他丧失儿女,失去财产,染上可怕的疾病。虔诚的约伯很绝望,万念俱灰,只求一死。但最后,他还是获得了上帝的救赎和补偿。

有关联。还有什么跟坟地有关的东西吗?"

库柏看着电脑屏幕,说:"没有,只有两三条资讯。"

莱姆看着那块写字板。"这个查尔斯到底在做什么?绞架山、波特墓园、弗雷德里克·道格拉斯、民权运动领袖、国会议员、政治家、第十四修正案……是什么把它们联系在一起?"在一段长长的沉默后,刑事鉴定专家说:"我们还是找一位专家来吧。"

"还有谁比你更专业呢,林肯?"

"我不是指鉴定科学专家,库柏,"莱姆说,"我是在说历史。有几门科目我还不怎么精通。"

22

理查德·陶布·马瑟斯教授又高又瘦,皮肤像桃花芯木一样暗,一双锐利的眼睛,以及与履历表上的几个研究学位相称的学识能力。梳着埃弗罗发型①的短发向后梳去,行为态度很是谦逊低调。他的穿着很专业:粗花呢的外衣和领结——只是外套胳膊肘部分没有软麂皮补丁。

他向莱姆点点头,并很快地扫了一眼轮椅,然后与其他在场人一一握手。

莱姆偶尔会到当地的大学——通常是约翰·杰伊或福特汉姆学院——讲授刑事鉴定课,不过很少去像哥伦比亚大学这样声名卓著的学府,但是他认识的一位乔治·华盛顿大学的教授让他与马瑟斯联络。马瑟斯本人似乎在晨边高地有一个研究机构。他以

---

①埃弗罗发型(Afro),一种类似非洲黑人自然发式的呈圆形的蓬松鬈发。

前是法学院的教授——教授刑事法、宪法及民权法,以及各种研究生课程,还教授本科生的非洲—美国课。

马瑟斯仔细听莱姆讲述他们所知道的有关查尔斯·辛格尔顿的事,还有民权运动、他的秘密,以及他有可能被冤枉犯有抢劫罪等。然后,莱姆又告诉教授过去两天里发生在吉纳瓦身上的事。

教授听得惊讶地睁大了眼睛。"想杀你?"他小声问道。

吉纳瓦什么也没说,只是看着他的眼睛,点了点头。

莱姆对萨克斯说:"给他看我们目前的东西,那些信件。"

马瑟斯解开他的外衣,拿出一副时髦的细框眼镜。他仔细阅读了查尔斯·辛格尔顿的信件。他不时点点头,露出淡淡的微笑。全部看完后,他又再度浏览一遍。"一个不可思议的人。一个自由人、农夫、在美国有色人种第三十一团服役,还参加过阿波马托克斯战役。"

他又读了一遍那些信件,莱姆想催促他快一些,但忍住了。终于,教授摘下了眼镜,一边用面巾纸小心擦拭着镜片,一边若有所思地说:"看来,他参与了第十四修正案的制订?"教授又笑了一下,显然他对此很有兴趣,"呃,这可能很有意思,也许是什么重要的东西。"

莱姆尽量保持着耐心,问道:"好吧,那么这个'有意思的重要东西'究竟是什么?"

"当然,我在谈一些颇具争议性的事。"

如果能的话,莱姆也许早就抓住那个男人的外套领子,大叫着要他快点说。但此时他只是皱起眉头,"什么颇具争议性的事?"

"先谈点历史?"他问。

莱姆叹了口气。萨克斯白了他一眼,于是鉴定专家说:"请继续。"

"美国政府——总统、国会和高等法院,是依照美国宪法设立的。它至今依然规范着我们国家每一条法律法规的制定和修改。

"现在,在这个国家,我们总是想达到一种平衡:一个足够强大的政府,能保护我们不受外权侵犯,管理我们的生活,但却不足以成为高压政权。宪法制定后,国家的缔造者们担心它太过强大,会造成政府的中央集权。于是他们改写宪法,通过了十条修正案,即《权利法案》;其中前八条是关键性的重要条文,它们列出了公民的基本权利,让他们不受联邦政府滥用权力的侵害。例如:联邦调查局不能在没有正当理由的情况下逮捕你。国会不能在不作赔偿的情况下,将你的房子收走,然后在原地建一条跨州高速公路。你会得到一场由中立陪审团参与的公平审判,你不会受到残酷和不合常规的处罚等。但是,你注意到那个关键词了吗?"

莱姆认为他是在考他们。但还没等大家开口,马瑟斯又继续说道:"联邦。在美国,有政府在管理我们:华盛顿联邦政府和在我们居住各州的州政府。《权利法案》只限制了联邦政府,包括国会和联邦机构,例如联邦调查局或联邦禁毒署。《权利法案》事实上并不保护我们去对抗州政府违反人权及公民权的行为。而州政府的法律则比联邦政府的法律更加直接地影响着我们的日常生活——大都是刑事警察的事,还有公共工程、房地产、汽车、婚姻、遗嘱、民事诉讼等,这些都是属于州的事务。

"我说的这些你们都明白吗?宪法和《权利法案》都只能保护我们不受到华盛顿政府的侵害,但不能保障纽约或俄克拉荷马州对我们做什么。"

莱姆点点头。

教授瘦长的身体坐在实验室的一张凳子上，疑惑地看着一个有绿色霉菌的培养皿，继续说道："让我们回到十九世纪六十年代。赞成蓄奴的南方战败了，因此我们制订了第十三修正案，禁止奴隶制度。国家重新统一，非自愿性的奴隶成为非法……自由和谐盛行。对吗？"

一阵嘲讽的笑声。"错。禁止蓄奴并不够。黑人的遭遇比战前更加恶劣，即使在北方，因为许多年轻人为了自由战死了。州立法者们制定了数百条歧视黑人的法律。他们被禁止投票、担任公职、拥有产业、使用公共设施、出庭做证……对他们大部分人来说，生活和奴隶制度时期几乎一样糟糕。

"但是记住，那些是州的法律，《权利法案》并不能阻止他们。因此，国会决定公民需要州政府的保护。于是他们提出了第十四修正案来进行补偿。"马瑟斯看了一眼电脑，"我可以上网吗？"

"当然可以。"林肯说。

教授在 Alta Vista 上输入了一个词进行搜索，几秒钟后屏幕上出现了一段文字。他将这一段选取后放在一个单独的视窗里，房间里的每个人都可以通过各处的纯平显示器看到。

> 任何一州，都不得制定或实施限制合众国公民的特权或豁免权的任何法律；不经正当法律程序，不得剥夺任何人的生命、自由或财产，在州管辖范围内，也不得拒绝给予任何人以平等法律保护。

"这是第十四修正案第一款部分内容,"他解释说,"它大大限制了州政府对公民的权力。另一部分我没摘出来,它鼓励州政府给黑人——好吧,是黑人男性——选举权。那么,到目前为止,你们都明白吗?"

"我们听着呢。"萨克斯说。

"现在,如果要在宪法上加一条增补条文,必须要通过在华盛顿国会的同意,然后还要取得四分之三以上州政府的同意。国会在一八六六年春季通过了第十四修正案,并且送交各州。两年之后,终于得到了所需数量的州承认。"他摇着头,"但从那时起,就有许多的谣言声称,这一法律条文从未得到应有实施和承认过。这就是我提到的有争议的地方。许多人认为它是无效的。"

莱姆皱着眉说:"真的?他们认为有什么问题?"

"当时确实是有很多争论。有几个州在投票承认后却又撤回了,但国会却对此视而不见。有的人说,这项修正案并未在华盛顿得到应有的陈述和赞成票。而州立法机关中也出现了投票欺诈、贿赂,甚至威胁的传闻。"

"威胁?"萨克斯指着那些信件,"像查尔斯说的?"

马瑟斯解释道:"当时的政治生涯和现在的不同。那个年代,J.P.摩根在一次铁路接管行动中,组成了一支私人军队,和他的竞争对手杰伊·古尔德及吉姆·费斯克雇来的军队相互开火,而警察和政府却只是袖手旁观。

"但你也必须知道,当时人们对于第十四修正案的反应也非常激烈:我们的国家几乎因此而被摧毁,五十万人死亡,和我们其他所有战争中加起来的死亡人数一样多。如果没有第十四修正案,国会最后可能会被南方控制,这个国家可能会再度分裂,甚至可能爆发第二次内战。"

他指了指面前的那些资料。"你的这位辛格尔顿先生，显然就是那些前往各州游说支持第十四修正案的人之一。假如他发现这一修正案无效的证据怎么办？这当然就会成为让他痛苦的秘密。"

"所以，"莱姆推测，"可能赞成修正案那方设了一个假窃盗案的陷阱，让他名誉扫地。这样，就算他真的说了什么，也没有人会相信他。"

"当然，当时那些伟大的领导人物不会这样，比如弗雷德里克·道格拉斯、史蒂文斯或萨姆纳。但是，的确，有很多政客希望这个修正案能通过，而且他们会做任何事来确保这一点。"这位教授转向吉纳瓦，"这便可以解释为什么这位小姐处于危险之中。"

"为什么？"莱姆问道。他是听懂了这一段历史，但是对于这种暗示，却有些捉摸不透。

这时托马斯说："你看看报纸就知道了。"

"那是什么意思？"莱姆很快地问道。

马瑟斯答道："他是指每天都有第十四修正案如何影响我们生活的故事。你可能没有听到它的名称，但它仍然是我们的人权军火库中最具威力的武器之一。它使用的文字很含糊——'正当的法律程序''平等法律保护''特权或豁免权'，这些都是什么意思？当然，这种含糊是故意的，为的是让国会和高等法院让每一代人在各种情况下都可以得到新的保护。

"当然，这几个字眼后来成为数百条你能想象出的各种法律条文，不仅是有关种族歧视。它被用来废止带有歧视性的税法，保护无家可归的人和弱势劳动者，为贫穷的人提供基本的医疗保障。它是每年数以千计同性恋和囚犯权利案件的基础。也许最具争议的是使用这项修正案去保护堕胎的权利。

"没有这项修正案,州政府就可以认定堕胎医生是杀人凶手。而现在,在九一一之后,在我们国土安全概念里,第十四修正案可以禁止州政府派军队将无辜的穆斯林抓起来进行关押。"他的表情很是不安,"如果它因为你们所说的查尔斯·辛格尔顿所知道的某种理由而无效,那么它就可能是自由的终结。"

"但是,"萨克斯说,"就算他真的发现了什么,发现修正案是无效的。它只需要重新再被承认一次,不是吗?"

这一次,教授的笑声明显地充满了讥诮之意。"不可能的。所有的学者都一致同意的是,第十四修正案是在我们历史中唯一可能通过此修正案的一个时间通过的。不,如果最高法院废止这一修正案,哦,我们也许可以再颁布一些法律,但是我们将永远失去公民权利和公民自由的武器。"

"如果这就是动机,"莱姆问,"那么是谁在攻击吉纳瓦?我们应该去找谁?"

马瑟斯摇摇头。"哦,这个名单可就长了。成千上万的人希望修正案有效,这些人可能是政治自由主义者或激进分子,可能是少数派成员——出于种族或性别原因——也可能是支持某项社会福利计划、穷人的医疗服务、堕胎权利、犯人权利、工人权利……我们会想到宗教权利的极端分子——那些叫他们的孩子躺在堕胎诊所的汽车通道上的母亲——或者那些炸联邦大楼的人。但他们可不是唯一一群为了原则而杀人的人。大部分在欧洲的恐怖活动都是左翼激进分子开展的。"他摇摇头,"我甚至不知道从何猜测谁是幕后主使。"

"我们需要逐步缩小范围。"萨克斯说。

莱姆慢慢地点点头,他想:这个案件的重点是要抓到不明嫌疑犯一〇九,让他说出是谁雇用了他,或者找到能够引向那个人的线索。但是直觉告诉他,这也会是一条重要的线索。如果不能从现在的线索中找到究竟是谁想要吉纳瓦·塞特尔的性命,那他们就只好朝过去追查。"不管他是谁,这个人显然比我们更清楚在一八六八年到底发生了什么事。如果我们能查清楚查尔斯到底知道些什么、他想要做什么、他的秘密,还有那场抢劫,也许可以给我们指出方向。我需要更多有关纽约那段时间的信息,关于绞架山、波特墓园,以及任何我们能找到的资料。"他想起一件事,皱起了眉头,对库柏说:"你第一次在找绞架山的资料时,发现一篇文章是有关这附近什么地方的,好像是桑福德基金会。"

"是的。"

"你还有那篇文章吗?"

梅尔·库柏总是保存他找到的任何东西。他将那篇《时代周刊》的文章调了出来,放在他的电脑屏幕上,"这里。"

莱姆读了那篇文章,发现桑福德基金会有一个收集上西区历史资料的档案馆。"打电话给这个地方的负责人——威廉·阿什伯里,说我们要去他的图书馆。"

"好的。"库柏拿起了电话。在进行一番简短的交谈后,他放下了电话。"他们很愿意帮忙。阿什伯里会将我们引见给档案馆的馆长。"

"得派人去查一下。"莱姆抬起了一边的眉毛,看着萨克斯说。

"派个人?我还没抽签就中奖了?"

还能有谁?普拉斯基在医院,贝尔和他的团队在保护吉纳瓦，库柏是做实验室工作的，而塞利托做这种工作未免职位太高。莱姆叫道："没有小的犯罪现场，只有小心眼的犯罪现场调查员。"

"有意思。"她酸溜溜地说，然后穿上外套，抓起皮包。

"有一件事。"莱姆严肃地说。

她抬起一边的眉毛。

"我们知道，我们是他的目标。"

他指的是警察。

"记住橘色的油漆，注意那些建筑或是高速公路工人……好吧，这样的人，我们得注意每一个。"

"知道了。"她说，然后拿了基金会的地址后便离开了。

萨克斯走了之后，马瑟斯又看了一遍那些信件和其他的文件，然后将它们还给库柏。他看着吉纳瓦，"我在你这个年纪时，高中里甚至没有非洲裔美国人研究课程，现在怎么样？你上两个学期的课吗？"

吉纳瓦皱起眉。"非洲裔美国人研究？我没选这门课。"

"那么你的学期报告是写什么的？"

"语言艺术。"

"啊。所以你是在下学年才修黑人研究课程？"

吉纳瓦一阵犹豫。"我根本没有选。"

"真的？"

吉纳瓦明显感觉到他这个问题里的批评意味。"这是那种去上课就能过关的课程。我不想要那种成绩出现在我的记录上。"

"有也没关系。"

"有什么意义呢？"她直截了当地问，"我们早就听过很多遍了……阿米斯塔德①、奴隶、约翰·布朗②、吉姆·克劳法③、布朗诉教育局案④、小马丁·路德·金、马拉孔·X……"她不说话了。

马瑟斯完全没有教师的架子，问道："只是在不断地谈论过去，是不是？"

吉纳瓦最后终于点了头。"我想我就是这样认为的，我是说，现在都二十一世纪了，时代一直向前进，所有的那些斗争都已经过去了。"

教授笑了，然后他看了一眼莱姆。"好吧，祝你好运。如果还需要我帮忙，请随时找我。"

"我们会的。"

这位消瘦的男人走到门口，停下脚步转过身来。

"吉纳瓦？"

"嗯？"

"只是想起一件事，以一个比你年长的人来看。有时我觉得，这些斗争并没有真正结束、没有真的全部过去。"他指指那个物证表和查尔斯的信，"只是我们更难认出我们的敌人。"

---

①阿米斯塔德（Amistad）事件是美国黑奴史上一个极为重要的事件：一八三九年夏，关着五十三名非洲黑人的西班牙运奴船阿米斯塔德号行驶到距古巴海岸不远处，遇上狂风暴雨。黑奴首领辛克带头造反，以武力控制了全船。他们只有一个目的：返回家园。阿米斯塔德号在美洲东海岸漂流两个月，在美国康涅狄格州海岸被美国海军拦截。五十三名非洲黑人以谋杀船员的罪名被起诉，但最终被美国最高法院宣判无罪。
②约翰·布朗（John Brown，1800—1859），是十九世纪美国著名废奴主义者。
③南北战争后，黑人获得了自由，但又逐渐陷入了另一种境地，即所谓"隔离但平等"。南方的种族隔离政策又称为吉姆·克劳法，吉姆·克劳源自十九世纪上半叶一个流行音乐节目，后成为对地位低下的黑人的代称。
④琳达·布朗是一个八岁的黑人儿童，她不得不步行一点五公里到堪萨斯州托皮卡市的黑人小学去上学，而她周围的白人朋友们的公立学校却只离家有七条街。托皮卡市的学校体系就是按照不同种族而分开的。按照"隔离但平等"的原则，这种体系是可以接受的，也是合法的。琳达的父母向联邦地方法院起诉，认为提供给黑人隔离的学校设施本身就是不平等的。一九五四年五月十七日，美国最高法院全体一致作出裁决：公立学校的种族隔离违反宪法。这一裁决为黑人民权运动史上的里程碑。

23

看看,莱姆,这里的犯罪现场还真是小。

我之所以知道,是因为我正看着它。

阿米莉亚·萨克斯站在离百老汇大街不远的西八十二街上,面前是醒目的希拉姆·桑福德大厦,一幢阴森、庞大的维多利亚式建筑。这是桑福德基金会所在地。她的周围,恰如其分地展示了一个历史中的纽约:除了面前这幢已有百年历史的大楼之外,还有一个可追溯至一九一〇年的艺术博物馆和一排漂亮的地标式建筑。不用看到不明嫌疑犯一〇九那身沾满橘色油漆的工作服,光是面对着基金会旁边装饰华丽、风格怪异的桑福德旅馆(有传闻说,《失婴记》① 原本是要在哥特风格的桑福德旅馆拍摄的),她已经觉得气氛很诡异了。

屋檐上的怪兽滴水石俯视着萨克斯,好像在嘲笑她一样。

进入室内,有人引导她见到了在刚刚与梅尔·库柏在电话里交谈过的基金会主任兼桑福德信托银行的高级董事威廉·阿什伯里,基金会便是属于银行的非营利性组织。这位修饰整洁的中年男人和萨克斯打招呼时,脸上带着一种既困惑又兴奋的表情。"我们这里从没有警察——抱歉,应该说女警——前来拜访过。我的意思是说,不管是男警还是女警,都没有来过。"萨克斯含糊地说,她只是需要这个社区的一些基本历史背景资料,而不是想利用基金会做盯梢或秘密工作,阿什伯里似乎有些失望。

尽管自己帮不上什么忙,但阿什伯里很乐意让萨克斯进入档

---

① 《失婴记》(*Rosemary's Baby*),又名《罗斯玛丽的婴儿》或《魔鬼圣婴》,是法国编导罗曼·波兰斯基(1933—)一九六八年到好莱坞之后的第一部作品,讲述了一名无辜的家庭妇女不幸被迫为撒旦产下后代的故事。

案室和图书馆；他本人的专长是金融、房地产、税法等，而不是历史。"其实我是一名银行家。"他对萨克斯说，好像她无法从他深色的西装、白衬衫、条纹领带，以及他办公桌上成堆的商业文件和数据上看出来一样。

过了十五分钟，一位穿粗花呢的年轻馆长陪着萨克斯穿过阴暗的走廊，进入了位于地下的档案室。萨克斯将不明嫌疑犯一〇九的合成照片拿给他看，心想也许那名杀手也来过这里，寻找有关查尔斯·辛格尔顿的文章。但是这位馆长并不认识照片中的人，也不记得最近有人询问过有关《有色人种每周画报》的事。他指着成堆的书籍，不一会儿，萨克斯便焦急而疲惫地坐在一个棺材般大小的隔间里的一张硬木椅子上，周围堆着各种书籍、杂志、打印文件、地图和绘画。

她按莱姆教她的犯罪现场搜查方式进行查找：先看一下整体，然后制订一个合理的计划，接着再进行搜寻。萨克斯首先将材料分成四组：一般信息、西区历史和绞架山、十九世纪中期民权运动，以及波特墓园。她先从墓园开始。她阅读了每一页，确认了查尔斯·辛格尔顿所说的军团在哈特岛集合。她知道了这个坟场是如何形成的，以及这里曾经有多么繁忙，尤其是在十九世纪中晚期霍乱和流行性感冒肆虐的时候，便宜的松木棺材就像垃圾一样堆在岛上，等着被埋葬。

令人着迷的细节——但是没什么帮助。她转向民权运动的材料，阅读着多得令人头脑发麻的资料，其中包括有关第十四修正案的争议，但是并未找到马瑟斯教授说的可能用来构陷查尔斯·辛格尔顿动机的内容。她读到一八六七年《纽约时报》上的一篇文章，文中提到弗雷德里克·道格拉斯和当时其他著名民权领袖出现在绞架山的一个教堂。事后，道格拉斯告诉记者，他是来和几位致力于让修正案通过的人士碰面。但他们已从查尔斯的信中知道此事了。她发现文中并未提到查尔斯·辛格尔顿，但另一份资料中提到《纽约太阳报》上有一篇长篇文章，讲的是这位协助道格拉斯的前奴隶和自由人。但是，档案室中并没有这一期报纸。

她一页页地翻下去……有时会稍作停顿，担心自己错过了一些可能会给案子带来一线希望的几个重要句子。不止一次，她回过头重新去读一两段她没有专心阅读的句子。她焦躁不安地抠着指甲，用力挠着头皮。

然后，她再一头埋进那些文件资料中。读过的放在桌上，已经堆了一堆，但是她面前的纸上却一个字都没写。

翻到纽约的历史，萨克斯了解到更多有关绞架山的事。这里是纽约上西区的六个早期殖民区之一，是独立的村落，就像曼哈顿维尔和范德沃特高地（现在的晨边高地）一样。绞架山西起现在的百老汇，东至哈得孙河，北起七十二街至八十六街。绞架山的名字可追溯到殖民时期，因为当时的荷兰人在定居点的中心建造了一个绞刑台。后来英国人购买了土地，他们的绞刑处决了几十个女巫、罪犯和叛变的奴隶与居民，直到纽约市将各个地方审判和行刑都合并到下城举行才告终止。

在一八一一年，城市规划者将曼哈顿岛划分成沿用至今的街区，但是在接下来的五十年中，在绞架山以及城市的很多地方，这项规划只是一纸空文。十九世纪早期，这里仍然可以看到交错的乡间小道、空旷的田野、森林、低矮的棚子、工厂，以及哈得孙河上的干船坞，还有几幢占地面积很大、式样高贵的建筑。在十九世纪中期，绞架山发展出了多重性，和梅尔·库柏早先发现的地图上一样：大型产业和一排排劳工阶级的公寓、小房子挤在一起。随着城市的扩大,棚屋区满是从南方迁来的帮派分子。还有——其实只是个街头混混,只不过规模和狡猾程度不同——绰号叫"老板"的威廉·特威德就是在绞架山的酒吧及餐馆里控制着民主党坦慕尼协会①的贪污腐败之事。特威德喜欢从社区的发展中捞取好处,在一桩著名的丑闻中,他从出售一小块价值不到三十五美元的土地中索取了六千美元的费用。

这个区域目前是上西区的主要部分,当然也是纽约市中最整洁、最繁荣的地区。一套公寓月租金要好几千美元。而且,坐在地牢般的"小犯罪现场"中,焦躁不安的阿米莉亚·萨克斯才想到,今日的绞架山有全市最美味的熟食及百吉饼面包店,而她今天还什么都没吃。

浓缩的历史从她身旁流过,但案子却毫无进展。该死的,她应该在分析犯罪现场的证据,或者,最好是去不明嫌疑犯安全屋附近的街道查访,试着找出有关他住在哪里、他叫什么名字之类的线索。

莱姆到底在想什么?

最后,她终于读到了那堆书的最后一本。她估计有五百页,(现在她估计这个已经很准了),结果是五百零四页。索引中并没有显示有何值得搜寻的重要信息,萨克斯翻过书页,但她再也无法忍受了。她将书扔在一旁,站起身来,揉揉眼睛,伸展了一下身体。因为这间位于地下二层的档案室环境令人窒息,她的幽闭恐惧症渐渐袭来。这个地方上个月重新翻修过,但仍然是以前桑福德大楼的地下室,她想:这里没有窗户,天花板很低,还有数十根柱子,加上墙壁,使得整个空间更加局促。

---

①坦尼慕协会(Tammany Hall),成立于一七八九年的纽约市一民主党实力派组织,由原先的慈善团体发展而成,因其在十九世纪犯下的种种劣迹成为腐败政治的同义词。

这已经够糟糕了，但更糟的是得坐着。阿米莉亚·萨克斯不喜欢一动不动地坐着。

只要你移动，他们就抓不到你……

莱姆，没有小的犯罪现场？老兄……

她准备离开了。

但是在门口，她停了下来，回头看着那些资料，心想：在这一堆发霉的书籍和发黄的旧报纸中，可能有几句话关系到吉纳瓦的生死，还有不明嫌疑犯一〇九可能杀害的其他无辜者。

莱姆的声音又回到脑海中。当你在现场走格子时，你先搜寻一次，然后再搜一次；在你要结束时，再搜一次。完成后，再搜一次。再……

她扫了一眼最后那一本书——那本让她挫败的书。萨克斯叹了口气，然后坐下来，将那本五百零四页的书拿起来读了一遍，然后，又翻开中间夹页的那些照片。

结果证明，这真是个高明的主意。

她看着一张一八六七年拍摄的西八十街照片，愣住了。她笑了起来，读着照片下的说明文字，又读了对页的文字。然后，她抽出别在腰带上的手机，按下快速拨号键上的第一组号码。

"莱姆，我找到波特墓园了。"

"我们知道它在哪里，"他对着嘴边麦克风迅速说道，"在一个岛上——"

"还有另一个。"

"第二个坟场？"

"不是坟场，是一个酒馆①，就在绞架山。"

"一个酒馆？"这下可有趣了，他想着。

"我正在看着这张照片，或是银板照片之类。有一家酒吧就叫波特园，在西八十街。"

所以，莱姆想，他们一直都弄错了。查尔斯·辛格尔顿说的那个关系重大的会议，可能根本就不是在哈特岛上举行的。

"而且，更巧的是，那个地方被烧毁了——怀疑是纵火。纵火者和动机都不得而知。"

"正好是查尔斯·辛格尔顿去往那个地方的同一天，我猜对了吗？他是怎么说的？去寻找正义？"

"对，七月十五日。"

永远埋在泥土之下……

"还有什么关于他或者酒馆的信息？"

"还没有。"

"继续找。"

"我会的，莱姆。"

他们挂了电话。

萨克斯的来电是用免提接听的，吉纳瓦也听到了。她生气地问："你觉得是查尔斯烧了那个地方吗？"

"不一定。但是纵火的主要原因之一是要毁灭证据。也许这就是查尔斯当时想做的事，他要掩饰有关抢劫的事情。"

吉纳瓦说："看看他的信……他说那起盗窃是有人故意设计的，为的是让他名誉扫地。你现在仍然不相信他是无辜的吗？"这个女孩的声音既低沉又坚定，怒气冲冲地看着莱姆的

---

① 波特墓园的英文是 Potters' Field，field 是"场地"的意思，因此酒馆也可以此为名，可译为"波特园"。

眼睛。

刑事鉴定专家也瞪着她。"是的,我相信。"

吉纳瓦点点头,露出一丝笑容。然后,她看着她那块旧Swatch手表,"我该回家了。"

贝尔担心不明嫌疑犯一〇九已经知道了吉纳瓦的住处,给她安排了一处庇护所,但要到今天晚上才能住进去。目前,他和他的保护小组成员仍然要保持高度警惕。

吉纳瓦收起查尔斯的信。

"这段时间里我们要保留这些信。"莱姆说。

"保留?就像留下来作为证据?"

"直到我们把事情弄清楚为止。"

吉纳瓦犹豫地看着那封信。她的眼中似乎有一种渴望。

"我们会把它们放在一个安全的地方。"

"好的。"她把信交给梅尔·库柏。

他看着她困扰的表情。"你要不要几份这些信的复印件?"

她似乎有尴尬。"是的,我想要。因为……你知道,这是我祖先的信,所以觉得它们很重要。"

"没有问题。"库柏复印了几份交给她。她将它们小心地折起来,放进书包里。

贝尔接了一个电话,听了一会儿,他说:"很好,尽快送到这里来。非常感谢。"他给了莱姆的地址,然后挂了电话。"是学校打来的,他们发现了不明嫌疑犯同伙在校园出现时的安全录像带,现在正送过来。"

"哦,我的天啊,"莱姆痛苦地叫道,"你是说这个案子终于有了真正的线索?而且不是上百年前的?"

贝尔转到信号加密的安全频道,用对讲机将他们的计划通知了路易斯·马丁内斯。然后又用无线电对讲机联络了正在吉纳瓦住家前街道上守卫的巴布·林奇。她报告说,街道安全,她会等着他们。

最后,北卡罗来纳人又按下莱姆电话上的免提键,打电话给那个女孩的舅舅,确认他在家。

"喂?"那个男人接了电话。

贝尔说明了自己的身份。

"她还好吗?"舅舅问道。

"她很好,我们现在要回来了。你那里一切都好吗?"

"当然,先生,一切都很好。"

"有她父母的消息吗?"

"她父母?是的,我哥哥从机场打来电话,说有一点延误什么的,不过很快就会离开那里。"

莱姆以前常常飞到伦敦,与苏格兰场和其他欧洲警察单位协商事宜。跨洋飞行其实不比飞到芝加哥或加州更为复杂。不过,现在情况不同了。欢迎来到"九一一"后的国际旅行世界,他想着。吉纳瓦的父母要花这么长时间才能回到家,这让莱姆很生气;吉纳瓦也许是他遇到过的最成熟的孩子,但不管怎么说,她还是一个孩子,应该和父母在一起。

贝尔的无线电对讲机在噼啪作响,传来受到静电干扰的路易斯·马丁内斯的报告:"我在门外,老板,车子在前面,门开着。"

贝尔结束通话,转向吉纳瓦,"小姐,可以准备出发了。"

"你来了。"坐在曼哈顿布劳德街的一家餐厅里的乔·厄尔·威尔逊对汤普森·博伊德说。

这个皮包骨的白人留着前短后长的发式,穿一条浅褐色牛仔裤,头发和裤子看起来都不太干净。他递给汤普森一个购物袋,后者向袋子里看了一眼。

他们在卡座里面对面坐着。博伊德继续察看袋子里的东西,里面有一个大的不间断电源盒子。旁边有个小袋子,上面写着邓肯甜甜圈,但里面放的当然不是点心。威尔逊选择用这家连锁店的袋子,是因为他们的购物袋涂了一层薄薄的蜡,以保护里面的食品不会受潮。

"我们要吃点东西吗?"威尔逊问道。他看到有人端着一盘沙拉走过,觉得饿了。虽然他常常和汤普森在咖啡店或餐厅见面,但却从未真正地在一起吃过饭。威尔逊最喜欢的食品是比萨加汽水,出发前,他就在自己那套堆满了工具、电线和电脑晶片的单室公寓里吃过这样一顿。在为博伊德做了这么多事之后,他似乎觉得这个男人应该可以忍受他大嚼三明治或其他食物。

但是杀手说:"我过一两分钟就走。"

杀手面前放着一盘吃了一半的烤羊排,威尔逊想,他是不是要把这个给他吃。但博伊德没有。他只是在女服务员来收盘子时,对她笑了笑。博伊德会笑——这可是新闻,威尔逊以前从来没看到过(虽然他不得不承认,那真是一个他妈的怪异的笑容)。

威尔逊问:"重吧?"说着看了一眼那个袋子,眼睛里流露出一种骄傲。

"是。"

"我想你会喜欢的。"他对自己制作的东西非常骄傲,但汤普森却没什么反应,这让他有点恼火。

威尔逊又问:"事情进行得如何?"

"正在进行中。"

"一切都顺利吗?"

"有点麻烦,所以……"他朝袋子点点头,没有往下说。博伊德轻轻吹起口哨,试着跟上餐厅喇叭传出的音乐。这个音乐颇具异国情调,不知是来自锡塔琴,还是印度或巴基斯坦的什么乐器,或者是别的什么东西。但博伊德还是很好地跟上了节奏。杀人和吹口哨——这个男人擅长的两件事。

柜台的姑娘把一摞盘子扔进收碗杂工的篮子里,发出了一声巨响。当用餐的人纷纷转过头来看的时候,威尔逊觉得有什么东西轻触了一下他放在座位下面的腿。他接过那个信封,塞进裤子口袋里。五千块的钞票竟然这么薄,但威尔逊知道一分不少。博伊德有个特点:他肯出好价钱,而且绝不拖欠。

过了一会,他们没有一起吃饭,但仍然坐在那里,博伊德喝茶,威尔逊饿肚子。尽管博伊德说过他"过一两分钟就走"。

这是要干什么?

然后,他得到答案了。博伊德从窗户往外看,看到一辆破旧且没有任何标志的白色厢型车的速度慢下来,转进了通往餐厅后面的小巷。威尔逊看到开车的人是一名留着胡子、浅棕色皮肤的小个子男人。

博伊德的眼睛紧紧盯着这辆车。车子消失在小巷里后,他站了起来,拿起购物袋。他在桌上留了付账的钱,又向威尔逊点了点头,然后开始向门口走去。但他又停下脚步,转过身,"我有没有谢过你?"

威尔逊眨眨眼,"你有没有——"

"我谢过你了没有?"他指了指购物袋。

"哦,不用。"汤普森·博伊德微笑,还感谢别人。这天肯定是他妈的月圆之夜。

"谢谢你,"杀手说,"谢谢你的努力工作,我是说真的。"他说这些话时就像一个演技拙劣的演员。然后——这也很怪异——他向柜台的女孩眨眨眼,然后出门,走上了金融区繁忙的街道,再从小巷绕到餐厅后面,手上拎着那个沉重的购物袋。

24

在一一八街,罗兰·贝尔轻松地将他的新皇冠轿车停在吉纳瓦家门前。

巴布·林奇从她警戒的位置点头示意,那辆雪佛兰马里布是贝尔交还给他们的。贝尔领吉纳瓦进入屋内,然后急匆匆地上楼来到她家的公寓。舅舅紧紧地拥抱了一下吉纳瓦,然后又和贝尔握了握手,感谢他照顾女孩。他说他要去杂货店买一些东西,然后便出了门。

吉纳瓦进了她的房间。贝尔往房间里看了一眼,见她坐在床上,打开她的书包,在里面翻找着。

"小姐,我能为你做些什么吗?你饿不饿?"

"我很累了,"她说,"我想,我现在应该做家庭作业,或者睡个午觉。"

"经历了这么多事情,这倒是个不错的主意。"

"普拉斯基警官怎么样?"她问。

"我之前和他的上司谈过,他仍然在昏迷当中,目前他们还不知道他会怎么样。我希望能告诉你一些不同的结果,但目前情况就是这样。我晚点会去探望他。"

她找到一本书,递给贝尔,"你能把这本书交给他吗?"

警探伸手接过来。"我会的，你放心……但我不得不说，即使他醒过来，也不知道能不能读。"

"我们要乐观。如果他醒过来，也许有人能念给他听；也许会有帮助。有时候就是这样的。只是听个故事。哦，请告诉他或者他的家人，里面有一个幸运符。"

"你真是太好了。"贝尔关上了她的房门，走到起居室，打电话给自己的孩子，告诉他们一会轮班的人到了，他就回家。然后，他和负责警戒的保护证人小组成员逐一核实，他们都回报一切正常。

他在起居室坐了下来，希望她的舅舅能够好好买些东西回来，他可怜的侄女确实需要再多长点肉。

阿朗佐·"贾克斯"·杰克逊慢慢地走在分隔这些褐石建筑物的狭窄通道上，他正往吉纳瓦·塞特尔家走去。

然而，现在似乎并不是贾克斯这名跛着脚的前罪犯、哈莱姆昔日的喷血涂鸦王风光的时刻。现在的他，是个一文不名、无家可归的怪人，穿着又旧又脏的牛仔裤和灰色运动衣，推着一台破购物车，里面堆着价值五美元的旧报纸，还有一大堆他从垃圾桶里弄来的空铝罐。他怀疑，如果仔细看，有多少人会相信他扮演的角色——和平日街上的流浪汉相比，他未免太干净了——但是，他只要骗过几个人就可以了，比如那些尽职地守护着吉纳瓦·塞特尔的警察。

从一条巷道出来，走过马路，再进入另一条巷道。他离那个可怜的小家伙凯文·切尼所指的公寓建筑后门仅隔着三个街区了。

该死的，还真是个好地方。

但一想到他自己规划的家庭蓝图已经烟消云散，心里又不高兴起来。

先生，我必须告诉你。我很抱歉。那个婴儿……我们没能救活他。

是个男孩吗？

先生，我很抱歉。我们已经尽力了。我答应过你，但是……

是个男孩……

他将那些想法抛开，努力和轮子总是向左偏的手推购物车较劲，让它保持直线向前。贾克斯一边自言自语，一边慢慢向前移动，心里想着：天哪，如果因为偷窃一台手推车而被抓，那就好笑了。但转念一想，不，这一点都不好笑。这就像一名警察因为某些小事而决定对他进行临检，结果却发现他带着枪，接着再用电脑查核他的身份，发现他违反了假释条例，于是把他送回布法罗，或是其他更糟糕的地方。

咔嗒、咔嗒，推着一辆轮子坏了的购物车在满是垃圾的街上行进简直就像走在地狱里一样。他吃力地让购物车保持直行。但是，他必须待在这黑暗的峡谷中。在哈莱姆这片比较高档的区域，从人行道接近一幢不错的房屋，等于明目张胆地承认自己是嫌疑犯。反而在一条小巷子里推着一辆购物车，让人觉得没有那么怪。有钱人比穷人更喜欢乱扔空罐子；而且，就垃圾来说，这一带垃圾里的东西也比较好。一名无家可归的流浪汉在西哈莱姆搜寻，比在中哈莱姆收获的自然要多。

还有多远呢？

无家可归的贾克斯抬头往上看，再往旁边瞄，离那个女孩的公寓只有两个街区了。

就要到了。就要完成了。

他感觉到一阵痒。

就莱姆的案例而言,这个说法可能只是字面上的意思——他的脖子、肩膀和头都有感觉。事实上,这是一个有功能、可感知,但他却无能为力的情况;对一个四肢瘫痪的人来说,感觉到痒却无法抓,是他妈的全世界最令人沮丧的事。

但是,他所感觉的,却是一种心理上的痒。

好像有什么东西不太对,到底是什么?

托马斯问了他一个问题,但他并没有注意。

"林肯?"

"我在思考,你看不出来吗?"

"看不出来,那是发生在脑袋里的事。"助理毫不客气地反唇相讥。

"好吧,闭嘴。"

到底是什么问题?

再多看几遍那些物证表、描述、旧信件和剪报、那张塔罗牌上的倒吊人,他脸上耐人寻味的表情……但是,这个痒似乎跟这些证据都没有任何关系。

在这种情况下,他通常就算了,不去想了。

回到——

莱姆抬起头,几乎要抓住这个念头了,但它又溜走了。

是什么人最近说起过,但没有完全明白的一句奇怪的话。

然后……

"哦,该死的,"他忽然说道,"那个舅舅!"

"什么？"梅尔·库柏问道。

"天哪，吉纳瓦的舅舅。"

"他怎么了？"

"吉纳瓦说，他是她妈妈的弟弟。"

"然后呢？"

"当我刚刚和他谈话时，他说他才跟他哥哥说过话。"

"呃，他可能是指姐夫。"

"如果你是指姐夫，你就不会说哥哥……快点拨电话给贝尔。"

当手机的音乐铃声刚响了一下，警探就接起电话，因为这种铃声表示这是从林肯·莱姆家打来的电话。

"我是贝尔。"

"罗兰，你在吉纳瓦家吗？"

"对。"

"你的手机没有用免提吧？"

"没有。你说。"警探下意识地拉开外套，解开装着两支手枪的枪套皮带。他声音镇定，手也稳稳的，尽管他的心脏每秒钟狂跳好几下。

"吉纳瓦在哪里？"

"她房间里。"

"舅舅？"

"不知道。他刚才去了商店。"

"听着。他对自己和吉纳瓦的亲属关系的说法模糊不清。他说，他是她父亲的弟弟。但吉纳瓦说，他是她母亲的弟弟。"

"该死,他是个冒牌货。"

"到吉纳瓦身边,和她待在一起,直到我们搞清楚是怎么一回事。我会尽快派几部无线电巡逻警车过去。"

贝尔迅速走到女孩卧房门前敲了敲门,但没有回应。

他的心剧烈地跳动着,掏出了贝瑞塔手枪,"吉纳瓦!"

什么都没有。

"贝尔,"莱姆叫道,"怎么样了?"

"等一下。"警探低声说。

他采取了一个战斗射击半蹲的姿势,用力将门推开,同时举起武器,进入室内。

房间是空的。吉纳瓦·塞特尔不见了。

25

"总局,这里有一〇二九情况,可能是诱拐。"

贝尔用他冷静的南方口音重复着这个不详的信息,并且说明了他的位置,然后说:"被害人是一名黑人女性,十六岁、五英尺二英寸、一百磅。嫌疑犯为黑人男性,健壮结实、四十岁至四十五岁、短发。"

"收到。支援单位已派出,完毕。"

贝尔将无线电对讲机挂在腰带上,派马丁内斯和林奇去搜索公寓大楼,自己则匆匆忙忙地下了楼。建筑物前的街道本来是由林奇监视的,马丁内斯在屋顶上。但他们一直在等着不明嫌疑犯一〇九和他的同伙朝建筑物而来,而不是离开。马丁内斯想起,大约在三分钟前,他看到一个女孩和一个男人从建筑物走出来。那个男人可能是那个舅舅,因此他没有多留意。

贝尔扫视着街道,除了几个生意人外,看不到其他任何人。他小跑着进入建筑物旁的巷道,注意到一名流浪汉推着一台购物商场的手推车,但是离此有两个街区远。贝尔等下会过去和他谈几句,问问他有没有看到那个女孩。现在,他得去找其他可能的证人——几个在玩双跳绳的女孩。

"你好。"当她们抬头看着警探时,绳子垂了下来。

"你好,我是一名警察,我在找一名十多岁的女孩,她是黑人,很瘦、短发。她和一个年纪比较大的男人在一起。"

支援警车发出的警笛声传来了,越来越接近。

"你有警徽吗?"一名女孩问道。

贝尔强压下焦躁的心情,保持着微笑,并且亮出了警徽。

"哇。"

"是的,我们看到他们了,"一名瘦小漂亮的女孩提供了线索,"他们往那条街去了,往右转。"

"不,是往左转。"

"你根本就没看。"

"我看了。先生,你有枪吗?"

贝尔朝她们所指示的街道跑去。跑过一个街区后,向右转,他看到有一辆车正从路边驶出。他抓起无线电对讲机。"支援一〇二九的各单位,任何靠近一一七街的人……有一辆栗色轿车向西驶去。将它拦下,检查乘客。重复:我们在寻找一名黑人女性,十六岁。嫌疑犯是一名黑人男性,四十多岁。估计他有武器,完毕。"

"无线电巡逻警车七七二。我们快到了,完毕……好,我们看到了。我们会对他亮灯。"

"收到,七七二。"

贝尔看到那辆警车了，它的警示灯闪烁着，加速向那辆栗色的车追去，那辆车靠向路边，停了下来。一名巡逻警察从警车里出来，走到轿车的窗户旁，弯下腰，他的手就放在臀部的手枪上，这时贝尔的心跳加速，朝他们走去。

天哪，希望是她。

那名警察挥手让汽车通过。

该死，当贝尔跑到那名警察面前时，生气地对自己说。

"警探。"

"不是他们？"

"不是，长官，是一名黑人妇女，三十多岁。只有她一个人。"

贝尔命令巡逻警车在南边的街道来回巡逻；他用无线电对讲机指挥其他的警车朝相反的方向巡逻。他转身，随意挑了另一条街，跑了过去。这时，他的手机响了起来。

"我是贝尔。"

林肯·莱姆问出了什么事。

"没有人看到她。但是，林肯，我不明白，难道吉纳瓦不认识自己的舅舅吗？"

"哦，我可以想出几种情况，可能不明嫌疑犯找了个人冒充。或者，也许他和不明嫌疑犯一起干活儿。我不知道，但肯定有哪儿出错了。想想他的谈吐，根本就不像是一个教授的弟弟。他的身上有一股街头的气息。"

"是的……我要跟我的小组查核一下。稍后再打给你。"贝尔挂上电话，又用无线电对讲机呼叫他的伙伴。"路易斯、巴布，向我报告，你们发现了些什么？"

那名女警说，她在一一八街向人们详细询问了，没有人看到那个女孩或那个舅舅。马丁内斯报告说,他们没有出现在该建筑物的公共区域里,也没有人强行进入的痕迹。他问贝尔:"你在哪里?"

"在公寓大楼以东一个街区,正往东行。我已经让无线电巡逻车勘查街道。你们过来一个人跟我会合,另一人继续监视公寓。"

"好。"

"出发。"

贝尔跑过一条街道,向左边查看。他又看到了那名流浪汉,正停下脚步,向他看过来,并且还弯下腰,在脚踝处摸索。贝尔向他走过去,想要问他有没有看到什么。

但是这时,他听到一声重重关上车门的声音,这是哪里来的声音?那个声音在墙壁间回响,使他一时无法分辨。

一辆汽车的引擎开始运转。

在他前方……他向前看去。

不是,是在右边。

他向那条街冲过去,恰好看到一辆旧的灰色道奇车正驶离街边。它先向前行,但当一辆巡逻车缓慢地驶过十字路口时,它又在路边停下。道奇的驾驶者挂了倒挡,往后退,轧上了路边,退到一块空地上,退到巡逻车的视线之外。贝尔相信他看到车内有两个人……他眯起眼仔细看。没错!就是吉纳瓦和那个声称是她舅舅的男人。当他将车上挡时,车子颤了一下。

贝尔立刻抓起对讲机,呼叫巡逻车,命令他们封锁两头的十字路口。

但是,离得最近的那辆警车没有挡住道奇,使它驶上了街道;吉纳瓦的舅舅看到了他。于是,他熟练地倒车、加速,在空地上转了个圈,便钻进了一排建筑物后面的一条巷子里。贝尔看不到道奇了。他不知道那辆车是在哪里转弯。他拼命朝最后见到车子的地方奔去，同时命令巡逻车在街区巡视。

他跑进巷子里，朝右看去，恰好看到那辆车的后挡泥板消失了。他向它冲去，从枪套里掏出他的贝瑞塔手枪。他全速冲刺，绕过了街角。

贝尔愣住了。

那辆老道奇的轮胎发出尖锐的响声，正倒退着向他迎面驶来，想要逃脱堵住逃跑路线的警车。

贝尔站住了，将贝瑞塔举高。他看到了那个舅舅惊恐的双眼，还有吓坏了的吉纳瓦，她嘴巴大张着，发出尖叫。但是他不能开枪。那辆警车正好在道奇的正后方。即使他打中了绑架者，子弹也有可能直接穿透它们的目标和汽车，击中警察。

贝尔往旁边一跳，但是鹅卵石路面因为有垃圾的缘故变得很滑，他滑倒了，侧身着地，嘴里低声抱怨着。他正好躺在道奇车要开过的路上。警探想拖着身子，爬到安全的地方，但是那辆车开得那么快，他可能来不及了。

但是……但是发生了什么呢？

那个舅舅踩了刹车。车子滑向一边，在离贝尔五英尺远的地方停了下来。汽车门打开了，吉纳瓦和她舅舅都下了车，向他跑来，那个男人的嘴里还喊着："你还好吗？你还好吗？"

"贝尔警探。"吉纳瓦叫道，她皱着眉，弯下身子要扶他站起来。

虽然因为疼痛而缩了一下，但贝尔还是将他的枪对着舅舅，说："他妈的不许动。"

那名男子眨眨眼，皱着眉。

"趴在地上。四肢伸开。"

"贝尔警探——"吉纳瓦要说话。

"等一下,小姐。"

那舅舅照命令做了。当巡逻警车的制服警察匆忙赶到时,贝尔已将他铐了起来。

"搜他。"

"是,长官。"

那位舅舅说:"听着,长官,你不知道自己在做些什么。"

"安静。"贝尔对他说,然后将吉纳瓦带到一边,让她在一个凹进去的门廊下休息,这样她就不会暴露在附近任何屋子的射击线上。

"罗兰!"巴布·林奇匆匆赶来。

贝尔斜靠着砖墙,不停地喘气。他往左看,看到先前注意到的那名流浪汉,他似乎看到警察有些不安,转过身,掉头往相反的方向走去。贝尔没有理会他。

"你不必这么做。"吉纳瓦指着被铐住的人,对警探说。

"但是他不是你的舅舅。"警探冷静而缓慢地说道。

"我知道。"

"那他刚才和你在一起做什么?"

她垂下眼睛,脸上露出一种悲伤的表情。

"吉纳瓦,"贝尔严厉地说道,"这是很严重的事,告诉我到底是怎么回事?"

"我要他带我去一个地方。"

"哪里?"

她低下头。"去工作,"她说,"我必须去。"她解开外套,露出了一套黄褐相间的麦当劳制服。樱桃色的名牌上写着:"嗨,我叫吉恩。"

26

"这到底是怎么回事?"林肯·莱姆问道。他很关心,但除了她失踪带来的震惊之外,他的声音中并无责怪之意。

吉纳瓦现在正在莱姆家的一楼,坐在他轮椅旁的一把椅子上。萨克斯站在她旁边,抱着胳膊。她刚从桑福德基金会回来,拿了一堆相关材料。东西就放在莱姆的桌上,但因为发生了这么戏剧性的事件,现在他们都顾不上看。

那女孩大胆地看着他的眼睛。"我雇他来当我舅舅。"

"那你的父母呢?"

"我没有父母。"

"你没有——"

"没有。"她从牙齿缝里挤出这两个字。

"说下去。"萨克斯温和地说。

她沉默不语了一阵子,然后终于开口了:"我十岁的时候,父亲就离开了我们,我跟妈妈。他和一个女人搬到了芝加哥,并且在那里结婚成家。我伤心极了,真的很难受。但是心里并没有真的责怪他。我们的生活一团糟。我的妈妈,她沉溺于快克[①]无法自拔。他们打得很凶——呃,是她打的。通常是因为他想让她振作起来,于是她就生气了。为了买她要的东西,她只好从店里偷窃。"吉纳瓦看着莱姆的眼睛,继续说道,"她也会到一些女性朋友的住处,那些人会带一些男人去——你知道这是怎么回事。我爸爸也知道。我想他已经竭力忍耐了,最后终于搬走了。"

[①] 快克,价格相对便宜的强效纯可卡因,可直接服用。

她深吸了一口气,"接着妈妈就生病了。她的 HIV 检测呈阳性,但是什么药都不吃。她死于感染。我和她的妹妹在布朗区住了一阵子,然后她搬回亚拉巴马去了,把我留在莉莉姑婆的家里。但是,她也没有钱,不断地被房东赶出去,到处在朋友家借住,就像现在一样。总之,她没有能力让我和她住在一起。于是,我和以前我妈妈做清洁工的大楼里的管理员商量。他说如果我付钱的话,我可以待在地下室。我在那里得到一张小床、一个旧衣柜、一个微波炉和一个书架。为了收信,我都把这个公寓作为通信地址。"

贝尔说:"你在那里似乎不是很自在。那是谁的房子?"

"是一对退休的老夫妇。他们在这里住半年,秋冬两季在南卡罗来纳。威利有一把备用钥匙,"她补充,"我会付电费,会补充威利取走的啤酒和其他东西。"

"你不用担心这些事。"

"不,我要担心。"她坚定地说。

"如果那不是你妈妈,那我之前是和谁在说话?"贝尔问道。

"抱歉,"吉纳瓦说,叹了口气,"那是拉基莎。我要她假装我妈妈打电话。她还是很有演戏天分的。"

"她可把我给耍了。"警探想到自己被这么完善的布局给骗了,不由得笑了起来。

"那你自己说的话呢?"莱姆问道,"你听起来的确像个教授的女儿。"

她立刻换成了街头语言。"你是说,我说话不像个街头女孩?"她笑了,"从七八岁开始,我就努力练习标准英语。"她脸上露出悲伤,"我父亲唯一的优点就是总是带着我看书。他以前也会念书给我听。"

"我们可以找到他,并且——"

"不!"吉纳瓦急切地说,"我不想和他有任何牵连。他现在有自己的孩子了,他也不想和我有任何联系。"

"居然没有人发现你无家可归?"萨克斯问。

"他们怎么会发现?我从来不申请社会福利或食物券,所以不会有社工来看我。我甚至没有在学校申请免费午餐,因为这会让我被发现的。需要父母的签名时,我就自己假造一个。我还有语音信箱。那也是拉基莎。她假装是我母亲,录下了对外发送的信息。"

"学校从未怀疑过?"

"有时候,他们会问,怎么从来没有人来开家长教师见面会。但由于我的成绩是全A,所以也没人想到那么多。没有社会福利、成绩好、跟警察没有麻烦……没有人会注意你是否有任何不对劲的地方。"她笑了起来,"你知道拉尔夫·埃利森的小说《隐形人》吗?不是那部科幻电影。小说讲的是在美国的黑人是隐形的。是的,我就是个隐形女孩。"

现在一切都解释得通了:破旧的衣服和便宜的手表,这显然不是坐喷气式飞机的父母会给他们的女儿买的。读公立学校,而不是私立学校。她的朋友,那个街头女孩拉基莎——也不是大学教授的女儿会结交的密友。

莱姆点点头。"我们从来没有真正看到你打电话给在英国的父母。但是,博物馆事件后,你打电话给管理员了,对吗?让他假扮你舅舅?"

"他说如果我额外付给他钱,他就同意。他要我留在他的住处——但那可不是个好主意。你知道我的意思吧?所以,我告诉他,趁雷诺夫妇不在时使用2B号公寓。我让他将他们的名字从邮箱上拿掉了。"

"难怪我一直觉得那人看起来不像你亲戚。"贝尔说,吉纳瓦自嘲地笑了起来。

"你的父母始终不出现,到时你打算怎么说?"

"我不知道。"她声音有些沙哑,一时间她看来那么年轻而迷茫。不过她很快就恢复了。"我不得不临时安排整件事。就是昨天去拿查尔斯的信件时。"她看了一眼贝尔,后者点了点头,"我从后门溜出来,然后去到地下室,信件就放在那里。"

"你还有什么家人吗?"萨克斯问道,"除了你姑婆之外。"

"我可没——"莱姆第一次看到女孩的眼睛里闪现真正的恐惧。但这并不是因为那名杀手,而是因为她差点脱口说出不标准的文法。她摇摇头。"我没有任何家人。"

"你为什么不找社会福利单位求助?"塞利托问,"他们会帮你的。"

贝尔补充说:"而且你比谁都应该得到帮助。"

那女孩皱起眉头,眼神更加阴郁了。"我不会接受任何免费的东西。"她摇了摇头,"而且,社工来就会查清所有的事,查看我的情况。我会被送到亚拉巴马的阿姨家。她住在萨尔马市外的一个小镇上,镇上只有三百个居民。你知道我在那里会得到什么样的教育吗?或者,我留在这里,住在布鲁克林的寄养家庭里,和四个帮派女孩合住一个房间,屋里放着嘻哈和黑人娱乐电台音乐,一天二十四小时不断,还被拖着上教堂……"她打了一个冷战,摇摇头。

"所以得工作。"莱姆看了一眼她的制服。

"所以得工作。有人介绍我认识制作假驾驶执照的家伙。在这张驾照上,我是十八岁。"她笑了一下,"我看起来不像,我知道。但是我申请工作的地方，经理是个上了年纪的白人。从我的外表，他看不出我多大。从此我一直在那里工作，从来没有少去过一次，直到今天。"她叹了口气，"我的老板会发现的，然后就会开除我。真是该死，我上星期才丢了另一份工作。"

"你有两份工作？"

女孩点点头。"清洗涂鸦。那是哈莱姆正在进行的翻新工作。你现在到处都能看到。一些大的保险或房地产公司把旧的大楼翻新，然后再以高价出租。他们雇了一些青少年清洁墙壁。那个赚钱很多，但我被开除了。"

"因为你年龄不够吗？"萨克斯问。

"不是，因为我看到那些工人，三个房地产公司的高大的白人，他们欺负一对一直住在那幢大楼里的老夫妇。我让他们住手，不然就报警……"她耸耸肩，"他们开除了我。我真的打电话报警了，但是他们似乎不太感兴趣……做好事的代价还真高。"

"那也是你不愿意那位辅导员，巴顿太太，帮助你的原因吗？"贝尔说。

"如果她发现我无家可归，砰，我的屁股就会落在寄养家庭里了。"她全身战栗了一下，"我已经很接近了！我一定能做到，再过一年半，我就可以走了，到哈佛或瓦瑟学院。但是昨天那个出现在博物馆的家伙破坏了一切！"

吉纳瓦站起身，走到列着有关查尔斯·辛格尔顿案细节的物证表前，瞪着它。"这就是为什么我会想写他。我必须证明他是清白的。我希望他是个好人，是个好丈夫和好父亲。这些信写得这么好。他能够写出文字这么优美的信，甚至书法都那么漂亮。"她急切地说着，"而且，他是内战中的英雄，他教育儿童，从流窜的暴徒手中救下孤儿。忽然间，我终于有了一位那么好的亲戚。他聪明,他认识很多名人。我希望他是一个我能够钦佩的人,而不像我的父亲或母亲。"

路易斯·马丁内斯将头伸了进来。"查过了。姓名和地址正确,没有前科,也没有被通缉。"他说了那个冒牌舅舅的名字。现在莱姆和贝尔谁都不信任。

"你一定很孤独。"萨克斯说。

一阵停顿。"在我爸爸走以前,带我去过几次教堂。我记得一首福音歌,那曾经是我们最喜欢的,名字叫《没时间死》。这就是我的生活。我没有时间来感到孤独。"

但是莱姆现在了解吉纳瓦了。她只是表面坚强。他说:"所以,你和你的祖先一样,有个秘密。有谁知道你的秘密?"

"基莎、管理员和他的太太,就这些人了。"她用一种挑衅的眼光看着莱姆,"你会把我交出去,对不对?"

"你不能一个人这样生活。"萨克斯说。

"我已经这样过了两年了,"她很快地说,"我有书、有学校。我不需要其他东西了。"

"但是——"

"不。如果你说出去,会毁了一切。"她补充道,"求求你。"她说这话的时候声音很小,似乎很难启齿。

沉默了一会儿。萨克斯和塞利托看着莱姆,他是这个房间里唯一不用理会市政府高层长官和法规的人。他说:"没有必要立刻做出任何决定。我们要抓住那个不明嫌疑犯。但我认为你应该留在这里,而不是庇护所。"他看了一眼托马斯,"我想我们可以在楼上找个房间,对不对?"

"当然可以。"

"我宁可——"女孩脱口而出。

莱姆笑着说:"我想这次我们得坚持。"

"但是,我的工作,我不能失去它。"

"我会处理这件事。"莱姆从她那里拿到电话号码,打给女孩在麦当劳的上司,用一般性的用语向他解释了吉纳瓦受攻击的事件,并且说她这几天都不会来上班。那名经理听起来非常关心她,他告诉莱姆,吉纳瓦是他们最尽职的员工,说她需要休息几天都可以,并且保证她回来时,这份工作一定会等着她。

"她是我们最好的员工,"那个男人的声音通过免提传出来,"虽然还不到二十岁,但是比那些年纪是她两倍的人还负责。现在这样的人不多了。"

莱姆和吉纳瓦相视一笑,然后他挂了电话。

这时门铃响了起来。贝尔和萨克斯立即提高警觉,手立刻伸向武器。莱姆注意到,塞利托看起来仍然惊魂未定,他眼睛看向手枪,但是并没有伸手。他的手指头还在脸颊上轻轻地揉搓着,好像这样可以召唤出一个神明,抚慰他焦躁不安的心。

托马斯出现在门口。他对贝尔说:"学校的巴顿太太到了,带来一份监控录像带的拷贝。"

女孩惊恐地摇着头。"不。"她小声地说道。

"请她进来。"莱姆说。

一名体格庞大的非洲裔美国女人走了进来,身穿紫色的洋装。贝尔做了介绍,她向每一个人点头,像莱姆遇到过的大部分心理咨询人员一样,她对于他残疾的情况没有什么反应。她说:"你好,吉纳瓦。"

那个女孩点了点头。她还在掩饰脸上的表情。莱姆看得出来,她正想着这个女人可能给她带来的威胁:亚拉巴马乡下或是寄养家庭。

巴顿继续说:"你还好吗?"

"还好,谢谢你。"那女孩以一种少见的温顺态度回答道。

"一定很可怕吧。"巴顿夫人说。

"我现在已经好多了。"吉纳瓦说着还努力笑了一下,不过听起来很单薄。她看了一眼那个女人,然后把视线移开了。

巴顿说:"我找十多个人问了昨天那个接近我们校园的男人,但只有两三个人记得他。除了他是有色人种、穿着绿色军用夹克和旧工作鞋之外,他们也不能提供更多的描述。"

"这倒是第一次听说,"莱姆说,"那双鞋。"托马斯将这条信息记在写字板上。

"这是从我们的保安部门调来的录像带。"她将一盘VHS录像带递给库柏,库柏马上就播放出来。

莱姆将轮椅移近屏幕。在研究着这些影像时,他感觉脖子因压力而紧绷着。

没什么帮助。摄像头大部分时间都对着校园,而不是附近的人行道和街道。边缘部分有可能拍摄到了路过行人的模糊影像,但并不清楚。虽然不抱什么希望,莱姆还是命库柏将录像带送到皇后区的实验室,看看能不能借助数字化技术来使影像清晰。技师填好保管卡,将它包好,让人来取。

贝尔谢谢那位女士的帮忙。

"我们非常愿意。"她停下来,低头看着那女孩,"但是,吉纳瓦,我真的需要和你的父母谈谈。"

"我的父母?"

她慢慢地点着头,"我必须说,我曾经跟一些学生和老师谈过,说实话,大部分人都说你的父母不怎么参加你的班级活动。事实上,我还没遇到一个真正见过他们的人。"

"我成绩很好。"

"哦,这个我知道。我们对你的学业成绩很满意,吉纳瓦。但学校需要家长和学生共同合作。我真的很想跟他们谈谈。他们的手机号码是多少?"

那个女孩呆住了。

一阵寂静。

最后,林肯·莱姆打破了沉寂。"我来告诉你实情。"

吉纳瓦眼睛向下看,拳头紧紧地握着。

莱姆对巴顿说:"我刚和她的父亲通过电话。"

房间里的人都转身瞪着他。

"他们回家了吗?"

"没有,而且最近一段时间都不会回来。"

"不回来?"

"我让他们不要回来。"

"你?为什么?"那位女士皱起了眉。

"这是我的决定,我这么做是为了吉纳瓦的安全。罗兰·贝尔会告诉你——"他看了一眼那名来自卡罗来纳的警探,他正点着头,这是个表示信赖的态度,毕竟他对接下来的事一无所知,"我们在设计保护细节时,有时我们必须将我们要保护的对象和他们的家人分开。"

"这我可不知道。"

"否则,"莱姆继续编造,"攻击者可以利用他们的亲人,将他们引到公众场所。"

巴顿点点头。"有道理。"

"我们是怎么说的,贝尔?"莱姆再一次看着警探,然后自己说了答案,"亲属隔离,对不对?"

"我们称它为IOD[①],"贝尔一面说,一面点头,"这是一项很重要的技术。"

"好吧,我很高兴知道这些,"辅导员说,"但是你舅舅会照顾你的,对不对?"

塞利托说:"不,我们认为吉纳瓦留在这里是最好的。"

"我们也对她的舅舅实施了IOD。"贝尔说。这位执法者用南方口音编造的谎言听起来很是让人信服,"希望他能够避开注意。"

巴顿完全相信了,莱姆能看得出来。这位辅导员对吉纳瓦说:"好吧,等这件事结束以后,请他们打电话给我。你似乎处理得挺不错,但心理上一定会受到影响。我们应该一起坐下来,谈谈这些事。"她又笑着补充了一句,"天下没有不能弥补的裂缝。"

这句话大概已经刻在了她办公桌上的镇纸或马克杯上。

"好,"吉纳瓦小心地说,"我们到时再说。"

巴顿夫人离开后,吉纳瓦转向莱姆:"我不知道该说什么。你做的事对我意义重大。"

"这主要是,"他似乎对这样的感谢很是不安,嘀咕道,"为了我们自己方便。案子一有什么问题,我就要打电话给儿童福利部门,再找到寄养家庭,这可不太好。"

她笑了起来。"怎么说都行,"她说,"还是得谢谢你。"然后她走到贝尔身边,告诉他要从一一八街的地下室取回那些书、衣服及其他需要的东西。警探也说,他会从那个假舅舅那里拿回她为这出戏付的钱。

[①] "亲属隔离"的英文是 Isolation of Dependents,因此缩写便是 IOD。

"他不会还的，"她说，"你不了解他。"

贝尔笑了，和气地说："哦，他会还的。"这句话可是出自带着两把枪的男人之口。

吉纳瓦打电话给拉基莎，告诉她的好朋友，自己在莱姆的家里，然后挂了电话，跟托马斯去了楼上的客房。

塞利托问道："林肯，万一辅导员发现了怎么办？"

"发现什么？"

"嗯，这么说吧，你不但在吉纳瓦父母的事上撒了谎，还捏造了一些警察工作程序。那个见鬼的东西叫什么？DUI？"

"IOD。"库柏提醒他。

"她又能拿我怎么样？"莱姆不高兴地说，"放学罚我留校吗？"他对着证物板用力点了点头，"现在我们可以回到工作上了吗？一名杀手在外面流窜，而且他还有一个同伴和一个雇主。想起来了吗？我很想在接下来的某个时间里，找出这些该死的家伙到底是谁。"

萨克斯走到桌子旁，开始整理文件夹和威廉·阿什伯里让她从基金会图书馆——小犯罪现场——借回来资料的复印件。她说："这些大部分都是关于绞架山的——地图、绘画、文章。还有一些是关于波特墓园的。"

她将这些东西一件件交给库柏。他将几张绞架山的绘画和地图贴起来，萨克斯说起对这个社区的一些发现时，莱姆专心地看着这些图。她走到一张画前，指着上面的一幢两层商业建筑，说："波特园酒馆当时大约就在这里。西八十街。"她的眼睛扫过一些文件，"看起来不像是什么像样的地方，很多混混都在那一带出没，比如吉姆·费斯克、'老板'威廉·特威德，还有那些与坦慕尼派有关的政客。"

"萨克斯,看看,小犯罪现场是多么有价值啊。你简直就是信息宝库。"

她嗔怪地看了他一眼,然后拿起一张复印纸。"这是一篇有关那场火灾的文章。它说那天晚上,波特园酒馆被烧毁了,有证人听到地下室发出爆炸声,然后,几乎在同一时间,这里就被大火吞没了。虽然怀疑是纵火,但却从来没有任何人因此被捕。没有伤亡。"

"查尔斯去那里做什么呢?"莱姆把脑子里的想法说了出来,"他说的正义到底是什么?又是什么永远躺在泥土之下了呢?"

这是能查出究竟是谁要杀吉纳瓦·塞特尔的线索、证据或文件资料吗?

塞利托摇摇头。"可惜它发生在一百四十年前。不管是什么,它都已经不存在了。我们永远也不会知道。"

莱姆看着萨克斯。她和他对视着,笑了起来。

27

"哦,从某个方面来说,你是幸运的。"留着一头刺猬般发型的市政府年轻的工程师大卫·余对萨克斯说。

"我们很需要,"阿米莉亚·萨克斯说,"我指的是幸运。"

他们站在西八十街,大约河滨公园以东的半个街区的地方,仰头看着一幢三层高的褐石建筑。一辆犯罪现场鉴定车停在附近,还有萨克斯的另一位朋友,警犬组的女警盖尔·戴维斯,以及她的警犬维加斯。大部分警犬是德国牧羊犬、比利时短毛牧羊犬,以及防爆组常用的拉布拉多猎犬。但是维加斯却是法国布里犬,这种狗长期被用来在军中服役,最出名的是它们灵敏的嗅觉,并且对牲畜和人类会遇到的威胁有一种不可思议的感知能力。莱姆和萨克斯认为，如果要对一个一百四十年前的犯罪现场进行鉴定，除了需要高科技之外，老式的搜寻方法也能有所收获。

余工程师向那幢在被焚毁的波特园酒馆旧址重建的大楼点了点头。墙角石上写着一八七九年。"那个时代盖房子不会开挖后放置石板。人们沿周边挖一圈，然后倒入水泥，然后在上面筑墙。这就是所谓的承重式结构，地下室的地面就是泥土。但是后来有关建筑的法规变了。二十世纪初，为了健康和安全，规定建筑时要铺水泥地面。但这并不是结构的改变。所以，建筑商还是不会开挖。"

"所以，幸运的是，一八六〇年下面有什么，现在可能还在那里。"萨克斯说。

永远藏在……

"对。"

"不走运的是，它在水泥下面。"

"应该是。"

"一英尺深？"

"也许不到。"

萨克斯绕着建筑物走了一圈，到处都是脏乱无序，虽然它里面的公寓月租金要四千美元。后面有一个送货的出入口，从那里可以进入地下室。

她回到建筑物的正面，这时电话响了。"萨克斯警探。"

是朗·塞利托。他找到了这幢建筑物的业主，他就住在几个街区之外，是个商人。有业主领着，容易进入。过了一会儿，莱姆又打来电话，萨克斯将余工程师的话告诉他。

"好运、坏运，"他说着，阴郁的心情一扫而光，"好的，我已经命令一支S&S小组带着地表探测雷达和超声波设备赶到。"

这时，那名业主到了，他是一名矮小、秃头的男人，穿着西装和白衬衫，领口敞开着。萨克斯结束了与莱姆的通话，简短地向那个男人做了解释，说他们需要检查地下室。他用怀疑的眼光上下看了看她，然后打开了通往地下室的门，自己退后，双手抱在胸前站在维加斯旁边。那只警犬似乎不太喜欢这个男人。

一辆雪佛兰开拓者抵达，车里出来三名纽约市警察局S&S组的成员。S&S组的成员有警察、工程师和科学家，他们的工作就是在犯罪现场使用望远镜、夜视仪、红外线、扩音器和其他设备找出歹徒和被害人的位置。他们向犯罪现场鉴定人员点点头，然后取出早已磨损的黑色箱子。这些箱子和萨克斯用来放置自己的犯罪现场勘查工具的箱子很像。建筑物的业主在一旁皱着眉看着。

S&S组的警察进入了阴暗潮湿的地下室，发霉和燃油的味道扑面而来，萨克斯和业主跟在后面。他们将样子很像吸尘器头的探针连接到电脑设备上。

"整个区域？"其中一人问萨克斯。

"对。"

"这不会弄坏什么吧？"业主问道。

"不会的，先生。"一名技术人员回答。

他们开始工作了，决定先使用地表探测雷达。地表探测雷达和船上或飞机上使用的传统雷达一样，它会发出无线电波，在遇到物体时反射回来。唯一的不同是地表探测雷达可以穿透泥土和橡胶等物质。它的速度和光一样快，而且和超声波的不同在于，它不必和表面接触就可以得到参数。

他们用了一个小时扫描整个地面，在电脑键盘上敲敲打打，记录各种符号,萨克斯则站在一旁,尽量不烦躁地用脚轻敲地面或走来走去。她想这样可能会影响仪器的参数。

用雷达扫描了地面后,小组成员在电脑上查阅了一阵,然后根据他们查寻的结果,再一次在地面上走来走去,用他们的超声波探测器重点探测他们锁定的五六个区域。

他们完成后,把萨克斯和余叫到电脑前,快速浏览着一些影像。萨克斯根本看不懂这些深灰色的图像:上面都是些斑点和条纹,许多地方还有不知道什么意思的数字和字母。

其中一名技师说:"大部分是你会在这种年份的建筑物下找到的东西,石头、沙砾和腐木。这部分可能是下水道。"他指着屏幕上的一块。

"这里有一条下大雨时用的排水沟,连着通往哈得孙河的大排水沟。"余工程师说,"应该就是它。"

业主从余的肩膀上看着屏幕。

"很抱歉,先生。"萨克斯不满地说。那个人很不情愿地向后退去。

那名技师点点头。"但是,这里……"他轻轻点着黑色墙壁旁的一个小点,"我们遇到一个东西,但是没有任何结果。"

"一个——"

"如果传回来的信息以前在电脑里出现过,它会指出这可能是什么。但是这个没有结果。"

萨克斯只在黑暗的屏幕上看到一块不是那么暗的区域。

"所以我们又使用超声波,然后得到这个。"

他的伙伴输入一个指令,出现了一个不同的屏幕画面,这次明亮多了,而且有一个清楚的影像。大致是一个圆环,里面是一个不透明的圆形物体,而且似乎有什么东西正从上面脱落。圆环里那个物体的下方,有一堆看起来像是棒状或板状的东西——萨克斯推测,也许是一个坚实的箱子经过多年后四分五裂了。

一位警察说:"那个外围的圆环直径约有二十四英寸。里面是一个三维空间,是个球体,直径为八九英寸。"

"它接近地表吗?"

"水泥地面约有七英寸深,这个东西在它下面六英尺至十英尺的地方。"

"确切在什么地方?"

那个男人从电脑屏幕上抬起头,看看地面,又看看电脑屏幕。他走到地下室后面一堵墙边的一个位置,就在门边,用粉笔画了一个记号。那个物体紧靠着墙。当初砌墙的位置离它只有几英寸。

"我猜那是一个井或者一个蓄水池。也许是一个烟囱。"

"要怎么才能够穿透水泥?"萨克斯问余工程师。

"我的许可,"业主说话了,"但你拿不到,你不能打坏我的地面。"

"先生,"萨克斯耐心地说,"这是警方公务。"

"不管是什么公务,这是我的产业。"

"产权并不是重点。这件事和警察进行的调查有关。"

"好吧,你必须有法院的命令。我是律师,你不准打坏我的地面。"

"我们必须知道它是什么,这很重要。"

"重要?"那个男人问,"为什么?"

"这和几年前的一件犯罪案有关。"

"几年前?"那个男人立刻就挑出了她的弱点,"多久?"也许他真是一名优秀的律师。

你对别人撒了谎,这个谎就会反过来咬你。她说:"一百四十年,信不信由你。"

他笑了起来,"这不是调查,这是在做探索频道的节目。不,不许挖。"

"先生,能合作一点吗?"

"去申请法院命令。除非我是被迫的,否则我不需要合作。"

"这可真是不怎么合作,是吗?"萨克斯反唇相讥迅速反击。她打电话给莱姆。

"情况怎么样?"莱姆问。

她简短地汇报了他们的发现。

"也许是在一幢烧毁的建筑物里的一口井或蓄水池里的一个箱子。埋的地方也很不好。"莱姆要求S&S将影像无线传输给他。他们照做了。

"我收到照片了,萨克斯。"过了一会儿他说,"但不知道这是个什么东西。"

萨克斯提到了那个不合作的市民。

"而且我会继续反对,"在一旁听见这段对话的律师说,"我会亲自到法官面前。我和他们都很熟,彼此都是直接叫名字。"

她听到莱姆正在和塞利托讨论此事。再回到电话上时,他听起来不太高兴。"朗会试着去弄一份搜查令,但这需要时间;而且他不能肯定在这样的案子中,法官会不会核发文件。"

"难道我不能揍这家伙一顿吗?"她小声地抱怨着,挂了电话。她转身面向业主说:"我们会把地面修好,直到完好无缺。"

"我有租户,他们会投诉的,到时我就得去处理。而你不用,你早就消失了。"

萨克斯生气地挥了挥手,心里却在想能不能找个什么理由逮捕他,然后把地面挖开。取得一份搜查令要花多长时间?可能永远也拿不到,她知道法官需要一个"令人信服"的理由让警察进入某人的家里。

电话又响了起来。

"萨克斯,"莱姆问道,"那个工程师在那里吗?"

"大卫·余?是的,就在我旁边。"

"我有一个问题。"

"什么?"

"问问他那个巷道归谁所有?"

虽然并不都是如此,但是在这个案例中,答案是:市政府。那名律师只拥有那一幢建筑物所在的土地、建筑物本身,以及它里面的东西。

莱姆说:"工程师是否有一些设备,可以放在墙的外侧,然后往下挖十英尺,再打一条通道到墙的下方,这样可以吗?"

她不理那名业主,将问题抛给余。他说:"是的,我们可以那样做。如果洞开窄小一些,就不会对结构造成损害。"

窄小,患有幽闭恐惧症的女警想着,这可真是我需要的……她挂了电话,然后对工程师说:"嗯,我要……"萨克斯皱起眉头,"那种上面有个大勺子的东西叫什么?"她对于这种车辆的知识只是它的最高限速是十英里。

"反铲挖土机?"

"听起来是这个,你弄一台到这里要多少时间?"

"半小时。"

她无奈地看了他一眼。"十分钟?"

"我试试看。"

二十分钟后,随着倒车的哔哔声,一辆市政车开到了建筑物旁。再也无法隐藏他们的策略了。那名业主挥舞双手走上去。"你们要从外面挖!你们也不能这么做。我拥有这个产业,从天上到地下都是我的。法律是这样规定的。"

"是这样,先生,"那位瘦瘦的年轻公务员大卫·余说,"这幢建筑物底下有公用事业管道,因此我们有权靠近。我肯定你知道这一点。"

"但是那该死的排水沟是在这幢房产的另一边。"

"我不这么认为。"

"屏幕上是这样显示的。"他指着一台电脑,此时屏幕恰好暗了下去。

"哦,"S&S组的警察叫了一声,他正好关了电脑,"这鬼东西总是死机。"

那位业主怒气冲冲地看着他,然后对余说:"你们要挖的地方没有排水沟。"

余耸耸肩。"好吧,你知道,当有人对排水沟的位置有争议时,他要向法院申请命令才能阻止我们。也许你可以给你的法官朋友打个电话。而且,先生,你知道吗?你最好动作快一点,因为我们就要挖进去了。"

"但是——"

"开始!"余大叫一声。

"是真的吗?"萨克斯小声问他,"有关排水沟的事?"

"不知道。不过他似乎相信了。"

"谢谢。"

挖土机开始工作了,用了不长时间。十分钟后,挖土机在

S&S组的指引下挖出了一个四英尺宽、十英尺深的土坑。房子的地基在地表下六英尺处就终止了,下面是一层黑土和灰色的黏土。萨克斯必须下到坑底,然后从水平方向挖大约十八英寸,找到那个蓄水池或是井。她穿上特卫强防护服,戴上有顶灯的头盔。因为不知道手机在坑洞里的信号如何,她用无线电对讲机呼叫莱姆。"我准备好了。"她说。

警犬警官盖尔·戴维斯牵着维加斯走过来。它被狗链拴着,它的爪子不停地刨着洞口边缘。女警说:"下面有东西。"

就像我不够紧张一样,萨克斯想,看着那条狗不安的脸。

"那是什么声,萨克斯?"

"盖尔在这里。她的狗对这个地方有点反应。"

"有什么特别的吗?"萨克斯问戴维斯。

"没有,可能它感觉到了什么东西。"

维加斯低声吼着,同时挠着萨克斯的腿。戴维斯告诉过萨克斯,布里犬的另一项技能是在战场上分辨情势——它们曾被医护兵用来判断哪个伤员还有救,哪个已经不行了。萨克斯想维加斯将她视为了后者。

"看紧点,"萨克斯带着不安的笑容,对戴维斯说,"万一我需要向外逃生。"

余自愿要下到坑洞——他说他喜欢隧道和洞穴,这让阿米莉亚·萨克斯大为震惊。但是她拒绝了。毕竟这是个犯罪现场,即使它有一百四十年之久;根据犯罪现场调查的程序,无论那个球状体的坚固箱子是什么,都是要收集和保存的证据。

市政府的工人在坑里放了一架梯子。萨克斯站在梯子上往下看,不禁叹了口气。

"你还好吗?"余问道。

"很好。"她故作轻松地说，然后开始进入坑里。她心想：在桑福德基金会档案室里的幽闭恐惧症跟这个无法相比。到坑底后，她拿出余给她的铲子和镐，开始挖起来。

她浑身是汗，一阵阵的恐惧让她浑身战栗，她一铲一铲地挖着，每挖一下都似乎看到这个坑忽然塌陷，把她埋在了里面。

石头滚了出来，硬土也挖松了。

永远埋在泥土之下……

"看到了什么，萨克斯？"莱姆通过无线电对讲机问道。

"泥土、沙、虫子、几个铁罐，还有石头。"

她在建筑物的下方向前推进了大约一英尺，然后是两英尺。

她的铲子嘣的一下碰到了什么东西，停了下来。她将泥土拨开，发现自己正面对一堵圆形的砖墙，很古老，砖块之间笨拙地抹着灰泥。

"发现了什么东西，是蓄水池的侧面。"

土坑内侧的泥土纷纷落下，这比一只老鼠从脚边跑过更让她害怕。脑子里忽然出现一幅画面：泥土吞没了她，不能动弹，泥土压上胸膛、塞满了鼻子和嘴巴。被泥土淹死……

好了，姑娘，放松。萨克斯深吸了几口气。坑壁上又落下更多泥土。大约有一加仑的泥土落在她的膝盖上。"你觉得我们应该把它撑一撑吗？"她对余叫道。

"什么？"莱姆问。

"我在跟工程师说话。"

余喊道："我认为能支撑得住。这里的泥土潮湿，有足够的黏度。"

也许。

工程师继续说："如果你想支撑，我们能做到，但建立框架需要几小时的时间。"

"不要紧。"她对他说,然后向着对讲机叫,"林肯?"

停顿了一下。

她吃了一惊,因为发现自己在直呼着对方的名字。他们两人都不迷信,但一直严格遵守一个规则:在工作时直呼对方的名字会带来厄运。

他的犹豫告诉她,林肯也意识到她打破了规则。最后他说:"继续吧。"

沙砾和干土又一次从坑壁落下,掉在她的脖子和肩膀上。砂石泥土打在特卫强防护服上,声音显得更大。她往后一跳,以为坑壁要垮下来了,倒吸了一口气。

"萨克斯?你还好吗?"

她看看四周。没事,墙壁还撑在那里。"还好。"她继续将圆形的砖墙上的泥土刮除,用镐凿去灰泥。她问莱姆:"对里面的东西有什么新想法吗?"问这个问题主要是为了听听他的声音,安抚一下自己。

一个有尾巴的球。

"没什么想法。"

萨克斯用镐用力一击,一块砖头应声而落,接着第二块,泥土从那个井里倾泻而出,淹没了她的膝盖。

该死,我恨这种事。

更多的砖块,更多的沙砾、鹅卵石和泥土。她停了下来,从跪着的腿上清除了成堆的泥土,然后又继续工作。

"怎么样了?"莱姆问道。

"还撑在这里。"她说着移去了好几块砖。她身边已经十几块砖了。她转过头,让帽子上的灯光往砖墙背后照去:墙上满是黑土、灰烬、焦炭和碎木。

她开始朝蓄水池里厚厚的干土挖下去。松软的泥土如流水般倾泻而下,在她头灯的照射下发出反光,她想,这土好像一点黏性都没有。

"萨克斯!"莱姆大叫道,"停!"

她倒抽了一口气,"什么——"

"我刚才又看了一遍那起纵火事件。上面说当时在酒馆里的地下室曾发生爆炸。当年的手榴弹就是装了引信的圆球。查尔斯当时肯定带了两颗在身上,就是那个圆球!你身边就是尚未引爆的一个。这东西和硝化甘油一样不稳定。这就是那条狗感觉到的东西!爆炸物!赶快离开。"

她抓住井边,想借力站起来。

但是她抓的砖块忽然崩塌,她仰面朝天摔了下去,而从那井里忽然涌出的泥土像潮水般竖着灌了进去。她的四周都是石头、沙砾和泥土,压得她身体弯曲,埋住了她的双腿,并且扑向她的胸口和脸部。

她大叫起来,拼命想站起来。但是她做不到,泥土已经没过她的手臂了。

"萨——"头上的无线电通话器被扯掉时,她听到了莱姆的声音。

更多的泥土如瀑布般倒在她身上,重量将她困住了。

接着,萨克斯又尖叫一声——她看见那颗圆球在泥土带动下,从砖墙的缺口掉了出来,滚到她动弹不得的身体旁。

贾克斯离开了他的地盘。

他将哈莱姆留在身后,留下了那个地方和那里的精神状态。离开了那放满了威士忌酒瓶的空地;离开了那家商店前的帐篷;离开了那张被风雨侵蚀而褪了色的"红魔鬼碱液"海报——在马拉孔·X的时代,黑人常用这种东西来使头发变直;离开了那些一心想成为闯空门者的青少年,以及在嘉维公园举行的打击乐器演奏会,还有那些卖玩具、拖鞋、廉价首饰、挂着织物和壁饰的摊子。他离开了所有重新开发的新建筑,离开了那些游览车。

这是少数几个他从来不曾涂过"Jax157"标记或画上快速涂鸦的地方之一,这里是西中央公园的高级住宅区。

他瞪着吉纳瓦·塞特尔现在所在的建筑物。

在靠近她位于一一八街住处的附近巷子里发生了意外事件后,看到吉纳瓦和那名男子坐进了灰色汽车,贾克斯便钻进另一辆出租车,跟着警察的车来到这里。他不知道是谁住在这里。房子的前面停着两辆警车,从楼梯到人行道都有斜坡,仿佛是为坐轮椅的人而设计的一样。

他跛着脚慢慢穿过公园,眺望着那幢建筑物。那个女孩到底在里面干什么?他想要张望一下,但是窗帘都放下来了。

另一辆车是警察常开的那辆皇冠轿车——停了下来,两名警察从车上下来,拿着一只由胶带封起来的廉价的装衣服的箱子和一箱箱的书籍。他猜,也许是吉纳瓦的,她搬进来了。

她被保护得更加严密了,他沮丧地想。

他走进灌木丛,趁门开的时候看得更清楚一点,但就在此时,另一辆巡逻警车慢慢驶过。里面的警察似乎在扫视公园和人行道。贾克斯记下了建筑物的门牌号码,转身消失在公园。他向北走,回到哈莱姆。

他感受到袜子里的枪,也感受到在北方两百英里之外的假释官的力量,他这会儿可能正想着要对他在布法罗的公寓来上一场突袭。贾克斯忽然想起那个喜欢靠在任何一个东西上的埃及小法老拉尔夫曾经问过他的一个问题:你所做的一切,值得你冒这些风险吗?

现在他想到这句话,立刻想转身回家。

而且他想:二十年前冒的风险,在中央公园大道时速六十英里的车潮上方三十英尺高的天桥上,在一根六英寸的铁架上,留下"Jax157"的标记,值得吗?

六年前冒的风险值得吗?将十二发子弹推上枪膛,在抢劫时将枪口对准装甲车司机的脸,最后只是为了抢五六万美元。这些钱能帮他熬过难关,让他的生活重新回到正常轨道吗?

而且他知道,妈的,拉尔夫的问题本身根本没有任何意义,因为它表示了一种选择权。当时或现在,是对或是错,都不重要。阿朗佐·"贾克斯"·杰克逊将会一直向前。如果这件事做成了,他将重新过起正当的生活,在哈莱姆,在他的家里,无论如何,那个地方造就了他——他在那里创造了他的签名,还在那里贮放了数千罐的喷漆。他只是在做该做的事。

小心。

在皇后区安全屋里,汤普森·博伊德戴着防毒面具、呼吸器和厚厚的手套。他慢慢地将酸和水混合,然后检查浓度。

小心……

这就是难处理的部分。旁边放着一堆氰化钾粉末,当然是危险的,这足够杀死三十人到四十人,不过在干燥的时候它还是相当稳定的。就像他放在警车里的那个毒气弹,那白色的粉末必须和硫酸混合，以产生致命的硫酸毒气——这就是纳粹在他们的毒气室使用的臭名昭著的齐克隆B[①]。

但最大的变数就是硫酸。浓度太低，产生毒气的速度会很慢，会让被害人闻到气味后脱逃。但如果酸性太强，浓度超过百分之二十时，就会导致氰化物在溶解前先爆炸，从而达不到需要造成的致命效果。

汤普森要尽量使浓度接近百分之二十，原因很简单：他要放置这一装置的地方——吉纳瓦·塞特尔现在所在的西中央公园的一幢老建筑，不是密封的空间。在知道女孩藏匿的地点后，汤普森观察了那幢房子，注意到那里的窗户不是密封的，空调系统也很旧。要把这幢大房子变成一间毒气室，可是一项挑战。

……哦，现在你必须了解我们正在进行的事。它和生命中每件事一样，不可能百分之百成功。事情不一定都如我们所料……

昨天他告诉雇主说，下一次取吉纳瓦的性命一定会成功，但是现在他不是那么有把握了。这些警察的确十分厉害。

我们只好再做一次，并且不断努力。我们不能对它产生情绪。

好吧，他没有情绪，也不担心。但他需要激进的做法——从各个方面。如果向那幢房子里灌入毒气能将吉纳瓦杀死，很好，但这不是他的主要目的。他至少还要干掉屋里的其他几个人——那些搜查他和他雇主的调查人员。杀了他们、让他们昏迷、脑部受损——都可以，重要的是削弱他们的力量。

汤普森再一次检查了液体的浓度，稍作调整，因为空气会改变酸碱平衡。他的手有点不稳。因此，他走开了，让自己平静下来。

[①]齐克隆B（Zyklon-B）是氰化物的化学药剂，原本用作杀虫剂，但被纳粹德国用来在灭绝营进行大屠杀。

嘶……

他吹的曲子变成了《天梯》。

汤普森往后靠,想着该如何将这枚毒气弹进入那幢房子。他想到了几个办法,包括一两个他认为肯定能奏效的方法。他又一次测试了液体的浓度,并且下意识地从面罩的呼吸口中吹出口哨。分析仪所显示的浓度已经到了19.99394%。

完美。

嘶……

出现在他脑子里的新旋律是贝多芬第九号交响曲中的《欢乐颂》。

阿米莉亚·萨克斯既没有被泥土压死,也没有被不稳定的十九世纪炸弹炸死。

她现在就在莱姆的实验室里,洗过澡、换上了干净的衣服,在检查一个小时以前从那个干蓄水池中掉在她腿上的东西。

这并不是一个老式炸弹。但是也可以基本确定它就是查尔斯·辛格尔顿一八六八年七月十五日留在那里的。

莱姆的轮椅停在萨克斯身旁的桌子前,盯着证据收集纸盒里的东西。戴着乳胶手套的库柏也加入进来。

"我们必须告诉吉纳瓦。"莱姆说。

"必须吗?"她不情愿地说,"我不想这么做。"

"告诉我什么?"

萨克斯猛地转身。莱姆也从桌子前往后退,不情愿地让"暴风箭"转了一圈,心里想着:真该死,我们应该更小心一点的。

吉纳瓦·塞特尔就站在门口。

"你在酒馆的地下室发现了一些和查尔斯有关的东西,是吗?你发现他真的偷了那笔钱。那才是他的秘密?"

莱姆看了萨克斯一眼,然后说:"不,吉纳瓦,不是的。我们发现了一些别的东西。"他向那个盒子点了点,"就在那里,你看。"

那个女孩走近了些。她停下来,睁大眼睛看着一个棕褐色的人类头骨。这就是他们超声波影像显示的东西,滚到萨克斯的腿边的也是它。在盖尔·戴维斯的布里犬维加斯的协助下,萨克斯将剩下来的骨头全都收集起来,这一定就是那条狗先前觉察到的东西。莱姆判断,这些骨头——萨克斯原本以为是一个散开的木箱——是一个男人的骨头。这个人显然是在查尔斯点火之前,被垂直地塞在波特园酒馆地下室的蓄水池中的。超声波影像扫描到头骨上端和下面的一条肋骨,于是看起来像一个有引信的炸弹。

其他的骨头放在工作台上的第二个纸箱里。

"我们可以确定这个人是查尔斯杀害的。"

"不!"

"然后他烧了酒馆,掩饰罪行。"

"你们根本就不可能知道。"吉纳瓦很快地说。

"是,我们是不知道。但这是合理的推论。"莱姆解释说,"他的信上说,他要到波特园去,还带了他的科尔特左轮。那是一把内战时期的手枪。它和今天的手枪不同,现在我们可以从弹仓的后方装弹,但在当时,你必须从前方装弹丸和火药。"

她点点头,眼睛盯着那些褐色和黑色的骨头,以及没有眼睛的头骨。

"我们在资料库里发现了一些这种枪械的资料。这是一把点三六口径的手枪,但是内战中的士兵大都使用点三九口径的子弹。比枪管稍大一点,可以塞得比较紧,射击的准确度也比较高。"

萨克斯拾起一个小塑料袋。"这是在头骨的洞里发现的。"袋子里是一颗小小的铅球,"而这是一颗点三九口径的子弹,是从点三六口径的手枪里发射的。"

"但是这并不能证明任何事。"她瞪着那颗头骨前额上的小洞。

"不,"莱姆温蔼地说,"它指出,非常明确地指出,查尔斯杀了他。"

"那这个人是谁?"吉纳瓦问。

"我们不知道。即使他身上装有身份证明,也早就和衣服一起被烧毁或分解了。我们找到子弹,还有一把可能是他带着的小枪、几枚金币和一只上面有字的戒指……是什么字,梅尔?"

"Winskinskie。"他举起一个塑料袋,里面有一枚金质的印章戒指。字的上方刻着一个美国印第安人的肖像。

库柏很快就发现在德拉瓦尔印第安人的语言中,这个词的意思是"看门人"或"守门人"。这也许是那名死者的名字,但他的胸骨结构看起来并不像是美国原住民。莱姆觉得,这更像是一种兄弟会、学校或居住点的标语,库柏已经发了电子邮件,询问一些人类学家和历史学家是否听说过这个词。

"查尔斯不会这么做,"他的后代低声说,"他不会杀人。"

"子弹打中这人的前额,"莱姆说,"并不是从后方射击的。而且萨克斯在蓄水池里发现的那把手枪可能是属于被害人的。这说明开枪可能是出于自我防卫。"

虽然事实说明查尔斯自然是带着一把枪到酒馆的,但他可能也预料到会出现某种暴力。

"我当初根本就不应该开始,"吉纳瓦低声说,"愚蠢。我不喜欢过去,完全没有意义。我恨它!"她转过身,跑到走廊里,然后上了楼。

萨克斯跟了过去。过了几分钟后,她回来了。"她在看书,她说想一个人待着。我想她会好的。"但是,她的声音听起来并不确定。

莱姆看着那些资料,这是他勘查过的最古老的犯罪现场——一百四十年前。搜寻目的是能够发现一些线索,引导他们找到雇用不明嫌疑犯一〇九的人。但是得到的却是吉纳瓦的祖先可能是杀人凶手的消息,而且这差点让萨克斯送了命,也让吉纳瓦很失望。

他打量着那张倒吊人塔罗牌的复印件,牌上的人也平静地从证物板上望着他,似乎在嘲弄莱姆的沮丧。

库柏说:"嘿,这里有些东西。"他盯着电脑屏幕。

"Winskinskie?"莱姆问道。

"不是。听着,是我们那种神秘物质的答案,就是阿米莉亚在不明嫌疑犯伊丽莎白街的安全屋以及在吉纳瓦姑婆家附近找到的东西。"

"是该有回音了。到底是什么鬼东西?毒素?"莱姆问道。

"我们这个坏男孩患有干眼症。"库柏说。

"什么?"

"是妙灵。"

"眼药水?"

"是的。组合成分完全相同。"

"好。把这条加到证物板上,"莱姆命令托马斯,"也许这只是暂时性的,因为他使用酸剂。如果这样的话,对我们就没什么帮助。但是它也可能是一种慢性病，很好。"

鉴定科学家喜欢有生理疾病的嫌疑犯。莱姆的书里有部分专门提到如何通过处方笺或柜台销售药品、一次性皮下注射器、处方眼镜、整形病人戴的特殊矫正器等，来追查疑犯踪迹。

这时，萨克斯的电话响了。她接起来听了一会儿。"好，我十五分钟内赶到。"她挂了电话，看着莱姆，说："嗯，这个很有趣。"

28

当阿米莉亚·萨克斯走进哥伦比亚—普里斯拜特安医院的重症病房时，她看到两个普拉斯基。

一个躺在病床上，全身缠着绷带，身上爬满了各种塑料管。他两眼空洞，嘴巴松松地张着。

另一个在他床边，很不舒服地坐在塑料椅子上。一样的金发，一样清新的脸孔，同样穿着笔挺的纽约市警察的蓝色制服，和普拉斯基昨天在非洲裔美国人博物馆前被萨克斯招募、假装去研究一堆垃圾时一样的打扮。

要几块糖？……

她对着那个如镜子影像般的普拉斯基眨眨眼。

"我是托尼，罗恩[①]的弟弟，你大概已经猜到了吧。"

"你好，警探。"普拉斯基有气无力地和萨克斯打招呼。他的声音不太对，听起来拖泥带水的。

"你的感觉如何？"

[①]罗恩，罗兰德的昵称。

"吉纳瓦还好吗?"

"她还好。我想你已经知道了——我们在她姑婆的住处阻止了他的行动,但他逃走了……你疼吗?一定很疼。"

他看了看静脉注射,"……现在没有任何感觉。"

"他会好的。"

"我会好的。"罗恩重复着他弟弟的话,然后深吸一口气,眨眨眼。

"大概要一个月,"托尼说,"要进行一些治疗。他会重返工作的。有几处骨折。没有什么内伤。脑袋很硬,我爸常这么说。"

"硬脑袋。"罗恩笑了起来。

"你们一起上的警校?"她拉过一张椅子坐下了来。

"对。"

"你是哪个局的?"

"第六分局。"托尼回答。

第六分局处于西格林尼治的心脏地带。那里没有太多凶杀、劫车或毒品案,大部分是入室盗窃、同性恋事务,以及情绪艺术家或作家情绪失控等事件。不过第六分局也是防爆小组的总部。

托尼很震惊,当然,也很生气。"那家伙不断地攻击他,甚至在他倒地后还不放过。他没必要这样做的。"

"但是,也许,"罗恩口齿不清地说,"他花了时间……花了比较多的时间在我身上。于是他没……没有机会去追吉纳瓦。"

萨克斯笑了。"你有点像那种想着杯子里有一半水的人。"她并没有告诉他,不明嫌疑犯一〇九把他打得半死,为的只是从他的手枪里取出一颗子弹来分散他们的注意力。

"谢谢吉纳瓦,替我谢谢她,那本书。"他的头还不能转动,只是用眼睛看着床边的小桌,桌上放着一本《杀死一只知更鸟》,"托尼读给我听了,他连那些很难的字都会念。"

他弟弟笑了起来。"你这个笨蛋。"

"罗恩,你能告诉我们些什么?这家伙很聪明,而且还在外面四处游荡。我们需要一些有用的资料。"

"我不知道,女士……警探。我当时正在巷道里来回走着。他趁我要走向街道时袭击我。我转身往回走,那条巷子……我根本没想到会遇到他。他躲在那幢建筑物的拐角处。我走到那里,看到那个家伙,他戴着面罩,像是滑雪面罩。然后事情就发生了,棍子、棒子,来得太快了。看不清怎么回事。他狠狠地打我。"他又眨眨眼睛,然后闭上了,"是我不小心。太靠近墙了。以后再也不会那么做了。"

你以前不知道,现在知道了。

"一阵嗖嗖声。"他的脸抽搐了一下。

"你还好吗?"他弟弟问。

"我还好。"

"嗖嗖声。"萨克斯把椅子拉近,鼓励他继续往下说。

"什么?"

"你听到嗖嗖声。"

"是的,我听到了,女士。哦,不,警探。"

"没关系,罗恩。叫我什么都行。你看到什么了吗?任何东西?"

"这个东西,像一根棒子。不,不是蝙蝠侠和罗宾。是一根棒球棍,就打在我脸上。哦,我告诉过你了,然后我倒了下来。我是说,警探,不是女士。"

"不要紧,罗恩。你还记得当时的情形吗?"

"我不知道。我记得我躺在地上。想着……我当时想他要抢我的武器。我想控制我的武器。书里写过,不能让它被抢走,'总是控制住你的武器'。但我没做到。他拿走了。我死了,我知道我死定了。"

她温柔地鼓励他。"你记得看到什么了吗?"

"一个三角。"

"一个什么?"

他笑了,"一个三角形的纸盒子。放在地上。我动不了。我就看到这个。"

"这个纸盒是不明嫌疑犯的吗?"

"那个三角?不,那只是垃圾。我是说,那是我唯一看到的东西。我想爬,但我想我做不到。"

萨克斯叹了口气。"你当时是躺在地上的,罗恩。"

"是吗?……我仰面躺在地上?"

"好好回想,也许你看到了天空?"

他眯起眼睛。

她的心跳加快了。他有没有看到些什么呢?

"血。"

"什么?"

"当时我的眼睛里有血。"

"血吗?"他弟弟问。

"对,是血。什么也看不见。没有三角,没有房子。他抢了我的枪。他在我旁边站了好几分钟。然后我就什么都不记得了。"

"他在你旁边?有多近?"

"我不知道。不是很近,看不到。太多的血。"

萨克斯点点头。看来这个可怜的人累坏了。他费劲地喘着气，眼神比她刚来的时候更加散乱。她站起身，"让他休息一下。"她问道，"你听过特里·多宾斯吗？"

"没。他是……"这位受伤的警察还做了个鬼脸，"他是谁？"

"局里的心理学家。"她看着罗恩笑了一下，"这会让你丧失活力一段时间，你应该和他谈谈。他是最合适的人选，最棒的一个。"

罗恩说："不需要——"

"巡警？"她严厉地说。

他抬起一边眉毛，皱了一下脸。

"这是命令。"

"是的，女士。我是说……女士。"

安东尼①说："我会让他照做的。"

"你会……替我谢谢吉纳瓦吗？我喜欢这本书。"

"我会的。"萨克斯将背包往肩上一甩，开始往门外走。刚跨出门，她又停了下来，转过身，"罗恩？"

"什么？"

她回到他的病床旁，又坐了下来。

"罗恩，你说不明嫌疑犯曾在你身旁停留了几分钟。"

"对。"

"那么，如果你眼睛里有血，你看不见，又怎么知道他在那里？"

那个年轻的警察皱起眉头。"哦……对。有些事我忘记告诉你了。"

---

①托尼是安东尼的昵称。

"莱姆,我们的杀手有一个习惯。"

阿米莉亚·萨克斯回到了实验室。

"什么?"

"吹口哨。"

"叫出租车吗?"

"吹音乐。普拉斯基听到的。他被打之后躺在了地上,不明嫌疑犯便拿走了他的武器,然后,我想,用了几分钟把子弹绑在香烟上。他在做这些事时,一直在吹口哨。非常轻柔,罗恩说,但他肯定那是在吹口哨。"

"没有职业杀手在工作时还吹口哨的。"莱姆说。

"你会这样想。但是我也听到了。在伊丽莎白街的安全屋,我当时还以为是收音机或别的什么,他吹得很好。"

"新手怎么样了?"塞利托问。他没有再去揉搓脸上那块看不见的血迹了,但还会不时想这样做。

"他们说他会好起来的。大约需要治疗一个月,我让他去找特里·多宾斯。罗恩伤得很重,不过他弟弟在照顾他,他也是一名制服警察。他们是一模一样的双胞胎。"

莱姆并不惊讶。参军入伍常常会成为家庭风气。"警察"可能也是一种人类基因。

但是塞利托听到两兄弟都当警察的消息却摇了摇头。他似乎更加不安了,好像这家人受这次攻击的影响是他的过错一样。

不过现在没时间来驱除警探心中的恶魔。莱姆说:"好,我们现在有一些新的信息了,让我们来使用它。"

"如何使用?"库柏问。

"到目前为止,查理·塔克的谋杀案还是我们最接近一〇九先生的一条线索。所以,显然,"鉴定专家补充道,"我们应该打电话给得州。"

"这就打。"萨克斯说着按下电话上的免提键。

波特园酒馆现场（一八六八年）

·绞架山的酒馆——位于上西城第八十街，在十九世纪六十年代是一个混合社区。

·波特园当时可能是"老板"特威德等一些腐败政客出没的地方。

·查尔斯于一八六八年七月十五日来到这里。

·爆炸后烧毁，很可能就发生在查尔斯去过之后。掩藏他的秘密？

·在地下室发现尸体，男性，假设是被查尔斯·辛格尔顿所杀。

·被击中前额，武器是点三六口径的科尔特左轮装了点三九口径的弹丸（查尔斯·辛格尔顿拥有这种武器）。

·金币。

·该男子有手枪。

·没有身份证明。

·一枚上面刻有"Winskinskie"字样的戒指。

·在德拉瓦尔印第安人的语言中，这个词是"看门人"或"守门人"的意思。

·目前在寻找其他含义。

东哈莱姆现场（吉纳瓦姑婆公寓）

·使用香烟和九毫米子弹作为爆裂装置，分散警察的注意力。"荣誉"牌香烟，无法追踪。

·指纹：没有，只有手套纹。

·毒气装置：

·玻璃罐、铝箔、蜡烛台。无法追踪。

·氰化物和硫酸。均无标记，无法追踪。

·与伊丽莎白街发现的清澈液体类似的物质。

·判断是妙灵眼药水。

·有橘色油漆的碎屑。冒充建筑工地或高速公路工人？

伊丽莎白街安全屋现场

·使用通电的陷阱。

·指纹：没有。有手套印。

·安全监视器及显示器：无线索。

·塔罗牌，少了第十二张牌。无线索。

·吉纳瓦·塞特尔被袭击的博物馆及对面街道的手绘地图。

·物证：

·炸豆泥和酸奶。

·从桌面刮下的木屑中有纯硫酸。

·清澈的液体，不是爆裂物。送联邦调查局实验室。

·判断是妙灵眼药水。

·更多绳索纤维。绞绳？

·在地图中含有纯碳。

·安全屋是比利·多德·汉米尔用现金付钱租下的。此人符合不明嫌疑犯一〇九的外貌描述，但没有找到关于真正的汉米尔的线索。

非洲裔美国人博物馆现场

· 强奸用品袋:

· 塔罗牌,一副牌中的第十二张——倒吊人,代表心灵探索。

· 有笑脸的袋子。

· 过于常见,难以追查。

· 开箱小刀。

· 特洛伊牌安全套。

· 水管胶带。

· 茉莉花香。

· 花五块九毛五购买的不明物品。可能是一顶长毛线帽。

· 收据,说明这家店是在纽约市,是折扣百货商店或药品店。

· 可能在小意大利区莫贝里街的商店购买。店员可以辨认不明嫌疑犯。

· 指纹:

· 不明嫌疑犯戴着乳胶或聚乙烯手套。

· 强奸用品袋中物品上的指纹属于手掌小的人,指纹自动辨别系统比对后没有结果。可能是店员的。

· 物证:

· 棉纤维绳索,有人类血渍。绞绳?

· 送 CODIS。

· 无与之相符的 DNA 比对结果。

· 爆米花和棉花糖,上有犬类动物尿液。

·武器：

·警棍或武术用器械。

·手枪是一把北美枪械公司的点二二缘发式麦格农手枪，黑寡妇或小巨人。

·自制弹药，开花式弹壳里塞满细针。IBIS 或 DRUGFIRE 上没有与之相符的比对。

·动机：

·不明。强奸可能只是烟幕。

·真正的动机可能是偷窃装有一八六八年七月二十三日《有色人种每周画报》的缩微胶片，以及因为 G. 塞特尔对其中一篇文章有兴趣而杀她，有兴趣的原因不明。这篇文章的内容有关她的祖先查尔斯·辛格尔顿（见下表）。

·被杀的图书管理员曾报告说，另外还有人也要看这篇文章。

·调查图书管理员的电话记录以核实此事。

·没有线索。

·向其他雇员调查有关要求查阅文章的信息。

·没有线索。

·寻找该文章的复本。

·几个消息来源都称有一男子要求查阅这篇文章。但没有线索可供调查。这本杂志的收藏大多已遗失或毁损。找到一份（见下表）。

·结论：G. 塞特尔可能还处于危险之中。

·动机可能是保守秘密：她的祖先发现宪法第十四条修正案无效，而这将对大部分美国民权与公民自由法律造成威胁。

·案件描述送 VICAP 和 NCIC。

·五年前发生在得州阿玛利诺的谋杀案。类似的手法——刻意布置的犯罪现场（表面是仪式性谋杀，但是真正动机不明）。

·受害人是退休的狱警。

·嫌疑犯合成照片传到得克萨斯。

·无人认出。

·三年前发生在俄亥俄州的谋杀案。类似的手法——刻意布置的犯罪现场（表面是性攻击，但是真正的动机可能是雇凶杀人）。档案遗失。

不明嫌疑犯一〇九的描述

·白人男性。

·身高六英尺，体重一百八十磅。

·中年。

·声音普通。

·利用手机以接近被害人。

·穿三年或三年以上的十一号贝斯牌步行鞋，浅褐色。右脚稍呈外八字。

·特别的茉莉香气。

·黑色裤子。

·黑色滑雪面罩。

·在杀害目标和脱身时会杀害无辜。

·很可能是受雇的杀手。

- 可能是曾在得州阿玛利诺服刑的囚犯。
- 说话有南方口音。
- 修剪整齐的浅褐色头发，面颊光滑。
- 没留指纹。
- 穿一件黑色雨衣。
- 可能没有吸烟的习惯。
- 建筑工地、公共设施、高速公路工人？
- 用妙灵眼药水。
- 吹口哨。

　　　　不明嫌疑犯一〇九雇主的描述
- 目前尚无信息。

　　　　不明嫌疑犯一〇九帮手的描述
- 黑人男性。
- 四十岁左右。
- 身高六英尺。
- 身材结实。
- 穿绿色军用夹克。
- 有犯罪记录。
- 跛脚。
- 持有武器。
- 面颊光滑。
- 戴黑色头巾。
- 在等待进一步的证人和监控录像带。
- 录像带没有结果，送实验室分析。

·穿旧工作鞋。

查尔斯·辛格尔顿的描述

·前奴隶，G.塞特尔的祖先。已婚，有一子。主人给了他在纽约州的一个农场。同时还担任教师工作。早年曾参加民权运动。

·据称查尔斯在一八六八年犯下盗窃罪，被偷走的缩微胶片上有关于此事的文章。

·据称有一个可能与此案有关的秘密。担心这个秘密如果公开会带来悲剧性的结果。

·曾参加纽约市绞架山的会议。

·卷入某种危险活动？

·与弗雷德里克·道格拉斯及其他人一起工作，以求宪法通过第十四修正案。

·《有色人种每周画报》上报道的罪行：

·查尔斯撬开了纽约的自由人信托基金会的保险箱，并有证人看到他偷窃后离去。威廉·西姆斯探长将其逮捕。他的工具在附近被找到。失窃的大部分财物都找回来了。他被判五年监禁，但没有他服刑的信息。人们认为他是利用与早期民权领袖的关系进入基金会的。

·查尔斯的信件：

·第一封信，给妻子：一八六三年席卷纽约州的反黑人浪潮，私刑、纵火。黑人拥有的产业有风险。

·第二封信，给妻子：查尔斯在内战后期参加阿波马托克斯战役。

·第三封信，给妻子：参与民权运动，因此感到威胁。

因保守一个秘密而感到困扰。

　　·第四封信，给妻子：带着枪去波特园酒馆寻找"正义"。结果是灾难性的。真相现在仍然埋在波特园中。他的秘密是所有不幸的根源。

"喂？"

"嗨，你好，J.T.，我是纽约的林肯·莱姆。"用名字缩写称呼某个人，而且是得克萨斯人——更别提他慢吞吞的音调——让你很容易在对话当中用"嗨""听着"这样的字眼。

"哦，是你，先生，还好吗？呃，上次我和你谈话过后读了一些你的资料，不知道原来你这么有名！"

"呃，只不过是一名前公务员罢了，"莱姆用不太诚恳的谦虚态度说，"如此而已。我们寄给你的照片有什么好消息吗？"

"抱歉，莱姆探长。事实是，从这里'毕业'的白人中有一半长得像他。此外，我们就像大多数的管教机构一样，人员经过一次大洗牌。很难找到查理·塔克在职时就在这里工作的人。"

"我们又得到一些关于他的信息，也许有助于缩小范围，你有时间吗？"

"说吧。"

"他也许有眼睛方面的问题。他经常使用妙灵眼药水。这可能是最近的事，但也可能在他当犯人时就这样了。还有，我们认为他有吹口哨的习惯。"

"吹口哨？像是对女人吹口哨那样？"

"不，吹旋律，歌曲。"

"哦，好的，等一下。"过了漫长的五分钟后，他又回到线上，"抱歉，没人记得有谁吹口哨，或眼睛不好，没有什么特别的。但是我们会继续寻找。"

莱姆谢过他，挂了电话。他沮丧地看着证物板。二十世纪初，有史以来最伟大的犯罪学家之一，法国的埃德蒙·洛卡德提出了"交换原则"，他认为在每一个犯罪现场，都会发生证物交换的情形，无论这种交换是多么细微，还是会在嫌疑犯与现场之间，或嫌疑犯与被害人之间发生。刑事鉴定人员的任务就是找出这种证据。然而，洛卡德的原则并不是说，仅仅建立这种关联就能找到嫌疑犯。

他叹了口气。好吧，他早就知道过程会很漫长。他们手上有什么？一个模糊的电脑拼图、一种潜在的眼疾、一个可能的习惯、对一名狱警的怨恨。

其他还有——？

莱姆皱着眉。他正盯着塔罗牌中的第十二张。

倒吊人并不表示某人在受惩罚……

也许不是，但它毕竟描述了一个人被倒吊在绞刑台上。

他的脑中忽然闪过什么。他再一次凝视着证物板。上面写着：警棍、伊丽莎白街的通电陷阱、毒气、集中在心脏部位的子弹、对查理·塔克的私刑，那根带血的绞绳纤维……

"哦，该死！"他大叫一声。

"林肯？怎么回事？"库柏关切地看着他的老板。

莱姆叫道："指令，重拨！"

电脑的回应显示在屏幕上：我不明白你在说什么。你要我做什么？

"重拨号码。"

我不明白你在说什么。

"妈的！库柏、萨克斯……谁来按一下重拨键！"

库柏照办了，几分钟后，刑事鉴定专家再一次和阿玛利诺的典狱长通上了话。

"J.T.，还是林肯。"

"是的，先生？"

"忘了同行。我想查一查狱警。"

"狱警？"

"某个曾经在你手下工作的人。他有眼睛方面的病，爱吹口哨，在查理·塔克被杀前，或那个时间前后曾在死刑犯牢房工作。"

"我们根本没想到员工。而且，再说一遍，大部分人五六年前并不在这里工作。不过请稍等，我去问问。"

那个倒吊人的图案让莱姆产生了一个想法。然后他想到不明嫌疑犯一〇九使用的武器及技巧。这些都是行刑的方法：氢酸气体、电击、绞刑、集中往心脏射击子弹，就像一个行刑队。而他用来制伏被害人的武器是狱警随身携带的那种警棍。

过了一会儿，他听到电话里传来对方的声音："嗨，莱姆探长？"

"请说，J.T.。"

"相当肯定的，有一个人说，这倒是提醒了他。我打电话给我们一个退休的狱警，以前负责行刑，叫佩珀。他同意来办公室和你通话。他住得很近，几分钟就到。我们会再打电话给你。"

又看了一眼那张塔罗牌。

改变方向……

漫长得令人难以忍受的十分钟过去了，电话铃响了起来。

迅速相互介绍一番。退休的得州司法部警察名叫哈尔伯特·佩珀，跟他那一口慢吞吞的得州腔相比，J.T.比彻姆说的简直就是皇后区的英语,"我在想我也许能帮上你们的忙。"

"告诉我。"莱姆说。

"大约五年前,我们有一名行刑官符合你们的描述。他有眼疾,口哨吹得能掀起暴风雨。当时我快要退休了,但还是和他共事了一段时间。"

"他是谁?"

"那家伙的名字是汤普森·博伊德。"

第四部 死囚之路

29

佩珀的解释通过电话扬声器传来,"汤普森就是在这一带长大的。他父亲是一个挖油井的人——"

"石油?"

"是的,长官,干活的工人。他妈妈留在家,家里没有其他孩子。他的童年听起来很正常。听说他人还不错,喜欢谈论他的家庭,说自己如何爱家人。他妈妈在一次龙卷风中失去了一只手还有一条腿什么的,他总是帮她做很多事,总是在照顾她。我听说,有一次,街上的一个小孩取笑她,博伊德就跟踪那个孩子,威胁说如果不道歉,晚上就在他的床上放一条响尾蛇。

"总之,高中毕业又上了一两年专科学校后,他就到他父母上班的公司工作了一段时间。后来公司裁员,他被解雇了,他的父母也一样。时局不好,他在这里又找不到工作,于是就搬到别的州去了,但不知道是哪里。后来,他在监狱找了份工作,开始是做区段的警卫。后来,那里出了点问题——好像是行刑官生病了——又没人愿意干那份工作,于是博伊德就去了。那次烧得太好了——"

"什么?"

"抱歉。那次电刑处决执行得很漂亮,他们就给了他那份工作。他在那里待了一阵子,但不断从一个州搬到另一个州,因为总是有地方需要他。他变成了一个行刑专家。他了解那些椅子——"

"电椅?"

"就像我们这里的'老火花',是的,长官,不过那是最有名的一把。他也很了解毒气,是毒气室设备的专家。他还会系绞刑的套索,现在全美国干这个的可没有多少是有执照的。后来我们这里的行刑控制官职位空缺,他就申请了。和其他很多地方一样,我们这里也改成了注射死刑,而他也成了这方面的奇才。他甚至读这方面的书籍,能回答抗议者的问题。有人抗议说注射化学药品很痛苦,我想是那些搞鲸鱼活动的人或民主党人,他们根本不了解情况,胡说八道。我是说,我们有这些——"

"是有关博伊德吗?"林肯·莱姆不耐烦地问道。

"哦,抱歉,长官。于是他回到这里,相当一段时间内还不错。没有人真正注意他。他就是那种隐形人,绰号就叫'凡人乔'。但是随着时间过去,发生了一些事。有的事真的改变了。过了一段时间,他开始变得有些奇怪。"

"怎么样呢?"

"经手的处决越多,他就变得越疯狂,似乎越来越空虚。你明白吗?好像他人不在那里。举一个例子说:他说他和他的家人非常亲密,相处得很好。但是他们出车祸死了,他的姑妈也在车上,博伊德却连眼睛都没眨。该死的,他甚至连葬礼都没参加。你也许会认为他是不是受到了惊吓,但似乎又不是。他似乎根本不在乎,还是照常上班。大家听说这件事,便问他怎么还来上班?离下一次处决还有两天时间,他可以请假的。但是他却不请假。他说,晚点会去坟地。不过不知道他到底去了没有。

"结果,他与犯人越走越近——很多人都觉得太近了。你通常不会这么做的,这对心理健康不好。他不再和其他狱警一起出去,反而和那些被判刑的人在一起。他称他们为'我的人'。据说有一次他甚至自己坐上我们的一把旧电椅——这把电椅现在已经进了博物馆——说是要看看是什么感觉,结果在上面睡着了——你想想看。

"有人问汤普森,坐在电椅上是什么感觉?他说,感觉不到任何东西,感觉有些麻木。到后来,他重复过很多次,说他感到麻木。"

"你说他的父母都死了吗?他搬到他们的房子里住了吗?"

"我想是的。"

"那座房子还有吗?"

那个得克萨斯人使用的也是电话免提,于是 J.T. 比彻姆在旁边说:"我会查出来的,先生。"他向某人提了个问题,"莱姆先生,要一两分钟。"

"你能找到他在那里的亲戚吗?"

"是的,先生。"

萨克斯问:"佩珀警官,你记得他经常吹口哨吗?"

"是的。他吹得很好。有时在行刑的时候,他会吹一两首歌送犯人上路。"

"他的眼睛怎么了?"

"是的,"佩珀说,"汤普森眼睛不太好。据说是他有一次在执行电刑时——不是在这里——出了一点问题。用这种椅子,这种情况难免的。火是从——"

"那个人是被处决的吗?"萨克斯问,脸皱了起来。

"是的,女士。他身上着火了。他可能已经死了,或者昏迷了,不知道。但他还是动来动去,不过通常都是这样的。于是,汤普森提着一支防暴枪跑进去,想打死那个可怜的家伙,让他脱离痛苦。但是我得告诉你,这不符合程序。在行刑前杀死犯人,是谋杀,但博伊德要这么做。他不能让'他的人'这样死去,但火势开始蔓延。电线的绝缘体或是某种塑料的东西烧了起来,火燎到了汤普森。他因此失明了一两天。"

"那名犯人呢?"萨克斯问。

"汤普森根本不用开枪,他已经被电死了。"

"他五年前离开的吗?"莱姆问。

"这件事,"佩珀拉长了声调,"是辞职。我想他是去了中西部的什么地方,某个监狱。从此就再也没听到过他的消息。"

中西部——也许是俄亥俄州,正是另一件符合描述的谋杀案发生的地方。"给俄亥俄管教局的人打电话。"莱姆小声对库柏说。库柏点头,拿起另一部电话。

"那查理·塔克呢?就是那个被害的狱警。博伊德是不是在那件凶杀案发生前后离开的?"

"是的,先生,是这样的。"

"他们两人之间有过节吗?"

佩珀说:"塔克退休前,在汤普森手下工作了一年。不过塔克是我们说的那种福音传道者,是个忠诚的浸信会教友。他会对那些犯人布道说教,说他们会下地狱什么的。汤普森不太赞成这种事。"

"所以,也许是因为他让犯人生活得很痛苦,汤普森就杀了他以报复他。"

我的人……

"有可能。"

"那我们的嫌疑人呢?是博伊德吗?"

"J.T.给我看了,"佩珀说,"是的,很可能是他。我是说,虽然他在这里的时候身材比较壮硕。还有,他当时是光头,留着山羊胡——我们很多人都这样,希望看起来和犯人一样邪恶。"

"另外,"典狱长说,"我们开始是在犯人里找,没有调狱警。"

那是我的错,莱姆生气地想。

"哦,该死。"典狱长说。

"怎么回事,J.T.?"

"我的人刚才去调博伊德的个人档案。但是——"

"不见了?"

"说对了。"

"这么说他偷了他的记录,以掩盖与查理·塔克之死的一切关联。"塞利托说。

"我是这么认为的。"J.T.比彻姆说。

莱姆摇了摇头。"他是担心指纹。因为他曾经作为州政府的职员,而不是罪犯,留下了指纹。"

"等一等。"典狱长拖着调子说,那边有一个女人在跟他说话。接着他又回到了电话边,"我们刚刚从一个郡书记处的人那儿知道,汤普森在五年前就把家里的房子卖了,而且在本州没有再购置任何产业——至少没有用他的名字买。一定是拿了现金后就失踪了……而且没有人知道他有什么亲戚。"

"他的全名是什么?"莱姆问。

佩珀说:"我想他的中间名字缩写是G,但我不知道那代表什么。"然后他补充说,"我得说一句,汤普森·博伊德知道自己在做什么。他对程序知道得清清楚楚。"

"程序?"

"《处决行刑程序》。那是我们用的一本厚书,里面详细解释了处决一个人的细节。他让每个工作人员都记住这些细节,并且让他们自己相互演练。'我必须按书上说的做，我必须按书上说的做。'汤普森总是说，与死亡有关的事绝不能走捷径。"

梅尔·库柏挂上电话。

"是俄亥俄吗？"莱姆问。

技师点点头，"奇根瀑布最高防备监狱。博伊德只在那里工作了大约一年。典狱长记得他，因为他的眼睛，还因为他吹口哨。他说博伊德一开始就是一个麻烦。他为了对待犯人的事和其他狱警打架，而且长时间和犯人在一起，这样做是违反规定的。那位典狱长认为，现在想起来，他是为了以后的工作而和那些人打交道的。"

"就好像联系那个雇他去杀害证人的雇主。"

"应该是。"

"那里的雇员档案呢？被偷了？"

"对，不见了。没有人知道他住在哪里或者有关他的任何事。他消失了。"

凡人乔……

"好吧，他不再是得克萨斯州或俄亥俄州的问题了，他是我们的。展开全面搜索。"

"是。"

库柏开始了标准的搜索程序——产权文件、车管所、旅馆、交通罚单、税……所有的一切。十五分钟内，结果全都出来了。有几件和汤普森·G．博伊德以及一个T．G．博伊德有关，但他们的年龄和外貌与嫌疑犯都不符。技师又试了几种不同的姓名拼法，但结果都一样。

"代号呢？"莱姆问。大部分专业歹徒，尤其是职业杀手，都使用代号。他们挑选的名字就像是为电脑或自动提款机设置的密码——将那些对于歹徒有意义的名字稍作变化。当你发现代号究竟是什么的时候，会发现它简单得让你恨不得踢自己一脚。但是要猜出来却往往是不可能的。不过他们还是尝试了：他们将姓和名的字母换来换去，当然，"汤普森"被用作姓的时候更多。库柏用颠倒字母的方法将"汤普森·博伊德"这几个字重新排列组合，但从数据库里还是找不到任何资料。

什么都没有，莱姆想，挫败让他有些恼火。我们知道他的名字，知道他的长相，知道他就在城里……

但是我们却他妈的找不到他。

萨克斯斜着眼看着那张表，头抬得高高的，说："比利·多德·汉米尔。"

莱姆问道："谁？"

"他用来租伊丽莎白街安全屋的名字。"

"那个名字怎么了？"

她翻阅了一大堆文件，然后抬起头，"六年前死了。"

"不知道地点？"

"不知道。但是我认为在得州。"

萨克斯再次打电话给那所监狱，询问有关汉米尔的事。没过多久，她挂了电话，点点头。"对了。这个人十二年前在一家便利店杀死一名店员，死刑是由汤普森监督执行的。博伊德似乎和他杀的人有一种神秘的关联。他的行事风格来自他当死刑执行者的时期，为什么他的身份也不一样呢？"

莱姆不知道，也不关心这种所谓"神秘关联"。但是，不管博伊德的动机是什么，萨克斯的建议相当合乎逻辑。他大声说道:"去找来他处决的人的名单,然后和这里的车管所资料查对。我们先查得州,然后再进行其他州。"

J.T.比彻姆传来了一份有七十九人的名单,都是汤普森·博伊德在得克萨斯当行刑官时处死的犯人。

"这么多?"萨克斯皱着眉头问。虽然萨克斯在救人时开枪伤人毫不犹豫,但是莱姆知道她对于死刑还是持保留态度的,因为常常审判后才发现有某种特殊情况或者失误,有时甚至有故意篡改的证据。

莱姆也从这个处决的数字想到其他含义:在近八十场行刑中的某一时刻,汤普森·博伊德失去了辨别生与死差异的能力。

但是他们出车祸死了,他的姑妈也在车上,博伊德却连眼睛都没眨。该死的,他甚至连葬礼都没参加。

库柏将这些被处决的男性犯人的名字送去与政府记录查对。

什么都没有。

"妈的,"莱姆生气地说,"我们找到他工作过的其他州和他处决过的人,这可没完没了了。"他突然冒出一个念头,"等一等,女人。"

"什么?"萨克斯问。

"查一查他处决的女人,将她们的名字变化一下。"

库柏查了这个短得多的名单,将名字和所有可能的拼写方法都列出来,然后在车管所的资料库里进行比对。

"好,我们找到点东西了。"技师兴奋地说,"八年前,一个名叫兰蒂·蕾·西林的女人,是个妓女,因为抢劫并杀害她的两名嫖客,而在阿玛利诺被处决。纽约车管所有一个这样的名字,姓是一样的,不过是个男人,把兰蒂改成了兰迪,并且将中间名字的'蕾'改为'雷'。年纪和其他特征相符。地址是皇后区,阿斯托利亚。有一辆三年新的蓝色别克世纪车。"

莱姆下令:"派便衣带着合成照片到附近的社区询问一下。"

库柏打电话给当地一一四分局的副局长。这个分局的辖区包括了阿斯托利亚这片庞大的希腊人居住区。他解释了这个案件,然后将博伊德的合成照片用电子邮件传给他。那位副局长说,他会派几名便衣警察到兰迪·西林住的公寓里进行暗访。

在这令人紧张的半个小时中——在此期间皇后区的搜查人员没有一个字的回音——库柏、萨克斯及塞利托联络了得克萨斯州、俄亥俄州和纽约的公共记录办公室,寻找一切他们能找到的有关博伊德、汉米尔或西林的资料。

什么都没有。

最后,他们接到了一一四分局副局长打来的电话。"队长?"那个人问道,现在还是有很多人习惯用莱姆的以前职位来称呼他。

"请说。"

"我们在车管所的地址里找到两个证实是你要找的人,"那个男人说,"下一步你要怎么办,长官?"

官僚,莱姆叹了口气。他早就没有了对官僚式谈话刻薄回应的毛病,而是慢吞吞地说:"我们去抓住他。"

30

十几名特勤小组警察进入了汤普森·博伊德住宅的后面,那是一幢位于皇后区阿斯托利亚第十四街上的一幢六层公寓大楼。

萨克斯、塞利托及鲍尔·霍曼站在一辆没有标志的特勤小组厢型车后方,在那里设立了一个临时指挥所。

"我们到了,莱姆。"萨克斯对着麦克风低声说。

"他在那里吗?"刑事鉴定专家焦急地问。

"S&S小组已经就位了……稍等,有人报告。"

一名S&S小组的警察走上来。

"能看到里面吗?"霍曼问。

"看不见,长官,他将窗户遮起来了。"

这位S&S第一队的警察解释说,他已经尽可能地接近那幢公寓的前窗;第二队在后窗处。那名警察还说:"我可以听到里面有声音,说话声,水流声。似乎还有孩子。"

"该死,有孩子。"霍曼嘀咕了一句。

"也许是电视或收音机,但我分辨不出来。"

霍曼点点头,"指挥所呼叫S&S第二队,报告情况。"

"S&S第二队报告。窗帘上有小缝隙——但并不宽。就我所见,后面的卧室里没有人,但视角很窄。前面有灯光。听得到声音,我想是音乐。完毕。"

"看到孩子的玩具了吗?"

"没有。但我的观察视角只有十度。我只能看到这么多。完毕。"

"有动静吗?"

"没有。完毕。"

"收到。红外线?"红外线探测器可以锁定动物、人类或其他建筑内热源的位置。

S&S第三队的技师正在操控红外探测仪,"我找到一个信号,但是很弱,无法锁定来源,完毕。"

"声音?"

"有咯吱声和呻吟声,可能是房子结构的移位、水电管道、空调设备,也可能是他在走动或搬椅子的声音。估计他在房子里,但是我无法确定位置。他把这个地方完全遮住了。完毕。"

"好,S&S小组继续监视。结束通话。"

萨克斯对着她的麦克风说:"莱姆,你听到了吗?"

"我怎么能听到?"耳机里传来莱姆怒气冲冲的声音。

"他们认为他的公寓里有人活动。"

"我们最不希望的就是发生交火,"他不高兴地说,一场火力交战最容易破坏犯罪现场物证和其他线索,"我们必须尽可能地获得证物——这可能是我们找出他的雇主和帮凶的唯一机会。"

霍曼又看了一下那幢公寓,他似乎不太高兴。作为半个战警的萨克斯很清楚原因。这会是一场辛苦攻坚战,需要很多警察。不明嫌疑犯的住处有两扇前窗、三扇后窗和六扇边窗。博伊德可以轻易跳过任何窗户脱逃。旁边有一幢建筑,相距仅四英尺——如果他爬到顶楼,再轻轻一跃就到了。他也可以躲在建筑物顶部后方的隐蔽处,甚至可以从那里对下面的人下手。杀手公寓的对街是其他住家。如果最后演变成一场枪战,流弹很可能会打伤或打死路人。博伊德还会故意对那些建筑胡乱开枪,以造成更多伤亡。萨克斯想起他仅仅为了分散警察的注意力就对无辜的人下手,没有理由认为他不会再做同样的事。在进行攻击前,他们必须先疏散邻近的住户。

霍曼在无线电对讲机上说:"我们的人刚刚进入走廊。那里没有像博伊德设在伊丽莎白街安全屋那样的摄像头,他不会知道我们来了。"但这位战警又阴郁地补充,"除非他有其他办法,而他很可能这么做,这个狗娘养的。"

萨克斯听到轻轻的呼吸声,于是转过身。塞利托正在察看那幢公寓,他穿着防弹衣,手下意识地扶着枪套里的警用手枪。他看起来也很苦恼,但是,萨克斯立刻明白,困扰他的并不是要在住宅区发动攻坚战的困难。她能看出来塞利托身心疲惫。身为一名资深警探，他完全没有必要参加攻坚战——事实上，以他笨重的体形和毫无进步的枪法，不参加可能更好。

但是他来这里的真正原因却不像大家推测的那样。看着他又不由自主地去摸脸上那块不存在的血迹，了解他昨天枪支意外走火，以及眼睁睁看着巴里博士在他面前被打死，萨克斯知道，这是朗·塞利托的决断时刻。

这个词来自她的父亲，一位勇敢的警察，但最勇敢的是他的最后一战——与最终战胜他、结束他生命的癌症抗争。他的女儿当时已经是一名警察，常常得到他在工作上的建议。有一次，他告诉萨克斯，有时候你会发现自己就是要独自去冒险或面对挑战，"我称它为'决断时刻'，艾米。有时你必须奋力杀开一条出路，这可能是面对一名歹徒，也可能是对抗一名同伴；甚至可能是对抗整个纽约市警察局"。

他说，有时候，最艰苦的战役其实在你的心中。

塞利托知道该怎么办。他必须做那个第一个穿过那扇门的人。

但是发生了昨天的博物馆事件后，这个想法似乎让他很害怕。

决断时刻……他会站起来吗？

现在霍曼将他的攻坚队员分为三组，还派了几个人到街道的角落处指挥交通，另一个人进入建筑物前门旁的阴影区，拦截任何想进入的人——并随时准备好，万一博伊德本人恰好有事出门。一名警察上到屋顶。几名特勤小组的警察守住从隔壁公寓到他家的通道，防止他像在伊丽莎白街时一样跳窗逃跑。

霍曼看了一下萨克斯："你和我们一起进去吗？"

"是的，"萨克斯说，"必须有犯罪现场鉴定人员到场。我们还不知道究竟是谁雇用了这个混蛋，我们得找出来。"

"你参加哪一组?"

"谁先进门就参加谁的组。"她说。

"那就是詹金斯那组。"

"是,长官。"然后,她解释了对面住家的情况,提醒他们博伊德为了脱身,可能会将住在那里的平民作为目标。霍曼点点头,"我需要有人将街道清干净,要让人们留在屋里,远离窗户。"

当然,没人愿意做这件事。如果说特勤小组是牛仔的话,霍曼相当于要人去当厨师。

一个声音打破了沉默。"行了,我来吧,"是朗·塞利托,"对我这样的老家伙来说,干这个正合适。"

萨克斯看着他。显然塞利托放弃了刚才的决断时刻。他的神经承受不住了。他故作轻松地笑着,这也许是萨克斯这辈子见过的最悲哀的笑容。

特勤小组的头儿对着麦克风说:"各组就位,守住各个位置。S&S,如果情况改变,随时报告,完毕。"

萨克斯也对着麦克风说:"莱姆,我们要进去了,我会和你保持联系。"

"收到。"他简短地说。

他们没有再多说什么。莱姆并不喜欢她参加战斗。但他知道萨克斯有多坚决,对任何一名无辜者的威胁都令她愤怒;且对她而言,不让像汤普森·博伊德这样的人逃脱有多么重要。那是她的天性,他从不要求她在这种时刻退缩。

但这并不意味着他赞成她这样做。

但是,当他们开始各就各位时,林肯·莱姆的这些念头也随之消散。

萨克斯和塞利托一起走在巷子里，她是去加入攻坚组，而他则是前往对面的住宅，让那里的住户不要出来。塞利托脸上的笑容消失了。他的脸看起来有些浮肿，虽然气温很低，但上面挂着汗珠。他用手擦了擦，又去摸那块看不见的血迹，然后注意到萨克斯正看着他。"该死的防弹衣，真热。"

"令人痛恨。"萨克斯说。他们继续慢慢往下走，一直到博伊德公寓后面，警察正在这里展开部署。她忽然抓住塞利托的手臂，将他往后拉。"有人在看……"但当他们走近那幢建筑时，萨克斯被一袋垃圾绊倒，重重摔在地上。她倒吸一口气，疼得脸都缩了起来，双手捂住膝盖。

"你还好吗？"

"没事。"她勉强笑着站了起来。她用微弱的声音对着麦克风说："五八八五，我看见二楼窗户里有动静，在建筑物后方。S&S小组，你们能确认吗？"

"不是目标。你看见的是自己人，完毕。"

"收到，完毕。"

萨克斯一瘸一拐地向前走着。

"阿米莉亚，你受伤了。"

"没事。"

"告诉霍曼。"

"这没什么。"

事实上周围的人都知道她饱受关节炎之苦，但也仅限于莱姆、库柏和塞利托。她跑到很远的医院去治疗，以隐瞒她的病情，担心高级长官发现后会不让她参加一些行动。她伸手从便裤口袋里掏出一包止痛药，用她的牙齿撕开袋子，将那些药丸干吞了下去。

耳机里传来鲍尔·霍曼的声音:"各小组就位。完毕。"

萨克斯向第一攻坚组走去,脚跛得更厉害了。

塞利托将她拉到一旁。"你不能去。"

"我不是要去制伏他,朗,我只是要去保护现场。"

警探转身走向指挥车,希望能找个人问清情况,但是霍曼和其他人已经和队伍一起行动了。

"现在好多了,没事。"她还是一瘸一拐地走着。

A组的一名警察低声问萨克斯:"警探,你准备好了吗?"

"是的。"

"不,她没有。"塞利托对那名警察说,"她去让街上的行人退后。我和你们一起进去。"

"你?"

"是的,我。有他妈的任何问题吗?"

"没有,长官。"

"朗,"她小声说,"我很好。"

大个子警探说:"我对犯罪现场了解得够多了,足以保护那个地方。我现在每件事都能做好。"

"我不是去跑步。"

"是的,也许用不着,但是如果那个狗娘养的用枪对着你,你能立刻进入战斗姿势吗?"

"是的,我能。"她坚决地说。

"好吧,但我不这么认为。所以,不要和我争辩,去保护人民的安全。"他收了收防弹衣系的带子,掏出左轮手枪。

她犹豫了。

"这是命令,警探。"

她沉下脸看着他。尽管萨克斯非常独立——有的人甚至用

"反叛"这个词来形容她——但这名巡警的女儿知道自己在纽约市警察局里的职位。她说："好吧……不过，带着这个。"她掏出那把十五发子弹的格洛克手枪和额外的弹匣，都交给了塞利托。她则接过他的六发装左轮手枪。

他低头看着那把黑色的大型自动手枪，它的扳机轻巧得像是蚊子的翅膀。如果他在使用这个武器时犯错，就像昨天在伊丽莎白街一样，便会杀死自己或攻坚队伍里的其他人。塞利托又摸了摸脸颊，然后看着那幢公寓，迅速加入了队伍。

穿过街道时，萨克斯转身看了看他们，然后，掉头继续过马路，走向对面的房子和公寓。

现在腿好了。

其实她没受伤。她唯一感受到的痛苦是不能和攻坚组一起破门而入带来的失望。萨克斯假装摔跤受伤，是为了朗·塞利托。除了强迫他接受那个任务之外，她想不出还有什么办法能拯救他。她想过他参加攻坚的风险，认为无论是对他或其他任何人，那里的威胁已经减至最小——大量的后援，每个人都穿了防弹衣，而且他们是在嫌疑犯不知道的情况下突然实施抓捕。塞利托似乎也有控制自己恐惧的方法。她想起他拿着那把格洛克仔细验枪时的细致动作，还有迅速扫描嫌疑犯住处的样子。

但不管是什么情况，也的确没有太多的选择。塞利托曾经是一名了不起的警察，可是如果他持续懦弱下去，他就不能再当警察了，而他的生活也会就此结束。这种不断的自我怀疑影响了他的整个灵魂；她自己也在时常和它们对抗。如果他现在不参加战斗，他就会永远地放弃了。

她加快了脚步，毕竟，她还有着一项重要任务，而且必须迅速。攻坚组随时都会破门而入。萨克斯逐户按门铃，让人们离开前面的房间,并且不要离开屋内。她用加密频道联络鲍尔·霍曼,告诉他离嫌疑犯住处最近的房子都已经疏散,她还要继续前往这条街上两端较远的房子。

"好了,我们要进去了。"霍曼简短地说完就断了连线。

萨克斯沿着街道继续往前走。她发现自己的指甲紧紧地掐入她的拇指里。真是讽刺,塞利托因为要参加战斗而坐立不安;阿米莉亚·萨克斯却因为必须留在危险之外而焦躁烦闷。

31

塞利托跟着四名警察走上幽暗的楼梯,到达公寓二楼的平台。

他停下来,因为爬楼梯而大口喘着气。战警都聚在一起,等着霍曼通知说该公寓的电力已被切断——他们可不想再来一次电刑。

在他们等待时,大个子侦探问自己:你准备好了吗?

仔细思考一下,现在是决定的时刻。留?还是,走?

啪、啪、啪……

他的脑子乱成一团:血溅了他一身,从子弹里喷出来的针将肌肉撕成碎片。刚才还生气勃勃的眼睛,一秒钟后便呆滞地瞪着。在伊丽莎白街上的地下室门打开时,一阵冰冷的惊恐感向他袭来,接着他的枪发出一声巨响,子弹发射出去,阿米莉亚·萨克斯缩起身子,伸手去拿她的武器,那颗子弹就在离她几英尺远的墙上挖下一块石屑。

从我那把该死的手枪射出的子弹!

当时到底发生了什么事?他想。他的神经没有了吗?想到这里,他不由得想到林肯·莱姆的神经,不禁对自己笑了起来;莱姆所谓物质神经,也就是脊柱里的神经,已经完全被破坏了,那才是真的没有了。莱姆还能他妈的应付发生在他身上的事,我为什么做不到?

这是一个必须回答的问题,因为他现在正一步步往上走,他如果在这次行动中再出什么错,有人可能会送命。他们现在在追捕的是个铁石心肠的凶徒,因此这是完全有可能的。

如果他退后,不参加这次行动,他的职业生涯就会结束,但至少他不会连累别人。

你能做到吗?他问自己。

这支队伍的领导说:"警探,我们三十秒内进入,先破门,散开,清理这个公寓。之后你再进来,保护现场。这样可以吗?"

走还是留?塞利托问自己。你可以走下楼去,这样一切就结束了。放弃你的警徽,到一家企业去当安全顾问,薪水翻倍。

并且再也不会中弹。

啪、啪、啪……

再也不会看到一双眼睛在面前几英寸远的地方渐渐失去生气。

啪……

"这样可以吗?"那个领导又问了一次。

塞利托看着那名警察,"不行,"他低声说,"不行。"

那位特勤小组的警察皱起眉头。

警探说:"先用攻门筒把门攻破,我第一个进去。"

"但是——"

塞利托低吼道:"你听到萨克斯警探的话了。这名嫌疑犯不是单独作案。我们需要能够找到的任何线索,带领我们找到那个雇用他的人渣。我会知道需要找什么东西,而且如果他想毁灭证据,我也知道应该如何保护现场。"

"让我打个电话。"那名特警疑惑地说。

"警官,"警探很冷静,"就这样决定了,在这里我的职位最高。"

那个带队警官看了看他的副手,他们耸耸肩。

"这是你的……决定。"

塞利托本来以为他会冒出"丧礼"两个字。

"他们一切断电源,我们就进去。"特勤小组的带队警察拿起防毒面具。小组其他成员也纷纷戴起各自的防毒面具,塞利托也戴上了。他抓住萨克斯的格洛克——手指一直放在扳机护弓外,站到了门边。

他从耳机里听到:"我们要切断电源了,三……二……一。"

队长轻轻拍了拍拿着攻门筒的警察。那名大个子警察用力地挥击,门应声被打开了。

在肾上腺素的刺激下,他们除了歹徒及证据,其他什么都忘了,塞利托带头往里冲,其他人在后面掩护,把房间的门都踢开,进行搜索。第二队从厨房进入。

并没有博伊德的迹象。一台小电视正播放着情景喜剧——儿童的声音就是从这里来的,很可能也是S&S小组找到的大部分热源及噪声来源。

很可能就是。

但也许不是。

他进入一间小起居室,左右看了看,但一个人都没看到。塞利托径直走向汤普森的桌子,上面有成堆的证物:纸张、弹药、几个信封、一些塑料电线、一个数码计时器、一罐罐的液体和白色粉末、一个晶体管收音机,还有绳索。塞利托拿着一张纸巾,小心地检查桌子旁的一个金属柜子，看有没有陷阱。没有。于是他打开柜子，里面是更多的瓶瓶罐罐和两个盒子。还有两把枪，好几沓崭新的钞票——警探估计有十万美元。

"房间安全。"一名特勤小组警官说。接着，另一个房间传来同样的声音。

最后，带队的警察说："A 组呼叫指挥所，现场已安全。"

塞利托大声笑出来。他做到了。挺身面对那苦苦折磨着他的鬼东西。

但是不要太得意了，他告诉自己，同时将萨克斯的格洛克收起来，你参与这项行动是有任务的，记得吗？你还有工作要做。所以，看看这个该死的现场吧。

他看着这个地方，却总觉得有什么让他不安。

是什么？

厨房，走廊，书桌。哪里不对劲？什么东西有问题？

他看到了。

晶体管收音机？

现在还生产这种东西吗？即使有人制造，你也几乎看不到了，现在都是那些便宜好用的播放器：音箱、CD 机、MP3。

妈的。这是一个陷阱，是爆裂装置！而且它就放在一大罐清澈的液体旁，罐子上是一个玻璃塞子，塞利托以前在化学课上学到过，这是储存酸液的容器。

"天哪！"

还有多长时间会被引爆？一分钟？两分钟？

塞利托一步跨上去，抓起那个收音机冲向浴室，将它放在洗脸池里。

一名战警问道："那是——？"

"我们找到一个即时爆炸装置！清空公寓！"警探脱下防毒面具，大吼道。

"快出去！"那名警察也向他大叫。

塞利托没有理会。人们制作即时爆炸装置时，从来不会想着消除指纹或其他线索，因为只要一爆炸，大部分证据就销毁了。当然，他们已经知道博伊德的身份，但那里可能会有些物证，或器具上可以找到其他的指纹，能指向他的雇主或同伙。

"呼叫防爆小组。"有人说。

"闭嘴，我正忙着呢。"

收音机上有个开关，但是他不相信那就是解除爆炸物的机关。警探小心翼翼地拆除收音机后面的一层黑色塑料板。

有多长时间，多长时间？

对博伊德来说，进入公寓后多久触发陷阱是合理的？

三十秒？十秒？

黑色塑料板被拆下，塞林弯下腰仔细查看，发现自己正看着半块炸药——不是塑料炸弹，而是杀伤力足以炸掉他的手、让他失明的爆裂物。没有显示器，只有电影里的炸弹才会有那种可以倒数、一目了然的数字显示计时器。真的炸弹是用很小的微处理器计时晶片引爆，而非数字显示器——塞利托用指甲按住炸药，避免破坏指纹，开始拆除引爆雷管。

他很想知道这个不明嫌疑犯是有多老练（真正的炸弹制造者会装第二道引爆装置，消灭像塞利托这样乱动他东西的该死家伙），他取下了雷管。

没有第二道引爆装置，或者任何——

突然发生爆炸，一声巨响，浴室里传出回声，一道道震波将瓷砖都晃了下来。

"那是什么?"鲍尔·霍曼叫道,"是有人在射击吗?我们被人开枪袭击了吗?所有单位回报。"

"公寓的浴室发生爆炸,"有人叫道,"快叫救护车到现场,现场需要紧急医疗服务!"

"不用,不用!大家不要紧张。"塞利托将他被烫伤的手指放进冷水里,"我只是需要一块创可贴。"

"真的吗,警探?"

"是的,只是雷管炸开了。汤普森设了一个陷阱毁掉所有证据。我救下了大部分……"他将他的手塞到腋窝紧紧夹着,"妈的,还真痛!"

霍曼问:"那个装置有多大?"

塞利托看着另一个房间里的桌子。"我估计足以炸开一加仑看起来像是硫酸的东西。我还看到有几罐粉末,也许是氰化物。这会毁掉大部分证据以及周围的人。"

特勤小组的几名警察用一种感激的眼神看着塞利托。其中一位说:"老兄,我真想亲手抓住这个坏蛋。"

霍曼以一种警察的冷静语调问道:"不明嫌疑犯状况如何?"

"未见踪影。在红外线上的热源似乎是冰箱、电视和照在家具上的阳光。"一名警察报告说。

塞利托环顾房间,然后对着无线电说:"霍曼,我有个想法。"

"说。"

"我们尽快将门修好。我和几个人留在这里,其他所有人都从街道撤走。他可能很快就会回来,我们抓住他。"

"收到,朗。这个点子不错。我们这就行动。谁能找个木匠?"

"我来，"塞利托说，"这是我的爱好。我需要时间找些工具来。另外，这是个什么攻坚队伍？难道就没有人带创可贴吗？"

汤普森公寓外面的街道上，阿米莉亚·萨克斯一直在听有关攻坚组的无线电信息。似乎她为塞利托制订的计划见效了，甚至比她预期的还要好。她并不清楚地知道发生了什么，但显然他很有胆量，她在他的声音里又听到了自信。

她也听到了那个要街道所有人撤离、他们等着博伊德回来的计划，然后她补充说，街上还有最后一户人家要通知，之后她就会加入队伍。她来到这家门前，敲了前门，告诉那个来应门的女人，街对面有警察在行动，请她不要待在房子的前部，并且听到安全通知再出来。

那个女人睁大了眼睛。"有危险吗？"

萨克斯给出了她标准的官方回答：我们会小心谨慎，不必过度惊慌云云。含糊其词，一再做出保证。警察有一半的工作是公关，有时这甚至是警察工作的大部分。萨克斯还问，她看到院子里有孩子的玩具，他们在家吗？

就在这时，萨克斯看到一个男人从巷子里出来，走上了街道。他慢慢向公寓方向走去——低着头，戴着帽子，穿着长大衣。她看不到他的脸。

那个女人有些担忧地说："只有我和男朋友在家，孩子们都上学了。他们通常都走路回家，我们是不是应该去接他们？"

"女士，看到那个男人了吗？正在过街的那个。"

她向前走，看了一眼，"他？"

"你认识他吗？"

"当然。他就住在那边那幢楼里。"

"他叫什么?"

"拉里·唐。"

"哦,他是中国人?"

"我想是。也可能是日本人之类。"

萨克斯放松下来。

"他没有卷入什么事中吧?"那女人问道。

"哦,没有。关于孩子,你最好——"

哦,天哪……

阿米莉亚·萨克斯的视线越过那个女人,盯着房子里一间正在进行装潢的卧室。墙上画着一些卡通形象,其中有一个是《小熊维尼》中的老虎。

橘色的油漆和她在哈莱姆吉纳瓦姑婆住处附近找到的样本完全一样,鲜亮的橘色。

她看着玄关处的地板。地上的报纸上放着一双浅褐色的旧鞋子。她甚至可以看到里面的商标,是贝斯牌,尺寸大约十一号。

阿米莉亚·萨克斯忽然明白了,这个女人的男朋友就是汤普森·博伊德,街对面的那套公寓并不是他的居处,而是他的另一个安全屋。那里现在当然没有人,因为,他就在这幢房子里。

32

阿米莉亚·萨克斯想:把这个女人弄到外面。她的眼睛毫无罪恶感。她不是共谋。

她想:博伊德当然已经拿起了武器。

她想:而我刚把我的格洛克换成了这把该死的六发左轮。

带她离开这里。快。

萨克斯的手指向腰带上塞利托的那把小手枪。"哦,还有一件事,女士,"她冷静地说,"我看到街上有一辆厢型车,你能不能告诉我那是谁的?"

那是什么声音?萨克斯想着。是从房子里传来的。像是金属声,但不像是武器,是一种很轻的咔嗒声。

"一辆厢型车?"

"是的,你从这里看不到。在那棵树后面。"萨克斯往后退,引导她往前,"能请你出来看一下吗?这会帮我一个大忙。"

不过那个女人仍然站在原地,就在门口,眼光却看向她的右边,也就是那个声音传出的地方。"亲爱的?"她皱起眉头,"怎么了?"

咔嗒声。萨克斯忽然明白了,这是百叶窗的声音。博伊德听到了她与他女朋友的对话,并且正从窗户往外看。他看到了自己安全屋附近的特勤小组的警察或巡逻车。

"这真的很重要,"萨克斯又试了一次,"如果你能……"

但那个女人愣住了,眼睛睁得大大的。

"不!汤姆!你在干——?"

"女士,到我这里来!"萨克斯说着拔出手枪,"快!你有危险!"

"汤姆!你拿着那个要干什么?"她退开了博伊德几步,但还是在走廊里,像是被车头灯照着的兔子。"不!"

"蹲下!"萨克斯低声叫道,同时自己弯下身子,向房子里走去。

"博伊德,听着。"萨克斯叫道,"如果你手上有武器,立刻将它扔到我能看到的地方。然后趴在地板上。立刻!外面还有好几十个警察!"

除了那个女人的哭泣声之外,一片寂静。

萨克斯做了一个伪装动作,从低处看了看左边的角落。她看到了那个男人,他的表情很冷静,手上有一把大型黑色手枪。并不是北美枪械公司生产的点二二麦格农,而是一把自动手枪,这种枪可以使用阻滞力高的子弹,并有一个能装十五发左右子弹的弹匣。她缩回去隐蔽。博伊德没想到她蹲着出现,因此两发子弹差了几英寸,没打中她,激起了许多灰泥和木屑。那个女人一直在尖叫,趴在地上胡乱摸索着,先看着萨克斯,再看看博伊德,嘴里喊着:"不,不,不!"

萨克斯喊道:"放下武器!"

"汤姆!这到底怎么回事?"

萨克斯对她叫道:"趴在地上!"

很长一段时间的寂静。博伊德在做什么?似乎他在考虑下一步要怎么做。

然后,他开了一枪。

那名警探缩了一下,但是那颗子弹离得很远,甚至没打中萨克斯后面的墙。

但博伊德根本不是在瞄准她,而且子弹确实击中了目标。

那个女人跪在地上,两手捂着大腿,血从那里喷出来。"汤姆,"她小声地说,"为什么?……哦,汤姆。"她身子一歪,仰面倒在地上,紧紧抱着她的腿,痛苦地呻吟着。

就像在博物馆一样,汤普森向其他人开枪以分散警察的注意力,让自己有机会脱身。但这一次是他的女朋友。

萨克斯听到打碎玻璃的声音,博伊德从窗户逃跑了。

那个女人继续低声说着萨克斯听不清楚的话。萨克斯用对讲机告知霍曼那名女人的情况和位置。然后,她想:紧急救护车要十分钟后才会到,我必须救她。一条止血带可以先止血。我可以救她的命。

但转念一想:不行,他不能就这么跑了。她向角落处看了一眼,低下身子快速移动,她看到汤普森从客厅窗户跳进了侧院。

萨克斯犹豫了,回头看着那个女人。她已经昏迷了,手从腿上那可怕的伤口处滑落,身体下积了一摊血。

天哪……

她向那个女人走去,然后又停了下来。不,你知道你必须做什么。萨克斯朝向侧面的窗户跑去。她迅速向外看了一眼,以防他就在外面等着她。但是没有,博伊德预料她会去救那个女人。萨克斯看到他向公寓大楼下面的鹅卵石小巷飞奔而去,甚至都没有回头看一眼。

她往下看,窗户离地面有六英尺。她二十分钟前告诉塞利托说由于摔倒而引起的疼痛是假的,但那长年的疼痛是真的。

哦!老兄。

她跳上窗台,清理掉碎玻璃,然后将腿伸出去,双手一推,跳了下去。为了减缓落地时的震动,萨克斯弯着膝盖。但这是从高处往下跳,着地时她的左腿一软,摔在了碎石和草地上,萨克斯疼痛得大叫一声。

她大口喘着气,挣扎着站起来去追博伊德,现在她的脚真的跛了。如果你撒谎,上帝就会惩罚你,她想着。

踏过一排稀疏的灌木丛,萨克斯从院子进入房子和公寓大楼之间的一条巷子。她左右看了看,没有他的影子。

这时,她看到前方一百英尺处有一扇敞着的木门。这在纽约比较老的社区是很常见的——公寓大楼或房子后面,一个个没有暖气的独立车库沿巷道排开。汤普森把车子放在了车库里，因此S&S小组在周围的几个街区都找不到它。萨克斯一边慢慢往前跑着，一边向指挥所报告自己的位置。

"收到，五八八五。我们正在赶来，完毕。"

萨克斯在鹅卵石路上艰难地移动着，同时将塞利托的左轮手枪的弹仓打开。她发现塞利托是个非常谨慎的枪手，击锤下的那个弹膛是空的，萨克斯的脸无奈地皱了起来。

只有五发子弹。

博伊德自动武器里的子弹是她的三倍，而且口袋里很可能还带着一两个弹匣。

她奔跑到巷口，听到引擎发动的声音，不一会儿，那辆蓝色别克倒着直向她冲过来。这条巷子太窄，不可能直接通过，汤普森必须停下来，先向前开，再往后退。这让离车库六七十英尺的萨克斯有机会全力向前跑去。

博伊德已经将车掉了头，车库的门挡在他和萨克斯之间，于是他加速飞驰而去。

萨克斯重重地摔倒在鹅卵石路上，从车库门下的缝隙中，看到了她此时的唯一目标：那辆车子后轮的边缘。

她卧倒在地，瞄准了右后轮。

城市枪战中有一条规则：除非知道你的火力支援在哪里，否则绝对不要开火。也就是说，如果你没打中，子弹会耗尽；或是你打中了目标，而枪战却还在继续。博伊德开着车离去的一瞬间，萨克斯想到了这条规则，然后，想起吉纳瓦·塞特尔，她有了自己的规则：绝不能让这个混蛋逃脱。

控制这一枪最好的方法是向低处瞄准，这样即使没打中，子弹也会往上跳，最后会射中车子本身。

她将枪调成单发模式,这样扳机会更加灵敏,瞄准后轻轻一压,打了高度不同的两枪。

两发子弹穿过车库门下的缝隙,发出尖锐的呼啸声,至少有一发打中了右后轮。那辆车突然向右冲去,重重地撞上了砖墙,萨克斯站起来,忍着疼痛向那辆车跑去。到了车库大门时,她停下来向四周查看。那辆车的两个右轮胎都扁了,原来她也击中了右前轮。博伊德将车从墙边退开,但是前轮已经扭曲,底盘也被卡住了。他从车里爬了出来,手里举着枪左右晃动,寻找射手的踪影。

"博伊德!放下武器!"

他的回应是向车库门开了五六枪。萨克斯回击了一枪,差了几英寸,子弹钻进了汽车。她滚向右边,迅速站起身,发现博伊德正向街上逃窜。

这次她看到了后援,街边的一堵砖墙,于是又开了一枪。

但就在她发射时,博伊德往旁边一闪,似乎早就预料到了一样。子弹也是差了几英寸,从他身边穿过。博伊德回击了一梭子弹,于是萨克斯再一次重重地摔倒在滑溜的鹅卵石巷道上,无线电对讲机也摔坏了。博伊德向左一转,消失在拐角处。

只剩一发子弹了。打轮胎的时候应该只用一发子弹的,她生气地想,然后站起来,拖着病腿奋力追了上去。她在街角的巷子和人行道交界处停了下来,迅速向左一瞥,正看到他结实的身形飞快地逃了。

她抓起摩托罗拉对讲机。不,它已经坏了。妈的!用手机打九一一吗?解释的时间太长,传递信息的时间太少。附近肯定会有人听到枪声去报警。她继续向前追,喘着粗气,脚在地上迅速移动着。

街区尽头的十字路口处停着一辆蓝白相间的警车。警察坐在车里，他们没有听到枪声，也不知道杀手和萨克斯就在这里。博伊德抬头看到了他们。他立刻停了下来，跳上一垛小围墙，然后躲到一个通往公寓建筑一楼的楼梯下面。在他企图进入那间公寓的地下室时，她听到踢翻东西的声音。

萨克斯向警察挥手，但是他们看着马路，没有注意到她。

这时，博伊德正对面的公寓里有一对年轻人走了出来。他们将身后的门关上，那个年轻男人拉上外套拉链抵抗寒冷，女人挎着他的胳膊。他们一起走下了楼梯。

踢东西的声音停止了。

哦，不……萨克斯知道要发生什么事了。虽然她看不到博伊德，但是她知道他会怎么做。他现在已经盯上这一对了。他可能会对他们其中一人下手，或者对两个人都开枪，然后偷走他们的钥匙，进入公寓里——再一次希望警方会为了照顾伤者而分散注意力。

"趴下！"萨克斯大喊道。

他们离她有将近一百英尺，没有听到。

博伊德的手可能已经在扳机上了，只等着他们走近一点。

"趴下！"

萨克斯站起来，跛着脚向他们跑去。

那一对年轻人看到她了，但是却听不到她在说什么。他们停下来，不知所措。

"趴下！"她再次重复。

那个男人将手放在耳朵后，摇着头。

萨克斯停下来，深吸了一口气，朝向离那对男女约二十英尺远的金属垃圾桶发射了她的最后一发子弹。

那女人尖叫起来,他们急忙转身爬上楼梯回到公寓。那道门砰地关了。

至少她——

萨克斯身旁的一块石灰石爆了开来,热铅和碎石溅了她一身。半秒钟内,她听到博伊德那里枪声大作。

一发接一发的子弹落在萨克斯身边,迫使她向后退。她踉跄着穿过院子,那里有一道大约一英尺高的篱笆,还有石膏制的草地装饰品——小鹿斑比和精灵之类。萨克斯被绊倒了。子弹一下子擦过她身边。她吃了一惊,重重地摔在一个花圃上。更多的子弹射向附近的住家。然后博伊德转身向那辆巡逻车射击了好几发子弹,将车胎打破,并且迫使警察躲在汽车后面。那些制服警察虽然不能动,但至少他们报告了袭击事件,其他的警察会赶过来。

这意味着博伊德只有一条路可走——朝着她。她蹲在树丛中做掩护。博伊德已经停止射击,但她能听到他的脚步声越来越近。她估计离她有二十英尺,然后是十英尺。她知道他的脸随时会出现在眼前,然后就是枪口。然后,她会死……

砰!

砰!

她抬起一个胳膊肘,看到了那名杀手,很近,正在踢另一幢公寓地下室的门,已经快要踢开了。他的脸异常冷静,显得非常诡异——就像他打算留在吉纳瓦·塞特尔尸体上那张塔罗牌上的倒吊人。他一定认为已经射中萨克斯了,看都没看她倒下的地方,只是一心想踢开那道门——这是唯一的逃生之路了。他转身,朝街区尽头看了一两次,向那个穿制服的警察开枪,迫使他们无法快速上来。

萨克斯估计他的子弹很快也要打完了。不知他有没有——

博伊德从他的手枪里退出一个弹匣,然后装进一个新的。重新上膛。

好吧,知道了……

她可以待在现在的地方,很安全,而且很可能在他脱逃之前,其他的警察会赶到。

但是萨克斯想到公寓里那个倒在血泊里的女人——现在可能已经死了。她想到那名被电击的警察和昨天被杀的图书馆管理员。她想到年轻的新手普拉斯基,他的脸被打得惨不忍睹、血迹斑斑。她想得最多的是可怜的小女孩吉纳瓦·塞特尔,如果让博伊德逃回街上,她的性命就随时都在危险中。萨克斯抓着那把空枪,做了一个决定。

汤普森·博伊德又重重地踢向地下室的门。它已经松动了。一旦进去,他就可以——

"不许动,博伊德。放下武器。"

汤普森惊讶地眨了眨刺痛的眼睛,转过头来,放下了正要踢出去的脚。

啊,这又是怎么回事?

他拿枪的手低垂着,缓慢地转过身看着她。是的,不出所料,就是昨天早上在博物馆犯罪现场的那个女人。那个像响尾蛇一样前前后后、来来回回走的女人。红头发,白色防护服。那个他喜欢看并且仰慕的女人。她有很多值得仰慕的地方,他想,而且还是个好枪手。

他很惊讶她居然还活着。他肯定地认为在上一轮攻击中,自己已经击中她了。

"博伊德,我要开枪了。放下武器,趴在人行道上。"

他想,再来几下就能把门踢开了;然后,再逃进后面的巷子里。或者也许住在这里的人有一辆汽车。他可以抢了钥匙,对车里的人开枪,打伤他,从而吸引更多的警察,以便逃脱。

但是,当然,有一个问题先得找到答案:她还有子弹吗?

"你听到我的话了吗,博伊德?"

"这么说,是你。"他眨着刺痛的眼睛,最近没用眼药水,"我想到可能是你。"

她皱起眉头。她不知道他是什么意思。也许她在想,他以前是不是见过她,他怎么会认识她的。

博伊德很小心地原地不动。他必须做个决定:要不要开枪?但是如果他稍稍一动,而且她如果真的还剩下一颗子弹,她会开枪的。他非常肯定地知道这一点。这个女人可不好糊弄。

它们轻轻一吻,就会要你的命……

他盘算着。她的枪是六发子弹的史密斯·韦斯点三八。她已经开了五枪。汤普森·博伊德喜欢数射击的次数(他知道自己手上这把枪的弹匣里还有八发子弹,口袋里还有一个装有十四发子弹的弹匣)。

她重新填弹了吗?如果没有,她还有一发吗?

有些用左轮手枪的警察会在击锤下不装子弹,以免在枪支意外落地时造成走火。但她似乎不是那种人。她对枪械了如指掌,绝不会意外将枪掉在地上。而且,她参加战斗任务时,会需要能得到的每一发子弹。不,她不是那种会空下弹膛的警察。

"博伊德,我不会再重复我的话!"

在另一方面,他又在想,这把枪不是她的。昨天在博物馆时，她的腰上别的那把自动手枪是格洛克。她的腰带上现在还挂着一个格洛克的枪套。这把史密斯是不是备用的手枪？过去，所有的警察都使用六发左轮，有时候他们会在脚踝处的枪套里多放一把枪。但是现在，自动手枪可以装十二发子弹，另外他们还会多带两个弹匣，因此通常不会再带第二把枪。

不，他能肯定，她要么丢失了那把自动手枪，要么就是把枪借给了别人，然后自己借来这把枪，这意味着她可能没有重新装弹。下一个问题：借给她这把史密斯手枪的人让掉下的弹筒空着了吗？当然，他根本无法知道这一点。

于是，问题最后归结到她是怎样的一个人这一点上。博伊德回想起在博物馆看到她像一条响尾蛇般进行搜查；想起她在伊丽莎白街安全屋外的走廊里，穿过门去追捕他；想起她现在正在追捕他，而不管珍妮有可能致命的枪伤。

他知道了：她使诈。如果她还有一发子弹，她早就开枪射击他了。

"你没有子弹了。"他宣布。他转身，对着她举起枪。

她皱起脸，放低了枪。他说对了。他会杀她吗？不会，只是会把她打伤。但哪里才是最佳的选择？既充满痛苦又威胁生命。尖叫和大量的血都可以吸引很多注意力。她估计他会打一条腿，他可以射她那条疼痛的腿，打膝盖。她倒下时，他可以对她的肩膀再开一枪，然后逃之夭夭。

"好，你赢了，"她说，"那现在要怎样？我是人质吗？"

他没有想到这一点，犹豫了一下。这样有意义吗？会有用吗？人质带来的麻烦通常超过他们的价值。

不，最好还是打伤她。当她挫败地示意把枪扔向人行道时，他开始扣动扳机。他看着那把枪，心里盘算着，好像有一些不对劲……怎么回事?

她左手拿着左轮手枪,但那个枪套在她的右臀处。

博伊德的眼睛转回到她身上,忽然看到一把闪着寒光的利刃直冲他的面门而来,不禁倒抽一口气。他一注意那把枪的时候,她就用右手把刀扔了过来。

这把弹簧折刀没有刺中他,甚至连擦伤都没有——只是刀柄擦过他的脸颊,但她是瞄准他可怜的眼睛掷来的。博伊德本能地蜷起身子后退,举起他的胳膊护住眼睛。在他退后又重新瞄准前,那个女人已经冲了上来,挥着一块她从花园里捡来的石头。他觉得太阳穴受到重击,痛苦地吸着气。

他又一次扣下扳机,子弹射了出来,但没打中她,而在他有机会再次开枪之前,那块石头又击中了他的右手,枪应声落地。他惨叫着捂住受伤的手指。

他本以为她会过来抢枪,于是想用身体挡住她。但她对那支手枪并没有兴趣。她已经有了需要的武器。那块石头再一次击中了他的脸。"不,不……"他想打她,可她高大强壮,而且石头又是重重一击,打中了他的膝盖;然后,又打中他身体的侧面。他扭动着身子躲避攻击。"住手!住手!"他大声叫着。但得到的回答是胸膛上的一击。他听到她喉咙里发出一声愤怒的吼叫。

它们会要你的命……

她在干什么?他震惊之余又感到迷惑不解。她已经赢了……为什么还要这样破坏规定?她怎么能这样?这可不是书上说的。

……只要轻轻一吻。

事实上,穿制服的警察随后飞奔赶来时,只有一名上去铐住汤普森·博伊德。另一名警察则抱住这名女警探,好不容易才从她手上夺下沾满血迹的石头。虽然疼痛难当,耳朵里还在嗡嗡作响,但博伊德还是听到那名警察不断在说:"好了,好了,你抓住他了,警探。现在,你放松。他跑不掉了,他跑不掉了,他跑不掉了……"

33

求求你,求求你……

阿米莉亚·萨克斯以最快的速度赶回博伊德的小房子,没有理会同事的祝贺,也顾不得她腿上的疼痛。

她大汗淋漓,气喘吁吁地跑向她遇到的第一位急救人员,问道:"房子里的女人呢?"

"那里吗?"他指向那座房子。

"对。住在里面的那个女人。"

"哦,她。恐怕我有个坏消息。"

萨克斯深吸了一口气,觉得恐惧像冰一样划过身体。她抓到了博伊德,但是她本来可以拯救的女人却死了。她的指甲已经掐进了拇指,她感到了疼痛,也感到血流出来。她心想:我做的,也正是博伊德所做的;为了工作,我牺牲了一个无辜的生命。

那名医护人员继续说:"她中枪了。"

"我知道。"萨克斯低声说,眼睛看着地面。天哪,这实在让人难以接受……

"你不用担心。"

"担心?"

"她会好的。"

萨克斯皱起眉头。"你刚才说是坏消息。"

"哦,是的,中枪当然不是好消息。"

"天哪，这个我知道。我到那里的时候她已经受伤了。"

"哦。"

"我以为你说她死了。"

"不。失血很多，不过我们及时赶到了。她会好的，现在她在圣卢克的急诊室，状况稳定。"

"好的，谢谢你。"

我有个坏消息……

萨克斯一瘸一拐地走开了，看到塞利托和霍曼站在安全屋前。

"你用一把空枪抓住了他？"霍曼难以置信地问道。

"事实上，我是用一块石头抓住他的。"

特勤小组的领导点了点头，抬起一边的眉毛——这是他最诚挚的赞美。

"博伊德说了什么吗？"

"知道了他的权利，然后保持沉默。"

她和塞利托换回武器。他重新填装子弹；她检查过格洛克后，把它重新放回枪套里。

萨克斯说："那幢房子是怎么回事？"

霍曼伸手摸了摸他那利落的头发，说："看起来，他住的那幢小房子是以他女朋友珍妮·斯塔克的名义租的。那里有两个女孩，都是她的孩子，不是博伊德的，我们已经叫儿童福利局的人来了。至于那个地方——"他指了指那套他们进入的公寓，"是一间安全屋。里面全是干这一行的工具，你知道。"

萨克斯说："我最好到现场看看。"

"我们已经将它保护起来了，"霍曼说，"呃，是他保护的。"特勤小组的领导指了指塞利托，"我必须向长官作汇报。勘查完之后你能留一会儿吗？他们需要一份陈述。"

萨克斯点点头，然后她和大个子警探一起走向安全屋。沉重得像沙一样的寂静隔在他们两人中间。终于，塞利托看了一眼她的腿，说："跛腿又回来了？"

"又回来？"

"对啊，我从窗户看着你在对面清理街道时，似乎还挺好的。"

"有时候它会自我恢复。"

塞利托耸耸肩。"居然有这种事，有意思。"

"是很有意思。"

他知道她为他做了些什么。他正是要告诉她这一点。然后，他又补充说："好吧，我们抓到了杀手。但那只是一半，我们要找到那个雇用他的人渣和他的帮手——我们必须假设他刚刚才接下了博伊德的活儿。开始吧，警探。"塞利托模仿着莱姆的语调说。

这是他能够对她表达谢意的最佳方式：让她知道，他回来了。

最重要的证据常常是你最后找到的那个。

一个优秀的犯罪现场调查员先整体观察现场，然后立刻确定哪些是容易消失、被雨水污染、被风吹走的脆弱物品，而把比较明显的证据——比如正在冒烟的枪——留置之后再收集。

莱姆常常说，如果现场被保护了，那么证据是不会消失的。

在博伊德的住宅和街对面的安全屋里，萨克斯收集了指纹，将物证打包，从盥洗室采集液体样本以做DNA测试，在地板和家具的表面刮下碎屑，割下一部分地毯作纤维样本，并且将整个现场都拍摄或录像。做完这一切之后，她才会将注意力转移到比较大和更明显的东西上。她安排将氰化物和酸液送去危险物证部在布朗克斯的存放处保管，然后处理了晶体管收音机里的自制炸药。

她察看并登记了枪械、弹药、现金、绳索、工具和其他数十样可能之后会有用的东西。

最后，萨克斯从安全屋门旁边的架子上拿起一个白色的小信封。

里面只有一张纸。

她看了一遍，然后笑了起来。她又读了一遍这封信，接着打电话给莱姆，心里念着：老兄，我们都错了。

"那么，"莱姆对同样盯着电脑屏幕的库柏说，"一百元，我赌你找到的是更纯的碳，就像他藏在伊丽莎白街枕头下面那张地图上的碳一样。你要和我打赌吗？有谁要下注吗？"

"太迟了，"那名技师说，分析仪哔的一声响，一张物证元素分析表冒了出来，"反正我也不跟人打赌。"他推了推鼻梁上的眼镜说："而且，没错，是碳。纯度百分之百。"

碳，可以在木炭、灰烬和很多其他物质中找到。

但它也可能是钻石粉。

他们在博伊德是杀手，他受雇杀死吉纳瓦这个问题上是正确的。但是动机却完全想错了。他们所有的推测，包括早期的民权运动、查尔斯·辛格尔顿卷入的自由人基金会抢劫案、宪法第十四修正案的阴谋……他们完全错了。

吉纳瓦·塞特尔被当成谋杀的目标只是因为她看到了一些她不应该看到的东西：一宗计划好的钻石抢劫案。

阿米莉亚在安全屋找到的那封信中标有城中的各个建筑，其中包括了非洲裔美国人博物馆。那张便条上写着：

> 一名黑人女孩，五楼这个窗户，二日，十月，约0830。我的厢型车停在珠宝交易所后面的一条巷子里时，她看到了他。看到的事情足以让识破我的计划。杀了她。

图书馆的窗户离缩微胶片阅读机很近，图上圈出了吉纳瓦被攻击的地方。

除了拼写错误之外，这张便条使用的语言也不同寻常。对一名刑事鉴定专家而言，这很好；追踪不寻常的东西比追踪普通的东西要容易得多。莱姆让库柏发了一份复本给帕克·金凯德，他是联邦调查局的前文件鉴定专家，现在自己单干。和莱姆一样，金凯德有时候会被他的旧雇主和其他的执法机构征召，在涉及文件和笔迹的案件中提供咨询。金凯德的电子邮件说会尽快给他们回音。

在看这封信时，阿米莉亚·萨克斯生气地摇着头。她回想起昨天她和普拉斯基在非美博物馆外面遇到的那个带枪的男人——就是那个警卫——曾告诉他们那个交易所内有每天从阿姆斯特丹和耶路撒冷运来的价值数百万美元的商品。

"应该提到这一点的。"她说着又摇了摇头。

可谁能够想到汤普森·博伊德被雇来杀吉纳瓦，只是因为她在错误的时间把头伸出了窗外呢？

"但为什么要去偷缩微胶片？"塞利托问。

"当然是为了误导我们。这招还真他妈的厉害。"莱姆叹了口气，"我们在这里绕圈子，想着什么宪法的阴谋。博伊德可能根本不知道吉纳瓦在读什么。"他看着拿着一杯热巧克力坐在那儿的女孩,"有一个人,就是写这张纸条的人,从街上看到了你。他或博伊德找了图书馆管理员之后,打听出了你是谁,以及你什么时候会再去图书馆,于是博伊德就在那里等你。巴里博士被杀,是因为他能够将你和他们联系起来……现在,想想一个星期之前,你早上八点半时看到窗外巷子里有一辆厢型车,还有人。你记得看到了什么吗?"

女孩眯起眼看着地上。"我不知道。我常常往窗外看。你知道,看书看累了,我就起来到处走走。我想不起有什么特殊的事情。"

萨克斯和吉纳瓦谈了十分钟,试图慢慢唤起她的回忆,形成一个画面。但是对一个女孩的记忆来说,要想起一个星期前无意中看到的中城繁忙街道上的一辆厢型车和某个特定的人,确实太困难了。

莱姆打电话给美国珠宝交易所的主管,说了他们正在查的事情,问他是否知道有谁可能要进行抢劫。那名男人回答说:"妈的,我根本不知道。不过这种事远比你想象中的多。"

"我们在一些证物上找到纯碳,推测是钻石粉。"

"哦,那表示他们可能已经去了卸货区附近。没有人能靠近打磨室,但是,将物品打磨抛光,就会产生尘粉。最后它们都进了吸尘器,或附在我们扔出去的每一样东西上。"

那个男人笑了起来,对有可能发生的抢劫似乎毫不担心。"不过,我告诉你,不管是谁,想打我们的主意可不是闹着玩儿的。我们有他妈的全市最好的安全系统。每个人都以为它和电视上一样。有人到这里来给女朋友买戒指,问我们那种戴上特制的眼镜才能看到的隐形光束在哪里。好吧,答案是根本没有那种东西。因为如果你戴上特制的眼镜就能在这些光束中走来走去，那坏蛋们只要去买他妈的一副眼镜就行了，对不对？真的警报系统不是这样的。一只苍蝇在我们的金库里放一个屁都会触发警报。而且，事实是，这个系统严格得连一只苍蝇都飞不进来。"

"我早该想到的，"林肯·莱姆挂了电话，"看这张图！看看我们在第一个安全屋中找到了什么。"他对着在伊丽莎白街安全屋里找到的地图点点头。这张图只画了吉纳瓦受到攻击的博物馆的简单轮廓，但街对面的珠宝交易所则画得非常详细，包括附近的巷道、门户和货区，还有进出交易所，而不是博物馆的路线。

下城的两名警探对博伊德进行了审问，想查出这起事件的幕后主使，也就是他的雇主，但博伊德却像一堵墙一样不开口。

塞利托联络了纽约市警察局窃盗案小组，看有没有关于在珠宝区可疑行动的报告，但是似乎没有相关线索。弗雷德·德尔瑞也在恐怖分子放置炸弹的谣言调查中抽出时间，查阅联邦调查局档案柜里的珠宝窃盗案文件。窃盗不归他们管，因此案例并不多，但是有几件案子——大部分和纽约地区的洗钱有关——正在侦办中，他答应马上把报告带过来。

现在他们转向博伊德的安全屋和住处，希望能找出这宗窃盗案的幕后主谋。他们查看了枪械、化学药品、工具以及其他物品，但没有什么新发现，只找到更多橘色油漆、酸液印迹，以及炸豆泥三明治的碎屑和酸奶污渍，似乎这是博伊德最喜欢吃的东西。他们还从国库追查了钞票上的序列号，但也一无所获，这些钞票上也没有任何指纹。对于雇用博伊德的人来说，要从一个账户里提取这么一大笔现款，有相当大的风险，因为按照防洗钱的规定，任何一笔大额现金交易都需要向上级报告。但是对最近大笔现金提领进行检查后,也没有任何线索。虽然莱姆认为这个歹徒可能会分批提领小额现金,支付博伊德的费用,但他还是觉得这事很奇怪。

不明嫌疑犯似乎是世界上少数几个不使用手机的人之一,或者他也许有,但是那种使用预付卡的匿名使用者,没有账单记录,而且被捕之前已经将其销毁。对珍妮·斯塔克家的电话通信检查发现,除了有五六个打到曼哈顿、皇后区或布鲁克林公用电话的记录外,没有其他任何可疑的通话。而且,这些电话也没有固定的地区。

无论如何,塞利托的英勇行为救回了一些很好的证据:炸药上和晶体管收音机内部爆炸物上的指纹。联邦调查局的联合指纹自动辨识系统和地方指纹资料库找到了一个名字:乔·厄尔·威尔逊。他曾经在俄亥俄州和新泽西州因为各种各样的犯罪坐牢,其中包括纵火、制造炸弹及保险诈骗。但是,库柏报告,他已经脱离了本地当局的监控,最后已知的地址是在布鲁克林,但那是一幢空屋。

"我不要最后的已知地址,我要现在的地址。请联邦调查局也帮忙查寻。"

"好的。"

大家都在埋头寻找主谋和帮凶,这时门铃响了,他们警觉地抬起头来。塞利托去开了门,和他一起进来的是一名十几岁的非洲裔美国少年,穿着中裤和一件纽约尼克队的运动衫,手里拎着一个沉重的购物袋。当他看到林肯·莱姆和房间里的其他一切时,惊讶地眨了眨眼。

"唷,唷,吉纳瓦,这是怎么了?"

她看着他,皱起眉头。

"我是鲁迪。"他笑着说,"你不记得我了?"

吉纳瓦点点头,"嗯,你是——"

"罗内尔的弟弟。"

女孩对莱姆说:"是我班上的一个女孩。"

"你怎么知道我在这里?"

"听说的。罗内尔从别人那里听来的。"

"可能是基莎。我告诉她的。"吉纳瓦对莱姆说。

那个男孩又看了看实验室,然后眼光再回到吉纳瓦身上。"嘿,那些女孩子让我把这些东西给你。你知道,你不在学校,所以她们想你也许需要读些什么。我说,见鬼了,应该给那个女孩一个掌上游戏机,但她们说,不,她喜欢书。所以她们要我拿来给你。"

"真的吗?"

"当然。但不是家庭作业之类的东西,是一些好看的书。"

"谁让你拿的?"

"罗内尔,还有其他几个女孩,我也说不清。快拿去,足有一吨重。"

"太好了,谢谢。"

她接过袋子。

"女孩们让我告诉你,一切都会过去的。"

吉纳瓦苦笑了一下,又谢过他,请他问候班上的其他同学。那个男孩走了。吉纳瓦看着袋子里的东西,伸手拿出了一本,是劳拉·英格尔斯·韦尔德[①]的书。吉纳瓦又笑了起来,"真不知道她们在想什么。这本书我看了,大约七年前吧。"她把书放回

[①]劳拉·英格尔斯·韦尔德(Laura Ingalls Wilder, 1867—1957),美国女作家。

袋子里，"不管怎么说，她们想得真周到。"

"而且很有用，"托马斯若有所指地说，"我恐怕这里没有什么能让你阅读的。"他看了莱姆一眼，"我一直劝他要听音乐。他现在开始听了，甚至威胁我说他还要自己作曲。不过看小说，还没到那个程度。"

吉纳瓦露出一个顽皮的笑容，然后拿起沉重的袋子向门口走去。此时莱姆说："托马斯，谢谢你的公开宣传。不管怎么说，吉纳瓦现在可以阅读她心爱的东西了，我相信她宁愿这么做，也不会愿意听你那些评论。至于我的休闲时间？我想不太多，你知道，我忙着抓杀人凶手。"他的目光又回到了物证表上。

　　　　汤普森·博伊德的住所和主要安全屋
　　·更多炸豆泥、酸奶、橘色油漆物证，同前。
　　·十万美元的现金新钞（工作费用？）。无法追溯来源。也许分多次小额提取。
　　·武器（枪械、警棍、绳索）可追溯到之前的犯罪现场。
　　·酸液和氰化物，可追溯到之前的犯罪现场，无法追踪到制造者。
　　·没有发现手机。其他的电话记录帮助不大。
　　·工具可追溯到之前的犯罪现场。
　　·信件显示，吉纳瓦·塞特尔被当作目标是因为她是一起计划中珠宝劫案的目击证人。更多的纯碳被证实是钻石粉。
　　·送去华盛顿特区的帕克·金凯德处进行文件检验。
　　·自制的爆炸装置。指纹属于已经定罪的制造炸弹者乔·厄尔·威尔逊。目前在追踪他。

波特园酒馆现场（一八六八年）

·绞架山的酒馆——位于上西城第八十街，在十九世纪六十年代是一个混合社区。

·波特园当时可能是"老板"特威德等一些腐败政客出没的地方。

·查尔斯于一八六八年七月十五日来到这里。

·爆炸后烧毁，很可能就发生在查尔斯去过之后。掩藏他的秘密？

·在地下室发现尸体，男性，假设是被查尔斯·辛格尔顿所杀。

·被击中前额，武器是点三六口径的科尔特左轮装了点三九口径的弹丸（查尔斯·辛格尔顿拥有这种武器）。

·金币。

·该男子有手枪。

·没有身份证明。

·一枚上面刻有"Winskinskie"字样的戒指。

·在德拉瓦尔印第安人的语言中，这个词是"看门人"或"守门人"的意思。

·目前在寻找其他含义。

东哈莱姆现场（吉纳瓦姑婆公寓）

·使用香烟和九毫米子弹作为爆裂装置，分散警察的注意力。"荣誉"牌香烟，无法追踪。

·指纹：没有，只有手套纹。

·毒气装置：

·玻璃罐、铝箔、蜡烛台。无法追踪。

・氰化物和硫酸。均无标记。无法追踪。
・与伊丽莎白街发现的清澈液体类似物质。
・判断是妙灵眼药水。
・有橘色油漆的碎屑。冒充建筑工地或高速公路工人？

伊丽莎白街安全屋现场

・使用通电的陷阱。
・指纹：没有，有手套印。
・安全监视器及显示器；无线索。
・塔罗牌，少了第十二张牌。无线索。
・吉纳瓦・塞特尔被袭击博物馆及对面街道的手绘地图。
・物证：
  ・炸豆泥和酸奶。
  ・从桌面刮下的木屑中有纯硫酸。
  ・清澈的液体，不是爆裂物。送联邦调查局实验室。
  ・判断是妙灵眼药水。
  ・更多绳索纤维。绞绳？
  ・在地图中含有纯碳。
・安全屋是比利・多德・汉米尔用现金付钱租下的。此人符合不明嫌疑犯一〇九的外貌描述，但没有找到关于真正的汉米尔的线索。

非洲裔美国人博物馆现场

・强奸用品袋：
  ・塔罗牌，一副牌中的第十二张——倒吊人，代表心灵探索。

·有笑脸的袋子。
·过于常见,难以追查。
·开箱小刀。
·特洛伊牌安全套。
·水管胶带。
·茉莉花香。
·花五块九毛五购买的不明物品。可能是一顶长毛线帽。
·收据,说明这家店是在纽约市,是折扣百货商店或药品店。
·可能是在小意大利区莫贝里街的商店购买。店员可以辨认不明嫌疑犯。

·指纹:
·不明嫌疑犯戴着乳胶或聚乙烯手套。
·强奸用品袋中物品上的指纹属于手掌小的人,指纹自动辨别系统比对后没有结果。可能是店员的。

·物证:
·棉纤维绳索,有人类血渍。绞绳?
·送 CODIS。
·无与之相符的 DNA 比对结果。
·爆玉米花和棉花糖,上有犬类动物尿液。

·武器:
·警棍或武术用器械。
·手枪是一把北美枪械公司的点二二缘发式麦格农手

枪、黑寡妇或小巨人。

· 自制弹药，开花式弹壳里塞满细针。IBIS 或 DRUGFIRE 上没有与之相符的比对。

· 动机：
· 吉纳瓦·塞特尔目睹了一宗计划中的珠宝劫案，地点是非洲裔美国人博物馆对面的美国珠宝交易所。

· 案件描述送 VICAP 和 NCIC。
· 五年前发生在得州阿玛利诺的谋杀案。类似的手法——刻意布置的犯罪现场（表面是仪式性谋杀，但是真正动机不明）。
· 受害人是退休的狱警。
· 嫌疑犯合成照片传到得克萨斯。
· 证实是死刑执行官汤普森·G.博伊德。
· 三年前发生在俄亥俄州的谋杀案。类似的手法——刻意布置的犯罪现场（表面是性攻击，但是真正的动机可能是雇凶杀人）。档案遗失。

不明嫌疑犯一〇九的描述
· 确定是汤普森·G.博伊德，得克萨斯州阿玛利诺的前死刑执行官。
· 目前在拘留中。

不明嫌疑犯一〇九雇主的描述
· 目前尚无信息。

不明嫌疑犯一〇九帮手的描述

- 黑人男性。
- 四十岁左右。
- 身高六英尺。
- 身材结实。
- 穿绿色军用夹克。
- 有犯罪记录。
- 跛脚。
- 持有武器。
- 面颊光滑。
- 戴黑色头巾。
- 在等待进一步的证人和监控录像带。
- 录像带没有结果,送实验室分析。
- 穿旧工作鞋。

查尔斯·辛格尔顿的描述

- 前奴隶,G. 塞特尔的祖先。已婚,有一子。主人给了他在纽约州的一个农场。同时还担任教师工作。早年曾参加民权运动。
- 据称查尔斯在一八六八年犯下盗窃罪,被偷走的缩微胶片上有关于此事的文章。
- 据称有一个可能与此案有关的秘密。担心这一秘密如果公开会带来悲剧性的结果。
- 参加过纽约市绞架山的会议。
- 卷入某种危险活动?
- 与弗雷德里克·道格拉斯及其他人一起工作,以求宪法通过第十四修正案。

·《有色人种每周画报》上所报道的罪行：

·查尔斯撬开了纽约的自由人信托基金会的保险箱，并有证人看到他偷窃后离去。威廉·西姆斯探长将其逮捕。他的工具在附近被找到。盗窃的大部分财物都找回来了。他被判五年监禁。没有他服刑的信息。人们认为他是利用与早期民权领袖的关系而进入基金会的。

·查尔斯的信件：

·第一封信，给妻子：一八六三年席卷纽约州的反黑人浪潮，私刑、纵火。黑人拥有的产业有风险。

·第二封信，给妻子：查尔斯在内战后期参加阿波马托克斯战役。

·第三封信，给妻子：参与民权运动，因此感到威胁。因保守一个秘密而感到困扰。

·第四封信，给妻子：带着枪去波特园酒馆寻找"正义"。结果是灾难性的。真相现在仍然埋在波特园中。他的秘密是所有不幸的根源。

34

没有了购物车，贾克斯又开始装作无家可归的样子。

他这次没有像以前那样扮演精神分裂症患者。涂鸦王现在是个常见的自怨自艾的老兵，在街上乞讨零钱。他把破烂的大都会棒球帽反过来放在满是口香糖污迹的人行道上，而里面，上帝啊，只有三毛七分钱。

小气鬼。

他的绿色军用夹克换成了一件肮脏的黑色T恤，外面披着一件破烂的米色运动外套（和真正的流浪者一样，那是从垃圾堆里捡来的）。贾克斯坐在西中央公园那幢房子对面的一张长椅上，双手捧着一罐用脏纸袋包着的饮料。要是麦芽酒就好了，他想。真希望它是，但那只是一罐亚利桑那冰茶。他身子向后一靠，好像一边在想今天要做哪些事，一边享受这个凉爽的秋日一样，还不时地啜饮两口那桃子口味的甜茶。他点燃一支香烟，吸一口，抬头把烟喷向晴朗无云的天空。

他看着那个兰斯顿·休斯高中的孩子走了过来，就是那个去西中央公园的房子里给吉纳瓦·塞特尔送东西的孩子。似乎仍然没有人从屋子向外察看，但这并不表示那里没有人。房子前有两辆警车，一辆是巡逻车，另一辆没有标志，就守在轮椅通道前。所以贾克斯决定在一个街区外的地方等着那个男孩送了东西出来。

那名瘦削的孩子走了过来，而且突然在并非真的无家可归的鲜血涂鸦王身边的长椅上坐了下来。

"唷，唷，老兄。"

"为什么你们这些孩子总喜欢说'唷'？"贾克斯有点厌烦地问，"而且你他妈的还要说两遍？"

"人人都这么说。老兄，你怎么了？"

"你把袋子给她了？"

"那个没有腿的家伙是怎么回事？"

"谁？"

"那里有个家伙没有腿。或者有腿，但不能用。"

贾克斯并不知道他在说些什么。其实他想找一个更机灵的孩子去送东西，但这是他在兰斯顿·休斯校园附近能找到的唯一和吉纳瓦·塞特尔有点关系的人——他的姐姐好像认识她。他又问道:"你把那个袋子给她了吗?"

"是呀,给她了。"

"她怎么说?"

"我不知道。一些废话。谢谢之类。我不知道。"

"她相信你了?"

"一开始,她好像根本不知道我是谁,后来就知道了,是啊,就是我提到我姐姐的时候。"

他给了那个孩子几张钞票。

"还有……唷,你得再给我点儿别的。我心情很差,老兄,我……"

"滚。"

那个孩子耸耸肩,转身走开了。

贾克斯又说:"等一下。"

那个懒洋洋的男孩停住脚步,转过身来。

"她长什么样子?"

"那小妞儿?长得什么样吗?"

不,那不是他好奇的事。但是贾克斯不知道该怎么问。然后,决定不问了,他摇了摇头,"忙你自己的事去吧。"

"回见,老兄。"

那男孩悠闲地走开了。

贾克斯有些想留在这里。但这个做法很蠢,最好是与那幢房子保持一些距离。不管从什么渠道,他很快就会知道那女孩看到袋子里的东西时,会发生什么事。

吉纳瓦坐在床上，往后靠着，闭上眼睛，很奇怪自己心里为什么这么高兴。

是的，他们已经抓到那名杀手了。但也不是因为这个，杀手的雇主还不知道在哪里；而且，还有一个带枪的男人，就是那个出现在校园里、穿着军用夹克的男人。

她应该感到恐惧和沮丧。

但她没有。她觉得轻松而自由。

为什么？

接着，她明白了，是因为她把自己的秘密说出来了。将她独自一人生活、将她父母带来的心理负担放下了。但没有人感到害怕和震惊，没有人因为她撒谎而讨厌她。莱姆先生和阿米莉亚甚至还很支持她，贝尔警探也是。他们并没有发火，也没有把她出卖给心理辅导员。

天哪，这种感觉真好。一直背负着这个秘密，就像查尔斯带着他的秘密（不管那是什么）一样，是那么折磨人。如果那名前奴隶也曾将自己的秘密告诉了某一个人，他能避免后面的灾难吗？从他的信上看，他似乎是这么想的。

吉纳瓦看着兰斯顿·休斯高中的那些女孩拿给她的那袋子书。她有很多功课要做，但好奇心终于占了上风，她决定看看这些是什么书。她将袋子拿起来放在床上。就像罗内尔的弟弟说的，足足有一吨重。

她伸手进去，拿出了劳拉·英格尔斯·韦尔德的书。然后是下一本，吉纳瓦看到后大声笑了起来。这一本更奇怪，是南希·朱尔①的侦探小说。真是奇怪。她又看了几本，有茱蒂·布

---

①南希·朱尔是一个侦探故事的主角。美国有以她为主人公的小说、电影、游戏等，主要面向青少年。

卢姆[1]、苏斯博士[2]、帕特·麦克唐纳。都是儿童和青少年读物，很不错的书，但她好几年前就看过了。这是怎么回事？难道罗内尔和其他女孩不知道吗？她最近在看成年人看的书籍：石黑一雄[3]的《长日留痕》、约翰·福尔斯的《法国中尉的女人》。她上一次读《绿色鸡蛋和火腿》已经是十年前的事了。

也许最下面会有好书。她又把手伸进去。

一阵敲门声打断了她。

"请进。"

是托马斯，他端着一个托盘，上面有一罐百事可乐和一些零食。

"嗨。"他说。

"嗨。"

"想着你需要一些吃的东西。"他为她打开可乐，打算倒进一个玻璃杯。吉纳瓦摇摇头说："直接从罐子喝就行了。"她想把所有空罐子都留下来，以便知道自己要还莱姆先生多少钱。

"还有……健康食品。"他递给她一条脆心巧克力，然后两人都大笑起来。

"等一下再吃。"每个人都想要把她喂胖。但事实是，她不习惯吃东西，那应该是和家人围着桌子一起做的事，而不是自己一个人在地下室摇摇晃晃的桌上，同时还看书或记海明威小说的笔记。

吉纳瓦啜饮着可乐，托马斯替她把所有书都拿出来。他一

---

[1] 茱蒂·布卢姆（Judy Blume, 1938— ），美国畅销书作家，为儿童和青少年创作了很多小说。
[2] 苏斯博士（Dr. Seuss, 1904—1991），本名西奥多·苏斯·盖泽尔（Theodor Seuss Geisel），是美国人最引以为荣的儿童文学作家之一。
[3] 石黑一雄（Kazuo Ishiguro, 1954— ），日裔英籍小说家。

本一本地拿着。有一本C.S.刘易斯①的书,还有一本《秘密花园》②。

还是没有成年人看的书。

"下面有一本很厚的。"他边说边拿了出来。是《哈利·波特》系列的第一本,它刚上市的时候她就看过了。

"你要吗?"托马斯问。

她犹豫了一下,"好的。"

托马斯将那本重重的书交给她。

一名四十多岁的慢跑者靠近了,两眼瞪着贾克斯,这个背着背包的老兵,无家可归,穿着从垃圾堆里捡来的外套,袜子里藏着手枪,口袋里有三毛七分钱的善款。

这名慢跑者经过他身边时,脸上的表情并没有改变,但慢跑的路线却稍稍变了一点,在自己和大个子黑人之间增加了一点距离。不过这个变化很小,几乎看不出来。但贾克斯却看在眼里,清楚得就像那个男人停下脚步、转过身逃走了一样。他似乎在说:"离我远点,黑鬼。"

他对这类种族回避的事很厌恶。事情总是一样,难道就不会改变吗?

会的。不会。

谁他妈的知道?

贾克斯故作随意地弯下腰,调整那支塞在袜子里的手枪,以

---

① C. S. 刘易斯(Clive Staples "Jack" Lewis,1898—1963),英国著名作家和学者,《纳尼亚传奇》的作者。
② 《秘密花园》(The Secret Garden)是美国女作家Frances Hodgson Burnett的作品,是一百年来畅销不衰的经典儿童小说。

免它不舒服地压着骨头,然后用他那条有伤疤的跛腿继续往街上走去。

"唷,你有零钱吗?"他听到身后传来一个声音,一个男人走了过来。

他回过头,身后约十英尺的地方有一名弯腰驼背的大个子黑人。那人又说了一遍:"唷,老兄,有零钱吗?"

他没理那个乞丐,心里想着,这可真好笑:他一整天都在假装自己是个无家可归的流浪汉,结果现在遇上个真的。真是报应。

"唷,零钱?"

他粗暴地说:"没有。"

"别这样嘛!每个人都有零钱,而且都不喜欢零钱,想摆脱它们。零钱既重,又买不了什么东西。老兄,我可是在帮你一个忙。快点。"

"滚。"

"我两天没吃饭了。"

贾克斯看着他,很快说:"当然没吃饭,因为你所有的钱都花在 CK 衣服上了。"他注视着那个男人的衣服——虽然很脏,但的确是一套颇好看的宝蓝色的阿迪达斯。"去找个工作。"贾克斯转身向街上走去。

"好吧,"那个乞丐说,"不给我零钱,那把你他妈的双手给我如何?"

"我的——?"

贾克斯感觉有人拉住了他的双腿。他一下摔倒在人行道上。在他来得及转过身子拔枪之前,他的两只手腕都被扭到背后牢牢按住,而且似乎有一支大号手枪抵住了他的耳后。

"你他妈的要干什么,老兄?"

"闭嘴。"一双手把他从上到下搜了一遍,找到那把藏着的手枪。手铐铐好后,贾克斯被使劲一拉,坐了起来。他发觉自己面前是一张联邦调查局的证件。上面的名字是弗雷德,姓是德尔瑞。

"噢,老兄,"贾克斯说,他的声音很空洞,"我可不需要这种狗屎。"

"行了,小子,以后你一路上会有更多的狗屎。所以你最好习惯它。"过了一会儿,这名探员站起身,贾克斯听到他说:"我是德尔瑞。我在外面。我想我抓到博伊德的朋友了。我刚才看到他给那个从林肯家里出来的小孩塞钱。黑人小孩,大约十三岁。他去那里干什么?……一个袋子?妈的,那是一个装置!可能是毒气。一定是博伊德拿给这个跛子的,让他放到里面。快疏散,通知一〇三三……立刻派人到吉纳瓦那里去,快!"

在莱姆的实验室,那个被铐着的大个子坐在一张椅子里,双腿抖动着,德尔瑞、莱姆、贝尔、萨克斯和塞利托围在旁边。从他身上搜出了手枪、皮夹、刀子、钥匙、手机、香烟和钱。

刚才的半个小时里,林肯·莱姆的家中一片混乱。贝尔和萨克斯一把抓住吉纳瓦就跑,把她推出后门,塞进了贝尔的汽车飞速离去,以防还有其他杀手在外面等着吉纳瓦。其他所有人也都被疏散到巷子里。防爆小组又穿上生化防护衣,上楼进行 X 光扫描,然后对那些书进行化学测试。没有发现爆裂物,也没有毒气,只是书。莱姆推测,送袋子的目的可能是要让他们认为袋子里有什么东西;等他们离开房子时,那名帮凶便悄悄潜入,也可能跟着救火员或警察混进来,伺机杀了吉纳瓦。

所以,这家伙就是德尔瑞昨天听说的那个在兰斯顿·休斯高中校园里对吉纳瓦下手的男子。他发现了她的住处,然后跟踪她来到莱姆家,企图再一次下手。

莱姆希望,他也是那个能告诉他们究竟是谁雇用了博伊德的人。

刑事鉴定专家仔细打量着这个身材高大、脸色阴沉的男人。可能估计他们昨天在校园注意到了他的军用夹克,他已经换上了一件破烂的浅色运动衣。

他眨着眼,低头看着地板,虽然因为被逮住而有些沮丧,但似乎并没有因为身边全是警察而感到害怕。终于,他开口了:"听着,你们不必——"

"嘘——"德尔瑞打断了他,他继续察看贾克斯的钱包,一边对着团队的人解释事情经过。德尔瑞是来递送联邦调查局珠宝组的洗钱调查报告的,结果看到那个十多岁的男孩从莱姆的家里出来。"我看到这个混蛋塞给那个孩子几张钞票,然后从长椅站起来,准备离开。他的外表和跛足都符合我们稍早些时候听到的描述。对我来说,他看起来很好笑,尤其是我看到他那变形的脚踝时——"探员指了指那把他在男人的袜子里找到的点三二自动手枪。德尔瑞说,他脱下外套,将档案包起来塞到树丛后面,然后在身上撒了些土扮成乞丐。他以前当卧底时,曾因为扮演这类角色而闻名纽约。然后,他就上前逮捕了那个男人。

"让我说几句。"博伊德的伙伴开口了。

德尔瑞的一根粗手指在那个男人面前摇了摇。"要你说话的时候我们会非常清楚地给你指示,我们需要从你嘴里出来的每一个字。明白了吗?"

"我——"

"明白了没有？"

他冷冷地点了点头。

探员把他皮夹里的东西拿出来：钱、几张家庭照、一张褪色的旧照片。"这是什么？"他问道。

"我的标记。"

那个探员将照片拿给莱姆看。上面是纽约市的老式地铁列车，侧面五颜六色的涂鸦画的是——Jax157。

"涂鸦艺术家，"萨克斯说，抬高了一边眉毛，"画得不错。"

"你还是叫贾克斯吗？"莱姆问。

"通常是。"

德尔瑞手里拿着一张有照片的身份证。"对交通局的人来说，可以叫你为贾克斯，但对世界上的其他人来说，你是阿朗佐·杰克逊。同时也是大名鼎鼎的'囚犯二二〇九三四'，来自美丽的纽约州奥尔登市管教所。"

"那是布法罗，对吗？"莱姆问道。

博伊德的帮凶点点头。

"又是监狱，你们是在那里认识的吗？"

"谁？"

"汤普森·博伊德。"

"我不认识任何叫博伊德的人。"

德尔瑞吼道："那是谁雇你来干这个活儿？"

"这个活儿？我不知道你在说什么，我发誓。"他似乎真的很困惑，"你们说的所有的东西，毒气什么的。我——"

"你在找吉纳瓦·塞特尔。你买了一把枪，而且你昨天出现在她的学校里。"塞利托说。

"是啊,没错。"他似乎对他们掌握了那些详尽的资讯感到迷惑不解。

"然后,你出现在这里。"德尔瑞继续说道,"那就是我们所说的活儿。"

"那不是活儿。我真的不知道你在说什么,真的。"

塞利托问:"那些书又是怎么回事?"

"那些是我女儿小时候读的书,是送给她的。"

那探员嘀咕着:"好极了。但你向我们解释一下,为什么你要付钱找人来把它们送给……"他停顿了一下,皱起眉头。忽然,费雷德·德尔瑞说不出话来了。

莱姆问:"你是说——?"

"没错。"贾克斯叹了一口气,"吉纳瓦。她是我的女儿。"

35

"从头开始。"莱姆说。

"好吧。事情是这样的。六年前我被抓了,被送到文登,被判了六年至九年的有期徒刑。"

文登是管教局在布法罗的最高防备监狱。

"什么罪名?"德尔瑞问,"是我们听说的武装抢劫和谋杀吗?"

"一项是武装抢劫;一项是持有枪械;还有一项是攻击。"

"那二五二五呢?那个谋杀呢?"

他坚定地说:"那是不公正的。我是因为攻击被定罪的。但我没有谋杀。"

"从来没听过那件事。"德尔瑞咕哝道。

"但是你的确犯有抢劫罪?"塞利托问。

那个男人苦笑,"是的。"

"继续。"

"去年我被转到奥尔登的最轻防备监狱,可以到监外工作,我白天工作和上学,于七周前获得假释。"

"说说武装抢劫的事。"

"好吧。几年前,我是一名油漆工①,在哈莱姆工作。"

"涂鸦?"莱姆问道,并且向那张地铁列车的照片点点头。

他笑了起来,说:"刷房子。除非你是凯斯·哈宁之类的人,否则靠涂鸦根本赚不到钱。他们也不过是这么说说而已。总之,我被债务压得透不过气来。维纳斯——吉纳瓦的母亲——有点问题。开始是大麻,然后是海洛因,然后又是快克——你知道,就是可卡因。我们需要钱去付保释金和律师费。"

他脸上的悲伤似乎是真的。"我们刚开始在一起时,她似乎就有一颗骚动不安的灵魂。但你知道,爱总是让人变得盲目愚蠢。当时我们快要被从公寓里赶出去了,也没有钱支付吉纳瓦学校的制服和书籍费,有时甚至连吃的都买不起。这个姑娘需要正常的生活。我想,如果我能弄一点钱,就送维纳斯去接受治疗或什么的。如果她不愿意,我就带着吉纳瓦离开,给这个孩子一个正常的家庭。

"后来就出现了这个叫乔伊·斯托克斯的家伙,他说布法罗有一桩买卖。据说那里的运钞车每逢周六便到城外的购物中心收钱,只有几名懒洋洋的警卫。这桩买卖会很容易。

"乔伊和我周六早晨出发,当时心里想着,晚上回来的时候,

---

①原文用的是 painter,也有画家的意思。

每个人身上就揣着五六万了。"他悲伤地摇了摇头,"哦,天哪,我根本不知道我那时在干什么,只是糊里糊涂跟着去了。司机把钱递过来的那一刻起,一切就不对了。他有一个秘密警报器,而我们根本不知道。他按下警铃,那里立刻就全是警察。

"我们往南开车逃,来到了一个我们之前根本没注意过的铁道交叉口。那里停着一列货车。我们掉头,想走一条地图上没有的小路,但那得穿过原野。后来两个轮子都瘪了,只好下车走。半小时后,那些警察追上了我们。乔伊要正面冲突,但我不同意,于是喊话说我们要投降。乔伊气坏了,朝我腿上开了一枪。那些警察以为我们是在对他们开枪,于是就有了企图谋杀的罪名。"

"犯罪都没有好结果。"德尔瑞拿腔作调地说。如果不是在文法上有点瑕疵,他也算得上是个业余哲学家了。

"我们在一个拘留所被关了一个星期到十天,才被允许打了一个电话。但我找不到维纳斯,我们的电话被停了。我的律师是那种从事法律服务工作的毛孩子,什么也没为我做。我打给几个朋友,但没人找得到维纳斯和吉纳瓦。她们已经被赶出公寓了。

"我从监狱里寄的信息是被退回来。我打电话给每一个我能想到的人。我多想要把她们找回来!吉纳瓦的妈妈和我曾失去过一个孩子。我入狱后又失去了吉纳瓦。我想要找回我的家人。

"获得假释后,我就到这里来找她。我甚至花钱买了一台旧电脑,看是否能通过网络或其他方法找到她。但我没有那么好的运气。所有的消息都说维纳斯死了,吉纳瓦不见了。在哈莱姆,人们很容易因沉迷于快克而堕落。我也找不到曾经和她们住在一起的姑妈。昨天早上,我遇见了一个我以前认识的女人,她在中城工作。她看到了在非洲裔美国人博物馆的事件,说有个女孩受到攻击,还说她听说这个女孩的名字叫吉纳瓦,十六岁,住在哈莱姆。她知道我在找女儿,便给我打了电话。我找到一个对上城消息灵通的人,他昨天帮我查出吉纳瓦所在的学校。知道她在兰斯顿·休斯高中后,我就去那里找她。"

"他们发现了你,"塞利托说,"就在校园旁边。"

"是的,我就在那里。你们都来追我,我就跑了。后来我又回去,从一个小家伙那里打听到她的住处,就在西哈莱姆。于是我今天去了那里,想把书留给她。"他对贝尔点点头,"然后我看到你把她带上汽车,离开了。"

那个警探皱起眉头,"你当时推着一台购物车。"

"是的,我是故意的。我叫了一辆出租车,跟踪你们到这里。"

"带着一把枪。"贝尔指出。

他回道:"有人要伤害我的女儿!妈的,我当然得弄把枪。我不会让她出任何事。"

"你用了吗?"莱姆问,"那把枪。"

"没有。"

"我们要对它进行测试。"

"我只是把它拿出来,吓唬了一下那个告诉我她住在哪里的混账男孩儿,他叫凯文,还说我女儿的坏话。他最惨的遭遇是我拿枪指着他时,竟吓得尿裤子了……不过他活该。就是这样,你可以找他问问。"

"那个昨天打电话给你的女人,叫什么?"

"贝蒂·卡尔森。她就在博物馆隔壁工作。"他扬头示意了一下他的手机,"她的号码在来电名单上,区号是七一八。"

塞利托拿起那个男人的手机,来到走廊里。

"那你在芝加哥的家庭呢?"

"我的什么?"他皱起眉头。

"吉纳瓦的母亲说你和别人搬到芝加哥了,还娶了她。"萨克斯解释道。

贾克斯厌恶地闭上眼睛。"不,不……她在撒谎。我根本就没去过芝加哥。维纳斯一定是故意这么说的,破坏女儿对我……天哪,我以前为什么会爱上她?"

莱姆看着库柏,"打电话给管教局。"

"不,不,求求你,"贾克斯绝望地说,"我不能离开布法罗二十五英里之外,否则他们立刻会因为违反假释规定把我送回去。我曾经两次申请离开管辖区,但都遭到拒绝。但我还是来了。"

库柏考虑了一下。"我可以在管教局的一般资料库里找他的资料。这是常事,假释官不会注意的。"

莱姆点点头。过了一会儿,屏幕上出现了一份有阿朗佐·杰克逊照片的记录。库柏看了之后说:"确实像他说的那样。因表现良好而提前释放。修了一些大学学分。上面列出的亲人关系是女儿,吉纳瓦·塞特尔。"

"谢谢你。"贾克斯松了一口气。

"那些书是怎么回事?"

"我不能就这样过来说我是谁,这样我会因为违反假释被送回去,所以我去找了一些吉纳瓦以前读过的书,这样她就会知道那张便条真的是我写的。"

"什么便条?"

"我写了一张便条给她,夹在一本书里。"

库柏在袋子里翻找着。那本《秘密花园》里夹着一张纸,上面仔细地写着:"吉恩宝贝,我是你的父亲。打电话给我。"下面是他的手机号码。

塞利托从走廊里回来,他点点头说:"和那个叫卡尔森的女人谈过了。他说的都是真的。"

莱姆问:"吉纳瓦的母亲是你的女朋友,而不是妻子。"

"是这样的。"

"你住在哪里?"贝尔问道。

"我在哈莱姆租了一个房间,在一三六街。我想一找到吉纳瓦,就带她回布法罗,直到我得到回家的许可。"他的脸渐渐沉静下来,但莱姆可以看到他眼睛里的哀伤。"不过,现在我认为我不太可能有机会了。"

"为什么?"萨克斯问。

贾克斯苦笑了一下。"我看到她住的地方,是晨边的那幢漂亮房子。当然,我为她高兴,真的高兴。她会有一对很好的养父母,也许还会有兄弟姐妹,这是她一直想要的,但维纳斯在诊所出了那件事之后,我们就没有再生孩子。吉纳瓦怎么会愿意和我一起回去呢?她已经得到了她想要的生活,那是我无法给她的一切。"

莱姆抬起一边的眉毛,看着萨克斯;贾克斯没注意到。

对莱姆来说,这个故事听起来相当可信。但是他的血管里流的是怀疑论者的血液,"我想要问你几个问题。"

"请便。"

"你提到过的姑姑是谁?"

"是我父亲的姐姐。莉莉·霍尔。当了两次寡妇,如果她还健在的话,今年八月应该有九十岁了。"

莱姆并不知道她的年龄或生日,但是那个名字是吉纳瓦提过的。"是的,她仍健在。"

微笑。"这真是太好了。我很想念她,但我也找不到她。"

贝尔说:"你曾经告诉过吉纳瓦一些有关'先生'这个称呼的事,说说看。"

"在她小的时候,我就告诉过她,看人要看着眼睛,要尊敬别人,但是不要随意称呼别人'先生'或'女士',除非他们配得上这种尊称。[①]"

卡罗来纳警探对莱姆和萨克斯点点头。

刑事鉴定专家问:"谁是查尔斯·辛格尔顿?"

贾克斯惊讶地眨着眼。"你怎么会知道他?"

"回答,小子。"德尔瑞说。

"他是我——我不能肯定,曾曾曾曾祖父还是什么的。"

"继续。"莱姆鼓励道。

"嗯,他以前是弗吉尼亚州的奴隶。他的主人给他和他妻子自由,还送了他们北边的一个农场。他在南北内战时自愿参军,你知道,就像电影《光荣》里那样。战后他回家了,在他的农场做工,一边在非洲裔自由人学校教书。他靠卖苹果酒给农场附近的造船工赚钱。我知道他在战争中得过勋章,甚至还在里士满见过亚伯拉罕·林肯,就是联邦军队收复那里后不久。也许,那只是我父亲说说而已。"他又伤感地笑了一下,"然后他就因为偷窃了什么黄金之类的被逮捕了,并且因此而入狱。像我一样。"

"你知道他出狱后怎么样了吗?"

"不知道,从来没有听说过任何与这个有关的事。现在,你相信我是吉纳瓦的父亲了吗?"

[①] 这里的"先生"和"女士"是指英文中的 sir 和 madam 这样的尊称。

德尔瑞看着莱姆，也抬起了一边的眉毛。

刑事鉴定专家看着那个男人，"快要相信了。最后一件事，张开嘴。"

"你是我的父亲？"

吉纳瓦听到这个消息简直无法呼吸，只感到一阵晕眩，心都快跳出来了。她仔细端详他，她的眼睛扫过他的脸、肩膀和双手。第一反应是根本不相信，但她不能否认自己认出他来了。他还戴着那枚她母亲维纳斯圣诞节时送给他的石榴石戒指。她用来和眼前这个男人比对的记忆实在很模糊了，就像逆光看着某个人一样。

就算他有那本驾驶执照为证，并且随身带着那张她婴儿时与他和她母亲的合影，以及他以前的涂鸦照片，但如果不是库柏先生用DNA测试证明了他们的血缘关系，她还是会否认的。

他们单独待在楼上，单独，除了她如影随形的保镖贝尔警探之外。其他警方人员都在楼下继续处理这个案子，努力追查谁是珠宝交易所抢劫案的幕后主使。

但是，所有的一切——莱姆先生、阿米莉亚，还有过去这几天来遇到的杀手和其他所有恐怖事件，现在都暂时被忘记了。吉纳瓦心里只有一个问题：她的父亲是怎么来的？他为什么会来？

最重要的是：这对我有什么意义？

他对着那个购物袋点点头。吉纳瓦拿着苏西博士的书，"我不再读儿童读物了。"这是她唯一想到要说的话，"我两个月前满十六岁了。"她觉得自己说这句话的主要用意是要提醒他所有那些她独自度过的生日。

"我带这些书给你,只是想让你知道是我。我知道你已经长大了,不再看这些书了。"

"那你的另一个家庭怎么办?"她冷冷地问道。

贾克斯摇摇头。"吉恩,他们已经告诉我维纳斯是怎么跟你说的。"

听到他用这个多年前替她取的小名称呼她,吉纳瓦感到非常愤怒。吉恩不但是吉纳瓦的昵称,读音还和"天才"相近①。

"那是她编造的,就是为了让你讨厌我。不,吉恩,我从来都没有离开,我是被捕了。"

"被捕?"

"这是真的,小姐,"罗兰·贝尔说,"我们看过他的档案。他在离开你和你母亲的那一天被捕,之后一直在狱中。刚刚获得假释。"

他接着告诉了她那起抢劫的事,说他如何急切地想弄到钱,让他们生活得好些,也可以帮助她的母亲。

但是话已经说得太多,筋疲力尽了。于是他说了这个社区里听到的常用的上千个苍白的借口之一。毒贩子、小偷、盗领社会福利金的人,还有抢人皮包的人常常用的借口:

我是为了你才这么做的,宝贝……

她低头看着手上的书。这是一本旧书。它原来的主人是谁?当年替孩子买这本书的父母又在哪里?在监狱里?在洗盘子?开雷克萨斯车?还是进行神经外科手术?

或者这根本就是她父亲从二手书店偷来的?

---

① "天才"的英文是 genius。

"我是为你回来的，吉恩。我一直在找你。当贝蒂告诉我你被人攻击时，我急坏了……昨天发生了什么事？谁在追杀你？我完全不知道。"

"我看到了一些事，"她心不在焉地应付着，不想让他知道太多，"也许是某些人正在犯罪。"吉纳瓦对这个话题毫无兴趣。她又看了看他，用更加冷酷的语气说："你知道妈妈死了。"

他点点头。"我回来后才知道。我听说了，但我并不惊讶。她是个麻烦不断的女人，也许她现在比较快乐。"

吉纳瓦并不这么想。不管怎么说，上天堂弥补不了她郁郁而终、独自死去的结局。当时她的身体萎缩了，但脸却肿得像一轮黄色的月亮。

这更无法弥补更早些时候的不幸——为了一点快克，在楼梯间里任人蹂躏，而她的女儿就在前门外等着。

但吉纳瓦什么也没说。

他笑了："你为自己找到了一个很不错的住处。"

"那只是暂时的。我不住那里了。"

"不住了吗？那你要去哪里？"

"我现在还不确定。"

她说完就后悔了。这给了他机会，果然，他得寸进尺："我去问假释官，看我能不能搬回这里。如果他知道我有家庭要照顾，可能会同意的。"

"你在这里没有家庭。再也没有了。"

"我知道你在生气，宝贝。但我会补偿你。我——"

她把那本书扔在地上。"六年了，什么都没有。没有一个字，没有一个电话，没有一封信。"她气愤地说，眼泪夺眶而出。她用颤抖的手抹去泪水。

他低声说:"我要写信寄到哪里?打电话到什么地方?这六年里我一直在试着和你们联络。我可以把一沓信都拿给你看,都是我写的,可都退回来了。估计有上百封。我试过所有能想到的办法,但就是找不到你。"

"好吧,谢谢你的道歉——如果这是一种道歉的话。但是,我想你该走了。"

"不,宝贝,让我——"

"不要叫'宝贝',不要叫'吉恩',不要叫'女儿'。"

"我会补偿你。"他不断地说,擦着眼睛。

看到他的哀伤——或不管那是什么,她什么感觉都没有。除了愤怒什么都没有。"走!"

"但是,宝贝,我——"

"不要再说了,走!"

那位北卡罗来纳的警探,保护证人的专家,再一次尽到了他的职责。他站起来,安静但坚决地把父亲带到了走廊里。他回身对女孩点点头,安慰地对她笑了笑,然后关上了门。房间里留下吉纳瓦独自一人。

36

女孩和她的父亲在楼上时,莱姆跟其他人都在研究珠宝店抢劫案的线索。

但没有什么发现。

弗雷德·德尔瑞带给他们的材料都是与珠宝有关的洗钱丑闻,但都是小规模的,而且不在中城。来自国际刑警组织和本地执法机构的报告中,也没有任何与此案有关的资料。

刑事鉴定专家沮丧地摇着头,这时,电话铃响了起来。"我是莱姆。"

"林肯,我是帕克。"

这位笔迹鉴定专家分析了从博伊德的安全屋取来的便条。帕克·金凯德和莱姆寒暄了一会儿彼此的健康和家庭情况。莱姆因此得知与金凯德同居的人是联邦调查局探员玛格丽特·卢卡斯,她的女儿和他的儿子罗比都很好。

萨克斯也问候了帕克,然后金凯德开始谈正事。"收到你的那封扫描的信件后,我就一直在研究。我已经完成了写信者的描述。"

正规的笔迹分析专家从来不会从人们写信的笔迹来判断某个人的性格,只有在将不同的文件进行比较时,笔迹才会变得重要起来,例如,判断文件是否是伪造的。但现在,莱姆对这个并没有兴趣。不,帕克·金凯德说的是根据写信人使用的文句——即莱姆早先注意到的"不平常的"用字——对书写者做出人格特征的推断。这在确定嫌疑犯时特别有帮助。例如,在林白之子案[①]中,通过对绑架者写的赎金便条的文法和语法进行分析,警方得以完美地描绘出绑票者布鲁诺·汉普特曼。

怀着一种对自己技艺的狂热,金凯德继续说:"我发现一些有趣的事。你手里拿着那张便条吗?"

"就在我们面前。"

　　　　一名黑人女孩,五楼这个窗户,二日,十月,约0830。

[①]一九三二年,著名飞行员林白(Charles Lindbergh)仅二十个月大的长子被绑架并撕票,是美国历史上最为轰动的案件之一,被称为"世纪罪案"。

我的厢型车停在珠宝交易所后面的一条巷子里时,她看到了他。看到的事足以让识破我的计划。杀了她。

金凯德说:"首先,他是出生在外国的人。是那些笨拙的句法和错误的拼法告诉我的。同样的情况也表现在写日期的时候——将日期放在月份之前。那个时间,八点三十分,是以二十四小时制来算的,这在美国很少见。"

笔迹专家继续说道:"现在,另一个重要的地方:他——"

"或是她。"莱姆打断他。

"我认为是男性,"金凯德答道,"马上就告诉你为什么。他使用'他'这个代词时,似乎是在指他的厢型车。很多种不同的外国语言里都有这样的用法。但是真正缩小范围的是属格结构中的两个名词性短语。"

"那是什么?"莱姆问道。

"属格结构句是创造所有格的一种方法。你的不明嫌疑犯所写的'我的厢型车'就是一句。"

莱姆看了一眼那张便条。"明白了。"

"但是他后来又写了'我的计划'[1]。这使我想到,这个家伙的母语是阿拉伯语。"

"阿拉伯语?"

"我认为有百分之九十的可能性。阿拉伯语中有一种属词结构句,称为 *i.daafah*。所有格的形成是这样的:例如由口语而来,The car John 的意思是 The car of John[2]。或者,像你手

---

[1] 原文中"我的厢型车"用的是"my delivery van",而"我的计划"用的是 the plans of mine。这是两种不同的所有格表达方式。
[2] 意思是"约翰的汽车。"

上的纸条上一样,说'我的计划'(Plans of mine)。但是在阿拉伯语的文法规则中,所有格后面的名词只能是一个词的——而'厢型车'(delivery van)有两个词,所以他不能用 i.daafah。他只能用'我的厢型车'(my delivery van)。另外一条线索是他错用了不定冠词,在'一条巷子'(a alley),他用了'a'[①],这在讲阿拉伯语的人中很常见;因为这种语言没有不定冠词,只用'the'这样的定冠词。"金凯德还加了一句,"威尔士语中也是这么用的,但我不认为这家伙来自卡迪夫。"

"太好了,帕克,"萨克斯说,"非常细致,但真的很棒。"

电话扬声器里传来一阵轻轻的笑声,"告诉你吧,阿米莉亚,过去几年里,干这一行的人都在临时抱佛脚,苦学阿拉伯语。"

"因此你认为这是个男人?"

"你见过几个女阿拉伯歹徒?"

"还真不多……还有其他信息吗?"

"如果你需要的话,多给我一些样本,我再比对一下。"

"我们可能还会找你。"莱姆谢过金凯德,挂了电话。他看着证物板,摇了摇头,发出了一阵嘲弄的笑声。

"你在想什么,莱姆?"

"你们知道他要干什么吗?"刑事鉴定专家声音里有一种不祥的感觉。

萨克斯点点头,"他不是要去抢珠宝交易所,而是要把它炸掉。"

"对。"

德尔瑞说:"当然,我们的报告中提到过有恐怖分子在这一

[①]正确的不定冠词应该用 an。

地区袭击以色列目标。"

萨克斯说:"博物馆对面的那名警卫说过,他们每天都会收到来自耶路撒冷的珠宝。好的,我通知交易所进行疏散,然后进行搜索。"她拿出了手机。

莱姆注视着证物板,对塞利托和库柏说:"炸豆泥三明治和酸奶……一辆送货的厢型车。去找找交易所附近有没有中东餐馆,如果有,看是谁负责送货,什么时间送,还有他们用的是哪一种厢型车。"

德尔瑞摇头,"半个城市都吃那玩意儿。你可以在这座城市每一条街的街角找到希腊卷饼和炸豆泥三明治。这些……"当他和莱姆的眼睛相遇时,声音低了下去。

"手推餐车!"

塞利托说:"昨天博物馆附近有五六辆。"

"用来监视简直太完美了!"莱姆突然说,"多好的掩护。他每天给他们送货,所以没有人会注意。我要知道谁给街上的小贩供货。快!"

根据卫生局部门的报告,只有两家公司运送中东食物给珠宝交易所附近街区的手推餐车。讽刺的是,其中一家属于两名以色列犹太兄弟,他们不太可能是嫌疑犯。

另一家公司本身没有餐车,但是给中城数十辆餐车提供出售希腊卷饼、烤肉串、炸豆泥三明治、调料和饮料,还有那些不符合伊斯兰教规,但很赚钱的猪肉热狗。这些食品都出自这家公司在百老汇街的一家餐厅,其雇用了一个送货员在城里各处运送商品。

德尔瑞和其他十几名探员警察找到这个业主时，他反应很强烈，几乎是哭着表示合作。他们的送货员叫班尼·阿尔—达哈伯，是沙特阿拉伯人，签证早就过期了。他在吉达时似乎是一名专业人士，在美国还当过一段时间工程师，但是非法居留后，他就只能干一些他能找到的工作——偶尔当当厨师，并且将食物送给手推餐车及曼哈顿和布鲁克林一带的中东餐厅。

珠宝交易所已经疏散，并进行了仔细搜索，但没有找到任何装置或仪器；特勤紧急小组也被派去寻找阿尔—达哈伯的送货车。业主说，他可以随意计划他自己的送货路线，因此这辆车可能在这座城市的任何地方。

以前当莱姆还能行动时，遇到这种情况他会亲自去找。这个人到底在哪里？现在他是不是正开着一辆装满炸药的货车到处跑？也许他已经放弃了珠宝交易所，转向另一个目标：犹太教聚会所，或是以色列航空公司。

"我们把博伊德带到这里，给他施加点压力，"他急切地说，"我要知道这个该死的家伙到底在哪里！"

就在此时，梅尔·库柏的电话响了。

然后是塞利托的，接着阿米莉亚的电话也响了。

最后，实验室的那部电话也响了起来。

打电话的人虽然不同，但传递的信息都是同一个。

莱姆的那个"这个该死的家伙在哪里"的问题有了答案。

只有司机死了。

鉴于那颗炸弹的威力，以及当时那辆厢型车正位于繁忙的第九大道和第五十四街的交会口，这样的结果简直是奇迹。

那颗炸弹爆炸时,力量主要是向上的,穿过车顶和窗外;炸弹的碎片和玻璃碴四处乱飞,伤及好几个在现场的人,但是主要损伤都只在那辆E250的厢型车内部。那辆燃烧的厢型车翻倒在人行道上,撞倒了一根路灯柱。第八大道上的消防组将火扑灭,并且让路人后退。那名司机已经没救了。他残存的两块尸体之间相隔了好几码远。

防爆小组清理完现场后,警察在等着轮值法医和犯罪现场鉴定人员。

"这是什么味道?"中城北分局的警探问道。这个味道让这位高大、谢顶的警探感到浑身发毛,他知道,这是人肉被烧灼的味道。但问题是闻起来还挺香的。

防爆小组的一名探员笑着对这名脸色发青的警探说:"希腊卷饼。"

"希腊——什么?"警探问道,心里想着是不是什么东西的简称。

"看。"那名防爆小组的警察用戴着乳胶手套的双手捧起一块烧焦的肉,闻了闻,说:"真香。"

那名中城北分局的警探笑了笑没说话,极力掩饰快要吐出来的样子。

"这是羊肉。"

"是——"

"那名司机正在运送食物,这是他的工作。那辆厢型车的后面塞满了肉和炸豆泥三明治之类的鬼东西。"

"哦。"他还是觉得想吐。

这时,一辆漂亮的鲜红色卡玛洛SS在马路中间刹车停下,正好触到黄色的警用隔离戒带。车里走出来一个漂亮的红发女人,她看了看现场,向那名警探点点头。

"嗨。"他说。

那名女警探将一个戴在头上的通话器联结到摩托罗拉对讲机上,同时向犯罪现场鉴定车挥了挥手。她闻了闻空气,又深呼吸了几口,点了点头。"还没有开始进行现场勘查,"她对着麦克风说,"但是从气味来看,莱姆,我认为我们已经抓住他了。"

那名身材高大的谢顶警探吞了几下口水,说:"我马上回来。"他跑进了附近的一家星巴克,祈祷能及时冲进厕所。

贝尔警探陪着吉纳瓦走下楼来,进了莱姆的实验室。她注视着她父亲,那个男人也正用那双小狗般的眼睛无辜地看着她。

妈的。她把眼睛转开。

莱姆说:"我们收到消息,那个雇用博伊德的人死了。"

"死了?那名珠宝强盗?"

"事情似乎不完全是这样。"莱姆说,"我们——好吧,我,错了。我原来认为这个人是要抢珠宝交易所。但是结果并不是,他是要把它炸掉。"

"恐怖分子?"她问。

莱姆用头示意阿米莉亚·萨克斯手上拿着的一个塑料文件夹。里面有一封信,地址写的是《纽约时报》。上面说,珠宝交易所的爆炸案只是对抗犹太复国主义者及其同盟的一场圣战。这封信的纸张与授意杀死吉纳瓦的便条和西五十五街发现的地图用的纸张一样。

"他是谁?"吉纳瓦问道,努力回忆着一个星期前她有没有在街上看到一辆厢型车和一名中东男子,但是想不起来。

"一名非法居留的沙特阿拉伯人，"塞利托警探说，"在下城的一家餐厅工作。当然，那些业主吓坏了。他们以为是基地组织之类的。"他说着笑了起来，"他们也许是。但这些人的背景都很清白——美国公民，在这里居住多年，有的孩子甚至参了军。不过现在他们都是一群神经紧张的家伙。"

阿米莉亚继续说，有关这名炸弹制造者最重要的信息，是这名男子——班尼·阿尔—达哈伯，似乎与任何有嫌疑的恐怖组织都没有关联。他最近约会的一名女子和他的同事都说，他们从来不知道他曾经和恐怖分子有联系；他去的清真寺在宗教和政治态度上也很温和。阿米莉亚搜索了他在皇后区的公寓，没有发现任何他与恐怖组织有关的证据。不过，他们正在查他的电话记录，看是否与其他的基本教义派有关联。

"我们会继续察看证据，"莱姆说，"但是我们有百分之九十九的把握，他是单独行动的。我想，你很可能已经安全了。"

他将轮椅行驶到证物桌前，看着那些装有烧焦的金属和塑料袋子。库柏说："梅尔，把这些也列到证物表上：这些炸药是托维克斯系列，我们已经拿到了雷管的碎片，以及外壳、电线等。全都放在一个不间断电源的盒子里，地址是珠宝交易所，注意一下交易所的主管。"

"为什么提早爆炸了呢？"贾克斯·杰克逊问道。

莱姆解释说，在城市里用无线电控制炸弹非常危险，因为周围有那么多无线电波——从建筑工地的炸药到无线电话，以及其他上百种来源。

塞利托警探补充说："或者他也可能是自杀。他也许听说了博伊德已经被捕，或是珠宝交易所被搜查。他一定认为自己被抓只是时间问题。"

吉纳瓦感到不安和困惑。她身边的这些人忽然成了陌生人。当初让他们聚集在一起的主要原因已不复存在。至于她的父亲，对她而言，甚至比警察更让人感到疏远和陌生。她想回到她在哈莱姆的地下室，和她的书本以及未来的计划、大学，还有关于佛罗伦萨和巴黎的梦想在一起。

但是她发现阿米莉亚正关切地注视着她。这位女警探问："你现在打算怎么办？"

吉纳瓦看着她的父亲。会发生什么事？她的确有了父亲，但他是一名罪犯，甚至不能留在这个城市。他们可能会把她送往一户寄养人家。

阿米莉亚看着林肯·莱姆。"在事情弄清楚前，我们还按原来的计划办吧。吉纳瓦先留在这里。"

"这里？"那女孩问道。

"你的父亲必须回到布法罗处理那里的事。"

吉纳瓦想，无论如何，这样就不用和他住在一起。但她什么都没说。

"这主意不错。"这是托马斯。"我想这就是我们要做的事。"他的声音很坚决，"你就留在这里。"

"你觉得这样可以吗？"阿米莉亚问吉纳瓦。

吉纳瓦不太清楚他们为什么要她留下。她一开始就心存怀疑。但是她不断提醒自己，一个人生活了这么长时间后，怀疑就像影子一样紧紧跟着她。她又想起这种生活的另一条法则：随遇而安。

"当然好。"她说。

戴着手铐和脚镣的汤普森·博伊德被带到莱姆的实验室,两名警卫让他坐在莱姆和其他警察面前。吉纳瓦上楼回到她的房间,现在由巴布·林奇保护她。

刑事犯罪专家很少和罪犯面对面。像林肯这样的科学家,工作中唯一的激情是这个游戏本身,是追踪,而不是嫌疑犯的具体形象。看着那些被他抓住的男女罪犯,他并没有心满意足的感觉。解释和哀求无法打动他,恐吓也无法威胁他。

但是,现在他想要确认吉纳瓦·塞特尔的安全,要亲自面对她的攻击者。

他脸上缠着绷带,其他地方还有和萨克斯交战时留下的伤痕。博伊德环顾实验室,看着那些设备,以及写字板上的图表。

还有轮椅。

没有任何表情,没有惊讶或好奇,甚至他向萨克斯点头时也是如此,似乎他已经忘记她曾经用石头猛击他的脑袋。

有人问汤普森,坐在电椅上是什么感觉?他说,感觉不到任何东西,有点麻木。到后来,他重复过很多次,说他感到麻木。

他问:"你是怎么找到我的?"

"根据一些事,"莱姆说,"例如,你挑错了放在现场的塔罗牌。它让我想到了处决行刑。"

"那张倒吊人,"博伊德点点头说,"你说得对。我从来没想到。只觉得那张牌看起来令人毛骨悚然。领你上路,你知道的。"

莱姆继续说:"至于让我们找出你的名字的,则是你的习惯。"

"习惯?"

"你的口哨。"

"我是会那样。工作时我尽量不吹,但是有时顺口就出来了。

所以，你和……"

"对，得州的一些人。"

博伊德点点头，用发红的眼睛瞟着莱姆。"这么说，你知道查理·塔克？那个倒霉鬼不配做人。他让我的人在世间最后的日子过得很痛苦，说他们会在地狱被烈火炙烤，胡说什么耶稣之类的事。"

我的人……

萨克斯问："你只雇用了班尼·阿尔—达哈伯吗？"

他惊讶地眨眨眼，这似乎是他第一次露出真实的情绪。"你们怎么……"然后便沉默不语了。

"那枚炸弹提早爆炸了。或者，他自杀了。"

那颗脑袋摇着。"不，他绝不是什么自杀式炸弹者，这一定是意外。那个家伙太不小心，脾气又急，做事不循规蹈矩。也许他设定得太早了。"

"你是怎么遇到他的？"

"他打电话给我的。他从监狱的伊斯兰同伴那里得知我的名字。"

原来是这样。莱姆一直对一个得州的狱警怎么会和伊斯兰恐怖分子勾结在一起感到好奇。

"他们疯了，"博伊德说，"但他们有钱，那些阿拉伯人。"

"那么乔·厄尔·威尔逊呢？他是炸弹制造者？"

"乔·厄尔？是的，长官。"他还在摇头，"他你也知道？我不得不说，你们可真厉害。"

"他人在哪里？"

"那我就不知道了。我们通过公用电话打到一个语音信箱，然后在公共场合碰面。谈话不超过十句。"

"联邦调查局会问你有关阿尔—达哈伯以及炸弹的事。我们想要知道的是有关吉纳瓦的事。还有没有其他人要伤害她?"

博伊德摇摇头。"从阿尔—达哈伯对我说的话来看,他是一个人工作。我怀疑他有时候和中东地区的人联络,但是在这里,没有人。他不相信任何人。"那单调冗长的得州口音听起来忽高忽低,好像他故意说不清楚一样。

萨克斯毫不客气地说:"如果你撒谎,如果她发生什么事,我们会让你下半辈子都不好过。"

"你会怎么样?"博伊德问道,似乎他真的很好奇。

"你杀了那名图书馆馆员,巴里博士。你攻击并企图杀害警察。你可以被判好几个无期徒刑。我们还在调查坚尼街那个女孩的命案;就在你昨天从伊丽莎白街逃脱时,有人将她推向一辆正在行驶的大巴。我们将你的照片传给目击证人。你会永远消失。"

博伊德耸耸肩,"这没什么。"

"你不在乎吗?"萨克斯问。

"我知道你们这些人不理解我。我不怪你们。但是,你知道,我不在乎进监狱,我不在乎任何事。你们全都无法看到真正的我,我已经死了。杀任何人对我都无所谓,救一条生命也无所谓。"他看着阿米莉亚·萨克斯,对方也正看着他。博伊德说:"我看到那种表情了。你在想,这个家伙到底是什么怪物。呃,事实上,我是你们大家创造出来的。"

"我们创造的?"她问。

"哦,是的,女士……你知道我的职业。"

"行刑控制官。"莱姆说。

"是的,长官。现在我要跟你说说这一行:你可以找到美国境内所有被合法处决的人的姓名,这有很多。你还能找到所有等到午夜，或者等到最后一刻才同意给他们减刑的州长的姓名。你可以找到所有被害人的名字，而且大部分时候还能找到他们直系亲属的名字。但是，你知道，有一种人的名字你无论如何也找不到。"

他看着身边的警察。"就是我们这些按按钮的人，行刑者。我们被遗忘了。每个人都在想，这样重大的刑罚对于死刑犯的家人、社会还有被害人的家人，会造成多么大的影响；更不要说那些在这个过程中像狗一样倒下的男男女女。但是没有人为我们这些行刑者流过一滴汗，从来没有任何人留意过我们。

"日复一日，和我们的人生活在一起——有男人，也有女人，当然，都是将死的人，认识他们，和他们谈话，谈这个世上的一切。一个黑人问，为什么白人犯了同样的罪却能免于一死，或者得到更轻的刑期，但是黑人却得死？那个墨西哥人发誓说他没有奸杀那个女孩，他只是在7-11买啤酒，但警察却冲了上来，而他知道的下一件事，就是他已经在死刑的路上了。一年后，他已经被埋在地下；后来，他们做了DNA测试，发现他们真的抓错人了，他是无辜的。

"当然，那些真正有罪的人也是人。日复一日地和他们在一起。善待他们，因为他们对你也很好。于是慢慢认识了他们，然后……然后杀了他们。这就是你，全是你一个人；用你的手按下按钮、打开电源……这会让你改变。

"你知道他们怎么说？你听说过的，'死囚之路'。这应该是指死刑犯，但其实说的是我们，我们行刑者，我们才是死囚。"

萨克斯喃喃地说："但是，你的女朋友呢？你怎么向她开枪？"

他不说话了，脸上第一次布满愁云。"那一枪我仔细考虑过。

我希望我能觉得自己不应该那么做。她对我的意义重大。我应该不管她自己逃走。但是……"他摇摇头,"我没有。我看着她,只觉得麻木。而且我知道向她开枪是有用的。"

"如果当时是孩子们,而不是她呢?"萨克斯吸了口气,"你会为了脱身向她们开枪吗?"

他想了一会儿。"好吧,女士,我想我们都知道,那样可能会成功,不是吗?你会停下来去救小女孩,而不会来追我。这就像我父亲说的:问题只是你将小数点点在哪里。"

他脸上的阴云似乎消散了,好像他最后真的接受了某个答案,或是对一个困扰他已久的问题得出了答案。

倒吊人……这张牌常常预示一种向经验屈服、结束一场挣扎和接受现实。

他看着莱姆,"现在,如果你不介意的话,我想我该回家了。"

"家?"

他饶有兴趣地看着他们。"监狱。"

似乎是在说,难道他还会指别的地方吗?

父女俩乘C线地铁在一三五街下了车,向东朝兰斯顿·休斯高中走去。

她并不希望他一起来,但是他却坚持要照顾她——莱姆先生和贝尔警探也坚持这一点。另外,她想他明天就要回布法罗了,和他待一两个小时还是可以忍受的。

他回头指着那趟地铁列车。"以前我最喜欢在C线的列车上涂鸦。漆喷得真好……我知道很多人会看见它。一九七六年曾做过一次从头到尾的涂鸦。那一年是庆祝两百周年。很多大帆船来到城里,我的作品就在其中的一条船上,和自由女神的塑像在一起。"他笑了,"我听说,大都会交通署至少过了一个星期才将它们清除。也许他们太忙了,但我愿意认为是有人喜欢我的画,因此保留了比较长的时间。"

吉纳瓦咕哝了一声。她本来想,她也有个故事要告诉他。她看到一个街区远的地方,一幢建筑物前搭起了脚手架。那里正是她去打工,后来被开除的地方。如果她告诉她父亲,她的工作就是清洗涂鸦,不知他会怎么想?说不定她还擦掉过他的作品。吉纳瓦想了想,还是没说。

在弗雷德里克·道格拉斯大道上第一个还能使用的公用电话前,吉纳瓦停下来,伸手去掏零钱。她的父亲把手机递给她。

"不用了。"

"拿去吧。"

她没搭理,投了硬币打给拉基莎。她的父亲收起手机,踱到路边,像一个站在糖果铺前的小男孩一样看着四周。

"喂?"听到朋友的声音吉纳瓦急忙转移了视线。

"基莎,一切都结束了。"她说了珠宝交易所,还有爆炸的事。

"是那么回事?妈的,恐怖分子?还真是吓人。你还好吗?"

"还不错,真的。"

吉纳瓦听到另一个声音,一个男人的声音,她的朋友用手捂住了听筒。他们的交谈似乎很热烈。

"基莎,你在吗?"

"在。"

"那是谁?"

"没有谁。你在哪里?你不住那个地下室了,对吗?"

"我还在那个警察和他女朋友那里,就是那个坐轮椅的。"

"你现在在那里吗?"

"不,我在上城,要去学校。"

"现在?"

"去拿家庭作业。"

那女孩停了一下,说:"这样,我们在学校碰头。我想跟你见个面。你什么时候到?"

吉纳瓦看了一眼旁边的父亲,他手插在口袋里,还在看着街道。吉纳瓦决定不向拉基莎或其他任何人提起他,至少现在不说。

"基莎,我们明天再见吧。我现在没时间。"

"可恶。"

"真的,明天吧。"

"随便你。"

吉纳瓦听到对方挂断了电话。但她还是在原地停留了一会儿,然后才磨磨蹭蹭地移动,看起来不想回到她父亲身边。

最后,她终于过去了,他们继续向学校走去。

"你知道那里发生过什么事吗?就是三到四个街区那儿。"他指着北面,"奋斗者行列,你看过吗?"

"没有。"她小声回答。

"以后我带你去。一百多年前,这块土地的开发者大卫·金,盖了这三幢公寓大楼和很多房子。他请了三位当时全国最优秀的建筑师,并告诉他们尽管去做。美丽的地方,叫金氏建筑。这些房子非常昂贵,也非常棒。故事是这样的,这个地方被称为'奋斗者行列',因为你必须奋斗,才能住在这里。W.C.汉迪曾在这里住过,你知道他吗?蓝调之父,有史以来最杰出的音乐家。

我还为他画过一幅作品，我告诉过你吗？用了十罐喷漆才完成。不是快速涂鸦，我花了两天的时间画了一幅汉迪的肖像。《纽约时报》的摄影师还拍了照，登在报纸上。"他指了指北面，"就是那里——"

她忽然停下来。她的双手一拍屁股，"够了！"

"吉恩？"

"不要再说了。我不想听。"

"你——"

"你说的这些我都没有兴趣。"

"你在生我的气，亲爱的。发生这一切后，你怎么能不生气呢？我犯了一个错误，"他的声音一下变得哽咽了，"但那是过去，现在我不一样了，每件事都会不同。我再也不会让你经受什么，就像我以前和你妈妈在一起时那样。你才是我当时应该拯救的人——不应该去布法罗的。"

"不！你还是不明白！这不是你曾经做过什么的问题，而是我不想成为你那个世界的一部分。我根本不关心什么奋斗者，我也不关心阿波罗或棉花俱乐部，或者哈莱姆文艺复兴。我不喜欢哈莱姆，我恨这个地方。这里到处是枪、快克还有强奸。人们只喜欢那些廉价首饰和杂货店的发夹。女孩子们整天想的就是假发和辫子。而且——"

"华尔街有内线交易者，新泽西有黑帮分子，温彻斯特有拖车园区。"他回答道。

但她根本就没有听。"那些男孩，他们想的就是把女孩子弄上床。那些没受过教育的人根本不知道该怎么说话。这是——"

"非裔美国人本土英语又有什么不好？"

她眨眨眼。"你怎么会知道的？"他从来不说街头英语——

他的父亲曾经督促他自己用功读书——直到他开始逃课，开始他那个丑化城市公物的"职业"。但是大部分住在当地的人并不知道他们用的语言的正式名称叫"非裔美国人本土英语"。

"我在里面的时候，"他说，"拿到了高中文凭和一年的大学学历。"

她什么也没说。

"我大部分时间都在学习阅读和文字。也许这不能让我找到一份工作，但那个吸引我。你知道的，我一直喜欢书。我从你会走路的时候就教你看书……我研究标准英语，但我也研究本土英语。我不觉得那有什么不好。"

"可你并不说。"她尖锐地指出。

"我成长时期没有用这种英语。就像我成长时期也没有说法语或曼丁哥语一样。"

"我很讨厌有人说'问（axe）你个问题'。"

她父亲耸耸肩。"'问（axe）'在古英语里就代表'问（ask）'。以前的皇族就是这么说的。《圣经》的译本中也说谈到'问'（axing）上帝要慈悲。这并不像一般人所认为的那样是黑人的东西。's'和'k'连在一起时的音很难发，于是就转了。还有'ain't'，更是从莎士比亚的时代起就在用了。"

她笑了，"那你试试用本土英语去找工作。"

"嗯，如果有一个法国人或俄罗斯人也来申请这份工作呢？你觉得老板会不会给他们一个机会，见见他们，看看他们是否勤奋，是否聪明？就算他们说的是不同的英语又怎样呢？也许问题在于那个老板以某人的语言为借口不雇用他。"他笑着说，"纽约人在未来几年里，最好还能说一点西班牙语或中文，那为什么不能接受本土英语呢？"

他的话让她更加生气。

"我喜欢我们的语言,吉恩。我觉得它很自然,让我感觉回到了家。你看,以我对你做的事,你完全可以生我的气。但是,不要迁怒于自己或我们的祖先。因为,这是我们的根。你知道应该怎么对待自己的根,不是吗?你改变那些应该改变的事,还应该对改变不了的事感到骄傲。"

吉纳瓦紧紧闭上眼睛,双手捂在脸上。在过去那么多年里,她一直想着父亲或者母亲——甚至没有奢侈地希望父母双全,只是其中的一个——在自己下午放学时能在家里,替她检查家庭作业,早上叫她起床。但在这一切都没有变成现实,在她终于能够独自生活,在这个令人绝望的世界拼出一条出路的时候,过去却回来了,套住她,把她往回拉。

"但这不是我想要的,"她轻声说,"我要的是比这一团混乱更好的东西。"她指了指周围的街道。

"哦,吉纳瓦,我明白。我所期望的,就是在你进入这个世界以前,我们能够在这里好好地生活几年。给我一个机会,让我补偿你,补偿我和你母亲对你做过的事。你应该得到全世界……但是,亲爱的,我必须说,你能告诉我,有什么地方是完美的吗?那里的街道都铺着黄金吗?那里人人都爱他们的邻居吗?"他笑了起来,然后说起了非裔美国人本土英语,"你说这里很乱?好吧,说得对。但是哪里不乱?哪里不是这样呢?"

他伸出手臂搂着她。她的身体一僵,但不再抗拒。他们往学校走去。

拉基莎·斯科特坐在马库斯·加维公园的长椅上,她从下城的餐馆打工回来就坐在这里,已经半个多小时了。

她又点了一根荣誉牌香烟,心里想着:我们做的事,有一些是因为我们想做,有一些是因为我们不得不做。为了生存。

她想着,她即将要去做的事,就是她不得不做的。

发生了这些狗屁事之后,吉纳瓦为什么不他妈的告诉她就离开,再也不回来了?

她会去底特律或亚拉巴马吗?

对不起,基莎,我们不能再见面了。我是说永远。再见了。

如果这样,整个该死的问题不就解决了吗?

为什么?为什么?为什么?

事情还会更糟:吉恩明确说了下面几个小时里她会在哪儿。拉基莎没有借口不去找她。哦,刚才她们通电话时,她一直说着街头英语,这样她的朋友才不会发觉有什么异样。但现在,她一个人坐着,陷入哀伤之中。

天哪,这感觉可真不好。

但是没有选择。

我们不得不做的事……

行了,基莎对自己说,这件事要做个了断。我们去吧。把事情……

她将香烟掐灭,离开了公园,先向西,然后在马拉孔·X大道转向北,经过一座教堂。到处都是教堂——摩里斯山升天教堂、圣家浸信教堂、以弗所基督复临堂、浸信会教堂,很多。偶尔有一两座清真寺,或一所犹太教堂。

然后是各种店铺及商店:木瓜王、植物店、礼服出租店、一家支票兑换现金的店。她经过一家无照的出租车行,老板坐在店外,举着一台胶带粘过的收音机,长长的电线从那间没开灯的办公室里拖出来。他愉快地对她笑着。拉基莎真羡慕他们：这些坐在破旧的商店门口、霓虹灯下的人们，那个悠闲地将香肠塞进冒着热气的面包的男人，那个坐在廉价椅子上、抽着烟、戴着破耳机的胖男人。

他们都没有背叛任何人，她想。

他们都没有背叛自己多年来最好的朋友。

她嚼着口香糖，涂着黄色和黑色指甲油的粗手指紧紧抓住皮包带子。三个多米尼加男孩向她吹口哨，她像没听到一样。

"咻！"

她听到"大奶子"，还听到"母狗"。

"咻！"

拉基莎把手伸到皮包里，紧紧抓住她的弹簧刀。她差点就要将它亮出来，让他们退缩、害怕。但她没有，只是瞪着他们，没有将那把利刃拿出来，想着到学校之后，她还有一大堆的麻烦。现在顾不上。

"咻！"

她继续向前走，紧张的双手又打开一包口香糖。将两块水果口味的塞到嘴里，拉基莎挣扎着要找回她那愤怒的心。

生气，姑娘。想想吉纳瓦所有让你生气的事，想想她即将成为你永远也做不成的人物。那个女孩聪明得让人愤怒，而且她还每天上学，像个瘦小的白人女孩一样，根本不会让人怀疑有艾滋病什么的。她不但两腿紧紧地闭着，还像个神经质的妈妈一样教其他女孩子做同样的事。

好像她比我们所有人都强一样。

但她根本不是这样。吉纳瓦·塞特尔只不过是一个妈妈有坏习惯，而爸爸不知道在哪里的孩子。

她和我们一样。

想到她看你的样子就生气，她还会说："你能做到，姑娘，你能做到，你能做到，你可以离开这里，你面前有一大片世界。"

不，小婊子，有时候你就是做不到。有时候实在承受得太多。你需要帮助。你需要依赖有钱的人，能支持你的人。

过了一会儿，对吉纳瓦的愤怒又在她内心沸腾起来，她把皮包带子抓得更紧了。

但是不行。怒气一下子就不见了，就像她替两个双胞胎堂弟换尿片时，扑在他们小屁股上的爽身粉一样，一下就被吹走了。

当拉基莎精神恍惚地过了雷诺街，向学校走去。她知道自己就要见到吉纳瓦·塞特尔了，愤怒或借口都不足以支撑她。

唯一支撑她的是生存的意念。有时候你必须照顾自己，抓住别人伸来的援手。

我们不得不做的事……

37

在学校，吉纳瓦收起家庭作业，真想不到，语言艺术课的下一份作业是就克劳德·麦凯[1]的《到哈莱姆家》写一篇报告。这本一九二八年出版的作品是黑人作家的第一本畅销小说。

"我能写 E. E. 康明斯[2] 吗？"她问，"或者约翰·奇弗[3]？"

"这是按照我们的非洲裔美国人的顺序来的，吉恩。"她的语言学艺术老师微笑着说。

---

[1] 克劳德·麦凯（Claude McKay, 1889—1948），牙买加作家、诗人。
[2] E. E. 康明斯（E. E. Cummings, 1894—1962），美国诗人。
[3] 约翰·奇弗（John Cheeve, 1912—1982），美国小说家。

"那就写弗兰克·耶比①,"她没有放弃,"奥克塔维亚·巴特勒②也行。"

"吉恩,这些都是很好的作家,"她的老师说,"但是他们都没写过哈莱姆。但这正是我们这段时间里研究的东西。我给你麦凯,是因为我想你会喜欢他。他是文艺复兴以来最具争议的作家之一。因为着眼于哈莱姆的阴暗面而受到许多严厉的批评。他描写了那个地方的原生态。他让杜博斯③和许多当时的思想家都非常不安。这一切都发生在你住的地方。"

也许她父亲能帮她做些解释,她有些嘲讽地想,既然他那么喜欢这个社区和这里的语言。

"试试,"老师说,"也许你会喜欢。"

哦,不,我不会的。

在学校外面,她又跟父亲会合了。他们来到了公共汽车站,这时一股寒风吹来,他们两人都闭上了眼睛,夹杂着沙尘的风从他们身边吹过。他们之间已经缓和许多,她同意跟他一起去一家他过去六年来一直念念不忘的牙买加餐厅。

"它还会在那里吗?"她冷冷地问。

"不知道。但我们总会发现什么的,就当是一场冒险吧。"

"我没有太多时间。"她在寒风中颤抖。

"公共汽车站在哪里?"他问。

吉纳瓦看着马路对面,眉头皱了起来。哦,不……那是拉基莎。她就是这样的,根本不听吉纳瓦说什么,自己就跑来了。

基莎挥舞着手。

---

①弗兰克·耶比(Frank Yerby, 1916—1991),美国历史小说家。
②奥克塔维亚·巴特勒(Octavia Butler, 1947—2006),美国科幻小说家。
③杜博斯(William Edward Burghardt Du Bois, 1868—1963),非裔美国民权运动家、教育家、作家、学者、社会学家,一九六三年,九十五岁时加入加纳国籍。

"那是谁?"她父亲问。

"我的好朋友。"

拉基莎疑惑地看着吉纳瓦的父亲,然后示意要吉纳瓦过马路去。

怎么回事?那个女孩脸上虽然在笑,但显然她有心事。也许她在想,吉纳瓦和老男人在一起干什么。

"等一下。"她告诉父亲,然后向拉基莎走去。拉基莎眨眨眼,似乎还深吸了一口气。她打开了皮包,手伸到了里面。

这是怎么回事?吉纳瓦觉得很奇怪。她穿过街道,在路边停了下来。基莎犹豫了一下,然后向前一步。"吉恩。"她说,眼睛里露出阴郁的神色。

吉纳瓦皱起眉头。"基莎,到底——"

一辆汽车在吉纳瓦身边的马路旁停下,拉基莎收住脚步,惊讶地眨了眨眼。驾驶座上是学校的辅导员,巴顿太太。

"嗨,吉纳瓦。我刚才在里面没见到你。"

"嗨。"那女孩很小心,不能肯定那女人知不知道她父母的事。

"莱姆先生的助理说他们抓住了那个企图伤害你的男人,而且你的父母也回来了。"

"我父亲。"她伸手指了伸,"就在那边。"

辅导员看着那名身穿破旧的T恤和夹克,身材结实的男人。

"一切都好吗?"

拉基莎听到一点她们的对话,她皱起眉头。她的神情更加不安了。电话里听起来她似乎好好的,但现在拉基莎想到,也许她是假装的。而且,那个和她说话的男人到底是谁?

没有谁……

我可不这么认为。

"吉纳瓦?"巴顿太太问,"你还好吗?"

她回过身看着那名辅导员。"抱歉。是的,都还好。"

那个女人又一次仔细看着她的父亲,然后用她的褐色眼睛盯着女孩,但吉纳瓦却避开了。

"你有没有什么事要告诉我?"

"嗯……"

"真实情况到底是怎么回事?"

"我——"

现在不得不说了。"好吧,是这样的,巴顿太太,我很抱歉,我之前没说实话。我的父亲不是一名教授。他过去一直在坐牢,但是现在已经出来了。"

"那你一直都住在哪里?"

"我一个人住。"

那个女人点点头,并没有做出任何评判。"你母亲呢?"

"死了。"

她皱起眉头。"我很难过……不过他会得到监护权吗?"

"我们还没有谈过这件事。现在他要做什么事都必须先经过法院之类的同意。"她这么说是为了争取时间。吉纳瓦正在考虑一个计划:让她的父亲回来,并且在法律上取得监护权,但是她还是可以自己一个人住。"这段时间里我先跟莱姆先生和阿米莉亚住在一起,在他们的房子里。"

那个女人再一次看向她的父亲,他对她们淡淡一笑。

"这还是很不寻常的。"

吉纳瓦倔强地说:"我不去寄养家庭。我不能失去长久以来我为之奋斗的一切。我会逃跑。我会——"

"哦,别着急。"辅导员笑着说,"我觉得我们现在先不要讨论这个问题。你已经吃了够多的苦了。我们过几天再说。你们现在要去哪里?"

"去莱姆先生那里。"

"我送你们一程。"

吉纳瓦做了个手势让她的父亲过来。那个男人慢慢地走近了汽车,女孩为他们相互介绍。

"很高兴见到你,女士。谢谢你一直照顾吉纳瓦。"

"快进来吧。"

吉纳瓦看着马路对面,拉基莎还在那里。

她大声说:"我得走了。再打电话给你。"她做了一个打电话的手势。

拉基莎茫然地点点头,手从皮包里抽了出来。

吉纳瓦上了车,坐在她父亲的后面。她从后座的窗户看出去,拉基莎一脸阴沉。

巴顿太太在倒车,父亲则开始了另一堂滑稽的历史课,不停地说着:"你知道我曾经画过一幅有关克利尔兄弟的画吗?就是荷马和兰利。他们住在一二八街和第五大道,不但是隐士,大概也是有史以来最古怪的家伙。他们被哈莱姆的犯罪吓坏了,于是把自己关在公寓里,还设置了各种陷阱,从来不往外扔任何一件东西。其中一个被他自己的旧报纸堆压死。他们死后,警方从他们的住所运出来上百吨垃圾。"他问道:"你们曾经听过他们吗?"

辅导员说她知道。

"没有。"吉纳瓦回答,心想,我才没有兴趣。

林肯·莱姆指示梅尔·库柏将他们从爆炸案现场带回来的物证放置妥当，一边还在看返回的一些证物分析报告。

德尔瑞带领的一支联邦小组已经找到了乔·厄尔·威尔逊。博伊德安全屋中发现的晶体管收音机里的炸药上有他的指纹。目前他已经被捕，正被几名探员带到莱姆这里来，就汤普森·博伊德的案子接受问讯。

这时，贝尔的电话响了起来。他接了起来："我是贝尔……路易斯，什么事？"他仔细听着。

路易斯……

那应该是马丁内斯，吉纳瓦和她父亲离开莱姆家前往兰斯顿·休斯高中时，他一直尾随在后面。尽管他们相信贾克斯，阿朗佐·杰克逊，是吉纳瓦的父亲，而且对那个女孩并没有威胁，而且那名恐怖分子是单独行动的，但这并不表示贝尔与莱姆现在就能让吉纳瓦在没有保护的情况下四处走动。

似乎有什么事不太对劲。莱姆可以从贝尔的眼睛里看出来。那名警探对库柏说："我们车管所的一项资料，快。"他在一张方便贴上记下一组号码，然后挂了电话，将那张便条交给现场鉴定人员。

萨克斯问："出了什么事？"

"吉纳瓦和她父亲原本在学校附近的一个公共汽车站。有一辆车停下来，他们上了车。路易斯没想到会出现这种情况，他来不及穿越街道将车拦下来。"

"车？谁开的？"

"一名身材肥胖高大的黑人妇女。根据他的形容，应该是那个辅导员，巴顿。"

没有什么好担心的，莱姆想。也许是那个女人恰好在车站看到他们，于是载他们一程。

车管所的资料出现在电脑屏幕上。

"怎么样，库柏？"莱姆问道。

库柏眯着眼读着上面的信息。他输入了一些文字。他抬头盯着屏幕，眼镜片后的眼睛睁得大大的。"有问题。我们出问题了。"

巴顿太太把车往哈莱姆南部的中心开去，在傍晚的车潮中缓缓移动着。经过另一个新的房地产重新开发工程时，她开得更慢了。

她父亲摇摇头，"看这个。"他指着一个广告牌，"开发商、银行家、建筑师，"他苦笑着，"我敢说其中没有一家是黑人经营的。"

真拙劣，吉纳瓦想岔开他的话题。

哀悼过去……

那位辅导老师看了一眼，耸耸肩。"这附近你可以看见很多这样的东西。"她放慢车速转向一条小巷。街边是严重毁损的老旧建筑，另一边是开挖得很深的工地。

吉纳瓦的父亲疑惑地看了她一眼，巴顿太太说："近路。"

但她的父亲再度环视四周。"近路？"

"避开交通堵塞的路段。"

他又看了看，眯起眼，然后，吐出一句话："狗屁。"

吉纳瓦大喊："爸爸！"

"我知道这个街区。前面的路已经不通了，他们正在拆除旧工厂。"

"不是的。"巴顿太太轻松地说，"我刚走过，而且——"

但是，她的父亲一把拽住了手刹车，用最大力气往上拉，然后使劲将方向盘往左打。那辆车撞上一堵砖墙，金属与塑料挤压着石头，发出嘎嘎的声音，然后停了下来。

那名男人抓住辅导员的手臂，对吉纳瓦大叫："宝贝，她和他们是一伙的，她想伤害你！下车，快跑！"

"爸爸，不要。你疯了！你不能——"

可是，当她看到巴顿太太从口袋里掏出一把手枪时，父亲的话得到了证实。那个女人将枪瞄准她父亲的胸膛，扣动了扳机。他错愕地眨眨眼，往后一缩，紧紧捂住伤口，他低声说："哦，哦，天哪！"

巴顿太太又将枪口对准吉纳瓦，吉纳瓦向后一跃。就在她开枪时，父亲挥拳用力打向那个女人的下巴，把她打懵了。火花和一些火药溅到吉纳瓦的脸上，但子弹却打在汽车的后窗上，窗户碎成上千个小方块。

"快跑，宝贝！"父亲含糊地说出这句话后，便一头栽在了仪表板上。

按倒她，戳她，戳这个母狗……

吉纳瓦一面哭着，一面从粉碎的后窗爬出去。她摔倒在地上，又挣扎着站起来，然后拼命朝黑暗的建筑物工地奔去。

38

阿林娜·弗雷泽，就是那个假扮成辅导员帕特丽夏·巴顿的女人——没有她伙伴的冷静。汤普森·博伊德像冰，从来不会惊慌失措，但是阿林娜却总是感情冲动。此刻她气疯了，一边咒骂着，一边在吉纳瓦父亲身上翻找了一阵。然后她跌跌撞撞地走进巷子，寻找那个女孩的身影。

博伊德被抓了，那个女孩也逃得不见踪影，她气坏了。

她深吸一口气，来回走着，上上下下打量着那条僻静的巷子，到底这个小母狗会——?

一个灰色的身影在她右边一闪：吉纳瓦从一个蓝色垃圾箱后面爬出来，消失在工地的远处。那个女人气喘吁吁地开始追赶。没错，她的确很胖，但也非常强壮，而且身手灵活。监狱可以软化你，但也可以让你变成一块石头。她的选择是后者。

九十年代初，阿林娜是一名帮派分子，是出没于时代广场和上东区一带的女狼帮首领。观光客和居民——他们可能会比较留神聚在一起的男孩子——起初对这一群拿着达菲丹和梅西百货购物袋吵吵闹闹的女孩子不在意。但后来，她们亮出了刀和枪，富有妇女的现金和珠宝被抢。她后来因为过失杀人——其实是谋杀，但是那个新手检察官把事情搞砸了——进了青少年监狱。在狱中，她变得更强壮、更高大。她获释后回到纽约，经同居男友认识了博伊德。阿林娜和男朋友分手后，博伊德曾打电话给她。开始她还以为这是那种白人爱上黑妞之类的事。但是她接受邀请跟他喝咖啡时，博伊德完全没有想要追求她的迹象；他只是用那种诡异的、死气沉沉的眼神盯着她，说如果在工作上能得到一个女人的协助，会对他很有帮助。不知她是否有兴趣？

工作？她问道，心里想的是毒品、枪械，或是偷窃电视。

他小声解释了他的工作。

她眨了眨眼。

然后，他又说，只要工作几天，她就能赚到多达五万块。

她愣了一下，然后笑了。"真他妈的直接。"

这件杀吉纳瓦·塞特尔的工作，让他们到手的钱是平时的五倍。这个价格很不错,但这是他们干过的最难的活儿。昨天早上的博物馆袭击失败后,博伊德打电话给她,要她帮忙——甚至说如果她亲手杀了吉纳瓦,还能额外得到五万美元。弗雷泽在周围那群人里一向是最聪明的,她想出了假扮辅导员的点子,并且弄来一张伪造的教育委员会证件。她先给哈莱姆的各个公立学校打电话,要求找吉纳瓦·塞特尔的老师,十几所学校的回答都是"抱歉,她不在这里上学。"直到打给兰斯顿·休斯高中时,接电话的职员说:"是的,她是我们学校的学生。"然后阿林娜穿上廉价的职业套装,将证件挂在胸前,若无其事地走到学校,好像那是她家。

在那里,她打听了那个女孩神秘的双亲、一一八街的公寓,还从贝尔警探和其他的警察那里打听到了那幢西中央公园的房子,以及是什么人在保护她。她将所有信息都报告给了博伊德,帮他计划这次谋杀。

她到那个女孩的公寓附近窥视,后来吉纳瓦有了保镖,太危险了。今天下午她差点被抓住。当时一辆巡逻警车在那附近将她拦下来,但后来那个警察并不是在找她。

阿林娜找兰斯顿·休斯高中的一名警卫谈过,得到了监控录像带。凭着这个道具,她进入了那个残疾人的家里。在那里,她又得到了更多关于那个女孩的信息。

但博伊德被捕了——他一直跟她说,那些警察有多厉害——现在阿林娜·弗雷泽得独自完成这个工作,才能得到雇主未付的十二万五千美元。

这个大个子喘着粗气,停在一个斜坡下三十英尺处,再往下走就是挖开的地基了。她眯起眼睛看着西面的夕阳,想看到女孩去了哪里。该死的小母狗,自己出来吧。

接着,有动静了。吉纳瓦从地上迅速爬过,想到工地的另一边去。她利用水泥搅拌器、运输车以及成堆的柱子和材料作为掩护。女孩消失在一个油桶后面。

为了看得更清楚一点,阿林娜走到阴影里,然后瞄准圆桶中间开枪射击,被击中的金属发出巨大的声响。

她看到油桶旁边的泥土被击了起来,那是不是打中了那个女孩呢?

没有。她站起身,迅速跑向一道由橡胶、石头、水管垒成的矮墙。就在她跃起时,阿林娜又开枪了。

女孩绊倒了,大叫一声,跌到了矮墙的另一边。像有什么东西浮到了空中。是尘土?石粉?还是血?

弗雷泽打中那女孩了吗?她枪法很好,她以前和她那个在纽瓦克搞枪械走私的前男友常常在市郊花好几个小时的时间在废弃的建筑里捉老鼠,用来试他买卖的枪支。她想应该是打中了。但她不能花时间去证实,附近的人应该已经听到了枪声。有的人会不理睬,有的人会以为是重型机械的声音,但总会有一两个好市民会打九一一报警。

好吧,去看看……

她慢慢地走下卡车用斜道,斜面非常陡,她小心翼翼地走着,避免摔倒。但就在这时,她身后和上方传来一阵刺耳的喇叭声,那是她停在巷子里的汽车。

妈的,她生气地想着,那个女孩的父亲还活着。

弗雷泽犹豫了一下,然后决定:离开这个鬼地方,将那个父亲干掉。吉纳瓦很可能已经被打中了,活不了太久。就算她没有受伤,也可以回头再来找她,有的是机会。

该死的喇叭……它似乎比枪声还响,会引起人们的注意。更糟的是，它会掩盖接近的警笛声。阿林娜沿着那道泥土斜坡回到街上，走得气喘吁吁。但回到汽车边，她皱起了眉头，车子里是空的。吉纳瓦的父亲不在车里。一道弯弯曲曲的血迹进入了附近的小巷，他就躺在那里。阿林娜再往车里看，原来他在爬出车子前，将千斤顶拿出来，卡在方向盘的喇叭按键上。

阿林娜愤怒地使劲一拉。

那刺耳的声音停住了。

她将千斤顶往后座一扔，又看了一眼那个男人。他死了吗？嗯，就算还没死，也撑不了多久了。她拎着枪，向他走去。然后，她停下脚步，皱着眉……这个伤得这么重的家伙，居然还能打开后车厢，取出千斤顶，然后将它搬到前座顶在方向盘上？

弗雷泽开始环顾四周。

忽然，她感觉右边有个模糊的影子一晃，感觉到轮胎撬杆扫了过来，打中了她的手腕。她的枪被打飞了，一阵剧痛穿过全身。大个子女人发出尖叫，跪倒在地上，但左手还拼命地去抓枪。她把枪拿到手，吉纳瓦再一次挥动铁棍，打在她的肩上，发出沉闷的哐当声。弗雷泽翻倒在地，那把枪也飞了出去。在疼痛和愤怒的刺激下，那个女人在吉纳瓦有能力再次挥动铁棍前，猛地扑上去，将女孩扑倒。吉纳瓦重重摔在地上，几乎喘不过气来。

那个女人喘着粗气转向手枪掉落的地方。吉纳瓦往前爬，一把抓住她的右手，用力咬她那个受伤的手腕。针刺般的疼痛从手部传来，弗雷泽用力挥出左手，打在吉纳瓦脸上，还击中了她的下巴。吉纳瓦大叫一声，仰面朝天摔倒在地上。弗雷泽摇摇晃晃地站起来，捂着她还流血的手腕，朝女孩的腹部狠狠踢去。女孩开始呕吐。

弗雷泽站在那里左右摇晃，寻找手枪，发觉它在十英尺之外。不，不需要它了，也不想要它了，那根轮胎撬杆就够了。她怒气冲天，捡起了撬杆，向吉纳瓦走去。她带着一种恨意俯视着女孩，然后高高举起那根金属棒，举过头顶。吉纳瓦的身子蜷缩起来，双手挡住了脸。

一个声音从女人背后传来。"住手！"

阿林娜转身，在那个瘫痪男人的公寓曾见过的红发女警正缓缓走过来，两手端着她的大型自动手枪。

阿林娜·弗雷泽低头看旁边地上的左轮手枪。

"如果有借口开枪，我会的，"那名女警说，"我真的会。"

阿林娜垂下双臂，撬杆落在地上。她感到一阵头晕，一屁股坐在地上，托住她受伤的手腕。

那名警察走过来，把手枪和轮胎撬杆踢开，这时吉纳瓦也站了起来，步履蹒跚地走向一组赶过来的急救员，指引他们去救她的父亲。

阿林娜痛得眼泪都出来了，她说："我需要医生。"

"你得排队等。"女警察慢慢地说，然后给她戴上了一副塑料手铐。在这种情况下，弗雷泽觉得她的动作真是非常轻柔。

"他的情况稳定。"朗·塞利托宣布。他刚接到哥伦比亚—普里斯拜特安医院执勤警察的电话，"他也不知道那是什么意思，但只知道这么多。"

莱姆听到这个有关贾克斯·杰克逊的消息点了点头。不管"稳定"是什么意思，至少那个男人活下来了，仅这一点就让莱姆感激不尽——为了吉纳瓦。

吉纳瓦的挫伤和擦伤得到治疗后，已经出院了。

能将吉纳瓦从博伊德的帮凶手里救回来，真是不容易。梅尔·库柏调查了吉纳瓦和她父亲坐上的那辆车的车牌，发现它登记在一个名叫阿林娜·弗雷泽的人名下。与NCIC和州资料库查对后，结果显示她有犯罪记录：在俄亥俄州有一项过失杀人罪名，在纽约有两项用致命武器攻击他人的罪名，以及一长串青少年违法记录。

塞利托立刻发出紧急寻找车辆的通知，要求这一区域的执法人员找到阿林娜的轿车。没多久，一名交通警察回报，说有人在南哈莱姆一处拆建工地附近看到一辆合乎描述的车辆。同时也有报告说那附近有枪声。阿米莉亚·萨克斯迅速跳进她的车，飞驰而来，发现阿林娜正要将吉纳瓦打死。

经过讯问，但弗雷泽并不比她的同伴合作。莱姆猜想，任何人只要想起汤普森·博伊德又深又广的人脉，就都会考虑一下背叛他的后果，即使是在监狱里。

吉纳瓦现在安全了吗？似乎是的。两名杀手已经被捕，幕后主使也被炸成了碎片。萨克斯搜查了阿林娜·弗雷泽的公寓，除了枪械和现金外什么也没找到——没有任何信息显示还有其他人要杀害吉纳瓦·塞特尔。乔·厄尔·威尔逊来自新泽西，有犯罪记录，他曾在博伊德位于皇后区的安全屋设置陷阱。目前他正在被送到莱姆家的路上，刑事鉴定专家希望他能够确认他们的结论。不过莱姆和贝尔还是决定安排一辆巡逻警车和警员保护吉纳瓦。

电脑哔哔地叫了起来，梅尔·库柏看着屏幕。他打开一封电子邮件。"啊，谜团终于解开了。"

"哪个谜团？"莱姆没好气地说。他的情绪永远是脆弱的，每当一件案子接近尾声,他感到无聊的时候,总是脾气古怪。

"Winskinskie。"

这是萨克斯在波特园酒馆旧址的骸骨手上找到的那枚戒指上刻的印第安文字。

"怎么样呢?"

"马里兰大学的一位教授回信。他说,除了德拉瓦尔语的含义之外,Winskinskie在坦慕尼协会里也是一种头衔。"

"头衔?"

"有点像军队里的警卫官。'老板'特威德是大酋长。我们的男孩——"他对着萨克斯在储水池里找到的那些骸骨点了点头,"——是Winskinskie,守门人。"

"坦慕尼协会……"莱姆想到这里,不由得点了点头,让自己的思绪越过了那件案子,回到过去,回到十九世纪乌烟瘴气的纽约。"特威德在波特园出入。所以,他和坦慕尼协会的核心人物可能设计陷害了查尔斯。"

他让库柏将最新发现放在图表上。然后仔细看了看这些信息,点点头,说:"太棒了!"

塞利托耸耸肩。"这件案子已经结束了,林肯。那个杀手,抱歉,应该是杀手们都已经抓到了。恐怖分子死了。发生在一百年前的事还会如此让人着迷吗?"

"差不多是一百四十年,朗。我们说得精确一点。"他盯着物证表、地图,以及那张倒吊人的平静面孔时,眉头微微蹙了起来,"你知道我多么痛恨没有结论的问题。"

"是的,但什么没有结论呢?"

"有一件事,我们之前忙着查案时完全忽略了。哦,朗,我们能不能收起陈词滥调了呢?"

"好的。"塞利托低声咕哝。

"查尔斯·辛格尔顿的秘密。即使它与宪法或恐怖分子无关，但至少我很想知道它究竟是什么。我想，我们应该查出来。"

厢型车爆炸现场
· 厢型车登记在班尼·阿尔—达哈伯名下（见资料）。
· 运送食物给中东餐馆和手推餐车。
· 书信显示他负责珠宝交易所的爆炸。纸张和稍早发现的地图和便条一致。
· 找到爆炸装置的零件：托维克斯系列炸药的残余、电线、电池、无线电接收器、容器的一部分、不间断电源盒。

汤普森·博伊德的住所和主要安全屋
· 更多炸豆泥、酸奶、橘色油漆物证，同前。
· 十万美元的现金新钞（工作费用？）。无法追溯来源。也许分多次小额提取。
· 武器（枪械、警棍、绳索）可追溯到之前的犯罪现场。
· 酸液和氰化物，可追溯到之前的犯罪现场，追踪不到制造者。
· 没有发现手机。其他的电话记录帮助不大。
· 工具可追溯到之前的犯罪现场。
· 信件显示，吉纳瓦·塞特尔被当作目标是因为她是一起计划中珠宝劫案的目击证人。更多的纯碳——证实是钻石粉。
· 送去华盛顿特区的帕克·金凯德处进行文件检验。
· 写信者的第一语言很可能是阿拉伯语。
· 自制的爆炸装置。指纹属于已经定罪的制造炸弹者乔·厄尔·威尔逊。目前在追踪他。

·已经找到,正被送往莱姆住处。

波特园酒馆现场（一八六八年）

·绞架山的酒馆——位于上西城第八十街,在十九世纪六十年代是一个混合社区。

·波特园当时可能是"老板"特威德等一些腐败政客出没的地方。

·查尔斯于一八六八年七月十五日来到这里。

·爆炸后烧毁,很可能就发生在查尔斯去过之后。掩藏他的秘密?

·在地下室发现尸体,男性,假设是被查尔斯·辛格尔顿所杀。

·被击中前额,武器是点三六口径的科尔特左轮装了点三九口径的弹丸(查尔斯·辛格尔顿拥有这种武器)。

·金币。

·该男子有手枪。

·没有身份证明。

·一枚上面刻有"Winskinskie"字样的戒指。

·在德拉瓦尔印第安人的语言中,这个词是"看门人"或"守门人"的意思。

·是"老板"特威德所在的坦慕尼协会里的一种头衔。

不明嫌疑犯一〇九的描述

·确定是汤普森·G.博伊德,得克萨斯州阿玛利诺的前死刑执行官。

· 目前在拘留中。

不明嫌疑犯一〇九雇主的描述

· 班尼·阿尔—达哈伯，沙特阿拉伯人。签证到期后在美国非法居留。

· 死亡。

· 搜查其公寓后，并未发现与其他恐怖分子有关联的证据。目前进行电话记录检查。

· 调查他的雇主，看是否与恐怖分子有关联。

不明嫌疑犯一〇九帮手的描述

· 确定并非原来所形容的黑人男性，而是阿林娜·弗雷泽。拘留中。

· 在其公寓里找到枪械和现金，其他和本案没有联系。

查尔斯·辛格尔顿的描述

· 前奴隶，G.塞特尔的祖先。已婚，有一子。主人给了他在纽约州的一个农场。同时还担任教师工作。早年曾参加民权运动。

· 据称查尔斯在一八六八年犯下盗窃罪，被偷走的缩微胶片上有关于此事的文章。

· 据称有一个可能与此案有关的秘密。担心这一秘密如果公开会带来悲剧性的结果。

· 参加过纽约市绞架山的会议。

· 卷入某种危险活动？

· 与弗雷德里克·道格拉斯及其他人一起工作，以求宪法通过第十四修正案。

·《有色人种每周画报》上所报道的罪行：

·查尔斯撬开了纽约的自由人信托基金会的保险箱，并有证人看到他偷窃后离去。威廉·西姆斯探长将其逮捕。他的工具在附近被找到。盗窃的大部分财物都找回来了。他被判五年监禁。没有他服刑的信息。人们认为他是利用与早期民权领袖的关系进入基金会的。

·查尔斯的信件：

·第一封信，给妻子：一八六三年席卷纽约州的反黑人浪潮，私刑、纵火。黑人拥有的产业有风险。

·第二封信，给妻子：查尔斯在内战后期参加阿波马托克斯战役。

·第三封信，给妻子：参与民权运动，因此感到威胁。因保守一个秘密而感到困扰。

·第四封信，给妻子：带着枪去波特园酒馆寻找"正义"。结果是灾难性的。真相现在仍然埋在波特园中。他的秘密是所有不幸的根源。

第五部 自由人的秘密
（十月十三日，星期六，至十月二十七日，星期六）

39

　　这个五十四岁的白人男子穿着布克兄弟西装,坐在自己曼哈顿的办公室里,内心正在激烈地斗争。

　　做,还是不做?

　　这一个问题很重要,事关生死。

　　打扮整洁、身材结实的威廉·阿什伯里向后一靠,椅子被压得嘎嘎作响,他眺望着远处新泽西的地平线。这间办公室不如他在下曼哈顿的那个那么高雅时髦,但是这才是他最喜欢的。这个二十英尺乘三十英尺的房间位于上西区城颇有历史的桑福德大楼里,归他担任高级主管的银行所有。

　　他考虑着:做,还是不做?

　　阿什伯里是一名保守的金融家和企业家,比如当网络股一飞冲天时,他不为所动,甚至它主宰市场时,他也没有因此失眠过一次,只是不时要安慰一下那些不听劝告的客户。这种拒绝跟随潮流的作风,加上对蓝筹股的准确投资,尤其是对纽约市房地产的投资,使得他自己和桑福德信托银行都赚进大把的钞票。

　　保守?当然,但是只是某一程度上的。哦,他的年薪超过百万,加上华尔街赚来的优厚红利,让他过着舒适的生活。他有好几幢房子,是名声良好的乡村俱乐部会员,女儿们天生丽质,又受过良好的教育,他和妻子还参加了几个慈善团体。因为常常到海外旅行,他还有一架格鲁曼私人飞机。

　　但阿什伯里还不是那种福布斯式的企业总裁。你会发现,他外表之下仍然还是那个来自费城南部的粗人。父亲是一名专横的工厂工人，祖父则为安杰洛·布鲁诺[1]和菲尔·泰斯塔[2]做假账以及其他更为复杂的工作。阿什伯里自己也曾经和一群粗人混迹街头，靠刀子和头脑赚钱，对一些肯定不会再回来找他算账的人下手。但在二十岁出头时，他意识到如果他一直干这种放高利贷、收保护费的事，或者整天在费城街头混，以后的唯一结果除了能买得起奶酪牛排三明治外，就是在监狱占有一席之地。而如果他在商业区做类似的事，出没于下百老汇和曼哈顿上西区，他会变得非常有钱，而且能在奥尔巴尼或华盛顿拥有一幢豪宅。说不定还能接替弗兰克·里佐[3]的位子呢。为什么不呢？

于是，他去读法学院的夜校，又取得了房地产经纪人执照，最后在桑福德银行谋得一份差事——先在柜台，然后一路升迁。他开始赚钱了，起初很少，然后逐步增加。后来凭着他严厉而毫不懈怠的手段，他击败了银行内外的竞争对手，成为银行最重要的部门——不动产运营部的主管。最后他又以欺骗的手段成为桑福德基金会的领导。基金会是银行做善事的部门，但他也知道，这是搞政治关系的最佳途径。

他又看了一眼新泽西的地平线，内心又在挣扎着，手下意识地在大腿上摩挲着。他的大腿由于打网球、高尔夫、帆船等活动而结实有力。做，还是不做？

生或是死……

一只脚永远根植于南费城十七街的威廉·阿什伯里心里盘算

---

[1]安杰洛·布鲁诺（Angelo Bruno，1910—1980），费城的意大利黑帮首领，以善于平息暴力而著名，绰号"绅士"。
[2]菲尔·泰斯塔（Phil Testa，1924—1981），布鲁诺之后的费城黑帮首领。
[3]弗兰克·里佐（Frank Rizzo，1920—1991），美国警察官员和政治家，曾担任费城警察局局长和费城市市长。

着,要结交城里的重要人物。

例如,汤普森·博伊德。

阿什伯里从一名纵火犯那儿知道了杀手的名字。那名纵火犯在几年前犯了个错误,烧毁了阿什伯里名下的一幢商业建筑,并且因此被捕。阿什伯里知道他必须杀了吉纳瓦·塞特尔之后,便雇了一名私家侦探找到了这名已经获得假释的纵火犯,付了他两万美元,让他去找个职业杀手。那个邋里邋遢的人建议阿什伯里找汤普森。阿什伯里对这个提议印象深刻。没错,汤普森真他妈的令人害怕,但不是南费城街头的那种比试手段。令人害怕的是他的冷静和沉稳。他的眼睛里没有任何情感,他也从不说粗话。

银行家解释了自己的需求,然后他们安排费用支付——二十五万美元(博伊德甚至没有要求提高价钱;他似乎对于杀一名年轻女孩很有兴趣,也可以说是兴奋,好像他以前从来没这么做过似的)。

然后就等着博伊德会成功完成任务,女孩死去,阿什伯里的所有问题也就迎刃而解。

但是,接下来的却是灾难:博伊德和他的帮手,那个叫阿林娜的女人,都进了监狱。

因此,现在要考虑的是:做,还是不做……阿什伯里应该亲手去杀吉纳瓦·塞特尔吗?

他运用做生意的标准程序,开始风险评估。

除了蛇一样的个性,博伊德的犀利也很让人害怕。他了解死亡这一行业,也了解刑事调查的程序,知道如何利用动机来误导警方的方向。他想出了几个误导警方调查的假动机。首先,是企图强奸,结果没成功。第二个更加巧妙。他埋下了一颗肯定会发芽的种子:恐怖活动。他和他的帮手在接近珠宝交易所附近,计划杀死吉纳瓦·塞特尔的建筑物对面，找到缠着头巾的家伙，他给手推车和餐厅运送中东食品。博伊德找到了他工作的餐厅，对那个地方进行了监视，知道了他是开的哪一辆厢型车。博伊德和他的伙伴布置了一系列线索，让整件事看起来像是阿拉伯人在搞恐怖炸弹袭击，而吉纳瓦之所以被追杀，是因为她发现了这次计划。

博伊德还特意跟到珠宝交易所后面的垃圾箱去捡了些办公室丢弃的废纸，在其中一张上画上地图，在另一张纸上用阿拉伯语式的英文写了一张有关那个女孩的便条（一个阿拉伯英文网站帮了大忙），以误导警察。博伊德原打算将那张纸条留在犯罪现场附近，但后来的效果更好：在他准备布置这个证据前，警方先在博伊德的安全屋找到了这张纸条，使得与恐怖活动有关联的说法更为可信。他们以中东食物作为线索，从附近地区用公用电话打给联邦调查局，谎报有恐怖分子进行炸弹袭击。

博伊德原来想这个猜谜游戏到此为止。但是，那个该死的女警察出现在基金会，在档案室里到处翻找！阿什伯里记得当时自己是如何保持冷静，和那个美丽的红发女人东拉西扯，并且提议带她去参观图书室。他好不容易才控制住自己，没有走到书堆里，故作轻松地问她要找什么，因为这样太容易引起疑心。他还不得不让她带走一些资料。当她离开后，他去察看那些书架，并没有发现任何让他不安的事。

但是，她出现在基金会，并且借走某些资料这件事，让银行家知道警方并没有相信恐怖活动这个动机。阿什伯里立刻打电话给博伊德，让他要使这个故事看来更可信一点。于是杀手从那个介绍阿什伯里和自己联络的纵火犯那里买了一枚炸弹，将它放置在送货的厢型车中，还炮制了一封给《时报周刊》的谴责犹太复国主义的信。博伊德刚做完这件事，就被捕了。但是他的同伴——那个来自哈莱姆的黑女人——引爆了炸弹，终于让警方得出了恐怖主义的结论。

那个送货的包头巾的家伙死了，警方便会撤掉对女孩的保护。

这给了阿林娜·弗雷泽一个机会结束这件工作。

但是警方的智慧又胜过了那个女人，而且她也被捕了。

现在的大问题是：主谋死了，两名杀手就擒了，警方会相信那个女孩已经没有危险了吗？

他认为警方也许不会完全相信，但警戒程度会降低。

那么，如果他亲自动手，危险程度有多大？

是最低的，他认为。

吉纳瓦·塞特尔就要死了。

现在，他只需要一个机会。博伊德曾经说过，她已经搬离了西哈莱姆的公寓，住在另外的地方。而阿什伯里唯一有的关系，就是她的学校。

他站起身离开办公室，乘装饰华丽的电梯到楼下，然后走到百老汇大道上，找到一个公用电话亭。"永远用公用电话，绝不使用私人线路。而且，千万不要用手机。"谢谢你，博伊德。

他从查号台得到一个号码，拨了电话。

一个女人的声音："兰斯顿·休斯高中。"

他看了一眼停在附近的一辆送货车，对接电话的人说："我是警察局的梅西警探。我需要和行政管理人员说话。"

过了一会儿，电话被转到副校长那里。

"有什么需要帮忙的吗？"那个男人匆匆问道。阿什伯里可以听到背景里有十多个声音。（这位商人痛恨自己在学校里的每

一分钟)

他再次说明自己的身份,然后说:"我正在追踪一件意外事件,牵扯到你们一位学生。吉纳瓦·塞特尔?"

"哦,她是目击证人,对不对?"

"是的。我今天下午要拿一些文件给她。地方检察官想要她指认几个涉案人,还需要她在一份声明上签字。我能和她说话吗?"

"当然,请稍等。"他向旁边的人询问那个女孩的课表。阿什伯里听到一些她缺席之类的话。副校长回到电话上:"她今天不在学校。要星期一才会来上学。"

"哦,那她会在家吗?"

"等一下,别挂……"

另外一个声音在对那个副校长说话。

阿什伯里想,但愿……

那男人又回到电话上。"她的一个老师说她今天下午在哥伦比亚,在做一个项目。"

"大学?"

"对。你试试看找马瑟斯教授。抱歉,我不知道他的名字。"

尽管副校长听起来根本没有起疑,但为了确保他不会打电话去查他的身份,阿什伯里用一种敷衍的语气说:"没关系,我打电话给保护她的警察就行了。谢谢。"

"好的,再见。"

阿什伯里挂了电话,站在那里看着繁忙的街道。他只想要她的地址,但是这样可能更好——虽然阿什伯里提到保护她的警察时,对方并没有感到惊讶,这说明仍然有人在保护她。他必须考虑到这个情况。他打电话给哥伦比亚大学总机,知道那个教授今天在办公室的时间是从一点到六点。

吉纳瓦会在那里待多久？阿什伯里想着。他希望她会待大半天；他有很多事要做。

下午四点三十分，威廉·阿什伯里开着他的宝马M5穿过哈莱姆，环视四周。他并没有从种族或文化的角度来看这个地方。他将这里视为一个机会。对他而言，一个人的价值是由他是否有能力准时付账单而决定的——尤其是，从个人的利益观点来看——一个人能准时支付桑福德银行在哈莱姆区的住宅租金或房屋贷款。至于借方是黑人、白人、西班牙人还是亚洲人，是毒贩或广告业务员……这些都不重要。只要他按月付支票就行。

现在，在一二五街上，他经过一幢他的银行正在投资重建的建筑。那些涂鸦都被清除了，内部的装饰和建筑材料都在一楼地上。老租户在得到一点好处后都迁走了，也有些人是被"劝"走的。即使他们认为重建工程在六个月之内无法完工，但好几个新租户还是签下了昂贵的租约。

他转向一条拥挤的商业街，注视着那些街上的店铺。不是他需要的，银行家继续搜寻——这是今天下午的最后一项任务，但却同样重要。离开他位于桑福德基金会的办公室后，他去了新泽西的别墅。从那里的枪柜里取出了他的双管霰弹枪。在车库的工作台上，他把枪管锯掉，使这把枪变得只有十八英寸长——真是件苦活，消耗了六个电锯刀片。他将锯下来的枪管扔在屋后的池塘里，然后看看四周，想着大女儿明年从瓦萨尔学院毕业后，就会在这里举行婚礼。

他又在这里待了好一会儿，看着太阳落入冰冷发蓝的水里。

之后，他将锯短了的霰弹枪装上子弹，把枪和另外十二发子弹都装在一个纸箱里，上面放了一些旧书、报纸和杂志作为掩护。他不需要更好的道具，教授和吉纳瓦可能不会有机会朝纸箱里多看一眼。

穿着不搭配的运动衣和西装，头发往后梳，戴着药店卖的阅读用眼镜——这是他能想到的最佳伪装——阿什伯里驶过乔治·华盛顿大桥，进入哈莱姆，寻找这出戏的最后一个道具。

啊，在这里……

银行家停下车。他走到伊斯兰民族街，买了一顶穆斯林库法帽，店里的那个男人惊讶地看了他好几眼。阿什伯里用戴着手套的手拿着帽子（再次谢谢你，博伊德），然后回到车子旁，趁没有人注意时，弯腰假装在检查轮胎。他将帽子在一部公用电话下方的地上擦着，他想，过去一两天里，肯定有许多人在这里站过。那顶帽子会沾上一些尘土和其他的物证——最好有一两根毛发——可以让警方进一步被错误地导向恐怖活动。他把帽子翻过来在话筒上擦着，以获得足以用来做DNA样本的汗水和唾液。然后他上了车，将帽子扔进装着枪、杂志和书报的纸箱里，向哥伦比亚大学校园开去。

他找到马瑟斯办公室所在的那幢旧教师大楼。这位商人注意到一辆警车停在大楼前，驾驶座上的警察警惕地扫视着街道。是的，她真的还有保镖。

不要紧，他能应付。他经历过更艰难的情况：在南费城的街道上，在华尔街的董事会会议室里，他都生存了下来。出其不意是最重要的。

他沿着街道继续开，然后调转车头，停在建筑的后面。这辆车隐蔽得很好，而且车头对准了高速公路。他爬出车子，看了看周围的情况。嗯,这次也许能成功,他可以从侧面接近办公室,然后趁那个警察看着别处时,偷偷溜进前门。

至于如何脱身……这个建筑有一道后门,底楼也有两扇窗户。如果那名警察听到枪声后立刻朝建筑物奔来,阿什伯里可以从正面的一扇窗户对他射击。任何情况下他都应该有足够的时间将那顶帽子留在现场作为证据,并且在其他警察赶到前跑回自己的汽车。

他又找到一部公用电话,打给学校的总机。

"哥伦比亚大学。"一个声音说。

"请接马瑟斯教授。"

"请稍候。"

过了一下,一个带着黑人口音的声音传来,"喂?"

"马瑟斯教授吗?"

"是我。"

阿什伯里继续假装史蒂夫·梅西,不过这次他是费城来的一名作家,正在莱曼图书馆做研究——这是哥伦比亚大学专为社会科学及新闻学而建的设施——桑福德基金会捐了很多钱给这样的图书馆和学校。阿什伯里曾经多次参加这里的慈善活动;如果有必要,他可以描绘那里的样子。然后,他说,有一名图书馆馆员说到马瑟斯正在研究十九世纪的纽约历史,尤其是大重建时期的。是这样吗?

那位教授惊讶地笑了起来。"的确是这样。但我并不是自己研究,而是在帮助一名高中学生。她现在恰好就在这里。"

感谢上帝。那个女孩还在那里。我现在就可以结束这一切,继续我的生活了。

阿什伯里说,他从费城带来了很多资料。他和这位学生有兴趣看看吗？"

那位教授说当然愿意，非常感谢，然后问他什么时候方便前来。

威廉·阿什伯里十七岁时，曾用一把开箱小刀抵着一名老店主的大腿，提醒他保护费已经过期了；除非他立刻付钱，否则每晚一天，这把刀就会每天割进肉里一英寸。他现在的声音就和当时一样冷静，他对马瑟斯说："我今天晚上就要离开了，不过现在我可以顺路来拜访一下。如果你想要的话，可以复印这些资料。你有复印机吗？"

"是的，我有。"

"我几分钟后就到。"

他们挂了电话。阿什伯里把手伸进箱子，将霰弹枪上的安全栓关上。然后，他抬起那纸箱，穿过由冷风将秋天的落叶吹起后形成的小旋涡，向那幢大楼走去。

40

"教授？"

"你是史蒂夫·梅西？"身穿粗花呢猎装，打着领结，不修边幅的教授坐在一张堆满了书籍文件的桌子后面。

他微笑道："是的，先生。"

"我是理查德·马瑟斯。这是吉纳瓦·塞特尔。"

一名肤色像教授一样黑的瘦小的少女。她看着他，点点了头，然后，有些急切地看着他带进来的那个纸箱。她这样瘦小，他真的下得了手杀她吗？

然后，他脑子里出现了女儿在夏日别墅的码头举行婚礼的画面，接着闪过一连串的需求：他太太想要的奔驰 AMG 跑车、他在奥古斯塔高尔夫俱乐部的会员资格、他傍晚在凯旋餐厅的吃饭计划，这里最近得到《纽约时报》三颗星的评价。

这些画面回答了他的问题。

阿什伯里将纸箱放在地板上。他注意到室内没有警察，他松了一口气。他和马瑟斯握手，心里想着：妈的，他们可以从皮肤上取下指纹。枪击结束后，他必须花时间把这个男人的手掌擦拭一遍——他记得汤普森·博伊德告诉过他：一旦涉及死亡，一切都得按书上说的做，否则就干脆不要动手。

阿什伯里对着那个女孩笑了笑，但没有和她握手。他环顾办公室，测算着角度。

马瑟斯说："真是抱歉，这里乱糟糟的。"

"我的也差不多。"他带着一丝笑意说。这个房间塞满了书、杂志和一堆堆的复印文件。墙上有几张学位证书。原来，马瑟斯不是历史教授，而是一位法学教授。而且，显然还颇负盛名。阿什伯里看着一张教授与比尔·克林顿以及另一张与前纽约市长朱利安尼的合影。

看到这些照片时，悔恨感再次升起，但此时它们只是屏幕上微弱的光点罢了。和两名将死的人待在一个房间里，阿什伯里觉得很自在。

他们闲聊了几分钟，阿什伯里含糊地谈论着费城的学校和图书馆，避免对他正在进行的研究发表任何明确的意见。他主动进攻，问教授："你们到底在研究什么？"

马瑟斯将这个问题交给吉纳瓦回答，她解释了他们想试着找出她的祖先，前奴隶查尔斯·辛格尔顿的事。"很诡异，"她说，"警方认为他和某些犯罪之间有关联，有的甚至在不久前才发生。

事情后来变得很奇怪,我是说,应该不是那样的。我们都很好奇他后来怎么样了。可似乎都没有人知道。"

"让我们看一看你有什么东西,"马瑟斯说,在他书桌前一张较矮的桌子上清出一块地方,"我再去拿一把椅子。"

阿什伯里想,就是现在了。他的心脏开始剧烈跳动。然后,他想起锋利的剃刀慢慢切入那名店主的肉里,两天,两英寸。阿什伯里似乎听到了他的惨叫声。

想起这么多年来的辛苦劳作才有了今天的地位。

想起了汤普森·博伊德死气沉沉的眼睛。

他立刻冷静了下来。

马瑟斯一踏进走廊,银行家便向窗外张望。那名警察还在那里,有五十英尺远。这幢大楼非常坚固,他甚至可能都听不到枪声。他和吉纳瓦之间现在只隔着那张书桌了。他弯下身子,在纸张里翻找着,抓住了那把霰弹枪。

"你找到什么照片了吗?"吉纳瓦问,"我真的很想多知道一些这个社区以前的样子。"

"我想我有一些。"

马瑟斯要回来了。"咖啡?"他从走廊大声问道。

"不,谢谢。"

阿什伯里转向那道门。

现在!

他站起身,从纸箱里掏出枪,将它放低,低于吉纳瓦的眼睛。瞄准门口,手指放在扳机上。

但是事情有点不太对劲。马瑟斯没有出现。

这时,阿什伯里觉得有个金属物件抵着他的耳朵。

"威廉·阿什伯里,你被逮捕了。我手里有枪。"这是那个女孩的声音,但音调不同,是成年人的。"把你那个破玩意儿放在桌上。慢慢地。"

阿什伯里愣住了。"但是——"

"那把霰弹枪,放下。"女孩用手枪轻轻推了推他的脑袋。"我是警察,而且我会使用我的武器。"

哦,天哪,不……这一切都是个陷阱。

"听着,现在,照着她的话做。"这是那个教授——当然,他根本不是马瑟斯教授。他也是一名替身,是一个假扮成教授的警察。他看着门边的走道,那个男人早已经从侧门进了办公室,脖子上挂着联邦调查局的证件,手上也握着把手枪。他们是怎么找到他的?阿什伯里气恼地想着。

"枪口不准动太多,慢慢移动,清楚了吗?"

"我不会再说第二遍,"那女孩非常冷静,"快。"

但是他还是没有动。

阿什伯里想到他的祖父,那个帮派分子,想到了那名尖叫着的店主,想到了他女儿的婚礼。

如果是汤普森·博伊德会怎么做?

按书上说的做,放弃。

他妈的没门。阿什伯里猛地蹲下来,迅速转身,用闪电般的速度抬起了枪。

有一个人大喊:"不要!"

这是他最后听到的一句话。

41

"风景还真漂亮!"托马斯说。

林肯·莱姆往窗外看去,能看到哈得孙河,看到对岸帕拉塞德断崖,还有新泽西的远脉,可能也是宾夕法尼亚的山。他立刻把头转开,脸上的表情在说他觉得这种开阔的视野,以及告诉他这里风景漂亮的人,都一样无聊透顶。

桑福德基金会,在死去的威廉·阿什伯里位于西八十二街希拉姆·桑福德大楼顶楼的办公室里。华尔街还没对他的死亡和他过去几天里参与的犯罪行为做出反应。但金融界并不会因此停下脚步,毕竟,一个营利公司某个主管的坏消息,当然不如安隆和环球电讯主管背叛股东和雇员的消息引人注目。

阿米莉亚·萨克斯已经搜查过办公室,带走了与阿什伯里和博伊德有关的证据,并将这个房间的某些部分封锁了起来。现在大家所在的会议室里装饰着彩色窗户和蔷薇木地板。

莱姆和托马斯旁边坐的是吉纳瓦·塞特尔和律师韦斯利·戈茨。莱姆对自己曾怀疑过戈茨感到好笑。他忽然到莱姆的公寓找吉纳瓦,使得案子更为复杂;再加上他对第十四修正案的阴谋论,莱姆认为这名律师有足够强烈的动机,为的是不让任何事危及这个公民自由意志的重要武器。莱姆还怀疑这个男人对之前保险公司雇主的忠诚足以让他背叛吉纳瓦。

不过莱姆并没有把自己的怀疑告诉任何人,因此也不必道歉。在莱姆和萨克斯发现这个案子出现意料之外的转折后,刑事鉴定专家聘请了戈茨。当然,吉纳瓦对这件事也非常赞成。

在大理石咖啡桌的另一头,坐着桑福德信托银行的总裁格列高利·汉森,他的助理斯特拉·特纳,以及桑福德法律事务公司的高级合伙人、四十多岁的律师安东尼·科尔。莱姆昨天傍晚打电话给汉森,让他们今天来召开一个会议,讨论一下阿什伯里事件。现在他们三人都表现出一种不安。

汉森同意了，但立刻又表示，他和任何人一样，对于几天前在哥伦比亚大学发生的枪击事件以及阿什伯里的死非常震惊。除了从报纸上看到的消息外，他对此事一无所知——包括珠宝交易所的抢劫案或恐怖分子袭击。莱姆和警方到底想问什么？

莱姆用标准的警察口气说："只是例行问题。"

于是，所有客套寒暄都省去了，汉森问："能不能告诉我们这是怎么回事？"

莱姆说了重点：威廉·阿什伯里雇了一名叫汤普森·博伊德的职业杀手，谋杀吉纳瓦·塞特尔。

对面的三个人吓坏了，看着面前这个瘦小的女孩。她则冷静地回视他们。

那个犯罪学家继续说，阿什伯里觉得最重要的是不能让任何人知道他要杀死她的原因，因此他们为这个女孩的死设置了好几个假动机。开始时，这次的谋杀看起来像是强奸，但很快就被莱姆识破了。在接下来继续搜寻这名杀手时，他和他的团队又找到一个表面的动机：吉纳瓦发现了一场策划中的恐怖袭击。

"但是，接下来却出现了几个问题：那名爆炸制造者死后，杀害吉纳瓦的行动也应该停止了，但事实上却没有。博伊德的伙伴又一次下手。到底是怎么回事？我们追查到将炸弹卖给博伊德的人，新泽西的一名纵火犯。联邦调查局抓住了他。从他那里搜出的几张钞票与博伊德安全屋的证据相吻合，这使他成为谋杀案的从犯，但他提出辩解，说是他介绍阿什伯里认识博伊德的，而且——"

"但恐怖分子的事，"律师的笑带着一种怀疑，不客气地说，"威廉·阿什伯里和恐怖分子？这——"

"我就要说到了。"莱姆同样不客气地说，甚至更加明显。他继续解释：炸弹制造者的供词并不足以签发对阿什伯里的逮捕令。莱姆和塞利托决定将他引出来。他们在吉纳瓦的学校安插了一名警察，扮成副校长。任何人打电话到学校询问有关吉纳瓦的事，他都会告诉对方，她在哥伦比亚大学和一名教授在一起。那名教授不仅同意让他们使用他的名字，还愿意提供他的办公室。弗雷德·德尔瑞和那名在学校里卧底扮演帮派女的琼妮特·门罗，都很高兴可以扮演教授和吉纳瓦的角色。他们动作迅速而完美地设下了圈套，甚至用软件制作了德尔瑞和克林顿、朱利亚尼的合影，以确保阿什伯里不会识破逃跑。

莱姆现在向汉森和科尔解释了这些事件，以及马瑟斯办公室的谋杀未遂事件的细节。

他摇摇头，"我早就应该猜到，这个案件里的主谋和银行有关。他能够不走正常程序提取大笔现金。但是——"莱姆看着那名律师，"他到底要干什么？我知道教圣公会教徒们不是基本教义派的恐怖分子。"

没有人笑。莱姆想：这些银行家、律师，都是没有幽默感的家伙。他继续说："于是我又重新回到物证上，发现了一些让我不解的事：没有引爆那个炸弹的无线电传输器。它应该在那个炸毁了的厢型车里，但是，没有。

"为什么没有？结论是，博伊德和他的同伴安放了那个炸弹，引爆传输器在他们手上。他们以杀死那个阿拉伯送货员为目的，分散我们的注意力，阻止我们找到杀害吉纳瓦的真正动机。"

"好吧，"汉森说，"真正的动机，到底是什么？"

"这得仔细想一想。我首先想到的是吉纳瓦在为开发商打工，清除老旧建筑物上的涂鸦时，也许她看到了某些租户被非法赶出去。但是我调查事发的地点时，却发现桑福德银行与这些工程并无关系。那么是哪里出了问题呢？我只能够回到我们最初的设想上……"

他说了被博伊德偷走的《有色人种每周画报》上的内容。"我想阿什伯里是在上个月桑福德基金会档案室重建时，偶然发现了这篇文章。而且，他发现了一些很麻烦的东西，一些可能会破坏他生活的东西。他毁掉了基金会的那份杂志，并且必须要让所有现存的那本杂志消失。在过去几周内，他找到了大部分，但他发现这里还留着一份，就在中城的非洲裔美国人博物馆，图书馆员从他们的收藏中找了出来，并且在偶然情况下告诉了阿什伯里，有一个女孩也对这本杂志有兴趣。于是阿什伯里不但要毁了那篇文章，还要杀死吉纳瓦和那名图书管理员，因为他可能会将这些联系起来。"

"但是我还是不明白这究竟是为什么。"科尔律师说，他的不客气已经变成愤怒。

莱姆解释了谜团中的最后一部分，他讲到了查尔斯·辛格尔顿，他的主人给他的农场，自由人信托基金会的抢劫案——而且那名前奴隶隐藏着一个秘密。"而那就是为什么查尔斯在一八六八年被设计陷害，以及，为什么阿什伯里要杀吉纳瓦。"

"秘密？"助理斯特拉问道。

"哦，是的。我终于知道了它是什么。我记得吉纳瓦的父亲曾经告诉我，说查尔斯曾在他家附近的一间非洲裔自由人学校教过书，还出售苹果酒给他农场附近造船厂的工人。"莱姆摇摇头，"我曾经做了错误的设想。我们听到的，是他的农场在纽约州……没错，以前是。但是，那并不是在我们认为的纽约州的北部。"

"不是？那在哪里？"汉森问。

"很容易就能推测出来，"他继续说，"如果你注意到这个城市在十九世纪末之前曾经有过农场。"

"你是说，他的农场就在曼哈顿？"斯特拉问。

"不仅是这样，"莱姆故意用俚语说，"它就在这幢大楼的下面。"

42

"我们发现一张绞架山的地图，上面有三四片地长满了树。其中一块地变成了这幢大楼及周围的街区。从这里穿过街道，就是那家非洲裔自由人学校。这是不是就是他教书的学校呢？而在哈得孙河上——"莱姆往窗外眺望，"就在那里，八十一街，是一个干船坞和船厂。那里的工人会不会就是买查尔斯苹果酒的人呢？

"但那是他的地产吗？有一个简单的方法可以知道。托马斯查核了曼哈顿的书记处，发现了查尔斯的主人转给查尔斯的地契。是的，这块地是他的。接下来其他所有的事也就清楚了。我们所找到的文献资料说明，绞架山会议——政客和民权领袖的会议——是在查尔斯的房子里举行的。那就是他的秘密——他拥有曼哈顿黄金地带十五英亩的土地。"

"但是，为什么这是一个秘密？"汉森问。

"哦，他不敢告诉任何人他就是那片地产的主人。当然，他是很想。这就是他的苦恼之处：他很自豪自己在城市中拥有一个大农场。他相信他可以成为其他前奴隶的典范，让他们知道，他们也可以被当作一个完整的人，受到尊敬；他们也可能拥有自己的土地，在那里工作，成为社区的一员。但是，他也看到过征兵的暴动、对黑人动用私刑和纵火。所以，他和他妻子假装是管理人。他害怕有人发现一名前奴隶拥有这片上好的土地,因此进行破坏。或者,更可能的,从他手中偷走。"

"而这个,"吉纳瓦说,"正是确实发生的事。"

莱姆继续说道:"查尔斯被定罪后,他所有的财产都被没收,包括那片农场,并出售……这是一个很好的理论:用某个罪名陷害某人,夺走他的财产。但是,有证据吗?这是发生于一百四十多年前的案子……不过,确实是有一些证据。艾克斯特牌保险箱,指控查尔斯闯入自由人基金会时撬开的那种保险箱——是英格兰制造的,所以我打电话给苏格兰场的一位朋友。他和一位刑事鉴定部门的锁匠谈过,那位锁匠说,只用铁槌和凿子,也就是他们在现场发现的工具,是不可能破坏一个十九世纪制造的艾克斯特牌保险箱的。他说,即使使用当时以蒸汽为动力的钻子,也要花三四个小时才行。而那篇写窃盗案的文章却说,查尔斯在里面只待了二十分钟。

"下一个结论:另外有人洗劫了那个地方,然后将查尔斯的工具放在现场,并贿赂了一名证人。我认为那个真正的贼,就是我们在波特园酒馆地下室发现的那个男人。"莱姆说了那枚 Winskinskie 戒指,以及戴着那戒指的男人——他是腐败的坦慕尼派政治核心集团中的一名成员。

"他是'老板'特威德的密友之一,另一个密友是威廉·西姆斯,就是那个逮捕查尔斯的警探。西姆斯后来被指控受贿和制造假证据。西姆斯、那个 Winskinskie、给查尔斯定罪的法官及检察官,这些人吞掉了基金会的那笔钱。

"因此,我们已经证实了查尔斯在绞架山拥有一大片地产,而且有人陷害他以夺取他的土地。"莱姆的眉毛扬了起来,"下一个问题是什么?最重要的问题。"

没人说话。

"显然是：这个该死的坏蛋是谁？"莱姆说得很快，"是谁陷害了查尔斯？好，假设动机就是要夺走他的农场，那么我们只需找出是谁取得了这块土地的所有权。"

"是谁？"汉森问。他似乎有些困惑，但似乎也被这个历史悬案迷住了。

那名助理抚着裙子，说："'老板'特威德？"

"不。是他的一名同僚。一个常常在波特园酒馆出现的人，常常和当时一些声名狼藉的家伙——杰姆·弗斯克、杰伊·古尔德及西姆斯探长一起。"他看了看桌子对面的人，"他的名字是希拉姆·桑福德。"

那个女人眨眨眼。过了一会儿，她说："我们银行的创办人。"

"就是他。"

"这太荒谬了，"律师科尔叫道，"他怎么会那么做？他当时可是纽约的社会支柱。"

"就像威廉·阿什伯里吗？"犯罪学家讥讽地说，"当时的商界和现在并没有什么不同。有许多金融投机行为——查尔斯的一封信中曾经引用纽约《论坛报》上将华尔街形容为'幻灭的泡沫'的文字。铁路相当于十九世纪的因特网。他们的股票被炒得过高，最后导致崩盘。也许当时桑福德失去了他的财富，特威德同意将他救出来。但是，特威德一向都是用别人的钱来做这些事的。所以，他们两个人设计陷害查尔斯，桑福德便得以用相当于这块土地价值零头的代价买下这块土地。他把查尔斯的房子拆掉，然后盖了这幢大楼，就是现在我们所在的大楼。"他看了看窗外附近的街区，"后来，他和他的继承人开发了这块土地，或是将它一点一点卖掉。"

"难道查尔斯没有声明他是清白的，把事情告诉他们吗？"汉森问道。

莱姆挖苦道："一名前奴隶去对抗反对黑人的坦慕尼派？他成功的可能性有多大？而且，他还杀了酒馆里的那个男人。"

"这么说，他是一名凶手。"律师科尔立刻指出。

"当然不是，"莱姆回应道，"他需要那名 Winskinskie 活着——证明他的无辜。死因是自我防卫。但是查尔斯别无选择，只能将尸体藏起来，掩饰那次枪击事件。因为，如果有人发现，他会被吊死。"

汉森摇了摇头。"还有一件事说不通：为什么希拉姆·桑福德所做的事会影响到后来阿什伯里的行为？即使这件事影响了银行创办人的形象。这最多在晚间新闻上让人难堪十分钟吧。尽管新闻界的人会关注此事，但它还不至于导致谋杀。"

"呃，"莱姆点点头，"好问题……我们做了一点小小的研究。阿什伯里负责你们的房地产部门，对吗？"

"没错。"

"那么，如果房地产部门亏损，阿什伯里就会失去他的工作和大部分的财富？"

"应该是这样。但它怎么可能亏损呢？那可是我们最赚钱的部门。"

莱姆看着韦斯利·戈茨。"该你了。"

那位律师看了看桌子对面的三个人，然后垂下双眼。这个男人就是无法忍受跟人对视，他也做不到像莱姆那样逐条陈述，并且不时加点离题的评论。他简短地说："我们是来通知你们，塞特尔小姐将要控告你们的银行，要求损失赔偿。"

汉森皱起眉头,他看着科尔,后者给了他一个表示支持的表情。"就你们提供的资料而言,对银行提出民事诉讼并要求精神赔偿并不成立。阿什伯里的行为是他的个人行为,而不是以银行高级职员的名义行事。因此我们不会为他的行为负责。"他盯着戈茨,有点居高临下地说,"我想辩护律师应该清楚这一点。"

汉森又看着吉纳瓦,很快地补充道:"但是,我们对你的事深表同情。"斯特拉·特纳也点着头。看起来他们似乎的确很有诚意,"我们会补偿你的,"他微笑着,"而且相信你会发现,我们是很慷慨的。"

他的律师尽职地补充道:"在合理范围内。"

莱姆一直看着银行总裁,格列高利·汉森为人似乎不错。一个男孩子般的五十多岁的中年人,笑容亲切。也许他是那种天生的生意人,工作上是个好老板,在家是个好男人,业绩良好,工作勤奋,出门都坐经济舱替公司省钱,而且记得雇员的生日。

刑事鉴定学家差一点要对接下来会发生的事感到难过。

不过韦斯利·戈茨说出下面一番话时,完全没有表现出任何的不忍情绪:"汉森先生,我们要申请的赔偿,并不是银行高级职员企图谋杀塞特尔小姐——我们只是以此来陈述这次行动,我们提出的不只是精神损害赔偿。她作为查尔斯·辛格尔顿的后人,要求重新取回被希拉姆·桑福德偷走的财产,以及经济上的损失——"

"等一下。"总裁小声说,无力地笑了一下。

"损失的产业从被窃取那一天算起,包括该产业的租金,加上你的银行从该产业获得的利益。"他查阅了一份文件,"那应该是一八六八年八月四日。这笔钱将会作为信托财产,用于查尔斯·辛格尔顿先生的所有后人,它的用途将受到法庭监督。我们目前尚无确切的数字。"最后，戈茨抬起头，迎着汉森的目光，"但是，我们经过保守的粗略估算，大约为九亿七千万美元。"

43

"那就是威廉·阿什伯里实施谋杀的原因，"莱姆解释道，"要使查尔斯财产被窃这件事永远成为秘密。如果任何人发现此事，并且他的后人提出索赔，那就是房地产部的末日，甚至会使整个桑福德银行破产。"

"哦，这实在太荒谬了！"桌子对面的律师发作了。双方的律师都是一样的瘦高个子，不过科尔的皮肤晒得比较漂亮。莱姆料想，韦斯利·戈茨一定没有常常去网球场或高尔夫球场。"看看你的四周。这些街区都已经被开发了！每英寸都盖上了房子。"

"我们并没有对那些建筑物提出索赔，"戈茨说，似乎这一点不言自明，"我们针对的只是那些现存产业的产权，以及那块土地收到的租金。"

"要一百四十年的吗？"

"这不是我们的问题，是桑福德一百四十年前抢夺了查尔斯的财产。"

"但是大部分土地已经被卖掉了，"汉森说，"银行只拥有这一街区的两幢公寓大楼，以及我们所在的这幢大楼。"

"呃，当然我们会着手进行会计查账，调查你们银行非法出售这些产业的程序。"

"但是这块土地一百多年前就被处理了。"

戈茨看着头顶上的灯："让我再说一遍：这是你们的问题，不是我们的。"

"不可能,"科尔突然说,"你们想都别想。"

"事实上,塞特尔小姐的索赔非常有限。有些事我们得好好说清楚,如果没有她祖先的产业,你们银行早在十九世纪六十年代就破产了。因此,她应该有权利得到你们在全世界的利润。但是,我们并没有提出这样的要求。她不想让银行目前的股东蒙受损失。"

"真他妈的慷慨。"那名律师低声咕哝着。

"那是她的决定。我其实更倾向于让你们关门。"

科尔身子向前倾,"听着,为什么不现实一点?你这个案子不能成立。它的诉讼有效期已经过了。光凭这一点,就可以把你踢出法庭外。"

"你们注意到没有,"莱姆实在无法忍受了,"'人们总是拿他们最弱的论点来攻击别人?'……抱歉,我只是做个注释。"

"有关时效性的问题,"戈茨说,"我们有很充分的依据,这个案子可以延长时限。根据平等的原则,我们有权提出这一法律诉讼。"

律师向莱姆解释,在一些案例中,如果被告掩饰某一项罪行,导致受害人根本不知道罪行的发生,或是当时他们无法提出诉讼,例如,辛格尔顿的案子就是这种情形,当时的法庭、检察官和犯罪者互相勾结。如此,则提出法律诉讼的时效可以延长。

"但是,不管希拉姆·桑福德做过什么,"科尔指出,"他和我的客户,即现在的银行一点关系都没有。"

"我们已经追查过这家银行的所有权,从最早的希拉姆·桑福德有限信托银行开始他便接过了辛格尔顿农场的土地所有权。桑福德利用了银行作为掩护。很不幸……对你来说,是这样的。"相对于一个脸上没有笑容的人来说,戈茨说这话已经是非常得意了。

科尔没有放弃。"好,但你有什么证据可以证明那份产业会在那个家族里一代一代传下来?也许这个查尔斯·辛格尔顿一八七〇年时以五百元的价格将它出售,已经挥霍掉了。"

"我们有证据说明,他想将那个农场一直保留在他的家族里。"莱姆转向吉纳瓦,"查尔斯是怎么说的?"

那个女孩根本不需要看任何笔记。"在一封写给妻子的信里,查尔斯对她说,绝对不要出售农场。他说:'希望能将这块土地完整地传给我们的儿子及他的子孙。专业人士和商人都会起起落落,经济市场变幻不定,但是土地是上帝伟大永恒的产业——在那些现在并不尊敬我们的人面前,我们的农场最终会替我们的家庭带来体面与尊严。它会成为我们孩子的救星,而且世世代代传承下去。'"

莱姆对于自己这个啦啦队角色颇为得意,他说:"想想陪审团会有什么反应。肯定个个都眼泪汪汪。"

科尔生气地身体向前倾,对着戈茨。"哦,我不知道这究竟是怎么回事。你让她看起来像一名受害者。但这是勒索而已,就像其他的奴隶赔偿一样,不是吗?我很抱歉查尔斯·辛格尔顿以前是一名奴隶,我很抱歉他或是他的父亲,或是别的什么人,被强迫带到这里来。"科尔挥舞着胳膊,好像在赶走一只蜜蜂,他看着吉纳瓦。"年轻的女士,但那是很久很久以前的事了。我的曾曾祖父死于黑肺病,但我并没有因此去控告西弗吉尼亚煤业公司,索取不义之财。你们这些人应该接受这个事实,继续过你们的日子。如果你们花这么多时间……"

"好了!"汉森忽然提高声音。他和他的助理都生气地看着那个律师。

科尔舔舔嘴唇,坐回椅子里。"我很抱歉。我不是那个意思。我说'你们这些人',但是我并不是指……"他盯着韦斯利·戈茨。

但开口的是吉纳瓦。"科尔先生,我也有同样的感觉。比如,我真的相信弗雷德里克·道格拉斯说的话:'人们在这个世界上得到的,可能并不等于他们努力的,但他们当然必须为他们得到的一切而努力。'我没有要任何不义之财。"

那律师疑惑地看着她。过了一会儿,他的眼睛垂了下去。但吉纳瓦并没有。她继续看着他说:"你知道,我一直和我的父亲在谈查尔斯,我发现了他的一些事。比如,他的祖父被奴隶贩子抓去,被迫离开他在非洲的约鲁巴的家人,去了弗吉尼亚。查尔斯的父亲在四十二岁时去世,因为他的主人认为与其花钱医治他的肺炎,不如买一个年轻的新奴隶。我还发现,查尔斯十二岁时,他的妈妈被卖到佐治亚的农庄,于是他从此再也没有见到她。但是,你知道吗?"她冷静地问道,"我不是因为这些事要求一分钱。不是的。这事情很简单。查尔斯热爱的东西被从他身边夺走了,我要尽我所能让那个窃贼付出代价。"

科尔又含糊地说了一些道歉之类的话,但是他的法律本能让他不能放弃客户的案子。他看了一下汉森,继续说道:"我很欣赏你刚才说的话,我们会根据阿什伯里的行为提出一个和解方案。但关于产业的赔偿,我想我们还不到那一步。我们甚至不知道你们是不是有充分的法律依据提出控诉。你有什么证据能证明你真的是查尔斯·辛格尔顿的后人?"

林肯·莱姆的手指在控制板上划过,轮椅靠近了桌子。"是不是该有人问问,我为什么紧追不舍呢?"

一片寂静。

"我很少出门,这你们可以想象。因此,你们认为是什么事让我往西一跑好几个街区?"

"林肯。"托马斯用一种责备的语气说道。

"好吧,好吧,我说重点。物证A。"

"什么物证?"科尔问道。

"我开玩笑的。那封信。"他看着吉纳瓦。她打开自己的背包,拿出了一个文件夹,将复印的文件放在桌上。

桑福德的人开始阅读。

"很漂亮的书法,"莱姆在一旁观察,"这在当时是非常重要的,不像现在,什么都打字和用简短的便条……好吧,抱歉,我跑题了。重点在这里:我有一位同行,他的名字是帕克·金凯德,在华盛顿;他将这封信的笔迹与所有现存的查尔斯·辛格尔顿的文件上的笔迹进行了比对,其中包括在弗吉尼亚州档案馆里找到的法律文件。帕克以前在联邦调查局工作——他是笔迹专家,其他的专家遇到这类问题时都会去找他。他写了一份鉴定书,说明这封信和其他现存的辛格尔顿笔迹范本完全相同。"

"好吧,"科尔勉强承认,"这是他的信,那又怎样呢?"

"吉纳瓦,"莱姆说,"再说一遍,查尔斯的信是怎么写的?"

她朝那封信点点头,又凭记忆引述信中的话。"……我的眼泪——你在这张纸上可以看到痕迹,亲爱的——却不是来自疼痛,而是出于悔恨,悔恨我给我们带来了如此悲惨的命运。"

"这封信的原件上有一些污迹,"莱姆解释道,"我们进行了分析,发现了溶解酵素、脂色素、乳铁传递蛋白——就是蛋白质,如果你有兴趣知道的话——以及各种酶、脂质以及代谢物。当然,还有水,这些构成了人的眼泪……顺便说一下,你们知道眼泪的成分会因为它们是因痛苦或激动造成的而有明显的不同吗？而这些眼泪——"他用头示意那份文件，"是在激动时流下来的。我可以证明这一点。我想，陪审团也会因为这一事实而很感动的。"

科尔叹了口气，"你已经对这些泪迹进行了DNA测试，而它和塞特尔小姐的DNA相符。"

莱姆耸耸肩，小声说："显而易见。"

汉森看着科尔，后者的眼睛在那封信和他的笔记之间转来转去。这位总裁对吉纳瓦说："一百万。如果你和你的监护人签一张弃权书，我马上就开一张一百万美元的支票给你。"

戈茨冷冷地说："塞特尔小姐坚持要寻求偿还确切的损失——这笔钱由查尔斯·辛格尔顿的所有后人分享，而不是她自己。"他再一次抬头看了看那名银行总裁，"我想你刚才指的并不是要将款项付给她一个人，还是，想作为她不将此事告诉其他亲戚的一笔奖金？"

"不，不，当然不是，"汉森很快地说，"让我和董事会谈谈，我们拟出一个和解的数字。"

戈茨将所有文件收起来，塞进背包里。"我会在两周内提出诉讼。如果你想自愿为被害人设立一个信托基金，可以打这个电话。"他将一张名片推到桌子对面。

他们走到门口时，律师科尔说："吉纳瓦，请等一下。听着，我很抱歉我之前说的话。真的。它并不……恰当。我真的对发生在你和你的祖先身上的事感到难过。而且，我真的会记住你的利益。你要知道，和解对你和你的亲戚都是最好的结果。你的律师会告诉你，打这种官司有多困难，要花多长时间，还要花多少钱。"他笑着说，"相信我。我们是站在你这边的。"

吉纳瓦看着他，回答说："这场仗和他们一直在打的仗一样，只是更难认出我们的敌人。"她转过身,走出门外。

那名律师显然没明白她的话。

而这些话,莱姆想,多少证明了她的观点。

44

星期三早晨,秋天的空气清爽寒冷,像刚刚凝结的冰。

在去兰斯顿·休斯高中上学的途中,吉纳瓦去哥伦比亚—普里斯拜特安医院探望了父亲。她已经写完了《到哈莱姆家》的作业,结果发现那是一本很不错的书——虽然她更想写奥克塔维亚·巴特勒,真有她的!她对于自己的作业相当满意。

而且特别酷的是,吉纳瓦的作业是在一部文字处理机上完成的。这部东芝牌的文字处理机是莱姆先生实验室里的,托马斯教她如何使用。在学校里,使用那几台还能用的电脑总是要排队,每人每次最多只能用十五分钟,更别提用它来写作业了。她发现,如果要查资料或进行研究,只要将 WordPerfect 的画面最小化,然后连接因特网就行了。真是个奇迹。平时要花两天才能做完的事,这次几个小时就完成了。

她穿过街道,抄近路向学校走去,这比从第八大道的车站走到兰斯顿·休斯高中近几分钟的路程。学校四周的铁链围墙在白灰色的碎石路上投下了方格似的影子。这名瘦小的女孩钻过围墙的缝隙——这道缝是学生们推开的,足够一名十多岁的男孩和一个篮球通过。时间还早,校园很冷清。

穿过了草地约十英尺,围墙的另一边有人叫她。

"唷,小妞儿!"

她停下脚步。

拉基莎站在人行道上,穿着一件绿色的紧身弹力裤,一件橙色长袖衬衫,胸部紧绷着,书包挂在身后,辫子和首饰在太阳下闪闪发光。她脸上的表情和上周吉纳瓦看到她时一样阴沉。当时,那个发了狂的弗雷泽企图杀死吉纳瓦和她的父亲。"嘿。女孩,你跑到哪里去了?"

拉基莎犹豫地看着铁链围墙上的缝隙,她从来就钻不过去。"过来。"

"我们在学校见。"

"不。我想跟你单独谈谈。"

吉纳瓦心里疑惑着。她朋友的脸色告诉她,这件事很重要。于是她又从那道缝隙钻出了围墙,向那个大块头女孩走去。她们肩并肩,慢慢走着。

"基莎,你跑到哪里去了?"吉纳瓦皱着眉头,"你又逃课了?"

"我不太舒服。"

"生理期?"

"不,不是那回事。我妈妈送假条了。"拉基莎看看四周。"那天和你在一起的那个老头儿是谁?"

她张开嘴,本来要说谎,但脱口而出的却是:"我父亲。"

"不会吧!"

"真的。"吉纳瓦说。

"他是住在芝加哥,还是什么地方的,你告诉过我。"

"我妈骗我的。他被关了。他几个月前才被放出来,然后来找我。"

"他现在在哪里?"

"在医院。他受伤了。"

"他还好吗?"

"哦,他会好起来的。"

"而他和你?你们相处得还行吗?"

"也许吧。不太了解他。"

"该死,他就这样冒出来,一定很怪异。"

"你说得没错,基莎。"

终于,大个子女孩慢了下来,然后她们停下脚步。吉纳瓦注视着她朋友闪躲的双眼,还看到她的手伸在皮包里,抓着什么东西。

一阵迟疑。

"什么?"吉纳瓦问。

"这个,"那个女孩快速而小声地说,她抬高了手,用力向前伸。在她涂着黑白方格压花纹指甲的手中的,是一条银项链,链子上坠着一颗心。

"那是——"吉纳瓦开口。

"是你上个月给我的,我的生日礼物。"

"你要把它还回来吗?"

"我不能留着这个,吉恩。不论如何,你都需要钱。你可以拿去当了。"

"行了,女孩。这又不是在蒂凡尼买的。"

眼泪从拉基莎的眼里涌出,这是她脸上最美的部分。她的手垂下来了。"我下个星期要搬走了。"

"搬走?去哪里?"

"BK。"

"布鲁克林?你们全家吗?那双胞胎呢?"

"他们不搬。家里没有人会搬。"那女孩的眼睛看着人行道。

"基莎,这到底是怎么回事?"

"我要告诉你,发生了一些事。"

"我没心情看悬疑剧,基莎,"吉纳瓦说,"你到底在说什么?"

"凯文。"拉基莎用一种温柔的语气继续说。

"凯文·切尼?"

基莎点点头。"我很抱歉,吉恩。我和他,我们恋爱了。他找到了地方搬过去,我要和他一起去。"

吉纳瓦沉默了一会儿,然后说:"他就是那个我从街上给你打电话时,在电话里听到的那个人吗?"

她点点头。"听着。我并不希望它发生,但它就是发生了。你必须要了解。我们有感觉,他和我。这是我从来没感觉过的事。我知道你想和他在一起。你老是在谈论他,每天都在偷看他。那次他送你回家,你有多高兴。我知道所有这些事,但是我还是决定搬过去。哦,姑娘,我一直在担心,想着该怎么告诉你。"

吉纳瓦觉得灵魂深处一阵寒冷,但这不是因为她对凯文的迷恋,经过数学课上那一幕之后,她的爱情就消失了。她问:"你怀孕了,是不是?"

我不太舒服……

基莎低下头,看着手上的链子。

吉纳瓦闭上她的双眼。过了一会儿,她问道:"多久了?"

"两个月。"

"去找一个医生,我们一起去诊所,你和我。我会——"

她的朋友皱着眉。"为什么我要这么做?我又不是不想替他生孩子。他说如果我说,他就会用保护措施,但他真的很想和我有个孩子。他说那就像同时拥有我们的一部分。"

"那只是一句台词,基莎。他在利用你。"

她的女朋友生气地看着她。"哦,这么说太冷酷了。"

"不,这是实话,姑娘。他是在假装。他有不正当的动机。"吉纳瓦很好奇,他想从她身上得到什么?在拉基莎身上,不会是成绩。很可能是金钱。学校的每一个人都知道,她很辛苦地打两份工,并且将她赚的钱都存了起来。她的父母也都有收入。她的母亲在邮局工作多年,她的父亲在哥伦比亚电视台也有一份工作,而且每晚在喜来登大饭店还有另一份工作。她的哥哥也有工作。凯文是看上了这个家庭的钞票。

"你借过钱给他吗?"吉纳瓦问。

她的朋友往地下看,什么也没说。这表示答案是"是的"。

"我们曾经有约定,你和我。我们要毕业,要去上大学。"

拉基莎用她胖胖的手将她圆圆的脸上的泪水抹去。"哦,吉恩,你真是太好笑了。你是住在哪一个星球上啊?我们聊天,你和我,聊关于大学或是有趣的工作,但对我来说,那只是聊聊。你写报告,好像根本不当一回事;你去考试,然后每一项都是第一名。你知道我不是那种人。"

"你将来会变成一个成功的人,有自己的生意。记得吗,女孩?我只会成为一个不知道会在哪里的穷教授,吃罐头鲔鱼,拿早餐的麦片当晚餐。你是那个会管人的人。你的店怎么办?你的电视秀?你的俱乐部?"

拉基莎摇着头,她的辫子跟着摇来摇去。"狗屎,吉恩,那些只是喊喊罢了,我哪里都去不了。我能期望的最佳去处就是我现在在做的事——在 T. G. I. Friday's 餐厅里端沙拉和汉堡。或是,给人做辫子接长发,直到它们不再流行。你上次还问我它们是否只会流行六个月。"

吉纳瓦露出一个勉强的微笑。"我们总是说直发又要反攻了。"

拉基莎也笑了。"真的。她们只需要一个梳子和一瓶定型胶就行了,这样可就不需要像我这样令人耳目一新的艺术家了。"她用手指缠绕着她自己的金黄色接发,然后,她的手垂下去了,笑容渐渐褪去。"靠我自己,我最后就会成为筋疲力尽的破包袱。我唯一的办法,就是找一个男人。"

"女孩,现在是谁在自贬身价?凯文肯定一直在向你灌输那些狗屁。你以前从来不会这么说。"

"他照顾我。他会去找一份稳定的工作,而且他答应我,会帮我照顾宝宝。他不一样,他和那些一起鬼混的男孩子不同。"

"不,他和那些人一样。你可不能放弃,基莎。不要这么做!至少要待在学校里。你真的想要一个宝宝,那也没关系,但是待在学校里。你可以——"

拉基莎突然说:"小妞,你又不是我妈。我知道我在做什么。"她的眼中出现怒气——而这一切更令人心碎。因为每当她挺身出来,解救在街上被德拉诺住宅区或圣尼古拉斯住宅区的女孩们围堵的吉纳瓦时,她圆圆的脸上是同样的愤怒之情。

按倒她,戳她,戳这个母狗……

接着,拉基莎又温柔地说:"事情是,吉恩,他说了,我不能再和你混在一起了。"

"你不能——"

"凯文说你在学校对他很不好。"

"对他很不好?"一阵冷笑,"他想要我帮他作弊。我没答应。"

"我告诉他,他是在胡说八道,我和你一直这么好,还有我们所有的事。但是他不肯听。只说我不能再见你。"

"所以,你要选择他。"吉纳瓦说。

"我并没有选择。"那胖女孩垂下双眼,"我不能收你的礼物。"她用力将那项链塞在吉纳瓦的手中,并且迅速放手,好像是放下一个热锅一样。它掉到污秽的人行道上。

"基莎,不要这样,哦!"

吉纳瓦伸手去抓拉基莎,但在她握紧的手指中间,除了冷冽的空气之外,什么都没有。

45

在与桑福德银行总裁汉森和他的律师的会议十天后,林肯·莱姆和R.普拉斯基,那个年轻的新手,通了一个电话。普拉斯基正在休病假,但希望一个月左右后便重返工作岗位。他的记忆渐渐恢复了,而他也正在帮助他们,使对汤普森·博伊德的控告更加充分。

"那么,你要去参加万圣节派对吗?"普拉斯基问。接着,他停顿了一下,很快加上一句,"或其他什么的。"最后几个字可能是为了弥补刚才问一个四肢麻痹的人是否参加派对的失礼。

但是莱姆说了让他安心的话:"我会的,事实上,我会扮成格兰·坎宁安[①]。"

萨克斯勉强挤出了一个笑容。

"真的吗?"新手问,"那个人是谁?"

[①] 格兰·坎宁安(Glenn Cunningham, 1909—1988),美国著名长跑运动员,儿时腿曾被严重烧伤,医生诊断认为他不能再行走。

"你可以去查查书,警官。"

"是的,长官。我会的。"

莱姆挂了电话,看着那块证物板,在最上面贴着塔罗牌中的第十二张牌——那张倒吊人牌。

门铃响起时,他正凝视着那张牌。

可能是朗·塞利托吧。他很快就要结束心理治疗了。他已经停止揉搓那块幽灵般的血迹,也不再练习比利小子式的快速拔枪——这一点还没有人向莱姆解释过。他试着去问萨克斯,但是她不能或是不肯添油加醋。这也还好。有时候,林肯·莱姆坚决相信你不需要知道所有的细节。

但来人是一名访客,而不是那个衣着邋遢的警探。

莱姆看了一下门口,见是吉纳瓦·塞特尔站在那里,她的书包靠在那些图表上。"欢迎。"他说。

萨克斯也打了招呼,摘下安全眼镜——那天早上她到一个凶杀案现场收集血液样本,从填写证物保管卡时就一直戴着它。

韦斯利·戈茨将所有要对桑福德银行提出控告的文件都准备好了,并且向吉纳瓦报告,她应该等到周一,才会从汉森那里得到一个比较实际可行的回复。如果没有,已经警告过对手,他会在次日就提出诉讼,还附送一个有关此事的记者会(戈茨的意见是,负面的宣传会延续相当长时间,远远超过"丑陋的十分钟")。

莱姆端详着那个女孩。不合季节的温暖天气使得帮派式外套和毛线帽都变得不合时宜,所以她穿了一件蓝色牛仔裤和一件无袖T恤,闪着亮光的字母横在胸前。她胖了一点点,头发也长了一些。她甚至还化了淡淡的妆——莱姆很好奇托马斯那天神秘地塞给她的袋子里装了什么东西。这个女孩看起来容光焕发。

吉纳瓦的生活稳定多了。贾克斯·杰克逊已经出院，正在进行物理治疗。感谢塞利托的敦促，这个男人已经被正式移交纽约假释局。吉纳瓦住在他在哈莱姆区的小公寓里，这个安排并不如她预期的那么悲惨（这个女孩曾经向托马斯——而非莱姆或罗兰·贝尔——坦白承认他已经变成这个女孩的妈妈，并且曾经邀请女孩到家中造访数次，教她烹饪课程、观赏电视、争论书籍及政治，而这些没有一项是莱姆有兴趣的）。一旦他们可以负担得起一个比较大的地方时，她和她父亲就会安排莉莉姑婆搬进来和他们同住。

女孩也已经放弃了炸薯饼的工作。现在，在放学后，她在韦斯利·戈茨那里工作，担任法律研究员和杂工，同时也帮助他设立查尔斯·辛格尔顿信托基金会。这个信托会将和解金分配给自由人的后裔。吉纳瓦想尽快离开纽约，去伦敦或罗马生活的志向依然不减，但是莱姆无意中听到几次她激动的谈话，内容似乎全都和哈莱姆区内的居民，与他们因是黑人、拉丁裔、妇女或穷人，而受到的歧视有关。

吉纳瓦同时也参加了一些她称之为"救救她的女性朋友"的计划，但她也没有和莱姆说起，阿米莉亚·萨克斯才是这项活动的指导老师。

"有另一封信吗？"萨克斯问。

吉纳瓦点头。她很小心地拿着那一张纸。

"莉莉姑婆收到我们在麦迪逊的亲戚的来信。他把他在自家地下室里的发现寄给了我们。有查尔斯的一个书签、一副眼镜和十几封信。这封信是我想拿给你们看的。"吉纳瓦的眼睛里闪着高兴的神采，"这是一八七五年写的，在他出狱后。"

"我们来看看。"莱姆说。

萨克斯将它装在扫描器上，过了一会儿，实验室的几台电脑屏幕上都出现了影像。萨克斯走到莱姆的身旁，伸手环住他的肩膀。他们一起看着屏幕。

我最亲爱的维奥利特：

　　我相信你在妹妹的陪伴下应该很开心，而且乔舒亚和伊丽莎白会很高兴和他们的表兄妹在一起。弗雷德里克——我上次见到他时，他才九岁——居然已经和他父亲一样高了，这真是让人难以置信。

　　我很高兴地向你报告，我们的小屋一切都好。詹姆斯和我整个早上都在河岸取冰，然后贮存在冰屋里，在冰块上再盖上木层。我们随后又在大雪中向北跋涉了两英里，去看那个待售的果园。价钱很高，但我相信卖主会善意地回应我的还价。他原来很明显对把果园卖给一个黑人心存疑虑，但听说我可以付现金，而不用向银行贷款时，他的疑虑似乎一扫而空。

　　钞票是最伟大的解决方法。

　　你昨天读到我们的国家即将颁布民权法案时，是不是和我一样激动？你有没有读到那些细节？法律保障任何肤色的人种，在所有的旅店、公共交通工具、剧院等地方一律享受平等待遇。这对我们的理想是多么重要的一天！这是我去年和查尔斯·萨姆纳及本杰明·巴特勒一起合作，花了很多心血起草的重要法律，而且我相信，我的一些想法体现在了这一重要的文献中。

　　我想你一定可以想象，这个消息让我深思，想起过去七年来发生的不幸，我们在绞架山的果园被抢走，在那么悲惨的情况下被监禁。

但是现在,我坐在我们小屋的炉火前,想着这条来自华盛顿的新闻,我感觉那些糟糕的事似乎来自另一个世界。倒是和那些战争岁月,以及在弗吉尼亚被奴役时的艰苦时光颇为相似。它们都永远地留在记忆中,但是,不知怎么,它们也会像一些记不太清楚的噩梦中那些模糊的影像一样,渐渐远去。

也许,我们的心是一个能同时贮存失望和希望的地方,一旦充满了一种时,对另一种的记忆便会淡去。而今晚,我的心里满是希望。

你应该记得,很多年来我一直起誓,要尽我的一切所能,除去被视为五分之三个人的耻辱。当我想到人们由于我的肤色而看我的眼神,想到别人对我和我的族人的行为,我觉得自己至今尚未被视为一名完整的人。但是,我敢大胆地说,我们已经有了相当大的进步,我们已经被视为十分之九个人(今天晚餐时,我和詹姆斯提到这一点,他笑得很开心),而且我依然有信心,在我们的有生之年,我们一定可以被视为一个完整的人;或者,至少在乔舒亚和伊丽莎白的有生之年。

现在,我最亲爱的,我必须向你说晚安了,我要为明天的一堂课做准备。

亲爱的,希望你和孩子做个好梦。我会活着等你们归来。

你忠实的查尔斯
于哈得孙克鲁顿
一八七五年三月二日

莱姆说:"听起来似乎道格拉斯和其他人原谅他的那宗抢劫案了。或者,相信了其实他并没有犯下抢劫案。"

萨克斯问："他谈到的那个法律是什么？"

"一八七五年的民权法案，"吉纳瓦说，"它禁止在旅馆、餐厅、火车、戏院——任何公共场所的种族歧视行为。"那个女孩摇着头。"但它并没有被执行下去。高等法院于一八八〇年以违宪的理由将其驳回。在此之后，在长达五十年的时间里，联邦政府并未颁布任何一条和民权有关的法律。"

萨克斯若有所思："我真想知道查尔斯是不是活着听到了它被驳回的消息。他不会高兴的。"

吉纳瓦耸耸肩说："我想这并不重要。他会说，这只是暂时的挫败。"

"希望，可以驱散痛苦。"莱姆说。

"说得好。"吉纳瓦说。然后，她看着那块旧Swatch表。"我要回去工作了。那个韦斯利·戈茨……我得说，那个人真是怪胎。他从来不笑，从来不看你……而且，天哪，你知道，有时候你总该修一下胡子吧。"

那天晚上，房间一片漆黑，莱姆和萨克斯躺在床上，看着一弯细细的新月。它的右边应该是冷冷的银白色，却由于大气层的某些变化，呈现了如同太阳般的金色。

有时候，像这样的时刻，他们会聊聊天，有时则不会。今天晚上，他们就特别安静。

在窗户外面的窗台边有一点轻微的动静，是在那里筑巢的游隼。有一只公鸟、一只母鸟和两只羽翼未丰的小鸟。偶尔，莱姆的一名访客会注意到那巢穴，且询问它们是否有名字。

"我们有一个协定，"他会低声说，"它们不替我取名字，我也不替它们命名。一直遵守得很好。"

一只游隼抬起了头,看着人行道,在月光下形成一个剪影。不知怎么,那只鸟的动作和侧影显示了某种智慧。当然,还有危险。成年游隼并没有天敌,并且可以从天上以一小时一百七十英里的高速冲向它们的猎物。但是接着,鸟儿会轻巧地降到地面,停下来。这种生物是日行性的,在晚上睡觉。

"在想事情?"萨克斯问。

"我们明天一起去听音乐。在林肯中心有一个日场演出,或是叫下午演奏会什么的。"

"是谁的表演?"

"我想,是甲克虫吧。或是艾尔顿·约翰和玛丽亚·卡拉斯的二重唱。我都无所谓。我只是想坐着轮椅横冲直撞,看看那些人发窘的表情……我的重点是,谁表演都没关系,我想要出去走走。你知道,这种情况可不常见。"

"我知道。"萨克斯斜倚着身子,亲吻他。"当然,我们去。"

他转头,以他的唇亲触她的头发。她靠着他安顿下来。莱姆环着她的手,握着手指,用力捏了捏她的手。

她也捏了捏他。

"你知道我们能做什么?"萨克斯问,她的声音中带着一丝阴谋,"我们偷偷带一些酒和午餐进去。肝酱和奶酪、法式面包。"

"我记得,你可以在那里买到食物。但是那里的苏格兰威士忌糟透了,而且也贵得要命。我们可以——"

"莱姆!"萨克斯从床上坐直,喘着气。

"怎么了?"他问道。

"你刚才做了什么?"

"我在同意我们应该偷带一些食物到——"

"别闹了。"萨克斯笨手笨脚地找到电灯,打开。她穿着黑色丝质短裤和灰色T恤,头发乱糟糟的,大睁着眼睛,看起来就像是一个刚刚才想起来明天早上八点有一场考试的女大学生。

莱姆看着灯光,眼睛眯了起来。"那还真的很……有必要吗?"

她的眼睛直直地往下看,看着床上。

"你的……你的手。你的手会动了!"

"我想是的。"

"你的右手!你的右手原来根本不能动的。"

"很好笑,不是吗?"

"你一直在推迟测验,但是你一直知道你可以做到这样?"

"一直到现在,我才知道我能做到。我本来没有打算要尝试,我怕会没有效果。所以我本来打算要放弃所有的运动,只是想不要再担心下去。"他耸耸肩,"但是我改变主意了。我要试一试。不过,只有我们,没有机器或医生们在旁边。"

不是让我一个人去测试,他在心中无声地加了一句。

"而你都没有告诉我!"她在他的手臂上打了一下。

"那里我没有感觉。"

他们两人都笑了。

"太奇妙了,莱姆,"她小声耳语,并且用力地拥抱他,"你做到了。你真的做到了。"

"我会再试一次。"莱姆注视着萨克斯,然后注视着他的手。

他停了一会儿,然后从他的心里送出了一股能量,沿着神经飞跑,一直到达他的右手。每一根手指都抽动了一下。然后,就像初生的小马一样笨拙,他的手打着转,穿过两英寸高的毛毯大峡谷，最后终于紧紧地靠着萨克斯的手腕安顿下来。他用他的拇指和食指围成圈，握住了它。

她满含热泪，高兴得笑了起来。

"不错吧！"他说。

"所以你会继续练习？"

他点点头。

"我们明天就和谢尔曼医生安排一个测试的时间？"她问。

"除非临时冒出什么事，我想我们应该可以。最近有点忙。"

"我们要安排测试。"她坚决地说。

她把灯关掉，并靠近他躺下。虽然他无法感觉到，但他可以感受到。

在寂静中，莱姆瞪着天花板。当萨克斯的呼吸平静下来时，他皱起眉头，注意到他本来空无一物、毫无知觉的胸膛中，有一阵奇怪的感觉在慢慢升起。一开始，他以为那只是幻觉；然后，他警觉起来，怀疑那可能是自主神经异常反射发作的前兆，或是更糟的情况。但是，不是，他马上就知道了，这是某一种完全不同的东西，某一种不是从神经、肌肉或器官来的东西。一个科学家总是凭着经验来分析感觉。因此，他注意到这和他看着吉纳瓦·塞特尔义正词严地指教银行律师时的感觉类似。而这种感觉，也和多年前那个糟糕的七月晚上，查尔斯·辛格尔顿前往波特酒馆去寻找正义时，以及，在读到他对民权的激情时，颇为类似。

然后，莱姆忽然明白了他的感觉是什么：是骄傲。就像他为吉纳瓦和她的祖先而骄傲一样，他也为他自己的成就而骄傲。对持续不断地进行练习，以及，对今晚的自我测试而骄傲。林肯·莱姆勇敢地面对恐惧，面对不可能。不管他是否能够重新再让身体移动,这分感动来自他不可否认的成就:完整,和查尔斯写到的完整是一样的。他明白了,没有任何东西——不是政客、同胞,或你疯狂的身体——能够让你变成五分之三的人;要成为一个完整的人,或是几分之几的人,完全都取决于你如何看待自己,而你的生命也将依此而展开。

考虑到所有事之后,他想,这一番领会和他重新获得的轻微行动能力并没有关联。但是,这不重要。他想到他的专业:如何从一小块油漆碎屑导引到一辆车,继而导引到有一个模糊脚印的停车场,再导引到可以找到一根纤维的方式,又从此找到被丢弃的外套,并在外套的纽扣上找到歹徒因疏忽而未曾抹掉的一枚指纹。

第二天,一队战警就来敲他的门了。

正义得以伸张,受害人得救,家庭团聚。完全都要感谢那一小片的油漆屑。

小小的胜利——就是谢尔曼医生曾经说过的"小胜仗"——有时候,这是你能期望的所有,林肯·莱姆想着,渐渐地进入了梦乡。

但是,有的时候,这些就是你需要的一切。

The Twelfth Card by JEFFERY DEAVER
Copyright © 2005 by Jeffery Deaver
This edition is arranged with Gunner Publications, LLC in association with CURTIS BROWN – U.K. Through Bardon-Chinese Media Agency.
Simplified Chinese edition copyright © 2020 New Star Press Co., Ltd.
All rights reserved.
著作版权合同登记号：01-2019-5993

图书在版编目（CIP）数据

第十二张牌／（美）杰夫里·迪弗著；梅辛译．2版．——北京：新星出版社，2020.4
ISBN 978-7-5133-3564-5
Ⅰ.①第… Ⅱ.①杰… ②梅… Ⅲ.①长篇小说-美国-现代 Ⅳ.①I712.45
中国版本图书馆 CIP 数据核字（2020）第 029147 号

午夜文库
谢刚 主持

第十二张牌

[美] 杰夫里·迪弗 著；梅辛 译

责任编辑： 曹晓雅
责任校对： 刘 义
责任印制： 李珊珊
装帧设计： 人马艺术设计·储平

出版发行： 新星出版社
出 版 人： 马汝军
社　　址： 北京市西城区车公庄大街丙3号楼　　100044
网　　址： www.newstarpress.com
电　　话： 010-88310888
传　　真： 010-65270449
法律顾问： 北京市岳成律师事务所

读者服务： 010-88310811　　service@newstarpress.com
邮购地址： 北京市西城区车公庄大街丙3号楼　　100044

印　　刷： 北京美图印务有限公司
开　　本： 910mm×1230mm　1/32
印　　张： 16.625
字　　数： 386千字
版　　次： 2020年4月第二版　2020年4月第一次印刷
书　　号： ISBN 978-7-5133-3564-5
定　　价： 69.00元

版权专有，侵权必究；如有质量问题，请与印刷厂联系调换。